Hans-Ulrich Horster

Haus der Hoffnung

Hans-Ulrich
Horster

Haus der Hoffnung

Ein Roman
von anonymen Vätern
und hoffenden Müttern

Originalausgabe

Wilhelm Goldmann Verlag

Die Autoren-Namen
Hans-Ulrich Horster, Klaus Hellmer und Adrian Hülsen
sind Pseudonyme des Schriftstellers
Eduard Rhein.

1. Auflage Oktober 1982 · 1.–12. Tsd.

Made in Germany

Umschlagentwurf: Atelier Adolf & Angelika Bachmann, München
Umschlagfoto: Photo-File, New York
Satz: Filmsatz Schröter GmbH, München
Druck: Mohndruck Graphische Betriebe GmbH, Gütersloh
Verlagsnummer 30015
Lektorat: Ria Schulte
Herstellung: Sebastian Strohmaier
ISBN 3-442-30015-0

An diesem Julimorgen hing der Mond immer noch voll und bleich über der stöhnenden Stadt.

Immer noch strahlten die heißen Mauern der Häuser die aufgestaute Hitze des Vortages in die tiefen Schluchten des Broadway. Die Nacht hatte keine Kühlung gebracht, der Wind schlief.

Das wilde Geschrei der Lichtreklamen war verstummt. Nur die irre gewordene Flackerschrift eines Kinos rief noch sinnlos in den dämmernden Tag: Gut klimatisiert!

In Tausenden von Fensteröffnungen hingen die häßlichen, ewig verschmutzten Blechkästen der Air-Conditioner und saugten die drückende Luft aus den überhitzten Räumen, um dafür die kaum bessere Luft der Straße anzusaugen und in die Wohnungen zurückzupressen.

Sie kamen nicht dagegen an. Die Menschen wälzten sich schwitzend in den heißen Betten und stöhnten unter der Glut, der nicht zu entkommen war.

Schon kurz nach fünf waren die Männer der Straßenreinigung vom Norden und Süden her wie ein Heuschreckenschwarm in den Broadway eingefallen, mit ihren dicken Schläuchen und ihren meterbreiten Besen und Gummischiebern.

Mit kräftigen, weitausholenden Bewegungen fegten sie den nächtlichen Unrat in die Gossen: die zerknüllten Zeitungen, die zerdrückten und zertretenen Pappbecher, die Flaschen und Tüten, die zerknautschten Lockzettel der Sexshops, die Millionen Zigarettenstummel.

Sie gingen zu beiden Seiten der Straße wie Roboter die breiten Trottoirs entlang, während ihnen die riesigen Straßenkehr- und -waschmaschinen folgten – hinter diesen die »Lumpensammler« der Polizei.

Die Polizisten hatten ein paar beängstigend wirkende Stadtstreicher aus den dunklen Nischen der Häuser gezerrt, und die Straßenreiniger hatten ihnen dabei mit ihren Wasserstrahlen lachend geholfen.

Eine betrunkene Negerhure, die ihre strohblonde Lockenperücke wie eine Handtasche hin und her schlenkerte und sich immer wieder über den kahlrasierten Schädel strich, trieben die Männer mit unflätigen Worten so lange vor sich her, bis sie endlich in einer Seitenstraße verschwand.

Eine alte Vettel hatte sich bekotzt und lag – den Rock als Schutz über ihren Kopf gezogen – neben einer Mülltonne. Die Polizisten griffen sie rüde auf.

So verschwand in zwei knappen Stunden der ganze üble, übelriechende Unrat einer schwülen Hochsommernacht. Um sieben mußte der Broadway sauber sein: vom Central Park bis hinunter ins Village am Südzipfel Manhattans.

Der schlafende junge Mann, den sie an diesem Morgen von der schmutzigen Treppe der Subway am Times Square aufscheuchten und auf die Beine stellten, lallte lächelnd unverständliches Zeug. Seine hellblonden Locken fielen ihm ins Gesicht, die verglasten blauen Augen flackerten unter den halbverhängten Lidern fragend hin und her. Sein ehemals weißes Hemd war verdreckt und bis zum Hosenbund aufgerissen.

Verdreckt und zerrissen wie die himmelblauen Träume und Hoffnungen, mit denen er sich vor ein paar Monaten voll Abenteuerlust und kindlichem Glauben in die gleißende, trügerisch lockende Welt des Broadway gestürzt hatte.

Tags zuvor hatte er sich bei einem Institut die letzten vierzig Dollar abgeholt, die er sich dort bei zwei kurzen Besuchen, wie schon ein paarmal zuvor, schnell und auf seltsame Weise verdient hatte...

Mit diesen vierzig Dollar war er versumpft. Untergegangen in der Stadt, die ihm wie einer Ratte nur bösartige Fallen stellte, statt ihn schützend aufzunehmen.

Einer der Polizisten, ein gutmütig dreinblickender baumlanger Neger, nahm ihn sich vor.

»Wie alt bist du eigentlich?«

»Siebzehn.«

»Das ist hier nichts für Babys! Hau bloß ab Bürschchen!«

Norman lächelte den harten Männern verwirrt und verängstigt zu und lief torkelnd die 42. Straße hinunter zum Hafen.

Etwa neun Monate später wurde er Vater eines Jungen, den die ledige Maria Laudy wie ein Geschenk der Götter aus den Händen des Arztes entgegennahm.

Norman hatte sie nie gesehen.

Er ahnte nicht einmal, daß es sie gab.

Die Klinik hieß HAUS DER HOFFNUNG.

Sie lag an der West Side des Central Parks in Höhe der 65. Straße.

Sie war noch neu. Man hatte sie kurz vor Beendigung des Vietnamkriegs gebaut und zunächst den heimkehrenden Verwundeten zugewiesen. Erst Jahre später konnte sie ihrer wahren Bestimmung als Frauenklinik und Entbindungsheim überlassen werden. Groß, großzügig geplant mit mustergültigen Operationsräumen, breiten Korridoren und einem Stab hervorragender Ärzte.

Chef des Hauses war der rundliche, immer etwas kurzatmige Professor Garry. Er war deutscher Abstammung, hatte in den Staaten das Licht dieser Welt erblickt, dann jedoch – dem wohlgemeinten, aber verhängnisvollen Rat seines Vaters folgend – in Paris an der Sorbonne studiert. Da war einiges schiefgelaufen. Er war wohl zu schwerblütig für die leichtfüßigen Pariserinnen...

In der Klinik, bei seinen Stationsärzten, Assistenten und Schwestern war er ebenso beliebt wie bewundert und – wegen seiner zuweilen reichlich drastischen und burschikosen Art von nicht wenigen gefürchtet. Manche nannten ihn sogar grob. Zu Unrecht: Unter seiner rauhen Schale verbarg sich ein Mensch, der von tiefem Mitempfinden mit seinen Patienten erfüllt war, vor dem er sich zuweilen nur durch ein mehr oder weniger burschikoses Wort rettete. Daß er selber auch sein Kreuz zu tragen hatte und zuweilen schwer darunter litt, wußte nur seine alte Mitarbeiterin.

Er sprach nur äußerst ungern darüber, hütete es fast wie einen persönlichen Makel. In der Klinik wußte nur die grauhaarige Schwester Eusebia davon.

Sein neunzehnjähriger Sohn – sein einziges Kind – war von Geburt an hochgradig schwachsinnig und auf der Bildungsstufe eines Zweijährigen stehengeblieben. Die Mutter war bei der Geburt gestorben. Bei der Entbindung waren seiner Überzeugung nach schwerwiegende Fehler begangen worden. Er hatte seitdem nicht mehr den Mut gefunden, an eine zweite Heirat zu denken, wohl aber hatte ihn dieses Erlebnis bewogen, sich von da an ausschließlich als Gynäkologe zu betätigen und neue Maßstäbe für die Geburtshilfe zu setzen.

Sein Sohn kannte und erkannte ihn nicht. Trotzdem ging er jeden Monat einmal den schweren Gang in die Psychiatrische Klinik, um ihn zu sehen. Es war jedesmal schmerzlich genug; fast als besuche er einen Sterbenden.

Und dann war da die ständig wachsende Sorge um Hardy.

Hardy, der 26jährige Sohn eines befreundeten Chirurgen, hatte alle Examen mit Auszeichnung bestanden, und in der Praxis erwies er sich als ein junges, unermüdliches Genie. Alles, was ihm sein eigener Sohn nicht sein konnte, sah er in ihm. Ihn hätte er sich gerne zum persönlichen Assistenten herangezogen. Aber er sah auch voll Sorge das andere: die dunkel drohende Gefahr, die diese große Hoffnung eines Tages vernichten konnte.

Was er als Frauenarzt sagte, galt. Es war für seine Studenten und für alle Mitarbeiter seiner Klinik Evangelium. Ihm zu widersprechen wagte keiner – außer seiner dürren, grauhaarigen, nun schon 58jährigen Schwester Eusebia mit ihren glatt nach hinten gekämmten Strähnen und ihren flachhackigen Männerschuhen. Sie paßte im Grunde ebensowenig in diese Zeit wie ihr Vorname. Seltsamerweise paßte sie dafür aber um so besser in die Klinik. Sie sagte dem Professor ihre Meinung, und der Professor nahm diese Weisheiten, Wahrheiten oder Halbwahrheiten gelassen hin.

Schwester Eusebia war mit ihm aus dem großen Städtischen Krankenhaus an der East Side herübergekommen. Sie hatte es verstanden, das durchweg neue Personal unter ihre Fuchtel zu zwingen, und es gab auch keinen jungen Arzt, der es gewagt hätte, ihr zu widersprechen. Manches wußte und konnte sie sogar besser als die frischgebackenen Schüler Aesculaps, diese Schnösel, wie sie sie insgeheim nannte. Besonders was die Technik der Entbindungen anging.

Der Professor bezeichnete sie manchmal heimlich als die Kommandeuse, manchmal tat er es auch lauthals in einem seiner kleinen Wutanfälle. Dann nahm er sich jedesmal vor, sie in eine andere Abteilung zu versetzen, um es aber jedesmal schleunigst wieder zu vergessen.

Weil sie von den Kerlen im allgemeinen nie viel gehalten hatte, hatte sie sie sich vom Leibe gehalten. Was die in ihrem Sturm und

Drang schon angestellt hatten und – Gott sei's geklagt – immer noch anstellten, davon konnte sie so manches Liedchen singen: Es waren samt und sonders die reinsten Moritaten.

Den Stundenplan des Professors bestimmte sie: Heute machen wir dies und morgen das.

Der Professor war's zufrieden, denn wenn die Eusebia geplant hatte, hing er zwar in einem stählernen Stundenplan wie eine Fliege im Spinnennetz, aber es ging nie was schief!

An diesem drückendheißen Julimorgen lag eine ganze Menge an.

»Das Weib bringt mich noch um!« brummte er, doch er wagte nicht, dagegen anzugehen. Es wäre ohnehin ein vergeblicher Versuch gewesen ...

Zweimal die Woche empfing der Professor im allgemeinen nur Patientinnen, die die Hilfe einer Samenbank in Anspruch nehmen wollten.

Als erste Patientin meldete sie an diesem Tage Frau Hürten.

»Die Dame wollte Sie unbedingt noch heute sprechen. Es handle sich um eine dringende Sache. Wir müssen sie vorziehen.«

Dr. Garry sah unwillig auf.

»Wie viele Patientinnen sitzen denn schon auf der Wartburg?«

»Achtzehn.«

»Und diese Frau Hürten ist bestimmt als letzte gekommen. So was setzt natürlich böses Blut. Die anderen Frauen sehn das doch!«

Auf diese Bemerkung ging Schwester Eusebia gar nicht ein.

»Frau Hürten ist vor zwei Jahren schon einmal hiergewesen.« Sie reichte dem Doktor die Karteikarte. Er überflog die wenigen Eintragungen mit einem Blick.

»Ach ja, ich erinnere mich.«

»Frau Hürten ist die Gattin eines deutschen Diplomaten«, ergänzte Schwester Eusebia, um die Bedeutung der Patientin zu unterstreichen!

»Und der Wyn? Ist der Bengel da?«

»Der arme Junge zittert wie ein Zitteraal.«

»Zitteraale zittern nicht. Sie meinen wohl Espenlaub?«

»Der Junge hat schreckliche Angst vor der Operation.«

»Operation! Kinderkram! Schicken Sie ihn rein und hinterher in Gottes Namen Ihre Frau Hürten.«

Schwester Eusebia ging lautlos hinaus.

Dann kam Wyn herein. Er war 1,65 groß, rank und schlank und ein bißchen schlaksig. Seine schwarzen, wildwuchernden Haare und seine braunen Augen standen in groteskem Gegensatz zum Strohblond seines Gemütes.

»Viele Grüße von Pap, Herr Professor. Er meint, ob es denn wirklich nötig wäre.«

»Das meinst du! Dein Daddy hat dich doch deshalb hergeschickt.«

Er streckte dem Jungen die Hand entgegen und zog ihn daran gleich um den Schreibtisch herum.

»Bißchen spät so was! Mit vierzehn Jahren! Kaum zu glauben. Also zeig mal her!«

Der Junge öffnete seine Hose.

»Hm«, brummte der Arzt. »Und mit so was läufst du herum!«

»Ich bin doch nicht krank!«

»Das wirst du aber werden, wenn das so bleibt.«

»Aua!«

»Hab dich nicht so!«

»Muß das operiert werden?«

»O-pe-riert! – Ja, wir schneiden dir den Bauch auf und wenn du schreist, auch den Kopf ab.«

Wyn lachte. Es klang aber kläglich.

»Augenblickssache, mein Junge.« Er drückte den Klingelknopf.

Schwester Eusebia trat ein.

»Verbinden Sie mich mit Doktor Jung.« Und zu Wyn: »Pack ein. In zehn Minuten bist du wieder draußen. Grüß Mama und sag ihr, ich käme am Sonntag zum Mittagessen; es gäbe rheinischen Sauerbraten mit bayerischen Knödeln!«

Wyn nickte. Schwester Eusebia legte beruhigend den Arm um seine Schulter und zog ihn mit.

Dann war Dr. Jung am Apparat.

»Hier ist eine Phimose. Sohn von einem Freund. Machen Sie das gleich. Aber denken Sie daran, was ich immer predige: Das ist nicht nur eine notwendige Schnipselei, sondern auch ein Stück kosmetische Operation. Nicht daß der Bengel nachher verstümmelt ist! Er würde Sie zeitlebens verfluchen. Rufen Sie mich, wenn Sie fertig sind. Ich seh' mir das an.«

Schwester Eusebia brachte anschließend Frau Hürten.

Die Frau, die nun das Sprechzimmer betrat, war nach den Eintragungen 30 Jahre alt. Eine blonde, gutaussehende, sehr gepflegte Dame, selbstbewußt, mit einem immerwährenden verbindlichen Lächeln auf den Lippen.

Sie hatte vor etwa zwei Jahren um eine Unterredung gebeten, weil ihr Mann bei einem Bombenanschlag durch eine verhältnismäßig unscheinbare Verletzung impotent geworden war. Sie hatten sich sehnlichst ein Kind gewünscht. Der naheliegende Gedanke an eine Samenübertragung mußte im Zuge eingehender Untersuchungen als aussichtslos aufgegeben werden.

»Sie hatten damals gewisse Sorgen«, begann der Arzt.

»Die Sachlage hat sich inzwischen erfreulicherweise geklärt. Angesichts der besonderen Umstände haben wir beschlossen, die Hilfe einer Samenbank in Anspruch zu nehmen. Haben Sie gute Erfahrungen mit solchen Banken?«

»Wir haben hier letztes Jahr etwas über 1400 Fremdbesamungen durchgeführt, und zwar mit ausgezeichnetem Erfolg.«

Frau Hürten entnahm ihrer Handtasche ein engbeschriebenes Blatt.

»Mein Mann und ich haben hier eine Art Wunschliste zusammengestellt. Sie enthält die wichtigsten Merkmale, die wir beim Spender voraussetzen müssen, damit es später keine unliebsamen Überraschungen gibt. Dazu gehören natürlich auch Rassenmerkmale.«

»Ich verstehe.«

Der Professor überflog die Liste.

»Um sicherzugehen, daß wir den richtigen Spender finden, müßte ich mich erst mit den in Frage kommenden Banken in Verbindung setzen.«

»Das kann doch hoffentlich keine Verzögerung bedingen.«

Merkwürdigerweise schien dieser Punkt der Dame besonders wichtig zu sein.

»Kaum. Sie sagten meiner Schwester, die Sache sei dringend?«

»Ja. Ich möchte das so schnell wie möglich hinter mich bringen, weil mein Mann schon kommende Woche eine längere Reise nach Tokio antreten und ich ihn dabei begleiten muß.«

»So schnell wie möglich... Gewiß, aber den Zeitpunkt für eine

Insemination bestimmt die Natur. Wir können ihn zwar durch besondere Hormongaben etwas verschieben, aber–«

»Das wird nicht nötig sein. Ich bin morgen oder übermorgen ohnehin schon soweit. Auch deshalb habe ich gebeten, Sie noch heute sprechen zu dürfen.«

»Dann stehe ich Ihnen gern zur Verfügung. Wir müssen Sie nur bitten, uns rechtzeitig vor dem kleinen Eingriff eine schriftliche Einverständnis-Erklärung Ihres Gatten vorzulegen. Das verlangt die Klinik. Den Vordruck wird Ihnen die Schwester überreichen. Sobald das Erbgut eingeht, werde ich Sie telefonisch verständigen, damit wir einen Termin vereinbaren.«

»Ich bin in den nächsten Tagen jederzeit abkömmlich. Muß ich anschließend noch in Ihrer Klinik verbleiben?«

»Sie können uns eine Stunde später schon wieder verlassen.«

Frau Hürten bedankte sich mit ihrem verbindlichsten Lächeln. Der Arzt begleitete sie zur Tür.

»Schwester, wir brauchen einen Vordruck.«

»Mein Mann wird mich persönlich herbringen«, sagte Frau Hürten zum Abschied.

Unten wartete ein schwarzer Mercedes mit einer Diplomatennummer. Ein gutaussehender 28jähriger Mann öffnete den Schlag von innen. Sie ließ sich neben ihn auf das Polster fallen und lehnte sich mit geschlossenen Augen zurück.

»Na?« fragte er gespannt.

Sie nahm ihm die Zigarette von den Lippen und tat erst einen Zug.

»Geschafft!«

Er atmete sichtbar auf. Sie legte ihre linke Hand auf seinen Oberschenkel und schmunzelte überlegen.

»Keine Bedenken?« fragte er.

»Nicht die Spur. Weshalb sollte er auch? Er weiß doch von Richards Verletzung. Ich muß nur sein Einverständnis beibringen. Das verlangt die Klinik in allen Fällen.«

»Und sein Einverständnis?«

»Beschlossene Sache.«

»Wann wird das gemacht?«

»Schon morgen oder übermorgen.«

»Wenn der Professor jetzt nur nicht in letzter Minute stutzig wird!«

»Mal den Teufel nicht an die Wand!«

Der Mann lenkte den Wagen langsam in die Fahrbahn. Um seine Lippen lag ein stilles, zufriedenes Lächeln.

»Nimmst du noch eine Tasse Tee bei mir?« fragte er.

»Tut mir leid, Manuel, aber du kannst dir sicher denken, wie nervös Richard jetzt wartet.«

»Schade!«

»Ja, schade.«

Sie warf dem Mann an ihrer Seite einen flüchtigen Blick zu. Wie sie ihn liebte! Diesen schlanken Kopf mit der hohen Stirn, diese brennenden Augen; die schwarzen Haare, die ebensowenig zu bändigen waren wie er selbst.

Manuel war Österreicher, in Wien aufgewachsen, katholisch erzogen und den Lehren seiner Kirche fest verhaftet. Sie kannte ihn nun schon ein halbes Jahr, und jeder Tag, da sie ihn sehen konnte, war ein Feiertag für sie gewesen.

»Wenn du wenigstens zu einem kleinen Drink mit heraufkämst!«

Sie zögerte. »Gut. Aber nur fünf Minuten.«

Es wurde dann doch eine halbe Stunde daraus...

Die nächste Patientin war eine Vierzigerin. Überschlank, fast hager, mit schmalem Gesicht und spitzem Kinn. Eine harte Frau. Er sah es gleich.

»Frau –«, ein Blick auf die Karteikarte, »Frau Rogers, Sie sind heute zum erstenmal hier. Darf ich fragen, was –«

Er durfte nicht. Er kam gar nicht dazu.

»Mein Mann ist Mulatte, knapp 29, prima Bursche, aber wissen Sie, was der jetzt will, das geht denn doch zu weit!«

Der erfahrene Professor machte sich aufs Schlimmste gefaßt.

»Ein Kind! Ich bitte Sie: Ich bin eine Weiße und soll am Ende ein Negerkind... Also ich versteh' ja 'nen Spaß und liebe meinen Jo von Herzen, aber ein Negerkind...«

»Daß es ein schwarzes Kind wird, ist doch noch gar nicht gesagt. Nach den Mendelschen Gesetzen –«

»Ach, wissen Sie Professor, die dämlichen Paragraphen lassen mich kalt. Darum geht's nicht. Ich will ihm den Gefallen ja auch tun, nur eben ...« Sie kam trotz ihres vehementen Redeflusses ins Stottern.

»Ja?«

»Ein Kind, wenn's schon sein muß, dann aber nur von einem Weißen.«

»Sie denken an Fremdbesamung.«

»Klar.«

»Das ist kein Problem. Die Klinik braucht dazu nur das Einverständnis Ihres Mannes. Sagen Sie ihm, er soll uns mit seinem Paß besuchen und hier die vorgeschriebene Erklärung unterschreiben.«

»Müssen Sie darüber auch noch mit ihm sprechen? Er ist so mimosenhaft genierlich.«

Der Professor nickte verständnisvoll.

»Melden Sie sich mit ihm bei der Schwester.«

Die Dame richtete sich auf.

»Dann geht das ja in Ordnung. Ich bringe ihn gleich morgen her.«

»Ich muß Sie aber darauf hinweisen ... Sie sind schon weit über vierzig und ...«

»Ach, wenn weiter nichts ist, mich halten alle für dreißig!«

»Darum geht's leider nicht. Bei Frauen über dreißig wächst die Gefahr von Mißbildungen von Jahr zu Jahr.«

»Macht mir nichts aus. Eine Fehlgeburt ...«

»Es könnte sogar eine Mißgeburt –«

»Ausgeschlossen, so was liegt bei uns nicht in der Familie!«

Sie hatte nicht verstanden. Der Professor gab's auf.

»Sie wissen, daß die Krankenkassen die Kosten für solche Inseminationen nicht übernehmen?«

»Spielt keine Rolle. Wann kann das gemacht werden?«

»Sobald Ihr Gatte den Revers unterschrieben hat.«

»Danke sehr. Dann sehe ich klar!«

Frau Rogers ging.

Merkwürdig, dachte der Professor, daß der Mann das mitmacht ...

Doch dann vergaß er es wieder.

»Frau Lorre.«

Die Schwester legte dem Professor die Karteikarte auf den Schreibtisch.

»Rein mit ihr!«

Eine rundliche, nette, sympathische Frau. Hochschwanger. Der Professor warf einen Blick auf die Karte.

»Achter Monat«, sagte er. »Haben Sie Beschwerden? Sie sehen doch recht gut aus.«

»Ich möchte auch nicht klagen. Nur in letzter Zeit ... Also das wird bestimmt ein richtiger Lauser. Die Fußtritte, die mir der Bengel ab und zu verpaßt, vor allem nachts ... Na ja, mein Oller ist ja auch so ein Grobian.«

»Wer sagt Ihnen denn, daß es ein Junge wird?«

»Ich bitte Sie, bei den Manieren!«

»Ach, das haben die Embryos im achten und neunten Monat alle so an sich. Haben Sie sonst noch Beschwerden?«

»Nur den Hautausschlag im Gesicht und manchmal dieses Jukken am ganzen Körper.«

»Liebe Frau Lorre, Sie freuen sich doch auf Ihr Kind?«

Frau Lorre strahlte.

»Ich will ja auch nicht klagen.«

Der Arzt drückte den Klingelknopf. Schwester Eusebia streckte den Kopf herein.

»Doktor Ring soll Frau Lorre einmal kurz untersuchen. Vielleicht geben wir ihr auch ein Mittel gegen das lästige Jucken.«

»Danke schön, Herr Professor.« Frau Lorre machte doch tatsächlich einen Knicks. Das hatte sie seltsamerweise von ihrer deutschstämmigen Mutter übernommen. »Und auf Wiedersehn!«

»Läuft dieser verdammte Air-Conditioner schon wieder nicht?« brummte der Professor. »Diese Hitze würgt mich ab.«

»Der läuft schon seit Stunden auf Volldampf«, sagte die Schwester. »Kann ich Ihnen gleich Herrn Bromberg hereinreichen?«

»In Gottes Namen!«

Ein gutaussehender Mann um die Vierzig. Gesunder Eindruck, aber etwas linkisch, unbeholfen, vielleicht schüchtern.

»Herr Bromberg – Sie haben Sorgen mit Ihrer Frau, wie mir die Schwester sagt. Was fehlt ihr denn?«

»Nichts, Herr Professor.«

»Das höre ich gern. Wartet Ihre Frau draußen auf Sie?«

»Nein, nein, sie darf doch gar nicht wissen, daß ich hier bin.«

Professor Garry war allerlei gewohnt. Auch Männerbesuche, obwohl er als Gynäkologe eigentlich nur mit Frauen zu tun hatte.

»Was bedrückt Sie denn?«

»Ja, wie soll ich das ausdrücken? Als Mann zu Mann..., ist ja ein bißchen heikel.«

»Ist Ihre Frau etwa in den Wechseljahren?«

»Um himmelswillen, Herr Professor, wo denken Sie hin!«

»Wie lange sind Sie denn schon verheiratet?«

»Knapp zwei Wochen.«

»Was? Und da gibt's Schwierigkeiten? Wie alt ist denn Ihre Frau?«

»Das ist ja der Haken, erst siebzehn.«

»Ein herrliches Alter!«

»Und ein herrliches Mädchen.« Er stöhnte. »Wahrscheinlich viel zu herrlich für mich.«

Der Professor besah sich den Mann und sagte: »Zu schön, das gibt's doch gar nicht. Oder sträubt sie sich etwa?«

»Nicht die Spur.«

»Ja, wo drückt Sie denn dann der Schuh?«

»Daß mich die Bella so schrecklich aufregt. Wenn ich sie bloß sehe ... kurz und gut, es klappt, aber es klappt nicht, wie es sollte, es klappt zu früh.«

»Was sagt Ihre Frau dazu?«

»Das ist es ja. Die kann das gar nicht verstehn, wo es doch ein Beweis besonders heißer Liebe ist.«

»Mir scheint, Herr Bromberg, Sie sind wohl mehr ein Fall für einen Psychiater.«

»So einen mit der Couch? Da hab' ich nichts für über.«

»Gut, dann wollen wir's mal mit einem Bremser versuchen.«

»Ist das etwa so was wie ein Kurpfuscher?« Herr Bromberg machte ängstliche Augen.

Dr. Garry lachte.

»Nein, das ist ein harmloses Medikament. Ein besonderes Beruhigungsmittel.«

»Doch nicht etwa ein Schlafmittel? Das wäre das Ende!«

Der Professor nahm seinen Rezeptblock.

»Nehmen Sie davon in der ersten Woche etwa eine Stunde vor dem Zubettgehen eine halbe, später eine ganze Tablette. Das hilft bestimmt. Und wenn die Zeit der ersten Frühlingsstürme erst vorbei ist, wird so was überhaupt nicht mehr nötig sein.«

»Wenn es dann nur nicht zu stark wirkt, Herr Professor!«

»Dann nehmen Sie halt eine halbe Tablette.«

Er füllte den Zettel aus, ohne den kaum noch ein Arzt einen Patienten entläßt, weil man damit die Patienten am schnellsten los wird. Herr Bromberg faltete ihn sorgsam zusammen und ging.

An der Tür zögerte er noch einen Augenblick.

»Haben Sie noch eine Frage?«

»Nein, Herr Professor. Aber was Sie da von den Frühlingsstürmen gesagt haben ... Hoffentlich ...«

»Keine Sorge, die erlebt jeder Mann ab und zu, denn Alter schützt selbst mit neunzig noch nicht vor Torheiten.«

Das Telefon. Es war Dr. Jung. »Herr Professor, das ist ein Gesellenstück geworden. Kommen Sie sich's ansehn?«

»Die Kommandeuse läßt mich nicht weg. Wie hat er sich denn angestellt? Mußten Sie ihm eine Spritze geben?«

»Als er die sah, ist er fast in Ohnmacht gefallen.«

»Scopolamin?«

»Ja. Dann war ihm alles Wurst. Der Junge ist vielleicht eine Zimperliese.«

»Danke für die Arbeit. Schicken Sie ihn heim.«

Als er aufgelegt hatte, kam Schwester Eusebia.

»Fräulein Maria Laudy.«

»Ach die Maria! Freut mich. Aber geben Sie mir erst noch den Vater von Wyn, damit der beruhigt ist.«

Eine Minute später hatte er die Verbindung.

»Barding, dein Stammhalter hat's überlebt. Sag mal, du hast doch noch so zwei Knirpse.«

»Mein ganzer Stolz. Einen von vier und einen von zehn Jahren.«

»Dann schick mir deinen Stolz gelegentlich mal herein. So was vererbt sich mitunter.«

»Du machst mir Kummer.«

»Nur weil du zu bang bist, das selber festzustellen.«

»Ach Doc ..., du weißt doch!«

»Ja, von wem der Wyn die Zimperlichkeit geerbt hat!«

»Herr Professor ...«

»Na, rein mit meiner Maria!«

»Ach, Herr Professor ...«

»Haben Sie Bauchweh?«

»Das kann man bei Ihnen kriegen. Den armen Herrn Bromberg haben Sie wohl rücksichtslos zusammengestaucht. Der sitzt da draußen und starrt kreidebleich auf Ihr Rezept.«

»Ich möchte bloß wissen, warum. Der Schnellstarter soll sich mal zusammenreißen. Was muß sich der alte Esel auch in so ein Schulmädchen vergaffen.«

»Ach, Herr Professor, Ihre Ausdrücke ...«

»Sie hätten sich auch besser eine Stelle in einem Jungfernpensionat gesucht statt bei einem Gynäkologen, wo doch den ganzen Tag von nichts anderem die Rede ist. – Also: die Maria bitte!«

»Ein nettes Mädchen. Die kenne ich ja noch gar nicht.«

»So? Dann gucken Sie doch mal in Ihre Kartei und lesen Sie was da vor ein paar Jahren gewesen ist.«

»Himmel – die ist das? Die hätte ich nie und nimmer wiedererkannt.«

Der Professor stand prustend auf und holte sich seine Maria gleich selber herein.

Maria Laudy hatte sich an diesem drückend schwülen Morgen von ihrem Fahrer in die Stadt bringen und vor der neuen Klinik absetzen lassen. Sie betrat das helle Haus mit schnellen energischen Schritten. Nicht zögernd und zitternd wie vor zwei Jahren, als sie in ihrer Angst und Verzweiflung den nie wieder gutzumachenden Fehler begangen hatte.

Hätte sie damals doch bloß ahnen können, was das Schicksal ihr schon wenige Wochen später zugedacht hatte!

Nun war sie wieder bei dem alten Freund ihres Vaters angemeldet, dem Arzt, der ihr damals schweren Herzens geholfen hatte.

Während sie aus der schweißtreibenden Hitze der Stadt in den kühlen Flur trat, fröstelte sie. Auch dieser Gang war ihr nicht leichtgefallen.

»Ach, Maria! Sind Sie es wirklich? Mein Gott, wie lange habe ich Sie nicht mehr gesehen! Was treibt Sie zu mir? Kann ich Ihnen helfen?«

Maria hob den Kopf und sah vertrauensvoll in seine guten Augen.

»Lieber Doc, Sie sind immer noch der alte, und ich bin immer noch das dumme Mädchen von damals.«

»Maria, das ist beinahe schon nicht mehr wahr. Was führt Sie denn heute zu mir?«

»Dasselbe wie damals: Angst und Verzweiflung. Aber diesmal mit umgekehrten Vorzeichen.«

Der Arzt umfing ihre jungenhaft schlanke Gestalt mit einem prüfenden Blick.

»Treten Sie ein, Maria, nehmen Sie Platz.« Und nach einer kurzen Pause: »Fehlt Ihnen was? Stimmt etwas nicht? Sind Sie krank?«

»Es stimmt was nicht. Ich selber am wenigsten. Ich bin am Ende.«

Ihre Stimme zitterte. Der Arzt sah sie besorgt an.

»Maria, Sie sind doch nicht wieder –«

»Nein, nein, aber diesmal möchte ich es werden. Wieder werden. Und dabei sollen Sie mir helfen.«

»Weiß Ihr Vater von Ihrem heutigen Besuch?«

»Ebensowenig wie damals. Es würde ihn auch nicht interessieren, und ich bin gewohnt, meine eigenen Wege zu gehen. Das habe ich lernen müssen.«

Ihre Stimme klang auf einmal hart und bestimmt.

»Sie wollen heiraten?« fragte der Professor.

»Nein, das will ich ganz und gar nicht. Ich bin verheiratet gewesen. Ohne Trauschein. Nur ein paar armselige Monate lang.«

»Ich weiß.«

»Aber was Sie nicht wissen können: Ich will ein Kind.«

»Ist denn ein neuer Mann in Ihr Leben getreten?«

»Nein.«

Der Professor schüttelte den Kopf.

»Aber dann, Maria, verstehe ich wohl nicht recht.«

»Doch, doch«, sagte Maria fest, »Sie haben mich schon ganz richtig verstanden.«

Der alte grauhaarige Arzt sah der jungen Frau, die da vor ihm saß, lange in die Augen. Er kannte sie seit zwanzig Jahren. Damals hatte er sie mit einem Kaiserschnitt ins Leben geholt. Und als sie ihn mit achtzehn, tief beunruhigt, gebeten hatte, sie zu untersuchen, hatte er ihr die bestürzende Tatsache sagen müssen.

»Maria, ich hoffe, Sie sind sich darüber völlig klar.«

Maria nickte.

»Ich habe zwei Jahre darüber nachgedacht und immer wieder mit mir gerungen. Jetzt steht mein Entschluß fest. Oder haben Sie – als Arzt – Bedenken?«

»Nichts weniger als das. Aber die gesellschaftlichen Konsequenzen! Man kennt Ihre Familie. Ihr Vater ist ein hochangesehener Strafverteidiger.«

»Das alles kann mich nicht umstimmen.«

»Man würde munkeln, Gerüchte ausstreuen.«

»Sie würden mich nicht schrecken. Ich werde meine Absichten und meine Gründe bekanntgeben, sobald Sie mir die beginnende Schwangerschaft bestätigt haben, um so allem Gewäsch das Wasser abzugraben.«

Doch Dr. Garry gab noch nicht auf.

»Darf ich Sie als Freund der Familie darauf hinweisen, daß ein solcher Entschluß bei vielen Verständnislosigkeit, Ablehnung, ja Empörung auslösen könnte? Man weiß, wie viele gesunde intelligente Männer sich in den letzten Jahren vergeblich um Sie bemüht haben.«

»Vergeblich, weil ich eine Ehe ohne wirkliche Liebe nur für eine gegenseitige Quälerei halte. Zur Liebe gehören zwei. Und der Liebe bin ich nach dem Tode Rudolfs nie wieder begegnet. Dabei weiß ich heute nicht einmal, was mich so an ihm gefesselt hat: seine Freundschaft, seine Zärtlichkeit – oder das andere. Ich sehe in der Ehe eine Fessel, in die ich mich nicht freiwillig schlagen lasse. Männer interessieren mich als Gesprächspartner, als Gesellschafter – sonst nicht. Sexuelle Beziehungen zu ihnen halte ich für gefährlich. Die Frau gibt sich damit bloß in die Gewalt des Mannes.«

»Und umgekehrt!«

»Gewiß, aber seltener. Deshalb bin ich gegen die Ehe.«

Dr. Garry war offensichtlich überrascht. Eine so harte Ablehnung intimer Beziehungen hatte er in seiner langjährigen Praxis nur äußerst selten erlebt.

»Ich muß Ihre Einstellung zur Kenntnis nehmen. Aber Sie sind sich doch darüber im klaren, daß es sich auch bei einer Befruchtung durch einen anonymen Spender im Grunde um eine sexuelle Kontaktnahme handelt.«

»Diesen Mann kenne ich nicht. Er ist und bleibt mir fremd und gleichgültig. Er wird weder auf mich noch auf mein Kind den geringsten Einfluß haben. Wie gut, daß ich nicht gezwungen bin, ihn zu sehen. Für mich ist er ein Mensch ohne Profil, nur einer von Millionen, bezahlt wie ein Medikament – und vergessen. Ihn brauche ich nicht gewaltsam zu verdrängen, nicht mit dem anderen zu vergleichen, den ich nicht vergessen kann und nicht vergessen will. Ja, ich brauche ihn mir nicht einmal als einen Mann aus Fleisch und Blut vorzustellen: Er existiert überhaupt nicht. Und deshalb kann er Rudolf nie aus meinem Herzen verdrängen.«

»Maria, Sie waren damals noch sehr jung. Ein gutbehütetes unschuldiges Kind, das sich halsüberkopf in ein romantisches Abenteuer verstrickt sah.«

»Heute weiß ich, daß ich in meiner Angst und Verzweiflung den größten Fehler meines Lebens begangen habe, als ich Sie um Hilfe anflehte. Doch das wurde mir erst klar, als man seinen zerschmetterten Körper in einer abseitigen Ecke des Friedhofs der Erde zurückgab.«

Sie schloß die Augen. Auf einmal war nur noch das monotone Summen und Rauschen des Air-Conditioners im Raum. Erinnerungen tauchten auf und lasteten wie ein Alpdruck auf ihr.

Es war ein armseliges Begräbnis gewesen. Nur vier Menschen hatten den billigen Sarg begleitet. Sie war nicht unter ihnen. Und nicht einer wußte, was er ihr bedeutet hatte, keiner ahnte ihren grenzenlosen Schmerz.

Erst als der Friedhofsgärtner das Grab zugeworfen hatte, war Maria an den kleinen Hügel getreten.

Allein.

In einem Gefühl maßloser Verlorenheit legte sie den Zweig roter Orchideen zu den zwei armseligen Kränzen. Ein seltsamer Kontrast. Ein letzter heimlicher Gruß, heimlich wie die kurze, alles überstrahlende Liebe, die sie mit diesem lebensfrohen Jungen verbunden hatte.

Erst als sie langsam die kiesbestreuten Wege des Friedhofs zurückging, kroch neben ihrem wilden Schmerz das neue, bittere Gefühl der Vereinsamung in ihr hoch.

Nur vier Monate hatte die ängstlich verborgene Liebe zu dem jungen Gärtner ihres Vaters gedauert. Eine verbotene Liebe, der ein

Motorrad-Unfall ein schreckliches Ende gesetzt hatte. Damals konnte sie mit keinem darüber sprechen, von keinem Trost erwarten. Schon gar nicht von ihren Eltern.

Ihr Vater war ein geachteter Rechtsanwalt, den sie in dem großen Haus nur bei den Abendmahlzeiten zu sehen bekam. Ihre Mutter war tot – eine Frau, die keinen andern Ehrgeiz gekannt hatte als den, für eine Schwester Marias gehalten zu werden. Eine Frau, die alle in ihrem Umkreis auftauchenden jungen Männer mit den Augen einer halbverhungerten Wildkatze verschlungen hatte und eines Tages von einem dieser Männer grausam umgebracht worden war. Es war kein Lustmord, es war ein Unlustmord gewesen...

Wie hätte Maria zu ihr von der zärtlich schüchternen Liebe zu Rudolf sprechen können! Sie hätte ihn auf der Stelle entlassen.

Die kurze Zeit mit Rudolf war voll beglückender Heimlichkeiten gewesen. Er hatte sie mit dem ganzen Ungestüm seiner zwanzig Jahre an sich gerissen, und sie hatte das Glück genommen, bis sie verwirrt erkennen mußte, daß sie schwanger war.

Hätte sie jetzt noch das Kind von ihm, sie hätte sich mit ihm auch über den Tod hinaus verbunden fühlen können.

Nun hatte sie nichts mehr von ihm. Nicht einmal ein Foto. Nur die Melodie eines kleinen deutschen Liedes, das er zuweilen gesungen hatte, wenn sie engumschlungen nebeneinander saßen: »Ach, wie ist's möglich dann?« Sie kannte nur die paar Worte, nicht einmal den Sinn des Liedes.

Dr. Garry fühlte, was in ihr vorging. Da saß nun vor ihm eine junge Frau, in deren Armen jeder gesunde Mann das Glück seines Lebens hätte finden können, verloren an eine Liebe, die – gemessen an einem Menschenalter – nur die Dauer eines Augenblicks bestanden hatte. Diese begehrenswerte Frau verschloß sich dem unermeßlichen Reichtum menschlicher Empfindungen. – Er konnte und wollte das nicht verstehen.

»Ich meine, Sie sollten sich das noch einmal gründlich überlegen«, sagte er nach langem Schweigen.

Maria schüttelte den Kopf.

»Ich habe alles Grübeln weit hinter mir. Mein heutiger Besuch ist das Ergebnis jahrelanger, viel zu langer Überlegungen. Ich möchte nicht länger allein bleiben – ich ertrüge das nicht. Ich brauche einen Menschen, um den ich mich kümmern darf und den ich liebe. Meine

Vereinsamung ist kaum noch erträglich. Sie würde mich mit der Zeit zur Selbstaufgabe verleiten. Ich war ohnehin schon ein paarmal nahe davor.«

»Gut«, sagte Dr. Garry erschrocken. »Daß es so schlimm ist, habe ich nicht ahnen können. Verzeihen Sie mir.« Er sah auf seinen Terminkalender. »Wenn Sie mich in einer Woche noch einmal besuchen, werden wir alle Einzelheiten in Ruhe besprechen. Ich beschaffe inzwischen die Fragebogen der Samenbank, mit der ich schon seit fünfzehn Jahren zusammenarbeite.«

Maria atmete auf.

»Ich bin froh, daß Sie mich verstehen. Daß es Ihnen nicht leichtfallen würde, habe ich geahnt.«

Dr. Garry drückte sie an sich.

»Mein Kind, unsere Gefühle sind unwandelbar. Da hat alles Raten keinen Zweck. Da kann man nur noch versuchen, zu verstehen – und zu helfen. Und das werde ich tun.«

Der deutsche Diplomat Dr. Richard Hürten war ein Mann von 40 Jahren. Er hatte Volkswirtschaft studiert und war gleich nach Beendigung seines Studiums in die Politik gegangen. Dort hatte er schnell Karriere gemacht. Sein ruhiges, abgeklärtes Wesen, seine Besonnenheit bei Diskussionen und Verhandlungen, sein verbindliches, stets etwas zurückhaltendes Wesen hatten Vertrauen eingeflößt. Mit Recht: Hürten war der geborene Diplomat. Im harten Lebenskampf hätte er versagt. Er war zuverlässig und pünktlich. Obwohl er schon mit 18 Jahren der heimliche Schwarm vieler Mädchen und mancher jungen Frau war, hielt er sich zurück. War es Scheu, oder war es der Wunsch, keine Bindung einzugehen, bevor er seinen Weg eingeschlagen hatte – keiner wußte es. Am wenigsten er selbst. Doch dann, als dem 30jährigen überraschend eine hervorragende Chance im Auslandsdienst angeboten wurde, änderte sich das. Sei es, weil er plötzlich das sichere Gefühl hatte, etwas zu sein, oder die Erkenntnis, daß ein Diplomat in seinem Alter und in seiner Stellung den solider scheinenden Weg in die Ehe zu gehen hatte, er sah sich jedenfalls mit erstaunlicher Konsequenz in den bekannten Familien um, und schon ein halbes Jahr später war er verlobt.

Helga war die Tochter eines Industriekaufmanns, der alles tat, um die Verbindung seiner Tochter mit dem angesehenen und aussichtsreichen Diplomaten zu fördern.

Rückschauend bleibt festzustellen, daß es eine vielbeachtete, viel bewunderte und beneidete, zweifellos recht glückliche und ausgeglichene Ehe war; aber eine leidenschaftliche, himmelstürmende Liebe mit all ihren Höhen und Tiefen war es nicht.

Das lag nicht an Helga; das junge Mädchen hatte vor der Ehe zwei recht bewegende Erlebnisse mit Gleichaltrigen. Eine dieser Jugendliebeleien war sogar nicht ohne Folgen geblieben. Die segensreiche Pille hatte es noch nicht gegeben, und ihre Mutter hatte zweimal alle Möglichkeiten aufbieten müssen, um unliebsames Aufsehen zu verhindern. Sie hatte es sogar geschafft, daß Helgas Vater bis zuletzt an die Unschuld seiner Tochter glaubte. Selbstverständlich waren in dieser Ehe Kinder geplant, mindestens zwei. Doch dann kam der Anschlag auf die Kolonne des Ministers. Es gab zwei Tote und sieben Verwundete.

Am wenigsten betroffen, so schien es, war Dr. Hürten. Was keiner ahnte, war jedoch schmerzlich genug. Helga hatte sich nach kurzer glücklicher Ehe mit der Tatsache abzufinden, daß ihre Ehe nur noch ein freundschaftliches, kameradschaftliches Zusammenleben sein konnte.

Richard schlug Helga eine Scheidung vor, doch sie sah die Schwierigkeiten, die zu erwarten waren, nicht voraus, und Richard tat alles, um ihr über diese Klippe hinwegzuhelfen, soweit das durch eine Erweiterung ihres gesellschaftlichen Rahmens möglich war.

Was er verhindern wollte, geschah dann doch. Es geschah mit der Gewalt eines Naturereignisses und drohte einige Zeit zur Katastrophe zu führen: Helga suchte außerhalb der Ehe, was das Unglück ihr vorenthielt. Sie suchte und fand es bei mehreren Männern unterschiedlichen Niveaus, zuletzt bei dem jüngeren, ungewöhnlich reizvollen Manuel von Ebersbach. Zwischen beiden war der Funke sofort übergesprungen.

Sie fanden schon bei ihrem ersten heimlichen Rendezvous zueinander. Der dunkelhaarige junge Mann mit den breiten Schultern und den schmalen Hüften war in ihren Augen der Inbegriff männlicher Reize und Tugenden und im Gegensatz zu allen anderen auch imstande, ihr den gleichen Lebensstandard zu bieten.

Sie sprachen nicht ein einziges Wort über Freundschaft. Für sie stand fest, daß sie für immer zusammengehörten und dieses Ziel bewußt, aber mit der gebotenen Rücksichtnahme anstreben würden, zumal Helga schon nach wenigen Monaten schwanger wurde.

Der vielleicht naheliegende Gedanke an eine Abtreibung kam gar nicht erst auf.

Ein offenes Gespräch zwischen beiden Männern schien unausweichlich, aber Helga ängstigte sich maßlos davor.

In dieser Lage hatte sie einen rettenden, ja geradezu genialen Einfall. Sie legte ihrem Mann den Gedanken nahe, ihre familiären Bindungen durch ein Kind zu festigen. Richard glaubte an die heilsame Wirkung einer solchen Lösung und war sofort einverstanden. Ja, er verstand kaum noch, daß er nicht schon selbst auf diese Idee gekommen war.

Als Helga ihm dann die Bereitschaft der Klinik melden konnte, fiel eine Zentnerlast von seinen Schultern. Nun würde ein Kind das zerrissene Band aufs neue knüpfen.

Zwei Tage später brachte er Helga selber in die Klinik. Sie hatte großen Wert darauf gelegt, Dr. Garry das herzliche Einverständnis ihres Mannes nicht nur durch die unterschriebene Urkunde zu zeigen.

Alles schien in bester Ordnung.

Doch dann geschah, was zu befürchten war: Der Arzt unterbrach die Voruntersuchung brüsk und sagte kühl: »Madame, Sie hätten mich nicht zu bemühen brauchen. Die Natur hat die heterologe Insemination offenbar schon selber vorgenommen.«

Dann verließ er den Operationsraum ohne ein weiteres Wort.

Helga war, als hätte man sie mit Eiswasser übergossen. Alles in ihr krampfte sich zusammen.

Die Katastrophe, die sie hatte verhindern wollen, würde nun wie eine Lawine auf sie zurollen.

Sie erhob sich schreckensbleich vom Operationsstuhl und kleidete sich mit zitternden Händen langsam an.

In einer Stunde würde Richard kommen, um sie abzuholen.

Was ihm sagen? Was tun?

Sie sprach mit der Vorzimmerschwester und ließ Dr. Garry um eine nochmalige kurze Unterredung bitten.

Der Arzt empfing sie mit eiskalter Höflichkeit.

»Herr Professor, ich war verzweifelt, als ich zu Ihnen kam. Nun bin ich am Ende. Mein Mann wird mich gleich abholen, und wenn er dann erfährt...«

»Sie stehen unter dem Schutz ärztlicher Schweigepflicht.«

»Auch in diesem Fall?«

»Ich werde Ihren Gatten nicht empfangen. Sie können also unbesorgt sein.«

»Aber Ihre Liquidation wird doch ausweisen, daß eine Fremdbesamung nicht stattgefunden hat.«

»Über diesen Punkt sprechen Sie bitte mit der Klinik. Ich empfehle Ihnen, die Rechnung sofort zu begleichen, damit die Sache nicht groß aktenkundig wird, und bin bereit, der Verwaltung eine entsprechende Anweisung zu geben.«

»Professor, ich weiß nicht, ob Sie nachempfinden können, wie einer Frau in meiner Lage zumute ist.« Sie weinte.

»Fassen Sie sich erst einmal«, sagte der Professor. »Wer seinen Beruf als Frauenarzt so lange wie ich ausgeübt hat, für den gibt es keine umwerfenden Überraschungen und der verurteilt auch nicht.«

Helga verließ den Arzt. Sie ging zur Kasse und beglich die Rechnung mit einem Scheck. Dann wartete sie in der Eingangshalle auf das Erscheinen ihres Mannes.

Für einen Augenblick kam ihr der Gedanke, Manuel anzurufen und ihn in ihrer Verzweiflung um Rat und Hilfe zu bitten. Doch dann trat eine gewisse Entspannung ein und machte ruhigeren Überlegungen Platz.

War denn wirklich alles verfahren?

Mußte sie ihrem Mann denn schon berichten? Sie hatte Angst vor seiner Reaktion. Es würde zwar keine Szene geben, keinen Streit, keinen Skandal, aber eine schnelle kalte Trennung, die Manuels Karriere schwer benachteiligen konnte.

Ich muß in Ruhe mit ihm sprechen, sagte sie sich, und ihm reinen Wein einschenken.

Ihr Mann holte sie ab. Arglos und bester Laune.

»Auf diesen guten Gedanken hätten wir schon früher kommen sollen«, sagte er. »Freust du dich nicht schon auf unser Kind? Es soll sich bei uns so wohl fühlen, als wäre es ganz und gar unser eigenes.«

Helga lächelte still. Es war ein wehes, schuldbewußtes Lächeln, und ein Schatten lag dabei auf ihrem Gesicht.

Abends hatte sie Gelegenheit, Manuel heimlich anzurufen.

»Hat alles geklappt?« fragte er ungestüm.

»Nein. Doktor Garry hat sofort gemerkt, was los ist. Ach Manuel, es war eine schrecklich peinliche Situation! Ich hätte mich am liebsten ins nächste Mauseloch verkrochen.«

»Und Richard – was sagt er nun dazu?«

»Er ahnt nicht, was geschehen ist. Er glaubt, alles sei nach Programm gelaufen.«

»Aber dann, Helga, dann ist doch noch nichts verloren! Dann ist doch alles in bester Ordnung. Du kriegst ein Kind – unser Kind –, und er wird glauben, es sei das eines fremden, fernen Mannes. Dazu brauchen wir doch nun gar nichts mehr zu sagen oder zu tun.«

»Manuel – Manuel – das ist ja – ach Manuel, das ist ja ein wahres Geschenk des Himmels. Und wenn unser Kind erst da ist...«

»Dann bekennen wir Farbe.«

»Ist das nötig? Da es in Wirklichkeit nicht sein Kind ist, wird er bei einer Scheidung auch keinen Wert darauf legen, es zu behalten. Er wird mir mein Kind lassen.«

»Unser Kind, für das ich Gott danke!«

Vielleicht wäre Maria nie auf den Gedanken gekommen, ihr Kind von einem Unbekannten zu empfangen, wenn sie irgendwo in Manhattan aufgewachsen wäre. Irgendwo in dem wildbrodelnden Hexenkessel vor New York. Sie war in einer Oase aufgewachsen, einem Vorort von New York, wohin sich ihr Vater schon kurz nach ihrer Geburt zurückgezogen hatte. Dr. Laudy war damals schon ein berühmter Strafverteidiger, der keinen größeren Ehrgeiz kannte, als dem Richter selbst die schlimmsten Gangster noch im letzten Augenblick zu entreißen und den Mörder zum Opfer des Ermordeten zu machen.

Schon in seinem ersten großen Prozeß zitierte er den inzwischen international bekanntgewordenen Satz aus einem Roman von Franz Werfel, der einen bestimmten Fall betraf, aus dem Zusammenhang gerissen aber völlig unsinnig war: »Nicht der Mörder, der Ermordete ist schuldig.«

Ihm war kein Verbrecher zu kaltschnäuzig, kein Gangster zu gemein, daß er seine Verteidigung nicht mit besonderem Interesse übernommen hätte. Es war eine Art Sport für ihn.

Schuldig oder nicht schuldig – diese Frage hatte ihn nie berührt. Je sensationeller ein Fall war, um so größer sein Ehrgeiz. Der Gerechtigkeit mit allen Listen und Tücken ein Schnippchen zu schlagen und aus dem Saulus einen Paulus zu machen, ein bedauernswertes Opfer der menschlichen Gesellschaft – das verstand er wie kein zweiter. Ihn der – wie er sagte – grausam und blindwütig rächenden Justiz zu entreißen, war sein Ehrgeiz.

Schon sein erster Prozeß, bei dem ein dreifacher Kindsmörder vor Gericht verurteilt werden sollte, ein unsympathischer, übel beleumundeter und schon mehrmals vorbestrafter Gewohnheitsverbrecher, hatte den damals 35jährigen Rechtsanwalt in die Spitzenklasse amerikanischer Strafverteidiger gehoben. Mörder, deren Chancen gleich Null waren, hatte er freigekämpft, obwohl alle Welt bis auf die zwölf Geschworenen von seiner Schuld fest überzeugt waren. Selbst er, sein Verteidiger ...

»Dieses Urteil ist ein Hohn auf die Gerechtigkeit!« schrieb damals die »New York Times«. »Dieser Dr. Laudy ist kein Rechts-Anwalt, sondern ein Anwalt des Unrechts.« Die Folge war, daß sie damit erst recht das Augenmerk auf ihn lenkte.

Die Unterwelt zahlte dem Anwalt, was er verlangte. Und er war auch in diesem Punkt nicht schüchtern.

In einem kleinen, bescheiden eingerichteten Büro in der Bronx hatte er begonnen. Schon fünf Jahre später konnte er ein großes Parkgelände kaufen – nur zwanzig Kilometer von der Stadtmitte entfernt – und sich dort die Villa seiner Träume bauen lassen.

Einsam, gewiß. Doch er liebte diese Einsamkeit, wie er das bescheidene Büro liebte, in dem er begonnen hatte, obwohl er sich ein Luxusbüro in Manhattan hätte leisten können. Es war und blieb symbolisch für sein Geschäft – und für seine Klienten.

Geheiratet hatte er schon als junger unbekannter Anwalt seine Sekretärin. Doch schon nach den ersten großen Erfolgen ließ er sich von ihr scheiden, um die Tochter eines Diamantenhändlers aus der 47. Straße zu heiraten. Das Geld, das sie in die Ehe einbrachte, ermöglichte es ihm, die neuerbaute Villa großzügig auszustatten.

So also sah die Welt aus, in der Maria, die Tochter der zweiten Ehe, wohlbehütet aufgewachsen war.

An dem Tag, an dem sie sich von ihrem Fahrer wieder nach New York zu Dr. Garry bringen ließ, war ihre Mutter schon lange tot.

Maria kam diesmal mit klaren Vorstellungen über die gewünschten äußeren und inneren Merkmale des »Spenders«. Es war ein Bild ihres unvergeßlichen Rudolf.

Sie legte dem Arzt eine sorgfältig durchdachte Wunschliste vor: Größe, Haarfarbe, Augenfarbe, Temperament, alles das, was sie an Rudolf so geliebt hatte.

Dr. Garry studierte die Liste. Es würde eine große Zahl von Spendern geben, die diesem Wunschbild entsprachen.

Trotzdem hielt er es für angebracht, Maria vor falschen Illusionen zu warnen.

»Sie wissen sicher, daß jedem Kind je die Hälfte des mütterlichen und väterlichen Erbgutes in die Wiege gelegt wird. Das sind je eine halbe Million Gene, die jeder Elternteil beisteuert. Diese halbe Million ist eine zufällig und bunt zusammengestellte Mischung, und deshalb in jeder männlichen und weiblichen Keimzelle immer wieder anders. Eltern werden also niemals zwei gleiche Kinder bekommen, obwohl stets gewisse äußerliche Familienähnlichkeiten erkennbar sind. Auch gewöhnliche Zwillinge können deshalb nicht mehr miteinander gemeinsam haben, als alle anderen Kinder einer Familie: ein Kind kann blond, das andere dunkelbraun sein, eines zart und empfindlich, das andere robust und groß; eines ein Junge, eines ein Mädchen.«

»Aber es gibt doch Zwillinge, die sich wie ein Ei dem anderen gleichen.«

»Das sind die sogenannten eineiigen Zwillinge. Sie sind verhältnismäßig selten. Die Statistik sagt: Auf 340 Normalgeburten kommen nur einmal eineiige Zwillinge. Ähnlichkeiten mit dem Vater oder der Mutter können auftreten; das muß aber nicht so sein. Wenn ein Elternpaar tausend Jahre lebte, würde es nicht ein einziges Kind erwarten können, das einem anderen völlig gleicht. Mit anderen Worten: Jede Zeugung ist ein Lotteriespiel. Wie viele äußeren Merkmale ein Kind von dem einen oder anderen Partner mitbekommt, ist nicht vorauszusehen.«

Maria blickte eine Weile schweigend vor sich hin. So weit hatte sie noch gar nicht gedacht. Sie hatte einfach vorausgesetzt, daß das Kind ein blonder Junge sein würde.

»Und ob es ein Junge oder ein Mädchen wird?« fragte sie.

»Das ist ebenso unsicher, wenn man nicht in den natürlichen

Vorgang eingreift. Die Biologen haben entdeckt, daß die männlichen Samenzellen, die allein das Geschlecht des Kindes bestimmen, nicht gleich schwer sind. Die knabenerzeugenden mit dem sogenannten Y-Chromosom sind ein winziges bißchen schwerer. Wenn man diese Tatsache ausnutzt, kann man etwa 80 Prozent Treffer erzielen. Also: Das Risiko – wenn man es so nennen will – bleibt; es läßt sich nur verringern. Ich muß Sie aber darauf hinweisen, daß das Kind, das Sie bekommen werden, nicht die kleinste Erinnerung an den Verstorbenen wachrufen, dafür aber Ihr Kind sein wird, dem Sie Ihre ganze Liebe schenken können und dessen ganze Liebe Ihnen gehört.«

»Etwas anderes habe ich auch nicht erwartet oder erhofft«, sagte Maria. »Und wenn es gar ein Junge sein könnte ...«

»Darüber werde ich schon morgen mit dem wissenschaftlichen Leiter einer hiesigen Samenbank sprechen. Er könnte wenigstens die Wahrscheinlichkeit erhöhen. Jetzt brauchen wir nur noch zu warten, bis Sie soweit sind.«

»Das dürfte in etwa zwei Wochen der Fall sein.«

»Gut. Bis dahin können Sie sich alles noch einmal gründlich überlegen«, sagte der Arzt.

»Zu überlegen gibt es da nichts mehr«, entgegnete Maria fest.

Schwester Eusebia war empört. Die Sache mit dem Mulatten und seiner Frau – also das ging ihr ganz und gar gegen den Strich. Man kann bei so was doch nicht einfach tun, als wüßte man von nichts, und die Sache laufenlassen, als ginge einen das nichts an. Da mußte doch was geschehen. Und dafür würde sie auch sorgen.

Sie trat im Vollgefühl ihrer Mitverantwortung vor den Chef der Klinik und sagte: »Also, Herr Professor, die Sache mit diesem Mulatten, da stimmt was nicht.«

Dr. Garry sah sie verständnislos an.

»Diesem Mulatten? Bei mir war doch ewig kein Mulatte.«

»Er selber ja nicht, aber seine Frau. Sie war vor drei Monaten hier.«

»Und was ist mit dem Mann?«

»Sie sollte ihn doch herbringen, wegen der Einverständnis-Erklärung.«

»Jetzt erinnere ich mich.«

»Sie wollte schon am nächsten Tag mit ihm kommen, hat ihn aber erst gestern angebracht. Herr Professor, ein Bild von einem Mann! Daß der sich so ein mieses Weib erkoren hat...«

»Erkoren, erkoren! Was haben Sie bloß für kuriose Ausdrücke. Die sind noch kurioser als Ihr Vorname! Aber was ist nun? Alles in Ordnung?«

»In Ordnung schon – aber nur auf dem Papier.«

»Was heißt das? Hat er unterschrieben oder nicht?«

»Er hat, aber ob er weiß, was er da unterschrieben hat?«

»Das ist doch auf dem Vordruck ganz deutlich gesagt.«

»Für einen, der lesen kann.«

»Ist der Mann denn blind?«

»Statt den Vordruck zu lesen, hat er ihn sich von dieser Spitzmaus erklären lassen. Der Mann kann nämlich nicht lesen. Und unterschrieben hat er mit drei Kreuzen. Mir kam die Sache gleich verdächtig vor. Obwohl die Frau nur geflüstert hat, habe ich genau mitgekriegt, was sie ihm vorgeschwindelt hat. Um ein Kind von ihm zu empfangen, müsse sie sich bei uns vorher einer kleinen Operation unterziehen. Wenn er dann eine Woche lang auf jeden Verkehr mit ihr verzichte, ginge sein Wunsch in Erfüllung.«

»Sie haben also gehorcht und malen nun Gespenster an die Wand.«

»Ich wollte Sie ja nur darauf aufmerksam machen.«

»Wann kommt die Frau zur Insemination?«

»Morgen. Meinen Sie nicht, Herr Professor, daß Sie sie vorher doch noch mal fragen sollten, ob ihr Mann auch wirklich weiß, um was es geht?«

»Den Teufel werd' ich tun. Das ist doch nicht unsere Sache!«

Schwester Eusebia war wieder einmal anderer Meinung als ihr Chef und ging schweigend hinaus.

»Jetzt stehn da draußen zwei Brüder von Wyn«, meldete sie kurze Zeit später. »Was soll da gemacht werden?«

»Ach sieh da! Endlich schickt mir der Barding seine zwei anderen Sprößlinge. Lange genug hat er sich's ja überlegt. Sagen Sie Doktor Jung, er soll sie sich mal ansehn und nötigenfalls den Eingriff vornehmen.«

»Ach, die armen Jungen! Als ob das sein müßte!«

»Das ist Männersache. Raus!«

Schwester Eusebia schnappte sichtbar ein und blieb hüstelnd in der Tür stehen. Der Professor kannte das schon. Dann hatte sie immer etwas auf dem Herzen.

»Also, wo kneift's? Raus mit der Sprache!«

»Es ist erst drei Viertel zwölf, und das Wartezimmer ist leer.«

»Dann freuen Sie sich doch.«

»Die nächste Patientin kommt erst nach zwölf.«

»Also nach der Sprechstunde. Warum haben Sie sie denn nicht früher bestellt?«

»Es ist Fräulein Gloria Olgie. Sie wissen doch, Herr Professor, die kleine Verwachsene, die Sie damals umsonst behandelt haben.«

»Das heißt, Sie haben vergessen, ihr die Liquidation zu schicken!«

»Es war pures Mitleid von Ihnen.«

»War das etwa die Kleine – so um anderthalb Meter groß – mit dem Buckel und dem kürzeren Bein?«

»Ganz recht, Herr Professor.«

»Ach ja, das arme Frauenzimmer, ich erinnere mich.«

Bei dem Wort »Frauenzimmer« zuckte Schwester Eusebia zusammen. Das war wieder einer der rüden Ausdrücke ihres Chefs.

»Sie hat bei uns auch entbunden.«

»War ein verdammt komplizierter Fall, aber gerade deshalb für meine Studenten besonders interessant. Und was hat sie nun? Mit dem Kind war doch alles in Ordnung.«

»Darum geht's wohl auch nicht.«

»Und weshalb kommt sie erst nach der Sprechstunde?«

»Ich hab's ihr erlaubt, weil sie sich so geniert.«

»Vor wem?«

»Vor den anderen Patientinnen. Sie sagt, sie könnte nie vergessen, wie die Frauen sie damals mißbilligend angestarrt hätten, weil eine so armselige Gestalt sich bei uns das holt, was ihr das Leben versagt...«

»Gut. Warten wir also. Wenn ich mich recht erinnere, haben wir damals doch noch einige Sorgen mit der Patientin gehabt. Bitte beschaffen Sie mir inzwischen die Berichte über die Nach-Untersuchungen.«

Schwester Eusebia ging hinaus, froh, für ihre Eigenmächtigkeit nicht einen Rüffel bekommen zu haben.

Der Professor lehnte sich müde zurück.

Jetzt sah er sie wieder vor sich, die armselige Gestalt mit dem bildschönen Kopf und den guten Augen, die zuweilen vergessen machten, was die Natur diesem ihrer Kinder zugeteilt hatte.

Gloria – dieser Vorname, der wie ein Hohn klang! Sie hatte ihn damals in heller Verzweiflung aufgesucht. In ihrer menschlich so verständlichen Sehnsucht nach ein bißchen Liebe und Zärtlichkeit, hatte sie auf eine Reihe von Heiratsanzeigen geschrieben und allen Briefen ihr Porträt beigelegt. Dabei hatte sie verschämt von einer kleinen körperlichen Benachteiligung durch einen Geburtsfehler gesprochen.

Hunderte von Antworten, Dutzende von Verabredungen!

Sie haben alle mit schmerzlichen Enttäuschungen geendet.

Alle, bis auf eine. Ein freundlicher Mann, der die schweren Mängel ihrer äußeren Erscheinung nicht zu sehen schien ...

»Wenn ich in deine Augen sehe, vergesse ich alles andere«, hatte er gesagt. Sie hatten sich schon wenige Monate später verlobt – und dann war er mit all ihren Ersparnissen auf und davon.

In dieser Zeit, die den Gedanken an einen Freitod immer gefährlicher in den Vordergrund all ihrer Grübeleien treten ließ, hatte sie von der Möglichkeit gelesen, auch als Ledige ein Kind zu empfangen. Ein Kind! Ein eigenes Kind!

Der Gedanke hatte sich wie eine Flammenschrift in ihr Denken und Fühlen eingebrannt. Ein Kind, dem sie all das schenken konnte, was ihr übervolles Herz zu verschenken hatte: alle Liebe, alle Fürsorge, alle Lebenshilfe.

Ein Kind, dessen ganze Liebe ihr allein gehören würde.

So war sie eines Tages aus ihrem Dorf ins HAUS DER HOFFNUNG gekommen, ein verschüchterter Mensch, für den das Leben bisher nur Unglück gehabt hatte.

»Ich möchte gern ein Kind«, hatte sie ganz schlicht gesagt. Doch dann war auch gleich die schreckliche Sorge gekommen: »Wird dieses Kind womöglich ebenso ein Krüppel sein wie ich?«

»Nein.«

»Aber so was soll sich doch vererben.«

»Unsinn!«

»Ach, es ist ja nur, weil ... Ich weiß von einer Schweizer Familie, bei der sich der Kropf schon seit Generationen vererbt.«

»Kropf vererbt sich nicht. Diese Mißbildung hängt mit der Ernährung zusammen. Er entsteht nur, wenn in der Nahrung Jod fehlt. Sie können in dieser Hinsicht völlig sorglos sein.«

Sie war es. Aber sie war es nur kurze Zeit. Schon in den ersten Monaten ihrer Schwangerschaft begannen wieder die Zweifel und Ängste.

Die Sorge wuchs von Monat zu Monat. Sie wurde zum Alptraum. Erst als ihr der Professor das gesunde Mädchen an die Brust legte, atmete sie auf. Doch immer wieder betrachtete sie ihr Baby mit geheimer Angst.

Heute stand sie vor einer neuen Entscheidung.

»Herr Professor«, begann sie, »mein Leben hat durch mein Töchterchen erst einen Sinn bekommen. Können Sie verstehen, daß ich nun ein zweites Kind haben möchte?«

»Das kann ich sehr gut verstehen«, antwortete der Arzt, »aber die erste Geburt war nicht ganz problemlos. Wir müßten auch diesmal erst eine Reihe von Untersuchungen vornehmen, ehe wir Ihnen zu einem zweiten Schritt raten könnten.«

Über das Gesicht der Frau lief ein Schatten der Enttäuschung.

»Ich werde mich allen nötigen Untersuchungen stellen«, sagte sie fest.

»Gut. Dann können Sie draußen alle Termine mit Schwester Eusebia abstimmen.«

Die Frau ging.

Der Professor blieb besorgt zurück. Bei der ersten Geburt waren Operationen notwendig geworden, die eine zweite Schwangerschaft unmöglich machen konnten.

Vier Wochen später erfuhr Gloria dann, daß zwar ein kleiner Eingriff genügen würde, daß er aber ausheilen müsse und eine zweite Schwangerschaft erst in einem Jahr möglich sei.

Der 50. Geburtstag des ebenso berühmten wie umstrittenen Rechtsanwaltes Laudy begann schon um acht Uhr morgens mit einem zwar sehr lauten, aber dennoch sehr sauber musizierten Ständchen, das irgendein ungenannter Klub der New Yorker Mafia für ihren hochverehrten, weil erfolgreichen Unrechtsverteidiger bestellt hatte.

Er nahm es – wohl ahnend, wem er diese Überraschung zu

danken hatte – gerührt zur Kenntnis und bedankte sich mit wohlgesetzten Worten.

Um neun brachte ihm Maria einen neuen seidenen Morgenrock. Dann nahmen sie zusammen das Frühstück – eine recht seltene Zeremonie, denn dazu nahm sich Rechtsanwalt Laudy gewöhnlich nicht die Zeit. Er ließ sich sonst das Breakfast ins Badezimmer bringen und frühstückte zwischen Dusche und Rasur.

Um elf empfing er die offiziellen Gratulanten.

Um sechs stieg dann die große Geburtstagsparty, für die sich Maria insgeheim eine besondere Überraschung ausgedacht hatte:

Sie vertraute einigen bekannten Klatschtanten »streng vertraulich« an, daß sie nun schon im dritten Monat war und daß der Vater ihres Kindes ein Unbekannter aus der großen Zahl der anonymen Spender war.

Erstaunen, Fragen, Unverständnis, Empörung – je nach der Moral der im Grunde samt und sonders höchst unmoralischen Gesellschaft. Was sie gewollt und erwartet hatte, trat ein: Schon bald wußten es auch die anwesenden Herren.

Maria fühlte – innerlich belustigt – wie sich die Blicke aller Männer auf sie richteten und daß sie insgeheim zur Zentralfigur dieser Party geworden war.

»Aber liebe Maria«, sorgte sich die ehemalige »beste Freundin« ihrer Mutter, »ist das wahr, oder willst du mit dieser unglaublichen Behauptung nur provozieren?«

»Dieses Alleinsein macht mich schwermütig.«

»Maria! Es gibt Dutzende junger Männer, die sich mit Freude um dich bewerben würden.«

»Sie würden nicht nur, sie haben. Einer uninteressanter oder charakterloser und dümmer als der andere. Sie interessieren mich nicht, einer wie der andere.«

»Fremdbesamung! Ich bitte dich! Gibt es etwa Unmoralischeres!«

»Das dürftest du als Intimfreundin meiner Mutter doch wissen.« Der Hieb saß. »Ich will ein Kind und keinen Mann. Einen ungeliebten Mann nur zu heiraten, um ein Kind zu bekommen? Ich könnte dafür einen Ausdruck verwenden, der alles andere als salonfähig ist.«

»Es würde mich nicht wundern, wenn du es trotzdem tätest«, sagte die andere pikiert.

»Meinen Sie, weil ich ein Kind meiner Mutter bin, deren spezielle Neigungen Sie ja offensichtlich nicht nur gebilligt, sondern sogar geteilt haben?« Maria wandte sich ab und ließ die liebe Freundin stehen.

Eine ihrer besten Jugendfreundinnen fragte: »Mußtest du das unbedingt bekanntgeben?«

»Ja, damit man mir nicht ein Malheurchen andichtet. Die Situation ist klar, und an ihr gibt es nichts zu deuteln.«

Maria war gewappnet. Sie hatte diese Reaktionen vorausgesehn, nicht aber ihre Folgen. Schon bald mußte sie feststellen, daß sie geschnitten wurde. Man lud sie »mit Rücksicht auf ihren Zustand« nicht mehr ein. Jeder ihrer Auftritte wurde zu einem Spießrutenlaufen.

Es beunruhigte sie nicht, es ärgerte sie nicht, es belustigte sie nur.

Ihr Vater äußerte sich zu alledem mit keinem Wort. Er kannte seine Tochter viel zu gut, um auch nur den Versuch einer Kritik zu wagen.

Herr Bromberg hatte ein halbes Jahr nichts mehr von sich hören lassen, dann stand er eines Morgens wieder vor Schwester Eusebia.

»Schwester, ich bin zufällig in der Stadt und muß unbedingt den Professor sprechen. Läßt sich das machen, obwohl ich nicht angemeldet bin?«

Der Mann wirkte bedrückt. Schwester Eusebia war gerührt.

»Mal sehen.«

Sie nahm die Karteikarte und legte sie dem Professor vor.

»Der Mann macht einen niedergeschlagenen Eindruck. Er tut mir richtig leid.«

»Seit wann tun Ihnen unsere Patienten leid?«

»Täglich, Herr Professor. Ihnen wohl nicht.«

»Absolut nicht. Wo kämen wir Ärzte da hin? Mitleid ist ein schlechter Berater. Wir haben sachlich-fachlich festzustellen, was vorliegt, was geschehen muß – und das haben wir dann zu tun. Das nenne ich helfen. Schicken Sie ihn rein.«

Herr Bromberg trat auf wie ein geprügelter Hund.

»Sie sind vor fünf Monaten hiergewesen«, sagte der Arzt nach einem Blick auf die Karteikarte. »Hat das Medikament geholfen?«

»Manchmal ja, aber nicht immer.«

»Wie viele Tabletten nehmen Sie denn?«

»Eine halbe, wie Sie gesagt haben, Herr Professor.«

»Das habe ich nicht gesagt. Sie sollten es zunächst mit einer halben versuchen und dann immer eine ganze nehmen.«

»Das traue ich mich nicht. Vielleicht wirkt das Mittel dann so stark, daß es überhaupt nicht mehr geht. Meine Frau meint, solche Tabletten wären gefährlich. Ich solle überhaupt nicht so viele Pillen schlucken, das wäre alles Gift.«

»Dummes Zeug! Wie ich sehe, sind Sie doch schon über die Flitterwochen hinaus. Sie müssen etwas mehr Geduld haben. So was gibt sich doch mit der Zeit.«

»Meinen Sie wirklich, Herr Professor, wo ich doch so schrecklich leidenschaftlich bin.«

»Wieso schrecklich? Freuen Sie sich doch. Also nehmen Sie jetzt immer eine ganze Tablette. Wenn Sie dann immer noch nicht zurecht kommen, dann besuchen Sie mich mal zusammen mit Ihrer Frau. Nötigenfalls werde ich Sie zu einem Spezialarzt überweisen.«

Herr Bromberg bedankte sich und ging ziemlich bedrückt hinaus.

Sofort erschien Schwester Eusebia.

»Noch jemand?« fragte der Professor.

»Die Brensons mit ihrem Jungen.«

»Ist was mit dem Jungen?«

»Um den geht's nicht. Es ist wegen dem zweiten Kind.«

»Die haben doch nur eins.«

Sie reichte dem Professor die Karteikarte über den Tisch.

»Ach, die sind's. Interessant. Lassen Sie sie rein.«

Die Frau etwa 25, der Mann um die 30. Der Junge zwei Jahre alt. Eine kleine sympathische Familie. Der Mann war Eigentümer einer gutgehenden Holzhandlung im Staate Ohio. Holzhäuser zum Selberbauen nach Katalog. 28 Modelle, bis ins kleinste durchkonstruiert. Alles fertig verpackt, komplett bis zum letzten Nagel.

Brenson hatte damit angefangen, als er aus der Bundesrepublik in die USA ausgewandert war. Ein Rockzipfel hatte ihn übers Meer gezogen. Er gehörte zu dem Kostüm eines reizenden Girls, das mit den Eltern zu einem Europatrip herübergekommen war.

Es war eine glückliche Zeit, und sie war von Dauer. Alles war in bester Ordnung – bis auf den Nachwuchs.

Die Brensons waren eine Zeitlang von Arzt zu Arzt gelaufen, bis ihnen Professor Garry in seiner sachlich knappen Art klipp und klar sagte: »Da ist nichts zu machen. Da bleibt nur die heterologe Insemination.«

»Hetero ...?« Sie hatten sich eine Weile bedrückt angestarrt, dann langsam begriffen und schließlich ja gesagt.

»Wenn es schon sein muß, dann bitte gleich!« bat die Frau.

Sie hatte dann neun Monate später im HAUS DER HOFFNUNG entbunden, und alles war nach Programm verlaufen.

Und nun?

»Wie geht's dem Jungen?« fragte der Professor. »Er sieht ganz gesund aus.«

»Der ist ja auch in Ordnung.«

»Unser Sonnenschein«, bestätigte die Frau, und der Sonnenschein quittierte es durch munteres Geplapper.

»Wo drückt denn nun der Schuh?«

»Ein Kind ist ja ganz gut und schön«, sagte der Mann. »Aber ein einziges Kind ...«

»Wir möchten gern drei oder vier«, ergänzte die Frau.

Und der Mann sagte einschränkend: »Die müßten aber alle vom selben Spender sein, schon damit sie echte Geschwister sind. Wird sich das machen lassen, Herr Professor?«

Der Arzt kratzte sich verlegen hinterm Ohr.

»Ich kann Ihren Wunsch gut verstehen, aber das hätten Sie mir schon damals sagen sollen. Dann hätten wir gleich für zwei oder drei weitere Kinder Sperma sichergestellt. Ob das aber heute noch möglich ist? Das ist eine Frage, die ich jetzt an die Bank richten muß.«

»Würde die Bank denselben Spender dann garantieren?«

»Ja. Wir haben solche Wünsche öfters. Manche Ehepaare lassen sich gleich beim ersten Versuch das Sperma für ein zweites Kind sichern.«

»Das heißt?«

»Man bezahlt der Bank gleich die nötigen Kontingente und dazu ein geringes Lagergeld für die sachgemäße Aufbewahrung in den Kühltruhen.«

»Wenn wir das bloß gewußt hätten!« stöhnte der Mann. »Der Junge braucht doch Geschwister. Einzelkinder – Sorgenkinder, hat meine Mutter immer gesagt.«

»Ich werde heute noch mit dem Chef der Bank sprechen. Wenn wir Glück haben, wollen Sie sich dann gleich das Erbgut für ein drittes Kind sichern?«

»Wenn wir tatsächlich das Glück haben, sichern wir uns genügend Erbgut für drei weitere Geschwister unseres Jungen.«

Der Professor sah die Frau fragend an.

»Ganz meine Meinung«, sagte sie.

»Gut. Dann geben Sie draußen der Schwester Ihre Adresse. Sie werden in Kürze von uns hören.«

Schwester Eusebia öffnete die Tür einen Spalt breit und zeigte mit dem Finger auf ihre Armbanduhr.

»Was haben Sie denn nun schon wieder?«

»Es ist gleich zehn. In der Entbindungsstation liegt eine Frau, die von ihrem Mann halb tot geschlagen worden ist. Dabei hat er sie vor den Bauch getreten. Sie ist im siebten Monat.«

»Sagen Sie, daß ich schon unterwegs bin.«

»Ach, diese Kerle«, jammerte Schwester Eusebia. »Man sollte sie alle mit einem nassen Lappen totschlagen.«

Der Professor stand schon zwischen Tür und Angel.

»Fangen Sie inzwischen schon damit an!« rief er ihr noch über die Schulter zu.

»Nicky! – Nicky! – Nicky!«

Der ehemalige Hafenschuppen an der West Side dröhnt wider von dem heiseren Geschrei.

»Nicky! – Nicky! – Nicky, halt dich ran!«

Die knallbunten Räder der Rollschuhe übertönen das Geschrei aus tausend Kehlen. Die grellgelben und roten Scheinwerfer pressen ihr heißes Licht durch die verstaubte Luft über die Piste.

»Schlußrunde der Ausscheidungskämpfe!« brüllt eine Stentorstimme in den Lärm, der dick wie ein Schlammbad ist.

Drei Paare tanzen noch. Ihre Pullis sind zum Auswringen naß von Schweiß.

»Jonny, Jonny, hey, hey, hey!«

Kreischende Mädchenstimmen.

Der Boden dröhnt. Das Rollen der Räder zermalmt die Musik.

Ein Paar fällt aus. Das Mädchen ist gestolpert. Ein Rad hat blockiert.

»Verdammt«, zischt der Junge. Sie zeigt ihm den Rollschuh. Er zerrt sie wütend ab. Aus der Traum ...

Zwei Paare noch.

»Jonny, Jonny, hey, hey, hey!«

Der schlanke Junge mit der brandroten Tolle, dem giftgrünen Pulli und den strammsitzenden weißen Jeans hebt seine Partnerin an, rollt sie sich über die Schulter, trägt sie im Nacken, schleudert sie zurück auf die Piste – rasender Beifall. Er hält sie mit einer Hand fest, dreht sie wie einen Kreisel um sich selbst.

Rrrrrrrrrr ... – Rrrrrrrrrrr ... – Rrrrrrrrrr ...

Klatschen, Schreien, Pfeifen, Stöhnen.

»Jonny! – Jonny!«

Er zeigt lachend die Zähne. Der Bursche ist hinreißend!

Da passiert es: Einer von beiden hat den Griff etwas gelockert. Das Mädchen saust in weitem Bogen von der Piste ins Publikum.

Jonny fällt hin, dreht sich wie ein Kreisel torkelnd um sich selbst.

Schmerzschreie, Gewimmer. Die Musik wird noch lauter, übertönt nun alles.

Das letzte Paar.

Der große Blonde von der East Side mit seiner schwarzen Partnerin.

Er reißt das zierliche Mädchen hoch, hält es in beiden Händen über seinem Kopf.

»Hey, hey, hey! – Nicky – Nicky!«

Der Sieg ist ihm sicher. Er braucht nichts mehr zu riskieren. Er dreht lachend noch ein paar elegante Runden, läßt das Girl dann sanft zu Boden gleiten.

Steht.

Aus die Musik. Zwei Sekunden atemlose Stille.

Dann wieder die Stentorstimme des Ansagers: »Heutiger Sieger im Rollschuhtanz Nick Hunter mit Rita Geff!«

Stürme der Begeisterung, geiles Gekreische von Mädchenstimmen, Blumen, zwei goldene Lorbeerkränze, Fotoreporter, Blitzlichter, Film und Fernsehen.

Nick trägt das Mädchen wie ein Wickelbaby hinter den Umkleidevorhang.

Rita schließt die Augen, lächelt selig. Sein Schweiß tropft auf sie herunter.

Händeschütteln, Umarmungen, Freunde kommen, helfen, sorgen...

Jonny mit der Feuertolle gratuliert.

»Du hast ein verfluchtes Pech gehabt«, sagt Nick. »Du warst viel besser als ich.«

»Danke, Nick! Bist ein prima Kumpel! Ich gönn' dir's.«

Auf der Piste ist schon wieder der Teufel los.

»Wer ist der Bursche?« fragt der Herr an der langen, provisorisch zusammengenagelten Bar.

Achselzucken.

»Weißt du, wer das ist?«

Kopfschütteln.

»Oder du?«

»Einer von der East Side. Kenn' ich nicht. Aber der da drüben. – Hallo, Mike, komm mal her!«

»Was gibt's?«

»Komm, komm!«

»Zunächst 'n Drink«, sagt der Herr. »Was darf's sein?«

»'n Gin Tonic, wenn's wirklich sein darf.«

»Du kennst den Nick? Kannst du den mal ranholen?«

Skeptischer Blick.

»Ich weiß nicht recht...«

»Aber ich! Rein geschäftlich. Hol ihn mal ran.«

»Manager?«

»So was Ähnliches. Also schlepp ihn schon an!«

Mike geht.

Bis er Nick anbringt, vergehen fünf lange Minuten. Der Herr wendet sich an das Mädchen, das neben ihm steht: »Na, was meinst du?«

»Sieht toll aus. In den könnte ich mich halsüberkopf verlieben.«

»Geht bei dir ja reichlich schnell.«

Nick. Jetzt in sauberen Jeans und einem schneeweißen weitausgeschnittenen Netzhemd.

Mike sagt zu ihm: »Das ist der Herr.«

Nick mustert den Herrn und hebt fragend das Kinn.

»Sie wollten mich sprechen? Um was geht's?«

»Ich hätte vielleicht eine Beschäftigung für Sie.«

»Aha! – Als Rollschuhtänzer?«

»Nein, ganz was anderes. Eine angenehme regelmäßige Nebenbeschäftigung.«

»Ich habe vor vier Wochen mein Studium begonnen.«

»Stört nicht. Was studieren Sie?«

»Jura.«

»Langweiliges Zeug. Hab' ich auch angefangen, dann aber an den Nagel gehängt. Ich bin Mediziner.«

Nick besieht sich den Herrn genauer und ein bißchen mißtrauisch. Was der wohl will? Ein Fünfziger, schlank, gut gekleidet, gepflegt.

»Würden Sie sich, sagen wir, zwei- oder dreimal die Woche für eine Stunde freimachen können?«

»Hm – können schon; es fragt sich bloß wozu.«

Gekicher.

»Das würde ich Ihnen gern in Ruhe erklären.« Der Herr sieht sich um. »Aber nicht hier.«

Irgendeiner lacht.

Der Herr entnimmt seiner Brieftasche eine Karte. »Rufen Sie mal an!«

»Mach' ich.«

Die Rita: »Hallo, Nick, wo bleibst du denn?«

Nick steckt die Karte ein.

»Los, Nick – die Kasse macht in fünf Minuten zu!«

Sie zerrt ihn weg. »Wer war das? Was wollte der?«

»Ach, nichts weiter.«

»Kommst du noch ein bißchen mit zu mir?« Sie schmiegt sich an ihn und umfaßt seine schmalen Hüften.

»Ich bin mit Tom verabredet.«

»Wann bist du das nicht?«

»Außerdem würdest du heute keinen Spaß mit mir haben. Ich bin fertig.«

»Ewig dieser Montezuma!« mault sie.

»Na und?«

»Was du an dem häßlichen Vogel bloß hast!«

»Daß er 'n prima Kumpel ist. Außerdem hat der häßliche Vogel erst kürzlich beim Schönheitswettbewerb des Instituts für Rassenkunde den ersten Preis bekommen. Wenn du den nackt sehen würdest... Eine Figur...«

»Gar nicht scharf drauf. Auch der schönste Azteke ist ein Scheusal.«

»Und alle Neger sind die schönsten Burschen der Welt!« sagte er ironisch.

Das saß. Sie gingen zur Kasse. 200 Dollar. 100 für jeden.

Er verabschiedete sich kurz.

Tom stand gleich beim Ausgang. Er strahlte.

»Nick, gratuliere! Eine Wucht, eine Wucht!«

»Du warst drin?« Er warf sich die Rollschuhe über die Schulter.

»Ehrensache. Hintertür vom Wasser aus.«

Tom riß die Rollschuhe mit Gewalt an sich.

»Was soll das?«

»Gepäckträger gefällig? 20 Cents.«

»Halunke! Hast du Hunger?«

»Bißchen.«

»Dann nichts wie los. Paar Straßen weiter gibt's prima Hamburger.«

»Zwei – und 'ne Pizza, sonst fall' ich um.«

»Monte, dich haben eure verdammten Priester wohl nur aus Versehen nicht geschlachtet.«

»Weil sie mich zu schön fanden. Es hätte ihnen das Herz umgedreht; aber verrat's keinem.«

Pause.

Wenn sie so nebeneinander hergingen, waren sie von hinten nicht zu unterscheiden. Dieselbe Größe, dieselbe klassisch-edle Athletenfigur, dieselbe Art, sich zu bewegen, dieselbe aufrechte, etwas stolz wirkende Haltung. Und immer im Gleichschritt. Sie galten schon seit Jahren als unzertrennlich.

»Du, die Rita ist toll!« sagte Tom nach einer Weile. Dabei verdrehte er die kohlschwarzen Augen.

»Ein Biest ist die. Ihr Vater war noch Menschenfresser. Dich haßt sie wie die Pest.«

»Macht doch nichts; ich nehm' sie trotzdem. Ein Püppchen!«

»Das mich anschließend gleich vernaschen wollte.«

»Und du hast gestreikt?«

»Nur dir zuliebe. Du standest doch schon wieder halbverhungert vor der Tür. Du vermasselst mir alle Chancen.«

»Ach Nick!«

»Monte, ich werde dich mir ihr verkuppeln, schon um sie los zu werden und damit du endlich Ruhe gibst.«

»Ja – und du?«

»Ich mache Karriere – ganz groß.«

»Oho – als Rollschuhking?«

»Als Gelegenheitsarbeiter – bei einem Millionär.«

Tom blieb vor Schreck stehen.

»Nanu, du wirst doch nicht...«

Nick kramte die Karte aus seiner Hinterbackentasche. »Das ist er.«

»Dr. med. Sherrer«, las Tom. »Ah, der ist das! – Na!«

»Was heißt na?«

»Das ist doch der aus der Samenhandlung. Der holt sich hier öfter mal einen großen blauäugigen Blonden.«

Nick zog ein erstauntes Gesicht. Tom zwinkerte ihm zu.

»Zerreiß die Karte«, sagte Nick.

»'n Dreck werde ich tun. Prima Sache. Wär' auch was für mich. Bring mich da mit unter, wenn du kannst.« Er schob Nick die Karte in die Tasche zurück. »Die schmeiß ja nicht weg!«

»Die spanischen Horden hat euch der Herrgott wohl in seinem Zorn ins Land geschickt.«

Sie gingen weiter.

»Monte, du hast falschen Tritt!«

»Vor lauter Hunger.«

»Dann rein in den Laden!« Nick schob ihm zwei Zehndollarnoten zu.

»Schreib's auf dein Schuldenkonto.«

Tom steckte sie ein, ohne eine Miene zu verziehen.

»Dann bist du natürlich ausnahmsweise von mir eingeladen.«

Er notierte die 20 Dollar auf einem imaginären Zettel, faltete ihn zusammen und schob ihn sich dicht unter seinem blauschwarzen Haaransatz in die Stirn.

»Jetzt sind es 284«, sagte er.

Nick lachte.

»Die hol' ich mir wieder mit Zins und Zinseszins.«

»Bis dahin sind's 5000. Erst mußt du mal Rechtsanwalt sein und unseren Prozeß gegen die weißen Landräuber gewonnen haben.«

»Mach' ich. – Übrigens du kennst diesen Professor – wie heißt er noch?«

»Sherrer.«

»Den soll ich anrufen.«

»Das tu man.«

»Und wozu ist das gut?«

»Ruf an. Du wirst schon sehn.«

»Jetzt ruf' ich erst mal meine Schwester an, daß ich nicht zum Essen komme.«

Er ging zum Telefon.

»Du, Manny, großer Sieg, 100 Dollar! Wir essen hier eine Pizza, und dann geh' ich mit Monte ins Kino.«

Als er zurückkam, futterte Tom schon seinen ersten Hamburger.

»Also, was ist mit dem Doc? Raus mit der Sprache.«

»Nick – ich bin so genierlich ...« Er schob seine dicke Unterlippe vor. Nick kannte das schon, dann war nichts mehr aus ihm herauszuholen.

»Halunke – da kommt deine Pizza.«

»Und Rita?«

»Jetzt hör bloß mit diesem Biest auf, oder ich werf' dich ihr wirklich zum Fraß vor!«

»Ehrlich?« Tom strahlte.

»Jajaja, gib Ruh. Ich geh' gleich ins Kino. Toller Krimi.«

»Und ich?«

»Dich hab' ich sowieso am Hals.«

»Dafür bist du auch der einzige Weiße, dem ich nicht den Hals umdrehen möchte.«

»Aha! – Und Manny?«

»Die ist kein Weißer, sondern eine Weißin.«

Nick stand lachend auf, schlug Tom auf die Schulter und zog ihn mit.

Er klingelte dreimal an der Wohnungstür.

Schwere Schritte. Dann wurde geöffnet.

»Nick, kannst du nicht selber aufschließen? Das Gehen wird mir täglich schwerer.«

Er sah die Silhouette ihres Körpers gegen das Küchenfenster.

»'tschuldige, Manny, alte schlechte Angewohnheit. Ich vergess' das immer wieder. Im wievielten bist du eigentlich?«

»Im siebten.«

»Erst im siebten? Da laufen andere noch Rollschuh.«

Er ging in die Küche und legte die Bücher ab. Sie schloß hinter ihm die Tür.

»Mach du nur deine Witze! Mir ist, als kriegte ich Fünflinge.«

Es klang fast ein bißchen ängstlich.

Manny war zwei Jahre älter als er. Bis vor wenigen Monaten noch ein zierliches lustiges Ding. Jetzt wirkte sie plump und ließ die Nase hängen. Kein Wunder. Der Deutsche war schon seit Monaten in Las Vegas als Gipser tätig. Dort war er hoch geschätzt und gut bezahlt.

Sie hatte ihn – zusammen mit Nick – in einem Tanzlokal kennengelernt.

Hans stammte aus Hamburg und sehnte sich nach einem richtigen Zuhause. Das war so eine Art Familientradition. Sein Urgroßvater, sein Großvater und sein Vater hatten alle recht früh einen Hausstand gegründet. Nur schnell unter die Haube, eh' man unter die Räder kommt, so hatten sie gedacht, und danach hatten sie gehandelt.

Hans war in Altona geboren. Saubere Familienverhältnisse, Vater städtischer Beamter, er das einzige Kind.

Aber ihn hatte die »wilde Zeit«, wie er später seine Twenjahre nannte, rastlos hin und her getrieben. Hin und her – aber nie an die richtige Stelle und nie in die richtigen Hände. Klar, daß da einiges schieflaufen mußte ...

Angefangen hatte es mit kleinen Klauereien. Dann Automateneinbruch. Geschnappt hatten sie ihn dabei nicht. Erst die Sache mit der vierzehnjährigen Göre – verflucht noch mal! –, die hatte ihm Zoff eingetragen.

Sie hatten das nur allzu willfährige Mädchen im Wagen eines Freundes an den Westrand der Stadt gefahren und dort – wie es im Polizeibericht später hieß – grausam vergewaltigt.

Er hatte mitgemischt, dabei aber nicht eine Sekunde den Eindruck gehabt, die wilde Hummel hätte nicht allen ganz gerne und freudvoll ihr Vergnügen gelassen.

Der Harry, der größte von ihnen, hatte, als es ihm kam, so tierisch gestöhnt, als würde ihm ein Messer in den Rücken gestoßen. So was Irres! Und das Mädchen hatte mitgestöhnt, als gehörte das dazu.

Durch diese tierischen Laute war eine Polizeistreife aufmerksam geworden und hatte das Quartett mit zur Wache genommen.

Er selber war angesichts seiner sechzehn Jahre glimpflich davongekommen: Ein halbes Jahr lang mußte er jeden Samstag vier Stunden Gartenpflege in einem städtischen Park betreiben. Alles nicht so schlimm, wenn bloß die frommen Predigten und Heilssprüche seiner Mutter nicht gewesen wären.

Vor ihnen floh er in die Haschszene. Das Geld klaute er ihr aus der Wirtschaftskasse. Immer nur markweise, doch als das mit dem Hasch herauskam, machte der Vater kurzen Prozeß: Er nannte es Kinderlandverschickung. Hans kam in ein kreuzbraves Dorf.

Ihm war es erheblich zu brav und schrecklich langweilig, die Jungen und Mädchen fand er allesamt doof.

Vier Monate hatte er es da ausgehalten, immer in der Hoffnung, nach Hamburg zurückkehren zu dürfen. Als er schließlich erkennen mußte, daß damit nicht zu rechnen war, haute er ab.

Hannover, Düsseldorf, Köln und zum Schluß klammheimlich zurück nach Hamburg, dem Tor zur großen weiten Welt.

Dort lernte er vor einem Supermarkt die amerikanische Frau eines deutschen Kapitäns kennen. Er half ihr – in der Hoffnung auf ein Trinkgeld –, die eingekauften Sachen zum Schiff zu schleppen.

Sie verguckte sich in den blonden Sweetheart, nahm ihn mit an Bord und präsentierte ihn ihrem Mann. Der fand den jungen Burschen brauchbar, amüsant und witzig und hatte nichts dagegen, daß er die Fahrt nach New York mitmachte. Dort ging er freudig und hoffnungsfroh an Land.

New York sehen und begeistert sein, war eins. Himmel, diese Stadt!

Ein paar Tage später bröckelte schon etwas von diesem Glanz ab, als er feststellen mußte, daß es für ihn nur schmutzige Teller zu waschen gab, er sich damit aber auch nur vor dem Verhungern retten konnte.

Durch einen glücklichen Zufall lernte er einen Bauleiter kennen, dessen Eltern auch aus Deutschland herübergekommen waren. Der Mann verschaffte ihm in der Firma, in der er arbeitete, einen Job als Gipser.

Das lief von Anfang an ganz ausgezeichnet. Hans war mit Freude dabei und brachte es schon bald so weit, daß man ihm auch schwierigere Arbeiten anvertraute. Er verdiente erst nicht schlecht und nach einem halben Jahr sogar recht gut.

Zu dieser Zeit lernte er Manny kennen. Manny war ein Mädchen nach seinem Herzen. Ein Mädchen, kein Girl. Ein Mädchen, wie er sich's immer gewünscht hatte. Und »Mädchen« nannte er sie auch. Bei ihr kam er sich wie zu Hause vor; so war es schließlich kein Wunder, daß er eines Tages die Wohnung mit ihr und Nick teilte. Er zahlte die Miete und trug tüchtig zum Haushalt bei.

Alles hätte so bleiben können, wenn nicht eines Tages das verlockende Angebot gekommen wäre, in dem neuen großartigen Metro Goldwyn Mayer-Hotel in Las Vegas die sehr feinen und gutbezahlten Gipsarbeiten zu übernehmen und zu leiten.

Seine Firma wußte nur einen, dem sie diese Arbeit anvertrauen konnte, und so fuhr Hans in den Wilden Westen in die Wüstenei von Las Vegas.

Dort hatte er vier bis sechs Wochen bleiben sollen, doch aus den Wochen wurden Monate. Am liebsten hätte man ihn ganz dabehalten, doch das Nest gefiel ihm nicht. Das war ihm alles zu talmihaft, zu flitterig. Ihn zog es nach New York und zu seiner Manny zurück.

Vor der Geburt ihres Kindes wollten sie noch heiraten, damit das Kind einen »ehrlichen« Namen bekäme, und dann würden ihn keine zehn Pferde mehr aus der Heimeligkeit der Familie reißen können.

Soweit war alles in schönster Ordnung, und Nick wäre ganz gewiß nie auf den absurden Gedanken gekommen, auf den er kam, als es schon zu spät war: Das war die blöde Geschichte mit der Armbanduhr. Er hatte sich zwar immer wieder einreden wollen, das Ganze sei ein Hirngespinst gewesen, eine Sinnestäuschung, doch das half ihm nichts.

Eines Abends, als er gegen acht heimgekommen war, hatte er die fremde Herren-Armbanduhr gesehen, ohne daß sie dabei zunächst in sein Bewußtsein gedrungen war. So, wie man auf der Straße Hunderten von Menschen begegnet, ohne sie recht eigentlich zu sehen – wie Schatten, die kommen und sich wieder verflüchtigen.

Die Armbanduhr hatte – oder hatte nicht – auf dem Nachtschränkchen neben dem Bett seiner Schwester gelegen. Jedenfalls »sah« er sie erst, als er am Küchentisch vor seinen Büchern hockte.

Die Armbanduhr!

Hatte da nicht eine Armbanduhr gelegen? Wie kam eine fremde Armbanduhr auf Mannys Nachtschränkchen?

Er stand auf und ging ins Schlafzimmer. Keine Spur von einer Uhr! Er wischte sich über die Augen, als wolle er eine Vision verscheuchen. Wenn sie wirklich da gelegen hätte, müßte Manny sie inzwischen weggenommen haben.

Ach, was soll's! Manny fragen? Nein.

Er ging zurück und beugte sich über seine lateinischen Vokabeln. Agricola – der Landmann, poeta – der Dichter, fabula...

Am nächsten Tag sprach er mit Tom über die verrückte Geschichte.

Tom lachte ihn aus – du spinnst!

So vergaß er die Sache, bis – ja, bis dann diese unheilvolle Geschichte mit den Zwillingen passierte.

Am selben Tag und zur selben Stunde saß Maria wieder in der Praxis von Dr. Garry. Eine ganz andere Maria, als noch vor einem Jahr. Aus einer nervösen Frau, der das Schicksal so lange nur Einsamkeit und Verzweiflung gegönnt hatte, war eine lebensfrohe, gutaussehende Mutter geworden, der das junge Glück aus den Augen leuchtete.

Er sah es mit Freude und Bewunderung. So hatte er Maria – seine Maria, wie er sie insgeheim nannte – noch nie erlebt. Diese Wandlung hatte er nicht für möglich gehalten. Ein Erfolg, der ihn mit Zuversicht erfüllte.

»Wie alt ist der Junge jetzt?« fragte er, obwohl er's auf den Tag genau wußte, denn keiner hatte so wie er die Entwicklung der Dinge aus der Ferne beobachtet.

»Drei Monate«, sagte Maria. »Drei Monate, die zu den schönsten meines Lebens zählen. Und deshalb bin ich heute hier, um Ihnen zu sagen, daß unser Experiment nicht nur gelungen ist, soweit es die Gesundheit meines Jungen betrifft, sondern daß ich endlich ruhig und glücklich bin. Ich habe mein Kind – und mein Kind hat mich. Das verdanke ich Ihnen und dem unbekannten Mann, dessen Bild mir aus dem Gesicht des kleinen Jungen täglich entgegenlacht.«

»Der Mann, den es nicht geben durfte!«

»– und der mir doch so viel gegeben hat.«

»Nicht Ihnen, Maria! Diesen Gedanken sollten Sie gar nicht erst in sich aufkeimen lassen. Für ihn ist es ein Geschäft gewesen, nicht mehr. Zwanzig Dollar, mit dem wir ihm etwas von dem unermeßlichen Überfluß seines Lebens abgekauft haben.«

»Zwanzig Dollar! – Nur zwanzig Dollar?«

»Vielleicht auch vierzig. Mehr auf keinen Fall.«

»Vierzig Dollar für soviel Glück! Ach Doc, wenn ich Ihnen nur sagen könnte, wie froh ich bin, daß ich damals nach Jahren des Haderns und des Zweifelns den Weg zu Ihnen gefunden habe.«

»Sie sind ihn sehr mutig gegangen.«

»Die Zeit der Schwangerschaft und der endlosen Auseinandersetzungen mit meinem Vater, den Freunden und Bekannten, die alle nur Bedenken hatten, ist nicht leicht zu überstehn gewesen. Mein Vater hat damals wohl ein halbes Jahr kein freundliches Wort mehr für mich gehabt.«

»Ich kann mir vorstellen, was Sie durchzustehen hatten, Maria. Ich hatte es Ihnen prophezeit.«

»Doch was ist das alles, was wiegt das alles in der Waagschale unserer Gefühle, gemessen an soviel innerem Frieden und soviel Freude. Hätte ich doch nur nicht so lange gewartet! Wie leicht und ungetrübt hätte mein Leben sein können, wenn ich schon ein Jahr nach Rudolfs Tod um Ihre Hilfe gebeten hätte.«

»Ich glaube, es ist nun doch an der Zeit, daß ich einmal herauskomme, um mir den Bengel anzusehen.«

»Ein bildhübsches Kerlchen. Von mir hat er äußerlich nicht die Spur. Er ist in jeder Hinsicht ein ›blonder Typ‹. Wenn Sie den Vater gesehen haben – dieser Mann muß ein sonniges Gemüt haben. Mein Junge ist ihm bestimmt wie aus dem Gesicht geschnitten.«

»Ich habe diesen Mann nie gesehen.«

»Ach!« Das klang enttäuscht.

»Sein Sperma kam tiefgekühlt in zwei strohhalmdünnen Röhrchen. Wir haben der Bank dafür fünfhundert Dollar gezahlt.«

»Mein halbes Vermögen wäre so viel Glück mir wert gewesen! Ja, Doc, kommen Sie! Kommen Sie einen ganzen Sonntag zu uns heraus! Sogar mein Vater hat sich inzwischen mit der unabänderlichen Tatsache abgefunden und besieht ihn sich manchmal mit heimlichem Schmunzeln – obgleich er seitdem immer wieder das Gesetzbuch und die einschlägigen Kommentare studiert. ›Menschlich gesehen mag so was ja hingehen‹, sagte er kürzlich, ›aber was da rechtlich auf dich zukommen kann ...‹ Das plagt mich nicht, habe ich ihm geantwortet. Notfalls wirst du mich schon heraushauen.

Was blieb ihm da anderes übrig, als zu lachen? ›Stell dir bloß vor, der Kerl erhebt eines Tages Anspruch auf sein Kind und einen Teil seines Vermögens‹, sagte er.«

»Herrlich, daß er sich so schon mit seinem Enkelchen befassen kann. Seine Klienten schließt er ja seit eh und je in sein Herz.«

»Und wenn er nun eines Tages die Adresse des Spenders erfährt?«

Dr. Garry horchte auf. In dieser Frage lag etwas, das ihn stutzig machte.

»Das wird ihm nicht gelingen, denn die Namen der Spender sind aus diesen und ähnlichen Gründen das bestgehütete Geheimnis aller Samenbanken.«

»Es sei denn, daß der Mann von sich aus bereit wäre, aus seiner Anonymität herauszutreten.«

»Auch er weiß nicht, wohin sein Sperma gegangen ist, und in unserem Falle, bei welcher Frau ich es eingesetzt habe. Er erfährt nichts. So zum Beispiel auch nicht, wie viele Halbgeschwister Ihres Jungen es schon gibt und wo sie leben.«

»Halbgeschwister?« Maria fröstelte. »Glauben Sie im Ernst, daß Michael zwei, vier oder gar ein Dutzend Halbgeschwister hat?«

Dr. Garry suchte abzulenken. Marias Interesse an dem Spender machte ihn stutzig.

»Kann das überhaupt ein Mensch von sich wissen? Sie? Ich?«

»Und Sie meinen, so ein Spender macht sich überhaupt keine Gedanken darüber, wohin der Wind seinen Samen weht?«

»Nicht jeder macht sich darüber Gedanken, und wenn, dann sicher keine sehr ernsthaften, sonst würde er sich wohl kaum als Spender verdingen. Er sei denn Idealist. Und selbst dann weiß er doch von Anfang an, daß er nie erfährt, welche Frau ein Kind von ihm empfängt.«

»Ich las kürzlich von einem 21jährigen Studenten, daß ihm mit der Zeit, nachdem er schon monatelang wöchentlich zweimal sein Sperma an ein Hospital verkauft hatte, doch Hemmungen kamen und er seinen bequemen Nebenerwerb aufgab.«

»Der Fall ist bekannt. Es war Tommy Rasmussen aus Kopenhagen. Eines Tages gibt ja fast jeder diese Hilfstätigkeit auf. Beispielsweise, sobald er heiratet. Andererseits wissen wir auch von einem Spender – einem Mitglied des Opernorchesters –, daß er diese Tätigkeit schon seit fünf Jahren ausübt, obwohl er nun schon drei Jahre glücklich verheiratet und Vater von zwei gesunden Mädchen ist.

Schon 1978 hat ein Hamburger Student bekanntgegeben, daß er auf diese Weise Vater von 98 gesunden Kindern geworden ist. Aus dem Gefängnis Berlin-Tegel hat eine Frau den Samen ihres Mannes geschmuggelt und prompt einen Jungen bekommen. Übrigens war auch der erste Arzt, der künstliche Besamungen durchführte – und das schon 1942 –, ein Hamburger: der Gynäkologe Dr. Rudolf Hellmann. Soviel man weiß, waren bisher fast alle Frauen mit ihren Spenderkindern glücklich und zufrieden.«

Maria ging ein Gedanke durch den Kopf: Ob auch diese Frauen dann und wann von den anonymen Vätern ihrer Kinder träumten?

Sie bummelte gedankenverloren zurück zu ihrem Wagen. Der Fahrer legte seine Zeitung beiseite, sprang aus dem Wagen und öffnete ihr den Schlag.

»Darf ich einen Blick in Ihre Zeitung werfen?« fragte Maria, um auf andere Gedanken zu kommen. Doch damit erreichte sie das Gegenteil: Gleich auf der ersten Seite lachte ihr das Gesicht eines blonden, blauäugigen jungen Mannes entgegen.

»Nick Hunter (19) wurde gestern Sieger bei dem großen Rollschuh-Tanzturnier an der West Side«, stand darunter.

Seltsam. Er lächelte auf dem Foto genauso wie ihr Michael.

Maria legte die Zeitung verstört aus der Hand; doch dann griff sie immer wieder danach. Hatte sie das Gesicht nicht schon irgendwo einmal gesehen?

Oder schien ihr das nur so? Sie wußte es selber nicht.

Nein, diesen jungen Mann kannte sie nicht. Den Namen hatte sie nie gehört. Zu Rollschuhveranstaltungen war sie nie gegangen, und in ihrem ganzen Bekannten- und Freundeskreis gab es keinen, der so hieß - und so gut aussah.

Schwester Eusebia war in heller Aufregung.

Zehn nach neun, das Wartezimmer voll Patienten, dazu die ständigen Anrufe von der Entbindungsstation – und vom Professor keine Spur!

Sie rief die Anmeldung an.

»Wenn der Chef das Haus betritt, halten Sie ihn gleich fest. Er muß sofort in die Entbindung. Es gibt da eine Komplikation, und die Ärzte trauen sich nicht, ohne seine Entscheidung.«

Typisch! Sie warf den Hörer wütend in die Gabel. Wenn es um schwierige Entscheidungen geht, drücken sich alle. Dann muß der Professor den Kopf hinhalten.

Schon 18 Patienten im Wartezimmer. Für diese Zeit hatte sie nur vier bestellt, aber die Leute können ja nicht früh genug kommen, aus Angst sie müßten lange warten. Und dann warten sie nur um so länger.

Sie ging ins Wartezimmer und entschuldigte den Professor.

»Er mußte noch zu einer schwierigen Entbindung, aber in spätestens zehn Minuten ...«

Aus den zehn Minuten wurde fast eine Stunde.

Schwester Eusebia empfing den Chef mit einem Blick, der alles sagte.

»Ich mußte gleich in die Entbindung. Steißlage des Kindes. Frage, ob Zange oder Kaiserschnitt. Dabei zeigte die Ultraschallaufnahme deutlich, daß wir das Baby bequem mit einer Spezialzange holen konnten, wenn wir sie nur richtig ansetzten.«

»Und? Alles gutgegangen?«

»Klar. Was liegt an?«

»Ach, Herr Professor, wenn Sie wenigstens pünktlich ins Haus gekommen wären!« Den Vorwurf konnte sie sich nicht verkneifen.

»Höhere Gewalt. Ein Autounfall. Ich war der einzige Arzt, der Schlimmeres verhüten konnte. Daß die Laien die Verletzten doch immer auf den Rücken legen müssen, statt auf die Seite. Das Mädchen wäre dadurch beinahe an Erbrochenem erstickt.«

Er trat an seinen Schreibtisch.

»Post?«

»Nein, aber ...«, Schwester Eusebia zögerte. Sie wußte, wie den Professor diese leidige Geschichte ärgerte. In dieser Sache hatte er ihr ganzes Mitempfinden, obwohl er – ihrer festen Überzeugung nach – sich das alles selber eingebrockt hatte. Muß ein Mann von fast sechzig Jahren sich halsüberkopf in so ein Flittchen vergaffen? Daß das nicht gutgehen konnte, war doch von Anfang an klar. Aber die Männer... Da machte auch ihr sonst so gescheiter Professor keine Ausnahme.

Der Professor sah sie mißtrauisch an.

»Was machen Sie denn für ein dummes Gesicht? Ist was?«

»Der Rechtsanwalt aus Paris... Er hat heute schon wieder angerufen. Ich finde ihn reichlich unverschämt.«

Der Professor stampfte wütend mit dem Fuß auf.

»Wenn sich der Kerl wieder meldet, sagen Sie, ich sei für ihn telefonisch nicht zu sprechen. Er soll schreiben, was er will. Ja, und sonst noch was?«

»Nachricht von der Bank wegen der Brensons. Vom Spender scheint nichts mehr da zu sein.«

»Scheint, scheint! Ich hätte den Leuten gern geholfen. Da muß ich wohl mal nachfassen. – Und nun Fall eins!«

»Darf ich erst noch melden, daß Doktor Stratz angerufen hat? Er macht sich Sorgen wegen diesem Praktikanten Bulder. Er sei gestern den ganzen Tag wie benommen und völlig arbeitsunfähig gewesen. Sie wüßten schon.«

Dem Professor gab es einen Stich. Natürlich wußte er. Wut und Mitleid kämpften in ihm.

»Verbinden Sie mich mit ihm.«

»Mit Harry Bulder?«

»Nein, mit Doktor Stratz.«

Stratz war sofort am Apparat.

»Sie haben mit diesem Burschen wieder Ärger?«

»Es wird leider immer schlimmer.«

»Stauchen Sie ihn doch endlich einmal gehörig zusammen!«

»Ich habe ihn gestern angebrüllt, daß die Wände wackelten.«

»Und?«

»Er sah mich mit großen Augen an, wie ein Kind den Weihnachtsbaum – und lächelte.«

»Lächelte, hm. Das scheint schlimmer zu sein, als ich dachte.«

»Noch schlimmer! Ich glaube, Sie sollten einmal mit ihm oder seinem Vater sprechen.«

»Dem Alten habe ich schon die Ohren vollgesungen. Der hat ihn anscheinend aufgegeben.«

Dr. Stratz schwieg eine Weile. Dann sagte er, wie zu sich selbst: »Das darf doch nicht wahr sein. Der Junge ist ein Genie.«

»Ich weiß. Aber... Also gut, ich werde ihn mir noch einmal kommen lassen.«

Er legte auf.

»Fall eins bitte!«

Fall eins war Herr Thoms, ein Mann von 58 Jahren. Ein erfolgreicher Bankfachmann. Er wirkte sehr selbstbewußt und korrekt.

Dieser Fall war ein Sonderfall, und das Ansinnen des Mannes wirkte sogar auf den erfahrenen Arzt überraschend.

Herr Thoms war schon einmal in der fraglichen Sache bei Professor Garry erschienen. Sein Besuch kam also nicht überraschend.

»Sie hatten damals gewisse Sorgen wegen Ihres Sohnes.«

»Ja, und was ich damals nur vermutet hatte, steht nun fest. Mein Sohn hat eine unüberwindliche Abneigung vor dem Verkehr mit seiner Frau. An Nachwuchs zu denken ist also völlig hoffnungslos, wenn Sie mir nicht helfen können. In der Sache muß aber unbedingt etwas geschehen, denn er ist mein einziger Erbe.«

»Wenn Ihr Sohn sich entschließen könnte, sein Sperma als Spender in der Samenbank abzugeben, stände einer künstlichen Besamung seiner Frau praktisch nichts im Wege. Schicken Sie ihn zu mir. Ich hoffe, daß es mir gelingt, ihn durch sachliche Argumente von der Zweckmäßigkeit dieser Maßnahme zu überzeugen.«

Herr Thoms hatte erhebliche Zweifel.

»Mein Sohn ist mimosenhaft empfindlich und auf diesem Sektor nur bei größter Behutsamkeit ansprechbar. Aber wenn Sie es versuchen wollen ... Ich hoffe, daß ich ihn wenigstens dazu überreden kann, Sie zu besuchen.«

»Gut, dann warten wir also ab.«

Dieser Vormittag war randvoll ausgefüllt mit Arbeit. Schwester Eusebia stöhnte.

Als die letzte Patientin gegangen war, griff Professor Garry nach dem Bescheid der Bank.

Die Antwort gefiel ihm nicht. Sie war ihm zu kurz und bündig. Sollte es denn nicht möglich sein, den damaligen Spender zu ermitteln und ihn um Hilfe in diesem Fall zu bitten?

Der Brief trug die Unterschrift Wörbers. Er kannte den Arzt aus seiner Studienzeit. Vielleicht würde ein Telefongespräch mit ihm weiterhelfen.

Er gab Schwester Eusebia den Brief und bat sie, eine Verbindung mit dem Kollegen herzustellen.

Das Gespräch ergab aber nichts Neues.

Der junge Mann war eines Tages nicht mehr erschienen. Seinen Namen und seine Adresse waren nur dem Chef bekannt. Vielleicht würde Dr. Sherrer sich in diesem Fall zu dem etwas ungewöhnlichen Schritt bereit finden.

Also ein Anruf bei Dr. Sherrer.

»Ich bin selbstverständlich gern bereit, einen solchen Versuch zu unternehmen. Hoffentlich stimmt die Adresse noch. Und wenn der junge Mann inzwischen verzogen ist, werden wir uns weiter bemühen. Im Interesse unseres Hauses muß ich aber alle diese Schritte selber unternehmen, denn Sie wissen, daß außer mir niemand die Namen der Spender kennt und erfahren darf. Außerdem muß ich die nötige Korrespondenz mit größter Vorsicht führen, denn ich weiß ja nicht einmal, in welcher Position oder in welcher menschlichen Beziehung unser ehemaliger Spender jetzt lebt.«

Der Professor bedankte sich für die Hilfsbereitschaft und diktierte der Schwester einen kurzen Zwischenbericht an Familie Benson.

Der Brief, den Dr. Sherrer noch am selben Tage an einen gewissen Norman Reger schrieb, war ein reiner Privatbrief ohne jeden Hinweis auf die Samenbank.

»Sehr geehrter Herr Reger,
Sie werden sich gewiß an Ihren Besuch in meinem Büro erinnern. Ich habe eine Nachricht für Sie, die Sie sehr interessieren dürfte, und ich bitte höflichst um Ihren Besuch oder einen Anruf.

Mit freundlichen Grüßen
Dr. Sherrer.«

Die Antwort kam zwei Wochen später aus Joneboro/Tennessee.

»Sehr geehrter Herr Doktor!
Ich habe mich gefreut, von Ihnen zu hören. Ich lebe zur Zeit bei meinen Eltern, werde aber Ende kommenden Monats für zwei Wochen in New York sein und mich dann gerne bei Ihnen melden.

Ihr Norman Reger.«

Bei Manny klingelte das Telefon an diesem Morgen schon zum fünftenmal. Sie schaltete schlaftrunken das Licht an und sah auf die

Uhr. Es war sieben. Das konnte nur Hans sein. Er rief fast täglich an, bevor er zur Arbeit ging.

Sie erhob sich stöhnend und wankte schwerfällig zum Telefon. Es hing in der Diele.

Das Aufstehen fiel ihr in letzter Zeit täglich schwerer. Ihre Nachmittagsarbeit in dem nahen Drugstore hatte sie schon vor einem Monat aufgeben müssen. Sogar die Hausarbeit machte ihr zu schaffen.

Als sie sich endlich meldete, hatte Hans schon aufgelegt. Aber wie sie ihn kannte, würde er es gleich wieder versuchen. Sie setzte sich neben dem Telefon auf den Hocker und döste wartend vor sich hin.

Wenige Minuten später kam der zweite Anruf. Sie meldete sich mit müder, matter Stimme. Das war sonst nicht ihre Art. Hans spürte sofort, daß etwas nicht stimmte.

»Fühlst du dich nicht wohl, Mädchen?« fragte er besorgt.

»Ach Hans ...«

»Beiß die Zähne zusammen. Bald bin ich wieder bei dir. Ich habe hier schon einen Haufen Dollars gemacht.«

»Wie lange hast du da denn noch zu tun?«

»Höchstens vier Wochen«, versuchte er sie zu trösten.

»Erst war nur von zwei Monaten die Rede. Jetzt sind es schon vier.«

»Den Innenarchitekten fällt immer wieder etwas Neues ein. Ich kann doch hier nicht ganz einfach weglaufen. Außerdem ist es eine Arbeit, die mir Freude macht. Aber tröste dich, zur Kindtaufe bin ich bestimmt wieder zu Hause und dann ziehn mich keine zehn Pferde mehr aus New York. Darauf kannst du dich verlassen.«

Sie schwieg. Ein paar Sekunden lang kam nur das leise Rauschen aus der Leitung.

»Meinst du, daß es ein Junge wird?« fragte Hans unvermittelt.

»Einer? – Ich fürchte sechs.«

Er lachte.

»Dann kommen wir beide in die Zeitungen.«

»Wenn ich es überlebe!«

»Wir werden weltberühmt.«

Jetzt mußte auch sie lachen.

»Laß es mit einem genug sein«, mahnte Hans. »Und nun leg dich noch ein bißchen hin. Ich werde ab morgen immer erst in der Frühstückspause anrufen.«

»Ach was. Die zwei Monate werde ich auch noch durchstehn!«

»Hattest du nicht gesagt, der Doktor wolle uns dieser Tage hier überfallen?« fragte Marias Vater eines Morgens, als Maria ihren Jungen mit irgendeinem Brei fütterte.

»Stopf das Kind nicht so. Das macht man nur bei Weihnachtsgänsen, und selbst da ist es eine Barbarei.«

»Ach Papa, was du schon von Kinderpflege verstehst! Aber zur Sache: Ich werde den Doc gleich anrufen und ihm sagen, daß du ihn wieder mal sehen möchtest.«

»Laß mich da bloß raus. Was Ihr zwei da gemeinsam geplant und verbrochen habt...«

»Bitte Papa, ist das Resultat nicht wonnig?«

»Ach, das finden alle Mütter. Das hat deine Mutter auch immer gesagt. Und was ist aus dir Wonneproppen geworden? Eine uneheliche Mutter mit einem Jungen unbekannter Provenienz.«

»Was stört dich eigentlich mehr: daß ich nicht verheiratet bin oder daß ich den Jungen habe?«

»Daß du das Kind von einem Anonymus hast und nicht verheiratet bist. Aber das sind ja diese verrückten modernen Methoden. Daß so ein alter Esel wie der Doktor das mitgemacht hat...«

Maria fing mit dem Löffel den Brei auf, der links und rechts von der kleinen Schnute herunterlief, und sah sich ihren Filius strahlend an.

»Gut, Papa, du magst ja recht haben, aber sag doch mal ehrlich: Ist das Resultat dieser verrückten Methode nicht bezaubernd?«

»Das ist die einzige Entschuldigung für so was. Also hör jetzt auf mit der Stopferei. Du siehst doch, daß nichts mehr rein geht. Gib mir den Jungen und geh telefonieren. Heute würde mich dieser Überfall nicht so stören.«

Maria vertraute ihm den Jungen an. »Aber bring ihn nicht um!«

»Das passiert nur, wenn er mich etwa vollpinkelt«, sagte der Herr Rechtsanwalt, indem er das Bündel Mensch behutsam übernahm.

Maria lief lachend ins Haus.

Der Anwalt setzte sich den Jungen auf den Schoß und spielte hoppehoppe Reiter mit ihm.

»Er wird kurz nach drei hier sein«, meldete Maria. Dann brachte sie den Jungen wieder in sein Bettchen.

Um drei lenkte der Doktor seinen sorgsam gepflegten Uralt-Chevy in den stillen großen Park. Er stellte ihn gleich hinter der Toreinfahrt ab, entnahm ihm seinen Arztkoffer und einen Strauß Nelken und stapfte damit schnaufend, aber tapfer drauflos. Vor diesem Besuch hatte er sich über ein Jahr lang gedrückt, denn was ihm der Rechtsverdreher damals alles an den Kopf geworfen hatte, war hart genug gewesen, und was er nun möglicherweise zu erwarten hatte, war ihm klar. Aber einmal mußte die leidige Geschichte ja ausgebügelt werden.

Maria hatte ihn kommen sehen und kam ihm auf halbem Wege entgegengelaufen.

»Endlich, Doc, wie ich mich freue!«

»Und der alte Brummbär?«

»Tut nur noch so als ob. Den Jungen liebt er, als wäre er sein eigener Sohn.«

»Zu dem er's ja nicht gebracht hat. Doch ich werde ihm den Mund stopfen. Hiermit«, er klopfte sich vielsagend auf die linke Brusttasche.

»Bringen Sie ihm etwa den Auftrag zur Verteidigung eines sechsfachen Raub- und Lustmörders?«

»Warten Sie ab, Maria; ich kenne ihn doch. – Und was macht unser Junge?«

»Er ist wild entschlossen, Sie davon zu überzeugen, daß ich bei meinem letzten Besuch nicht übertrieben habe. Sie werden es erleben.«

Marias Vater lag auf der Rückseite des Hauses im Schatten einer alten Ulme und tat, als sei er viel zu sehr in seine »New York Times« vertieft, um das Erscheinen des jahrelang beiseite gestellten alten Freundes überhaupt zur Kenntnis zu nehmen.

Der Doktor merkte sofort, was gespielt wurde, sagte nur »Tag« und wandte sich gleich an Maria: »Wo steckt denn unser Sorgenkind?«

Der Rechtsanwalt ließ die Zeitung sinken, musterte den Doktor über seine Lesebrille hinweg mit gerunzelter Stirn und brummte: »War ja auch Zeit, daß du dich mal herbemühtest!«

»Wo fehlt's denn?« fragte der Doktor scheinheilig.

»Mir nirgends, aber vielleicht untersuchst du mal das Kuckucksei, das Ihr mir gemeinsam ins Nest gelegt habt.«

»Ich bin vor allem wegen deines Hustenreizes hier.«

Er zog eine flache Holzkiste aus seiner Brusttasche und hielt sie ihm hin: »Zum Inhalieren. Marke Exquisit mit Deckblatt aus Havanna. Extra aus der Wallstreet für dich geholt.«

Da der andere keine Anstalten machte, sie an sich zu nehmen, ließ er die Kiste einfach liegen und ging. »Ich werde erst mal den jahrzehntelang so heißbegehrten, aber vergeblich erwarteten Sohn des Hauses untersuchen.«

Der Hieb war gut gesetzt. Er zwinkerte Maria zu und trat an das auf der Terrasse stehende Bettchen des Jungen. Er strampelte mit Armen und Beinen und lächelte tatsächlich über das ganze Gesichtchen.

»Na, sehen Sie, Doc? Hab' ich übertrieben?«

Nein, Maria hatte nicht übertrieben. Der Junge war zum Verlieben.

»Da haben wir ja tatsächlich das ganz große Los gezogen«, bestätigte der Doktor. »Jetzt wird er rasch mal untersucht, auch wenn ihm das nicht gefällt.« Er öffnete seinen Koffer, entnahm ihm die Instrumente und war dann eine Viertelstunde nur der peinlich gewissenhafte Arzt, als den Maria ihn kannte.

»Untersucht ihn der Hausarzt ab und zu?«

»Er kommt jede Woche einmal.«

»Hat es schon einmal irgendwelche Schwierigkeiten gegeben?«

»Noch nie. Er findet an dem Jungen nichts auszusetzen, und auch Papa findet ihn okay.«

Sie sah mit leuchtenden Augen, wie der Doktor dem Jungen den Finger hinhielt und der Junge gleich danach griff.

Glücklicher kann eine Mutter nicht sein! dachte er. Doch in diesem Punkt sah er sich schon wenige Minuten später enttäuscht.

»Doc«, begann Maria mit gedämpfter Stimme, »Sie wissen, daß ich nach dem furchtbaren Ende meiner ersten Liebe jede intime Beziehung zu einem anderen Mann mit aller Entschiedenheit abgelehnt habe, und ich muß Ihnen gestehn, daß sich diese meine Einstellung zu Männern nicht geändert hat. Sie lassen mich kalt, auch wenn sie noch so schön und in den Augen anderer Frauen noch so verlockend sind. Ich kann sie bewundern wie Kunstwerke, aber«, sie legte Ihre Rechte auf ihr Herz, »da drinnen rührt sich nichts. Erst recht nicht, seit ich mein Kind habe. Mein Glück ist grenzenlos. Jeder neue Tag mit meinem Jungen ist ein neues Geschenk für mich.«

Der Doktor nickte. Das waren Worte, die er schon hundertmal gehört hatte. Und darüber hinaus auch, daß manche Frau zu ihrer eigenen Überraschung merkte, daß sie plötzlich mehr an ihrem Kind als an ihrem Mann hing. Das sind Erfahrungen, die jeder Arzt kennt und jeder Psychologe zu deuten weiß.

Doch was Maria dann noch sagte, ängstigte ihn.

»Manchmal, wenn ich mit meinem Jungen ganz allein bin, spüre ich das immer stärker werdende Verlangen, den Vater kennenzulernen. Was muß dieser Mann für ein bezaubernder Mensch sein. Schön und edel, in jeder Hinsicht. Ja, dann wünschte ich mir manchmal, er stünde neben mir, um mit mir die Freude an unserm Jungen zu teilen. Und dann möchte ich ihn umarmen und ihm danken für sein Geschenk.«

Sie schwieg und sah ihn fragend an.

Der Doktor fand lange keine Antwort auf ihre stumme Frage. Das war eine Situation, mit der er nicht gerechnet hatte und der er auch noch nie begegnet war: daß eine Frau sich auf dem Umweg über ihr Kind in den Spender verliebt.

Gewiß, vorläufig sprach Maria noch von Freundschaft und Dankbarkeit, aber wie lange würde es dauern, bis mehr daraus würde?

Maria war eine Frau, die ihren Willen durchsetzte. Sie würde eines Tages von ihm verlangen, daß er ihr den Namen des Spenders sagte und gar eine persönliche Bekanntschaft vermittle.

Beides war unmöglich.

»Ich kann Ihre Gefühle der Freude und der Dankbarkeit verstehn«, sagte er nach langem Schweigen. »Vergessen wir nur nicht, daß man aus dem Aussehen und dem Charakter eines Kindes keineswegs auf das Aussehen und den Charakter eines Elternteils schließen kann. Wir alle kennen das doch aus unseren eigenen Familien: Ja, die sogenannte Familienähnlichkeit wird hier und da sichtbar – aber viel mehr auch nicht. Ich glaube, Sie sollten froh sein, genau das erreicht zu haben, was Sie sich erträumt haben: ein Kind, das nur Ihnen gehört. Und ein so beglückendes Kind. Haben Sie bei den Kindern weltbekannter Persönlichkeiten jemals auffallende Ähnlichkeit mit ihrem Vater entdeckt. Es gibt sie, aber nur selten.«

»Gewiß«, sagte Maria »und trotzdem: Immer wieder sehe ich in dem Gesicht des Jungen seinen Vater.«

»Ist es nicht so, daß Sie in das Gesicht Ihres Jungen das Gesicht seines Vaters einfach ›hineinsehen‹, weil Sie es darin sehen möchten?«

Maria schüttelte eigensinnig den Kopf: »Ich sehe nicht nur den Vater – ich spüre die Stimme des Blutes.«

»Diese ›Stimme‹ ist nicht mehr als eine Phrase, ein Ammenmärchen! Es gibt sie nicht. Darüber sind sich die Ärzte schon seit einem halben Jahrhundert einig.«

»Und doch – und doch«, beharrte Maria. »Ich werde das sichere Gefühl nicht los, daß mir der Vater meines Kindes eines Tages begegnen wird. Daß ich ihn dann unter Hunderten herausfinde, davon bin ich fast überzeugt.«

»Maria, dann müßten Sie hellseherische Fähigkeiten besitzen. Und die gibt es auch nicht. Sollte ein Zufall Sie eines Tages wirklich mit diesem Manne zusammenführen – für diesen großen Augenblick wünsche ich Ihnen von Herzen Glück.«

»Der Zufall... Vielleicht kann man ihm ein bißchen nachhelfen«, sagte Maria leise vor sich hin.

Der Doktor hörte es und schwieg.

Als sie wieder unter der Buche standen, schmauchte der Rechtsanwalt mit sichtbarem Genuß eine Zigarre.

»Ein fantastisches Kraut!« lobte er. »Dafür könnte ich dir sogar deine unangebrachte Mitwirkung an unserm (er sagte unserm!) Jungen verzeihen.«

»Der Junge ist in jeder Hinsicht ein Gewinn fürs Haus. Und dazu kann ich dir nun endlich gratulieren.«

»Obwohl die Reputation des Hauses darunter erheblich gelitten hat.«

»War die nicht schon zugrunde gegangen, als deine Frau –«

»Komm mir nur damit nicht auch noch! Ich jedenfalls habe mich nicht noch als alter Esel in Abenteuer mit Pariser Flittchen eingelassen.«

Der Professor zuckte leicht zusammen.

»Warst du denn nicht schon mit vierzig zu senil dazu?«

»Ach, bleib mir mit der ganzen Liebe gestohlen. Setz dich zu mir und laß uns von was Vernünftigem reden. Ich habe jetzt einen achtfachen Lustmörder zu verteidigen. Toller Bursche, sage ich dir. Eine wahre Sexbombe.«

Maria wurde von einer seltsamen, ständig wachsenden Unruhe erfaßt. Jedesmal, wenn sie den Jungen sah, sah sie in seinem Gesicht auch den anderen. Es war, als wollte der Junge sie immer wieder an den Mann erinnern, der sein Vater war.

Was war das für ein Mann?

Diese Frage ließ sie nicht mehr los.

Ein sogenannter Spender. Einer, von denen sicher ein paar tausend in dieser Stadt herumliefen.

War es einer, den die Not dazu trieb? War es ein Student, der sich etwas Taschengeld dazuverdienen wollte? Oder war es einer, der sich auf diese seltsame Weise Fernkontakt mit völlig fremden Frauen erträumte und dem allein der Gedanke daran genügte? Ein fauler Herumtreiber am Ende?

Mit diesen Fragen, auf die sie nie eine Antwort finden würde, zerquälte sie Tag und Nacht jeden frohen Gedanken, der in ihr aufkommen wollte.

Dabei schälte sich in ihr aus dem Dunkel eines immer wieder zerfließenden Schattens langsam – aber deutlicher von Tag zu Tag – das Bild eines Mannes heraus.

Die immer stärker werdende Unruhe ließ sie oft halbe Nächte nicht zur Ruhe kommen. Manchmal ertappte sie sich dabei, daß sie mitten in der Nacht aufstand und sich über das Gesicht ihres Jungen beugte, um in ihm den Mann zu sehen, dem sie sich immer stärker wie in einer wirklich-unwirklichen Ehe verbunden fühlte.

Mein Junge, jauchzte es dann in ihr. Und wie ein Echo kam leise die andere Stimme – wie ein Hauch: Es ist unser Junge!

Unser Junge! Ja!

So komm doch und sieh ihn dir an, unsern Jungen! Dein himmliches Geschenk. Sieht er dir nicht überraschend ähnlich?

Eines Nachts stand der Mann dann neben ihr. Er beugte sich über das Kind und stützte dabei beide Hände auf den Rand des Bettchens.

Sie sah ihn nicht. Sie fühlte nur, daß er neben ihr stand. Ein geheimnisvolles Etwas strömte von ihm aus und hüllte sie ein.

Sie zitterte.

Dann glitt ihre Hand hinüber – nur wenige Zentimeter – und streichelte die kühle Hand.

»Ich liebe dich!« flüsterte sie. »Bleib! Bleib bei deinem Jungen und bei mir. Der Junge braucht dich doch. Jeder Junge braucht seinen Vater als seinen besten Freund.«

Doch da zerfloß das Bild.

Fröstelnd ging sie zurück in ihr Bett.

Sie barg den Kopf unter der Decke und schloß die Augen. War es Traum oder Wirklichkeit? In ihren Adern geschah ein Wunder. Ihr war, als sei Rudolf zurückgekehrt. Stürmisch und leidenschaftlich besitzergreifend mit der ganzen berauschenden Seligkeit seiner Umarmungen ...

Den kommenden Morgen verschlief sie fast. Erst das Wimmern des Jungen hatte sie geweckt. Sie fand sich an diesem Morgen nur schwer in die Wirklichkeit zurück. Irgend etwas wie ein Wunder war mit ihr geschehen. Sie nahm das Körbchen mit dem Jungen, trug es in den Park und stellte es in eine schattige Ecke.

»Ich gehe jetzt und hole ihn dir! Ein Junge braucht seinen Vater, ein Junge braucht einen Freund. Ich hole ihn dir, ich hole ihn dir!«

Wie der Junge lächelte! Dieses himmlisch süße Lächeln!

Das hatte er bestimmt von ihm ...

Sie rief bei Dr. Garry an.

»Ich muß Sie sprechen, lieber Doc! Noch heute vormittag.«

Der Arzt erschrak.

»Ist etwas passiert?«

»Nur ein paar Minuten, Doc. Ich brauche Ihre Hilfe.«

Der Arzte spürte ihre Erregung durch den Draht.

»Ist was mit dem Jungen?«

»Nein, aber ich ... Sie dürfen mich jetzt nicht zurückweisen. Ich weiß nicht mehr ein und aus. Ich komme in die Klinik.«

»Also gut, Maria, wenn es so ist. Ich werde der Schwester Bescheid geben, daß man Sie gleich vorläßt.«

Der Arzt rückte seine Brille zurecht. Marias Verhalten beunruhigte ihn zunehmend. Sollte sie inzwischen einen Mann gefunden haben, der ihren Wünschen und Vorstellungen entsprach? Das wäre ein Segen. Aber dann würde sie doch nicht so dringend seine Hilfe benötigen.

Schon eine Stunde später saß Maria ihm gegenüber. Sie wirkte äußerlich ruhig, doch der Doktor merkte schon bei ihren ersten Worten, daß sie es nicht war.

»Doktor«, begann sie ohne Umschweife, »wer ist der Vater meines Jungen? Der Junge verlangt nach ihm. Ich fühle es Tag und Nacht und immer stärker. Sagen Sie mir, wo ich ihn finde!«

In ihren Augen lag etwas, das der Arzt bei ihr noch nicht gesehen hatte. Ein seltsamer, verräterischer Glanz machte ihn vorsichtig.

»Maria – diesen Mann gibt es nicht. Ihn darf es nicht geben. Lösen Sie sich um himmelswillen von dieser unrealistischen Vorstellung, die Ihnen nur Enttäuschung und Unglück bringen kann.«

Maria stand auf und lief nervös hin und her.

»Aber Doc, Sie können mir doch gewiß die Bank nennen, von der Sie das Sperma bezogen haben.«

»Das ist jetzt schon ein Jahr her. Ich arbeite mit verschiedenen Banken zusammen. Die gewünschten Merkmale des Vaters sind zuweilen bei der einen oder anderen Bank nicht im Bestandskatalog«, wich der Doktor aus.

»Aber in meinem Fall... Sie kennen doch das Datum, und es gibt doch sicher eine Rechnung der Bank.«

Der Doktor fühlte sich in die Enge getrieben.

»Gewiß, Maria, ich könnte das feststellen, aber was würde Ihnen das nützen?«

»Ich könnte mit der Bank sprechen.«

»Die Bank kann und darf und wird Ihnen den Spender nicht nennen. Für die Bank ist jeder Spender nur eine Nummer. Und wer hinter dieser Nummer steht, das weiß nur der Direktor der Bank. Es ist sein bestgehütetes Geheimnis.«

»Dann soll man mir doch diese Nummer nennen, damit ich den Spender durch Zeitungsanzeigen suchen könnte.«

»Daß eine Bank das tut, halte ich für ausgeschlossen.«

»Und wenn Sie, als der Arzt, um die Nummer bitten?«

»Das wäre ganz und gar ungewöhnlich. Man würde sich sehr wundern.«

»Aber Ihnen die Nummer nennen?«

»Eine solche Frage habe ich noch nie gestellt. Sie fiele völlig aus dem Rahmen.«

»Ihnen wird man die Nummer nennen.« Maria blieb vor dem

Doktor stehen. Der Arzt sah mit wachsendem Erstaunen die Zähigkeit, mit der Maria ihr Ziel verfolgte.

»Ich könnte mir denken, daß man in einem Sonderfall –«, begann Maria.

»Maria, welchen Sonderfall könnte es wohl geben, der die Kenntnis der Nummer notwendig macht, obwohl sie doch nicht das geringste über den Spender sagt.«

»Das weiß ich nicht. Vielleicht..., vielleicht...«

Sie lief wieder vor dem Doktor hin und her.

»Maria, setzen Sie sich doch. Wollen Sie denn nicht einsehen, daß jede Bank die Anonymität ihrer Spender mit allen Mitteln sichern muß? Wenn jede Frau die Adresse des Spenders erfahren könnte – das könnte zu Katastrophen führen. Es gibt zum Beispiel Spender, die glücklich verheiratet sind und die Bank ohne Wissen ihrer Frauen aufsuchen. Da tauchten dann plötzlich Halbgeschwister seiner Kinder auf und...« Maria nahm wieder Platz. Sie legte ihre Handtasche vor sich auf den Schoß und hielt sie mit beiden Händen.

»Wenn das so ist – und ich zweifle selbstverständlich nicht an Ihren Worten –, dann könnten Sie mir doch sorglos den Namen der New Yorker Bank nennen, von der Sie das Sperma für Michael bezogen haben.«

»Gewiß, obwohl das schon ungewöhnlich wäre. Aber in Ihrem Fall und bei meinen langjährigen freundschaftlichen Beziehungen zu Ihrer Familie, könnte ich das tun. Ich frage mich nur, was das soll? Sie jagen einem Phantom nach. Lassen Sie die Dinge doch, wie sie sind und von Anfang an geplant waren. Sie haben es damals mit aller Entschiedenheit abgelehnt, über den Mann, der der Vater Ihres Kindes werden würde, etwas zu erfahren. Ist es nicht so?«

»So war es. Inzwischen hat sich vieles ereignet, was mich zwingt, meine damalige Einstellung zu korrigieren.«

Der Doktor schwieg betreten. Er verstand Maria nicht mehr. War diese Frau, die da vor ihm saß, noch dieselbe Maria, die vor zwei Jahren jede engere Beziehung zu einem Mann abgelehnt hatte? War es möglich, daß sie sich in ein Phantom verliebt hatte und diesem Phantom nun wie unter hypnotischem Zwang nachjagte? Wer auch immer der Spender des neuen Lebens gewesen war – was hatte er in der Wirklichkeit mit Maria und ihrem Kind zu tun?

Maria spürte, was in ihm vorging. Sie fühlte die Ablehnung, ja, den wachsenden Widerstand des Arztes. Wie konnte er auch – wie konnte ein anderer die immer stärker drängende Unruhe in ihr verstehen oder gar mit empfinden? Konnte sie überhaupt einem anderen verständlich machen, was sie selber nicht verstand?

»Maria«, begann der Doktor nach langem, lastendem Schweigen, »können Sie mir einen ernsthaften Grund nennen, der Sie zwingt, von mir etwas zu verlangen, was nie und nimmer zu Ihrem Glück beitragen kann, oder zu dem, was Sie im Augenblick dafür halten?«

»Ja, das kann ich«, sagte Maria fest. »Nicht ich, sondern mein Kind, mein Junge braucht eines Tages den Vater. Jeder Junge braucht einen Vater. Ihn kann auch die liebe- und verständnisvollste Mutter nicht ersetzen. Und deshalb kann ich nicht darauf verzichten, alle Möglichkeiten – selbst die letzten – auszuschöpfen. Bitte, Doc, nennen Sie mir die Nummer meines Mannes und ...«

»Ihres Mannes! Maria!« Dr. Garry war bestürzt. »Dieser Mann ist nicht Ihr Mann! Ein anonymer Spender, der ein winziges bißchen aus der unermeßlichen Fülle seines Erbgutes buchstäblich in den Wind gestreut hat und sich keinen Gedanken darüber macht, was daraus wächst. Ich bin außerstande, Ihnen zu dieser Bekanntschaft zu verhelfen. Und selbst wenn ich es könnte, wer gäbe mir die Gewißheit, daß daraus nicht namenloses Unheil für Sie und Ihren Jungen und vielleicht sogar für den Spender entstände?«

Er erhob sich jäh. »Maria, wenn Sie in einer Notlage sind – es gibt keinen Menschen auf der Welt, der Ihnen bedingungsloser helfen würde als ich. Aber verlangen Sie nicht Unmögliches und Unverantwortliches von mir.«

Maria erhob sich ebenfalls. In Ihrem Gesicht spiegelte sich tiefe Enttäuschung.

»Das heißt: Sie lehnen es ab, mir zu helfen?«

»Nennen Sie es, wie Sie wollen. Ich halte die Erfüllung Ihres Wunsches, selbst wenn sie möglich wäre, nicht für eine Hilfe.«

Marias Gesicht hatte alle Farbe verloren. Ein solches Ende des Gesprächs, zu dem sie sich erst nach vielem Nachdenken und nach vielen Zweifeln entschlossen hatte, traf sie wie ein Schlag.

»Ich muß Ihren Entschluß zur Kenntnis nehmen. Aber wenn ich noch eine letzte Bitte aussprechen darf ...«

»Bitte, Maria.«

»Versuchen Sie wenigstens von sich aus, etwas von dem zu

erfahren, was ich wissen möchte. Vielleicht entdecken Sie dabei doch Tatsachen, die meinen Wunsch verständlicher machen und vielleicht sogar erfüllbar erscheinen lassen.«

»Das will ich gerne tun«, sagte Dr. Garry, indem er Maria zur Tür geleitete.

Als sie gegangen war, sank er ermattet in seinen Sessel. Erst nach Minuten war er imstande, die nächste Patientin zu empfangen.

Es kostete Dr. Garry erhebliche Überwindung, bis er schließlich – zwei Tage später – erst mit der Klinik, dann mit Dr. Sherrer Kontakt aufnahm. Dann rief er Maria an:

»Maria, ich habe Ihnen kürzlich versprochen, mich bei der Bank nach Einzelheiten über den Vater des Jungen zu erkundigen.«

»Ja, und?« fragte Maria hoffnungsvoll. Wieder spürte der Arzt ihre Erregung durch den Draht.

»Wie ich aus unseren Akten ersehen konnte, haben wir das Erbgut für Ihren Jungen von der Sponlab bezogen. Da nicht nur ich, sondern auch andere Fachärzte unserer Klinik schon seit vielen Jahren mit der Bank zusammenarbeiten, habe ich es zunächst einmal auf die dummdreiste Tour versucht. Ich habe eine Schwester der Klinik im Labor anrufen und glattweg nach der Nummer und dem Namen des Spenders fragen lassen. Das ging schief. Mir blieb also nichts weiter übrig, als mich direkt an den Direktor der Bank zu wenden. Wir kennen uns seit langem, haben bisher aber immer nur telefonisch miteinander zu tun gehabt. Daß ich bei einem Telefonanruf auch bei ihm auf Granit beißen würde, war mir klar. Ich bat ihn deshalb um ein persönliches Gespräch.

Heute morgen war ich nun bei ihm. Ich habe ihm unseren besonderen Fall dargelegt und auf meine langjährige Freundschaft mit Ihrer Familie hingewiesen. Er war sehr beeindruckt, und ich hatte das Gefühl, daß er in diesem Ausnahmefall vielleicht –«

»Hat er Ihnen den Namen und die Nummer –?«

»Er ist offenbar bereit, Ihnen zu helfen, soweit ihm das möglich ist, und will Sie zu einem streng vertraulichen Gespräch empfangen.«

»Wann kann ich zu ihm?«

»Rufen Sie ihn an, um einen Termin zu verabreden.« Der Doktor nannte Maria die Telefonnummer. »Alles weitere, Maria, liegt nun nicht mehr bei mir. Hoffentlich erreichen Sie selber mehr als ich. Ich muß Sie aber vor allzu großen Hoffnungen warnen.«

»Danke! – Danke, danke, Doc, ich werde mich gleich bei ihm anmelden. Sie sind der liebste und beste Doc der Welt.«

Dr. Garry lachte. »Darüber wird unser Rechtsverdreher allerdings anderer Meinung sein.«

Die Karte, die Dr. Sherrer ihm gegeben hatte, vergaß Nick. Erst Tage später fand er sie auf dem Küchentisch.

»Wo kommt denn die her?« fragte er Manny.

»Die habe ich beim Ausbürsten deiner Jeans gefunden. Was hat die zu bedeuten?«

»Weiß ich nicht. Hat mir dieser ...« Er nahm die Karte auf und las: Dr. W. Sherrer, 767 5th Ave. – Phone 5436768. »Die hat mir dieser Doc in dem Rollschuhschuppen zugesteckt.«

5th Avenue, das war eine piekfeine Adresse. An dem Haus kam er täglich auf dem Weg zur Uni vorbei. Anrufen kann man ja mal, dachte er.

Es war ein schneller Entschluß.

Eine ruhige, müde Frauenstimme.

»Ja, bitte?«

»Könnte ich Herrn Doktor Sherrer ...«

»Moment, ich verbinde.« Keine Frage. Dann die rauchige Stimme des Doktors.

»Ach, Sie sind's. Nett, daß Sie anrufen. Wann darf ich Sie erwarten?«

»Wär's Ihnen gegen drei recht?«

»Gut. 64. Stock, Zimmer 64148. Merken Sie sich die Nummer.«

»Danke, schon notiert.«

Punkt drei stand er vor der Tür. Eine Dame – um die Fünfzig – öffnete. Höflich, freundlich, aber kühl.

»Bitte sehr!« Sie ließ ihn eintreten und ging voran. Dicke Läufer, gedämpftes Licht. Sie klopfte kurz an und öffnete ihm die Tür. Nick schloß geblendet die Augen: ein stahlendheller Raum. Vor der riesigen Fensterfront, die aus dieser Höhe den Blick über einen großen Teil der West Side freigab, erhob sich der Doktor.

»Freut mich, Nick, daß Sie gekommen sind.« Er umfing ihn einen Augenblick mit einem hintergründigen diskreten Lächeln.

Nick brabbelte etwas. Er war verwirrt. Was war das hier eigentlich? Das vornehme Drumherum machte ihn stutzig.

»Nehmen Sie doch Platz.« Dr. Sherrer wies auf eine kleine Sitzgruppe »Drink?«

»Nein, danke.«

Der Doktor sah auf die mit einem Lederriemen zusammengebundenen Lehrbücher und sagte – offenbar ein wenig erstaunt: »Sie studieren wirklich?«

»Im ersten Semester.«

»Freut mich zu hören.«

»Ich habe gerade angefangen.«

»Ausgezeichnet! Dann darf ich gleich zur Sache kommen.«

So schnell zur Sache? Bis jetzt lief alles ganz anders, als er gedacht hatte. Er nickte.

Dr. Sherrer lehnte sich zurück, schlug die Beine übereinander und musterte Nick wieder mit einem wohlwollenden Blick.

»Was ich mit Ihnen besprechen möchte, ist eine seriöse medizinische Angelegenheit und für die Staaten von erheblicher Bedeutung.«

Für die Staaten? Nick blieb für einen Augenblick der Atem weg.

»Unsere Gesellschaft besteht seit mehr als zwanzig Jahren und ist eine der größten Samenbanken der Welt.«

Aha – das war's also! Nick machte erstaunte Augen. Nun konnte er Montes Geflunker endlich deuten.

»Unsere Geschäftsräume und Laboratorien befinden sich im untersten Keller eines riesigen Bürohauses. Wir beliefern fast alle Krankenhäuser und Frauenärzte der USA. Darüber hinaus gehen täglich Sendungen in alle Welt.«

Er schwieg einen Augenblick und suchte nach einer Reaktion im Gesicht seines Gegenübers. Doch Nick zeigte nur ein leichtes, verlegenes Lächeln.

»Sie wissen, um was es sich handelt?«

Jetzt wußte er's. Er hatte schon davon läuten hören und auch flüchtig den Aushang am Schwarzen Brett der Uni gesehen: »Spender für heterologe Insemination gesucht.« Daß ein solches Angebot eines Tages auch an ihn herantreten könne, hatte er nicht erwartet.

»Wir haben im vergangenen Jahr rund 26000 Anforderungen erfüllen können; bis auf knapp 3000 kamen sie alle aus den Staaten.«

Nick glaubte, nicht recht gehört zu haben: »Sechsundzwanzigtausend? Und dazu finden Sie hier in New York genügend ...« jetzt kam er ins Stottern. Wie sollte er diese Männer nennen? Schließlich sagte er nach einer Verlegenheitspause: »Mitarbeiter«.

»Wir nennen sie Spender. Es gehört ja gewiß auch allerlei Idealismus dazu, uns zu helfen – damit wir anderen helfen können.«

»Sechsundzwanzigtausend in einem Jahr?!«

»Das klingt, wenn man an die Spender denkt, enorm. In Wirklichkeit sind das aber nur 500 Spenden pro Woche. Da jede Spende für drei bis fünf Befruchtungen ausreicht – und es sind eher mehr als weniger – genügen wöchentlich etwa 150 Besuche unserer Spender.«

Der Doktor ergriff eine vor ihm liegende angesehene Ärztezeitschrift und schlug sie auf.

Überschrift: »Mindestens 30000 Amerikanerinnen im vergangenen Jahr künstlich befruchtet.«

Nick nahm das Heft und überflog den Bericht.

»Nehmen Sie es ruhig mit. Es dürfte einen angehenden Juristen interessieren, denn da gibt es neben den menschlichen Problemen auch Rechtsfragen, die nicht auf die leichte Schulter zu nehmen sind.«

»Dreißigtausend?« Nick wollte das nicht in den Schädel. »Gibt es bei uns denn keine Männer mehr?«

»Wenn es nur danach ginge, millionenmal mehr als nötig. Wahrscheinlich könnte ein einziger Mann mit Hilfe künstlicher Besamung und geeigneter Lagerungsmethoden sogar alle Frauen der Welt befruchten, obwohl für jede Befruchtung ein großer Überschuß an Samenzellen erforderlich ist. Aber es gibt leider in allzu vielen Ehen Schwierigkeiten, Konflikte, ja Tragödien, von denen der Außenstehende nichts ahnen kann und nur der Frauenarzt – zuweilen – etwas erfährt.«

Er stand auf und holte eine kleine Broschüre.

»Das ist eine Aufklärungsschrift unserer Gesellschaft. Bitte lesen Sie sie zu Hause in aller Ruhe durch. Und wenn Sie dann meinen, uns aus menschlichen und moralischen Gründen helfen zu können ...«

Nick war bis über beide Ohren rot geworden. Das Wort moralisch kam ihm in diesem Zusammenhang etwas deplaciert vor. Und viel zu verdienen war dabei wohl auch nicht.

»Sie werden natürlich wissen wollen, wieso ich gerade auf Sie komme. – Ihr Typ ist hier in den Staaten besonders gefragt. Vor allem von alleinstehenden Frauen. Blond, blauäugig, gut gewachsen, intelligent. Und diesen Typ finde ich am ehesten bei solchen Veranstaltungen, weniger bei den Sportlern. Sie sind im allgemeinen körperlich zu stark beansprucht. Außerdem ist die unauffällige Kontaktnahme bei derartigen Veranstaltungen wie vor einigen Tagen besonders leicht. Ehepaare bevorzugen verständlicherweise Spender mit den äußeren Merkmalen ihrer Ehepartner.«

»Alleinstehende Frauen, die sich ein Kind wünschen, ein uneheliches Kind sozusagen, sind die nicht sehr selten?«

»Gewiß, denn welche ledige oder verwitwete Frau setzt sich gern Redereien und Mißdeutungen aus. Es sind etwa sieben Prozent. Das heißt, drei- bis viertausend im Jahr, aber es werden langsam immer mehr. Alle diese Frauen können sich den unbekannten Partner sozusagen in einem Bilderbuch aussuchen.«

Er blätterte in einem Register, schrieb eine Nummer auf einen Zettel und sagte »4735476 – das sind Sie. Das ist Ihre Codenummer. Namen haben unsere Spender nicht. Nur ich weiß anfangs, wer hinter einer solchen Nummer steht. Dann verschwindet der Name in einer Geheimkartei. Spender und Empfängerin dürfen sich nicht kennenlernen und nicht das geringste voneinander wissen. Das würde – wie schon die Erfahrungen der ersten Jahre gezeigt haben – zu unübersehbaren und unerträglichen, ja zuweilen gefährlichen Schwierigkeiten führen. Die ganze Angelegenheit wird deshalb von uns mit größter Diskretion behandelt.«

Er erhob sich.

»Ich habe mich gefreut, Sie kennenzulernen. Junge Männer wie Sie sind in unserm Lande selten, und wir müssen Spender deshalb im allgemeinen wöchentlich drei- oder sogar viermal um ihren Besuch bitten.«

Nick war wie benommen. Die ganze Atmosphäre war so steril, so sachlich kühl, fast geschäftsmäßig.

Als erriete er seine Gedanken, sagte der Doktor: »Das alles wird Sie zunächst befremden, aber wenn Sie unsere Broschüre gelesen haben, werden Sie wissen, daß das so sein muß.«

Er legte beide Hände auf Nicks Schultern und zeigte wieder das seltsam verhaltene Lächeln, das Nick so irritierte.

»Ich würde mich jedenfalls sehr freuen, recht bald wieder von Ihnen zu hören. Vielleicht können wir uns dann in Ruhe über alle anderen Fragen unterhalten.«

»Gewiß«, sagte Nick. »Ich werde mich in den nächsten Tagen melden.«

Nick stand vor den Fahrstühlen. Der Verkehr war um diese Zeit so stark, daß er minutenlang warten mußte, bis endlich einer hielt.

Die breiten Türen flogen auseinander – und dann geschah etwas, was er hier und in diesem Augenblick am wenigsten erwartet hatte.

Ein zartes Geschöpf, ein Traum aus himmelblauem Tüll, wehte ihm mit einem Hauch Parfüm entgegen, blieb eine Weile unschlüssig stehen, lief dann ein paarmal ratlos hin und her und wandte sich schließlich an ihn.

»Verzeihung! Können Sie mir sagen –« Sie stutzte. Ihre Augen weiteten sich erstaunt.

»Ja?« fragte er lächelnd.

Sie starrte ihn an, wie Dornröschen ihren Märchenprinzen.

»Können Sie mir sagen, wo ich in diesem Labyrinth...« Sie schien völlig verwirrt.

»Suchen Sie ein bestimmtes Büro?«

»Ja, aber –« Sie kramte in ihrer kleinen Handtasche herum. »Leider habe ich die Zimmernummer schon wieder vergessen. Es war aber bestimmt im 64. Stock. »Aha, hier hab' ich's: Zimmer 148. Ich bin nämlich völlig fremd hier.«

»Gewesen!« sagte er schlagfertig. »Jetzt kennen Sie mich!« Er warf sich den Riemen mit den Lehrbüchern über die Schultern und wies nach rechts: »100 bis 150. Darf ich Sie hinbringen?«

»Nein danke – jetzt finde ich's schon selber.«

Der Traum aus Tüll wollte schon entschweben.

»Sind wir uns nicht schon mal begegnet?« fragte er, nur um sie noch ein bißchen festzuhalten.

»Nein, ganz bestimmt nicht«, antwortete sie. »Ich –« Sie wurde rot und lief eilends davon.

Nur ein Hauch Parfüm blieb noch von ihr.

Nick stand wie benommen. Am liebsten wäre er, völlig verwirrt, hinter ihr her gelaufen. Doch dann kam die nächste Kabine. Mit ihr ein Strom von Menschen. Er stieg nur zögernd, fast widerwillig ein.

Aber dann schwemmte ihn die Flut mit allen andern hinaus auf die Straße.

Schade! dachte er, so ein hübsches Kind! Ich glaube, ich habe mich diesmal recht dumm benommen.

Wie sie ihn angeschaut hatte! Diese Augen...

Erst als er wieder zu Hause war, schlug er sich plötzlich mit der flachen Hand vor die Stirn.

148... Hatte sie nicht 148 gesagt? Das war doch die Nummer von Sherrers Büro!

Dr. Sherrer empfing Maria wie eine gute Bekannte.

Er hatte eine junge Frau erwartet und war überrascht. Sollte dieses zarte junge Mädchen sich tatsächlich mit solcher Zähigkeit bemühen, den Vater ihres Kindes kennenzulernen?

»Herr Doktor Garry hat Sie mir besonders ans Herz gelegt«, sagte er einleitend.

Maria nickte. Sie war noch immer verwirrt. Die Begegnung vor den Fahrstühlen hatte sie maßlos überrascht. Ihr war, als hätte sie plötzlich einem guten Freund gegenübergestanden.

Sind wir uns nicht schon mal begegnet? hatte er gefragt.

Sie hatte verneint. Und doch war ihr dieser junge Mann schon im ersten Augenblick bekannt vorgekommen. Doch wo sollte sich ihr Weg gekreuzt haben? Dann wäre er ihr bestimmt aufgefallen.

War seine Frage am Ende nur ein Versuch gewesen, sie in ein längeres Gespräch zu verwickeln? – Sie fing sich wieder.

»Doktor Garry ist ein alter Freund der Familie«, sagte sie.

»Ich weiß. Er wird Ihnen also auch gewiß gesagt haben, daß wir bei der zuweilen recht heiklen Sachlage, mit der unsere Tätigkeit nun einmal verbunden ist, mit Auskünften äußerst zurückhaltend sein müssen.«

»Ich hoffe, daß es trotzdem ein paar Einzelheiten gibt, bei denen Sie in diesem Sonderfall weniger besorgt zu sein brauchen«, sagte Maria.

»Was in diesem Zusammenhang allein an Rechtsfragen auf uns zukommen kann, wenn Namen bekannt werden, das ist unübersehbar, zumal die Rechtsfrage auf unserm Sektor größtenteils noch völlig ungeklärt ist. Schon gibt es Gerichtsurteile in fast allen Kulturstaaten, die uns zu größter Vorsicht zwingen. Bisher haben wir beispielsweise die Spenden mit den Nummern der Spender versehen. Das werden wir künftig auch nicht mehr können. Wir geben die Daten über jeden Spender in einen Computer – einfach fortlaufend numeriert, und der Computer sagt uns dann schon wenige Sekunden später, welche Spende den geforderten Daten am besten entspricht. Selbst wir werden dann nicht mehr feststellen können, von wem das vom Computer ermittelte ideale Erbgut kommt. Damit wird auch meine bisherige Geheimkartei überflüssig. Aktenordner wie diesen«, er hob ihn an, »wird es dann nicht mehr geben. Wir sind zur Zeit mitten in der Umstellung. In Ihrem Fall habe ich zufällig noch alles an der Hand, was ich über den Spender weiß.«

Er blätterte in dem Schnellhefter. Maria horchte auf.

»Der Spender ist vor zwei Jahren bei mir gewesen. Ich habe ihn dann – da er einen guten Eindruck machte – zur Generaluntersuchung an unser Labor überwiesen. Dabei ergaben sich keinerlei Bedenken gegen seinen Einsatz. Leider ist er dann aber nur sechsmal im Institut erschienen. Zuletzt im Juli vorigen Jahres. Wir haben seither nichts mehr von ihm gehört.«

»Ach!« sagte Maria enttäuscht.

Dr. Sherrer machte eine Geste des Bedauerns.

»Wie alt war er damals?«

»Achtzehn.«

»Erst achtzehn? Ist das kein Irrtum?«

»Nein. Übrigens entsprach er in allen Punkten genau Ihren Wünschen. Einen besser geeigneten Spender hätten wir in diesem Fall nicht finden können. Er war 1,85 m groß, mittelblond, blauäugig, ein lustiger, durch und durch sportlicher Typ. Er machte einen aufgeweckten Eindruck, sprach sehr schnell, fehlerfrei, und zeigte ein außergewöhnliches Temperament. Er hatte gesunde Zähne, ein erwärmendes Lächeln und sah sehr gut aus. Ich entsinne mich genau.«

»Achtzehn Jahre, sagten Sie. Achtzehn Jahre?« Aus Marias Stimme sprach Überraschung. Es klang fast wie Enttäuschung. »War er New Yorker?«

Dr. Sherrer blätterte in der Akte.

»Geboren ist er in Boston, aufgewachsen im Staate Tennessee.«

»Verheiratet?«

»Damals jedenfalls noch nicht.«

»Wissen Sie etwas über seine Familie?«

»Anscheinend bürgerliche Verhältnisse.«

»Über seine Freunde?«

»Nicht die Spur.«

»Und sonst – können Sie mir sonst noch etwas über ihn sagen?«

Dr. Sherrer schüttelte den Kopf.

»Höchstens, daß er sehr sympathisch war.«

»Wissen Sie, aus welcher Stadt er kam?«

»Danach wird im Institut grundsätzlich nicht gefragt. Dort interessiert man sich nur für Dinge, die die Erbanlagen bestimmen; das allerdings in hohem Maße.«

»Achtzehn Jahre ... Dann ist er ja selber noch ein halbes Kind!« stammelte Maria. »Ich hatte ihn mir wesentlich älter vorgestellt. So um die Dreißig.«

»Stört Sie seine Jugend?«

»Nein, das nicht«, sagte Maria.

»Er war gesund und kräftig. Millionen junge Männer werden in diesem Alter schon Väter, oft, ohne es zu wollen. Neuere Statistiken zeigen übrigens, daß Kinder von alten Vätern öfter Mißbildungen, wie zum Beispiel Mongolismus, aufweisen, als die von jungen Vätern. Den Spender interessiert es im allgemeinen überhaupt nicht, wo in den Staaten – oder anderswo in der Welt – eines seiner vielen Kinder herumläuft.«

»Ein schrecklicher Gedanke!«

»Der auch schon Spender zur Aufgabe ihrer segensreichen Tätigkeit veranlaßt hat. Aber das ist die Ausnahme. Es liegt – man mag das bedauern oder nicht – nun einmal in der Natur vieler Männer, über diese Dinge nicht mehr als nötig nachzudenken.«

»Aber es gibt doch gewiß auch Idealisten unter ihnen!«

»Das heißt aber keineswegs, daß sie mehr wollen als helfen – einzelnen Ehepaaren oder dem Land schlechthin. Sogar etwas Eitelkeit ist nicht selten dabei im Spiel, denn jeder Spender weiß aus eigener Erfahrung, wie streng unter ihnen gesiebt wird. Unter hundert finden wir im allgemeinen nicht mehr als zwanzig.«

Er schwieg. Maria sah ihn fragend an.

»Ja«, fuhr er nach einer kleinen Verlegenheitspause fort, »mehr weiß ich nicht – und mehr kann ich Ihnen auch nicht sagen. Die Namen unserer Spender sind strengstes Institutsgeheimnis. Wir haben bisher noch nicht einen einzigen Namen bekanntgegeben.«

Dr. Sherrer klappte den Aktendeckel zu.

»Hoffentlich habe ich mit diesen Angaben wenigstens einen Teil Ihrer Wünsche erfüllen können.«

»Ja«, antwortete Maria etwas enttäuscht und verwirrt. »Ich danke Ihnen.«

Als sie wieder vor den Fahrstühlen stand, sah sie sich unwillkürlich um. Der junge Mann war verschwunden.

Auch auf der Straße vor dem Bürohaus sah sie ihn nicht mehr.

Langsam, ganz in Gedanken versunken, bummelte sie zurück zu ihrem Wagen. Ihre Stimmung hatte sich ein wenig gebessert. Ihr schien, als sei sie ihrem Ziel an diesem Morgen wenigstens einen Schritt näher gekommen.

Zu Hause trat sie an das Bettchen ihres Jungen und sah lange Zeit stumm auf ihn herab.

Doch merkwürdig: Über das Gesicht des Jungen schob sich nun zu ihrer Überraschung das Bild des jungen Mannes, mit dem sie vor den Fahrstühlen zusammengetroffen war: Sind wir uns nicht schon mal begegnet?

Nein, ganz bestimmt nicht. Und doch...

»Du hast jetzt einen Daddy«, flüsterte sie. »Einen ganz jungen, lustigen Daddy, freust du dich nicht?«

Sie lauschte auf den ruhigen Atem des Kindes.

Da – glitt nicht ein zartes, glückliches Lächeln über seine Lippen?

Nick traf sich gegen Abend mit Tom.

»Na, wie war's?« fragte Tom. »Erzähl!«

»Heute bin ich der Frau meiner Träume begegnet«, antwortete Nick mit leuchtenden Augen.

»Das klingt reichlich geschwollen. Etwa in der Samenbank?«

»So was von süß! Wenn du die siehst, bist du weg.«

»Das scheinst du ja noch zu sein. Arbeitet die da?«

»Wo?«

»Bei der Bank natürlich.«

»Ach was. Ich traf sie vor den Fahrstühlen.« Er umriß mit beiden Händen ihre Figur. »Du, Monte...« Er schnalzte mit der Zunge. »Monte, Monte, wenn du die gesehen hättest! Ich bin ganz hin.«

»He, he, komm zu dir! Was ist mit der Samenbank?«

Nick runzelte unwillig die Stirn.

»Was soll da schon sein? Ganz seriöse Sache.« Er wich schon wieder aus. »Ich weiß nicht mehr von ihr, als daß sie ein himmelblaues Kleidchen trug. Ein Traum aus Duft und Tüll.«

Tom packte ihn an der Schulter und schüttelte ihn.

»Jetzt rück endlich mal raus mit der Sprache: Was wollte dieser Doc von dir?«

»Was wohl?« Nick kramte die Broschüre aus seiner Jackentasche und rieb sie Tom unter die Nase. »Was wohl? Da steht alles drin. Lies es und erzähl mir, was du davon hältst. Ich bin noch nicht dazu gekommen. Ich bin völlig durcheinander. Dabei hab' ich schwer zu büffeln. Mein Latein ist unter aller Sau. Vor allem die Aussprache. Damit erziele ich Lacherfolge.«

»Und was zahlen die?«

»Steht alles drin.«

»Und wie bist du mit dem Doc verblieben?«

»Ach Monte, du fragst mir heute ein Loch in den Bauch.«

»Und du bist total irre. Was hast du denn gesagt? Raus mit der Sprache!«

»Daß ich mir's überlege.«

»Gibt's da noch was zu überlegen? Ist doch eine glatte Sache und schnell verdient. Glaubst du, daß du mich da auch einschleusen kannst?«

»Die suchen zur Zeit nur große Blonde mit himmelblauen Augen. Eines Tages sollen wohl alle Amerikaner so aussehn.«

»Total verrückt. Aber versuch's trotzdem bei Gelegenheit. Es gibt doch einen Haufen Aztekenpaare, oder ledige Aztekenfrauen, die es nicht darauf anlegen möchten, eines Tages mit einem blonden Sprößling zu erscheinen.«

»Gut, ich werde dich den Leuten wie ein altes Autowrack anzudrehn versuchen, Hand drauf!« Er sah Monte plötzlich strahlend in die Augen. »Monte, weißt du überhaupt, was Liebe auf den ersten Blick ist?«

»Ein Zustand des Irreseins, wie mir scheint.«

»Dieses Traumgirl von heute vormittag werde ich natürlich suchen – und wenn ich bis zum Nordpol müßte. Diese Figur und diese Taille...«

»Und wie steht meine Sache mit Rita?«

»Also was willst du nun: Rita oder die Samenbank?«

»Wieso?«

»Beides zusammen ... Du kennst Rita nicht!«

»Ist die wirklich so prima?«

»Geschmackssache. Morgen treffe ich mich mit ihr und ihrem Bruder. Komm mit und lach sie dir an. Aber fall nicht gleich mit der Tür ins Haus.«

»Weshalb? Ich denke, sie ist eine ganz wilde Hummel!«

»Ist sie. Und deshalb paßt ihr Bruder so höllisch auf.«

»Was will der denn morgen von dir?«

»Mich überreden, ihn am Samstag zu vertreten. Er ist ganz nahe bei Harlem in einem Rollschuhklub und hat schon dreimal einen Preis geholt. Jetzt soll er wieder mitmachen, aber er muß diesen Samstag arbeiten. Rita habe ich durch ihn erst kennengelernt.«

»Wo seid ihr denn verabredet?«

»Vor dem General Motors Building.«

»Blöd, daß der dabeisein muß!«

»Ach laß man, der Samy ist ein ganz netter Junge. Er arbeitet irgendwo im Village als Kellner und verdient ganz gut. Ich werde dich den beiden schon schmackhaft machen. Sei also pünktlich und bring auf jeden Fall deinen Siegerkranz von dem komischen Schönheitswettbewerb mit. Der Rita mußt du imponieren. Vielleicht schaffst du sie dann.«

»Eine Schwarze! Die soll sich mal nicht so haben. Uns hat dieses verdammte Land schon gehört, als die Neger noch Kannibalen waren.«

»Ach Monte, euer Götzendienst, bei dem die Priester den Opferknaben das noch zuckende Herz aus der Brust rissen!«

»Das war Gottesdienst. Ihr Katholiken eßt ja auch das Fleisch und trinkt das Blut eures Angebeteten.«

»Aber nur symbolisch.«

»Wo ist da der wahre Unterschied?«

»Monte, Monte!«

»Was ist denn nun wieder?«

»Du hast falschen Tritt.«

Tom faßte Tritt.

»Das passiert nur, wenn ich mich aufrege. Bring mir die Rita und es kommt nie wieder vor.«

»Oder erst recht.«

Tom war irritiert.

»Bist du sicher, daß die Rita uns nicht versetzt?«

»Dafür sorgt schon Samy. Außerdem wär das das erstemal.«

Rita war zart und zierlich, 1,56 groß, ein Püppchen, mit glatter Haut, sehr appetitlich, sehr gepflegt. Samy, der zwei Jahre ältere Bruder, 1,80, schlank, aber nicht mager, ein sehr gut aussehender gutgewachsener Negerboy mit langen Beinen und kurz geschnittenem Kräuselhaar.

Er und Rita hatten keine Spur von Familienähnlichkeit. Wenn sie nebeneinander herliefen, sahen ihnen die Leute mitunter bewundernd nach.

Sie waren an diesem Nachmittag von Harlem aus, immer an der East Side des Central Parks entlang, bis zur 59. Straße gegangen und standen nun fünf Minuten zu früh vor dem weißen Marmorpalast der General Motors Corporation.

»Nun sieh zu, daß das mit Nick am Samstag klappt«, sagte er. »Ihr könnt da leicht den ersten Preis holen. Besonders jetzt, nachdem die Zeitungen euch so groß herausgestellt haben.«

»Wenn Nick dafür überhaupt zu haben ist! Wenn du mitkämst und ein bißchen Reklame machtest, hätten wir's leichter.«

»Ich kann nicht. Das weißt du doch.«

»Du könntest ganz gut, aber du willst nicht. Du arbeitest samstags doch nie. Wer ist denn die geheimnisvolle Heißgeliebte?«

»Frag' ich dich, mit wem du schläfst? Übrigens red ja nicht solches Zeug, wenn Nick dabei ist.«

Sie machte sich ihre Gedanken und schwieg.

»Wenn er nicht will, dann schlag ihm doch eine höhere Gewinnbeteiligung vor: sechzig Prozent für ihn.«

Das ging nun wieder Rita gegen den Strich. Sie winkte ab.

»Weshalb er mehr kriegen soll, sehe ich nicht ein. Ich habe doch das größere Risiko. Wenn er mich bei seinen verrückten Kunststükken fallen läßt... Dabei hat sich erst kürzlich eine das Genick gebrochen.«

»Mach's, wie du willst. Du mußt das schaffen!«

In Rita regte sich ein leichter Verdacht. Weshalb legte Samy so großen Wert darauf, daß sie mit Nick an diesem Samstag in die Konkurrenz ging? Aber sie sagte nichts mehr. Es ging sie ja auch nichts an. Wenn Nick zusagte, würde sie Samy den Gefallen tun.

Nick und Tom kamen fünf Minuten später. Rita erkannte sie schon von weitem.

»Da drüben kommt er. Natürlich wieder mit diesem Azteken. Die zwei sind unzertrennlich.«

Tom strahlte. Nick stellte ihn Rita gleich mit großer Geste vor.

»Das ist Tom. Er ist ein direkter Nachkomme Montezumas. Seine Freunde rufen ihn deshalb auch Monte oder Zuma.«

Rita machte in vornehmer Zurückhaltung, obwohl ihr überdeutlich anzusehen war, welchen Eindruck Nicks Schwindeleien auf sie gemacht hatten.

Nick stieß also gleich nach. »Tom ist der rechtmäßige Erbe der riesigen Goldschätze, nach denen man im Titicacasee bisher vergebens gesucht hat. Wenn die Azteken eines Tages ihren Monstreprozeß gegen die Staaten gewinnen, wird Tom in seine alten Rechte eingesetzt und den Grafentitel führen dürfen, den die spanischen Eroberer Montezuma verliehen haben.«

Rita spitzte die Ohren.

»Das hat aber noch ein bißchen Zeit«, sagte Tom.

»Für mich wird es das Millionengeschäft meines Lebens«, fuhr Nick fort. »Nur deshalb studiere ich die langweilige Juristerei. Es wird mein erster Prozeß sein, und er wird mich mit einem Schlage berühmt machen.«

Das klang alles so echt, daß er's beinahe selber glaubte. Rita sperrte Mund und Augen auf und musterte Tom verstohlen von der Seite. Wenn sie ihn recht besah, fand sie ihn im Grunde gar nicht so häßlich. Da war wohl auch ein bißchen Eifersucht auf Nick mit im Spiel.

»Wenn Nick am Samstag mitmacht, kommen Sie dann auch?«

Nick traute seinen Ohren nicht. Toms Chancen schienen zu steigen.

»Ja glaubst du denn, ich käme ohne Tom?«

»Das heißt also, daß du kommst!«

»Ich komme und gebe meine Abschiedsvorstellung. Für mich heißt es jetzt ackern. Ein Semester zu wiederholen, kann ich mir nicht leisten. Vielleicht lachst du dir aber den Zuma an. Er ist ein fantastischer Rollschuhläufer und hat immer Zeit für dich.« Er wandte sich an Tom: »Ist doch so – oder nicht?«

Tom stürzte aus einer Verlegenheit in die andere. Von seinem vorher gezeigten Draufgängertum blieb unter den Augen seiner Angebeteten nicht viel übrig.

»Ich habe in meinem ganzen Leben noch keinen Rollschuh an den Füßen gehabt, und tanzen kann ich auch nicht. Aber für so ein hübsches Kind wie Sie...«

»Gehn Esel sogar aufs Eis«, ergänzte Nick.

Samy lächelte still vor sich hin.

Der Tanzabend war fast ausnahmslos von den schwarzen Bewohnern Harlems besucht. Weiße hatten sich – obwohl das Lokal schon außerhalb des Negerviertels lag – offenbar nicht hergewagt oder an diesem Wettstreit nicht teilnehmen wollen.

Nick hatte sich schon eine Stunde vorher mit Rita hier getroffen, um ein paar neue, besonders effektvolle Figuren zu erproben.

»Du kommst ohne deinen Zuma?« fragte Rita.

»Er kommt kurz vor acht. Aber weshalb fragst du? Du hattest doch immer was gegen ihn?«

»Weil er mir bei dir im Wege war. Du hattest nur Augen für ihn.«

»Du übertreibst. Er ist mein einziger und bester Freund. Jeder braucht einen Freund, mit dem er auch ernsthaftere Probleme besprechen kann und der ihm notfalls hilft.«

»Daß er dich braucht, glaube ich; aber umgekehrt?«

»Auch umgekehrt. Er ist ein richtiger Hausfreund. Manny liebt ihn geradezu. Er ist zuverlässig wie kein zweiter und beträgt sich Damen gegenüber bestimmt korrekt.«

»Bist du sicher, daß er heute kommt?«

»Völlig sicher. Schon weil er darauf brennt, dich wiederzusehn, obwohl du ihm nicht gerade entgegengekommen bist.«

»Von Entgegenkommen kann auch keine Rede sein.«

»Sieh ihn dir heute nach dem Tanz noch einmal genauer an. Einen Besseren wirst du nie finden.«

Rita schwieg. Den Besseren hatte sie längst gefunden; er stand neben ihr, aber er war schon seit Wochen wie verwandelt. Daß er sie so großzügig an einen anderen weitergab, tat ja ein bißchen weh. Andererseits hatte ihr die angeblich hohe Herkunft Toms mächtig imponiert. Wenn das stimmte...

Auf der großen, liebevoll gepflegten Rollschuhbahn waren schon etwa zwanzig Paare beim Training, der Zuschauerraum war schon halb gefüllt. Hier versuchte jeder, mit Argusaugen die besonderen Tricks und Effekte der Konkurrenten zu erspähen und wenn möglich noch zu übertrumpfen.

»Der Rotschopf ist auch da«, sagte Rita. »Der häßliche Vogel ist am gefährlichsten.«

»Er ist bisher immer noch etwas besser als wir. Und daß er häßlich wäre... Ich weiß nicht. Er ist jedenfalls ein neidloser und gutmütiger Sportkamerad. Uns hat er das letztemal zu unserm Sieg sogar gratuliert.«

»Dir! – Mir nicht!«

»Er merkt wohl, daß du ihn nicht magst.« Nick sah sich suchend um. »Kommt Samy nicht noch kurz herein?«

»Er hat es mir versprochen; schon um hier bei den Schwarzen etwas Stimmung für uns zu machen. Du weißt, bei solchen Entscheidungen spielt die Hautfarbe immer noch eine Rolle.«

Samy kam erst kurz vor acht. Er trug eine dunkelbraune Hose und einen dunkelbraunen Pulli mit ein paar feinen gelben Streifen. Es war ein besonders schöner Pulli, der seine Hautfarbe etwas heller erscheinen ließ, und fiel auf.

»Ich kann nur fünf Minuten bleiben«, sagte er gleich, »aber ich werde schon für die nötige Stimmung sorgen. Viel Glück!«

Während er sich verabschiedete, kam Tom.

»Du hast einen hübschen Pulli«, sagte er.

»Den habe ich schon seit zwei Jahren. Wenn er dir gefällt, ich weiß, wo es ihn noch gibt.«

»Nein, danke«, sagte Tom. »Er steht dir nur besonders gut.«

Samy klopfte ihm gutmütig auf die Schulter und ging. Tom sah ihm gedankenvoll nach, bis er in der Menge verschwunden war.

Merkwürdig! dachte er, diesem Pulli bin ich doch schon mal begegnet!

Den ersten Preis holte sich an diesem Abend ein Schwarzer mit halsbrecherischen Figuren, bei denen manchem der Atem stockte.

Den wohlverdienten zweiten Preis bekam der Rotschopf. Einen dritten gab es nicht.

Rita war enttäuscht. Nick berührte es nicht. Das sollte sowieso seine Abschiedsvorstellung sein.

Er lud Rita und Tom noch in eine kleine benachbarte Bar. Tom gab sich dort alle Mühe, Rita zu trösten.

»Wir hätten bequem den zweiten holen können«, zischte sie, »wenn der Schiedsrichter dem verdammten Rotschopf nicht mit aller Gewalt die 200 Dollar hätte zuschanzen wollen. Die teilt er doch nachher mit ihm.«

»Aber Rita! Der Rotschopf –«

»Ach, was du immer mit deinem geliebten Rotschopf hast. Wickel ihn dir doch in Silberpapier. Mich reizt er nicht.«

»Mich auch nicht, aber alles was recht ist.«

»Du hast dich diesmal auch nicht überanstrengt. Wenn du dich ein bißchen mehr ins Zeug gelegt hättest...«

»Ich habe getanzt, so gut ich konnte, aber wenn dein eigener Bruder sich drückt...«

»Der mit seiner Geheimnisvollen! Die möcht' ich auch gerne mal sehn!«

»Mir schien er etwas besorgt.«

»Vielleicht hat sie die Nase voll von ihm«, sagte Tom.

»Oder sie ist in andern Umständen. Der Samy ist ja so blöd, sich auf die Tour einfangen zu lassen.«

»Wie lange geht denn das schon?«

»Ach!« Rita machte eine wegwerfende Handbewegung.

»Jahrelang!«

»Soso!« machte Tom. Er machte es so merkwürdig, daß Nick aufhorchte.

»Was heißt soso?«

»Hab' ich soso gesagt? Ach, nichts weiter.«

»Na, mein Junge, darüber sprechen wir noch!«

»Was hat er denn?« fragte Rita.

»Das Zweite Gesicht. Das haben die Azteken so an sich.«

»Na, sein erstes Gesicht genügt mir. Vor allem die Nase.«

»Die könnte man doch reparieren lassen.«

»Da gibt's nichts zu reparieren, die ist schwer in Ordnung!«

Rita wandte sich an Tom: »Wolltest du mir nicht einmal deinen Schönheitspreis und deine Montezuma-Urkunde mitbringen.«

»Das mit dem Schönheitspreis ist mir ein bißchen zu blöde. Und die Familienurkunde, die liegt beim Gericht.«

»Wegen seines Prozesses, du weißt doch!« ergänzte Nick.

»Aber wenn du meine Urkunde vom Rassen-Wettbewerb unbedingt sehn möchtest...«

»Ach ja, Tom«, sagte Rita.
Nick stand auf, um zu gehen.
»Wohin gehst du denn?« fragte Tom.
»Laß ihn doch«, sagte Rita pikiert.
»Ich muß weg!«
Das stimmte gar nicht. Er wollte die zwei nur allein lassen.
»Auf morgen, Tom. Ich muß mit dir reden.«
»Nichts lieber als das«, tat Tom harmlos. Ganz so harmlos, wie er tat, war ihm allerdings nicht zumute. Da habe ich mich wohl verplappert. Dieser Bursche merkt auch alles sofort. Er kratzte sich hinterm Ohr. Dann richtete er sich mit einem Ruck auf.
»Also Rita, du hast doch sicher schon gemerkt, daß ich ...«
»Ich? Was?«
»Na, du weißt schon. Hast du nicht Lust, heute mit mir ins Kino zu gehn? Am Broadway gibt's seit gestern eine tolle Love-Story. Da stehn die Leute ums ganze Karree Schlange.«
»Wegen einem Film soll ich in die Schlange? Mir ist heute mehr nach Bett.«
Tom glaubte, nicht richtig gehört zu haben.
»Toll. Dann nichts wie hin!«
»Ich bin hundemüde; kannst du dir doch denken.«
»Kann ich gar nicht, denn das letztemal wolltest du Nick doch anschließend gleich mitnehmen. Darf ich dich wenigstens bis zur Haustür bringen?«
»Sogar bis zum vierten Stock.«
»Zu einem Drink?«
»Nein, aber zu einem starken Kaffee.«
»Bei Kaffee bleibe ich zu schüchtern.«
»Du, und schüchtern?«
»Einer Lady gegenüber immer.«
»Also dann los, Graf Montezuma!«

Die ersten Wehen hatten bei Manny mit solcher Heftigkeit eingesetzt, daß sie fast ohnmächtig wurde. Sie hatte sich schon bei den ersten Anzeichen tage- und nächtelang herumgequält und sich ausgerechnet, daß es noch lange nicht soweit sein könnte, bis es dann mit aller Gewalt über sie hereinbrach.
Sie wollte sich noch aus der Küche ins Schlafzimmer retten, doch

in der Diele versagten ihr die Beine den Dienst. Sie sank gegen die Wand mit den Kleiderhaken, ihre Hände krallten sich an irgendetwas Weichem fest und rissen es mit herunter.

Sie schrie so laut sie konnte. In ihr brannte es wie Höllenglut. Dann ließen die Schmerzen auf einmal nach.

Sie wollte aufstehen, doch als sie es versuchte, kam wieder dieses Reißen und der schreckliche Druck im Leib.

Sie schrie ein zweitesmal.

Draußen klopfte jemand gegen die Tür.

»Manny, Manny!« Das war die Nachbarin. »Kann ich Ihnen helfen? Machen Sie auf! Um himmelswillen, machen Sie auf!«

Manny versuchte sich aufzurichten, doch sie sank kraftlos zurück. Sie versuchte zu sprechen, zu sagen, daß sie direkt vor der Tür zusammengebrochen sei und nicht öffnen könne, doch über ihre Lippen kam nur ein Stöhnen.

»Sie liegt bestimmt in der Diele«, sagte eine Männerstimme. »Sie kann wohl nicht öffnen.«

»Aber es muß doch was geschehen, die arme Frau...«

Eine dritte Stimme: »Wir müssen sofort den Notdienst alarmieren!«

»Ja, rufen Sie an. Die Frau ist hochschwanger. Es ist wohl soweit.«

»Am Ende ist das Kind schon da«, sagte der Mann besorgt.

»Ach was, so schnell geht das nicht.«

Manny hörte alles, verstand alles, wußte: Jetzt wird etwas geschehen. Sie atmete in Stößen. Wenn doch die Leute nur bald kämen!

Wieder dieses Reißen, schlimmer noch als zuvor. Ihr wilder Schrei gellte durch das Treppenhaus.

Manny faltete die Hände und preßte sie auf den Mund. Sie biß sich in die Unterlippe, um nicht noch lauter schreien zu müssen. War das noch zu ertragen? Sie war wie benommen vor Schmerz.

Draußen die tröstenden Worte der Nachbarin. »Die Männer haben versprochen, gleich zu kommen. Können Sie denn nicht öffnen?«

Manny versuchte es noch einmal. Vergebens.

Dann vergingen ihr die Sinne.

Polternde Stimmen.

»Hat jemand einen Schlüssel? In solchen Fällen läßt man doch einen Schlüssel bei der Nachbarin.«

»Nein, sie hat wohl nicht gedacht, daß es schon ernst wird.«

»Dann müssen wir die Tür aufbrechen.«

Werkzeuggeklapper, Körper, die sich gegen die Tür warfen, die Tür sprang krachend und splitternd auf und stieß Manny brutal zur Seite.

Wenige Minuten später trugen zwei Männer sie auf der Bahre hinunter.

Die drahtlosen Taschentelefone in den weißen Kitteln der Ärzte begannen fast alle zur selben Zeit zu piepsen.

»Risikofall höchster Alarmstufe, besonders komplizierte Zwillingsgeburt. Alle Spezialisten sofort nach Kreißsaal zwei.«

Das war die bekannte Kommandostimme von Schwester Eusebia.

Das HAUS DER HOFFNUNG begann zu fiebern. Wenn die Kommandeuse höchste Alarmstufe gab, dann standen Menschenleben auf dem Spiel.

Der weiße Rettungswagen hatte sich mit seinem enervierenden Gezwitscher bis an die Südwestecke des Central Parks durchgekämpft.

Zielsicher schoß der Wagen in die Einfahrt zur Aufnahme. Dort stand man – drahtlos informiert – schon bereit. Die Trage mit der Schwangeren wurde schnell mit größter Behutsamkeit in die Notaufnahme gebracht.

Der diensttuende junge Arzt erkannte sofort die Gefahr und verständigte Schwester Eusebia. Sie schaltete ohne zu zögern:

»Keinen Papierkrieg! Patientin sofort zum Ultraschall und dann gleich weiter zum Kreißsaal 2.«

Beim »Ultraschall« konnte – gewissermaßen im Vorübergehen – schnell ein Reflektionsbild gemacht werden.

Der Spezialist stellte fest: Zwillinge, offenbar sechster Monat, ein Zwilling in Querlage.

Mit dem Schattenbild zum Kreißsaal, in dem schon die Ärzte und Schwestern zusammenströmten.

Schon liefen die elektrischen Hilfs- und Meßgeräte. Die Ärzte legten ihre Jacketts ab, wuschen und bürsteten sich die Hände und ließen sich von den Schwestern in die schmutziggrünen Kittel helfen.

Die Männer rollten die Trage direkt an den Operationstisch, die Schwestern betteten die Frau um und begannen sofort mit der Desinfektion und Sterilisation des Operationsfeldes.

Manny lag mit geschlossenen Augen da. Was um sie herum geschah, vernahm sie nur wie aus weiter Ferne.

Während die Schwestern sich noch um die Schwangere bemühten, kam der Professor.

Ein kurzer prüfender Blick auf das Ultraschallbild, dann trat er an den Operationstisch und tastete den Leib der Frau mit beiden Händen ab.

»Scheint ein besonders schwieriger und interessanter Fall zu sein. Entbindung bitte für Lehrzwecke auf Band nehmen.«

Grelles Licht aus Halogenscheinwerfern.

Die Ärzte sahen den Professor fragend an: Normale Entbindung oder Kaiserschnitt?

»Ich glaube, wir brauchen nicht zu schneiden. Den zweiten Zwilling können wir nach der Geburt des ersten drehen.«

Es war entschieden. Nun ging alles sehr schnell – mit der Routine eines sorgfältig aufeinander abgestimmten und glänzend eingespielten Teams. Keiner stand herum. Jeder hatte seine Funktion, und die beherrschte er.

Als die Hände des Professors den Kopf des ersten Kindes umfassen, es sorgfältig dem schützenden Schoß der Mutter entziehen und in die Hände der Schwestern legen konnte, schnurrte alles weitere mit der Präzision eines Uhrwerks ab.

Ein Junge. Sehr zart, ein Häufchen Elend.

Der Professor bemühte sich inzwischen um den zweiten Zwilling.

Nachdem man ihn im Leib der Mutter gedreht hatte, kam das Köpfchen zum Vorschein ...

Das war der Augenblick, in dem eine der Schwestern mit erstaunten Augen und mit einem nur mühsam unterdrückten Schrei das Phänomen zur Kenntnis nahm, das sowohl die Klinik als auch Manny in eine Überfülle von Komplikationen und Schwierigkeiten stürzen sollte.

Professor Garry hatte die winzigen, aber deutlich erkennbaren

Rassenunterschiede im Unterbewußtsein registriert, sie jedoch, da im Augenblick unwichtig, sofort wieder vergessen.

Er gab die Zwillinge zwei gleichen, eingespielten Teams; unter den Strahlen wärmender Sonnen begann jedes sofort seine Arbeit.

Gewicht des erstgeborenen Säuglings 1330 Gramm, das des andern 1410 Gramm. Das war, bei fast normaler Körperlänge, knapp die Hälfte des Normalgewichts.

Jede Schwester kannte den Routine gewordenen Ablauf der Untersuchungen, Messungen, Vorsichtsmaßnahmen.

Der Professor griff nur selten ein. Er konnte sich auf seine Leute verlassen. Jeder war ein Spezialist, der sich seiner verantwortungsvollen Aufgabe voll bewußt war.

Jeder wurde vom anderen bei seiner Arbeit beobachtet, und jeder wußte es.

Messung und laufende Überwachung der Pulszahl, des Blutdrucks, der Körpertemperatur; Untersuchung auf Gelbsucht durch einfaches Berühren der Haut mit einem kleinen elektrischen Spezialinstrument; leichtes, behutsames Aufblähen der kleinen Lungen mit Sauerstoff, um das Zusammenfallen und Verkleben der zarten Lungenflügel zu verhindern; desinfizierende Tropfen in die Augen...

Drähte, Kabel, Schläuche, Elektroden und Sensoren am Kopf, an den Armen, an den Beinen.

Absaugen von Schleim aus Mund und Nase...

Ständig beobachtete Meßwerte, grün, rot und gelb leuchtende Dioden, immer wieder um einen Mittelwert schwankende Leuchtzahlen, sorgfältig regulierende Hände an den Reglern.

Nur einmal trat der Professor näher an einen der Säuglinge heran. Es war der Zweitgeborene, ein wenig kräftigere.

Waren da nicht Anzeichen einer anderen Rasse erkennbar? Sollte dieser Junge ein Negerkind sein?

Die zwar noch wenig entwickelte, aber doch auffällig breite Nase, der bei einem Neugeborenen normalerweise seltene schwarze Krimmer auf der Kopfhaut, die dunklere Tönung der Haut, die besonders in den Hautfalten sichtbar wurde...

Er hatte seine Studenten immer wieder darauf hingewiesen, daß auch Negerkinder weißhäutig zur Welt kommen und daß die dunklere Tönung erst im Laufe von Wochen unter Lichteinwirkung hervortritt, doch dem erfahrenen Gynäkologen entgingen auch die kleinsten Zeichen nicht.

Als er aufsah, traf ihn der fragende Blick der alten erfahrenen Schwester. Er zog die Stirn kraus und schüttelte kaum merklich den Kopf. Sie verstand; das war nicht der Augenblick, um Vermutungen über Zusammenhänge zu äußern, die keinen etwas angingen.

Noch einen flüchtigen Blick auf den anderen Jungen. Er war hellhäutig und semmelblond. Die Jungen mußten zwei Väter haben.

Zwei Stunden konzentrierter Arbeit, dann lagen die Zwillinge mit ihren viel zu geringen Lebens-Chancen, angeschlossen an mehr als zwei Dutzend Schläuche, Drähte und automatische Regler für Luftdruck, Temperatur und Luftfeuchte, in ihren auf Körpertemperatur vorgewärmten Brutkästen: eine sorgfältig durchdachte Nachbildung des Lebensraumes, den sie wenige Stunden vorher allzufrüh verlassen hatten.

Der Professor dankte seinen Helfern und ging. Die Ärzte und Schwestern atmeten auf. Manny wurde umgebettet und in den großen Saal hinausgeschoben, in dem Dutzende andere Frauen ihrer schweren Stunde entgegenharrten oder froh waren, sie überstanden zu haben.

An diesem Tage hatte im HAUS DER HOFFNUNG der zähe Kampf um das Leben zweier Säuglinge begonnen, die ohne die bis ins letzte durchdachte und geübte Zusammenarbeit von Ärzten, Schwestern und modernsten elektrischen Geräten schon die erste Stunde nicht überlebt hätten.

Ihr Leben hing trotzdem an einem dünnen Faden. Dem alten Professor lief es manchmal kalt über den Rücken, wenn er Statistiken las, nach denen schon am ersten Tag ein Drittel aller Neugeborenen sterben, weil sie noch nicht kräftig genug sind oder für den beschwerlichen Sprung ins Leben nicht alle Voraussetzungen mitbringen, und daß im ersten Lebensjahr mehr Menschen sterben als in den folgenden zwanzig Jahren zusammengenommen.

Er hatte eine Musterklinik eingerichtet und arbeitete ständig an ihrer Vervollkommnung. Trotzdem blieben zwanzig bis dreißig Prozent aller Entbindungen mit einem Risiko behaftet; bei jeder Geburt mußte mit Schwierigkeiten gerechnet werden. Bekam ein Säugling nur fünf Minuten lang zuwenig Sauerstoff, konnten schon schwere Hirnschäden die Folge sein und aus einem normalen Kind einen geistigen Krüppel machen.

Sein eigener Sohn...

Nur nicht daran denken!

Nick kam erst gegen Mitternacht heim.

Er fand die Wohnungstür mit einem dicken Brett vernagelt. Darauf ein Zettel: »Bitte nebenan klingeln!«

Das war nicht nötig. Die Nachbarin hatte offenbar voller Sorge auf ihn gewartet.

»Kommen Sie rein, Nick!« Sie zog den völlig Überraschten in ihre Wohnung.

»Was ist los? Ist was passiert?«

»Passiert? Eigentlich nicht. Es kam nur etwas plötzlich. Und da Ihre Schwester die Wohnung zugeschlossen hatte und selber nicht aufmachen konnte, mußten die Sanitäter die Tür aufbrechen. Der Tischler kommt morgen früh und bringt alles wieder in Ordnung.«

»War es denn schon soweit? Ich dachte...«

»Das dachten wir auch, aber vielleicht hatte Ihre Schwester recht. Sie sagte immer, wenn auch halb im Scherz: ›Ich fürchte, ich kriege Drillinge.‹ Schon möglich, daß es Zwillinge werden. Zwillinge kommen meist früher. Oft schon im siebten oder achten Monat.«

»Zwillinge?« – Auch das noch! Das würde Probleme geben. Und noch sind die zwei nicht verheiratet.

»Machen Sie sich keine Sorgen, die Manny ist gut versorgt. Sie haben sie ins HAUS DER HOFFNUNG gebracht.«

»Glauben Sie im Ernst, daß es Zwillinge werden?«

»Wenn Manny sich nicht um mindestens sechs Wochen verrechnet hat, bestimmt.«

Nick ließ sich auf einen Stuhl fallen und spielte nervös mit den roten Rädern seiner Rollschuhe.

»Ich werde Ihnen eine Tasse starken Kaffee machen«, sagte die Frau besorgt.

»Wo ist denn das Hospital?«

»Das weiß ich nicht genau, aber da können Sie jetzt sowieso nicht hingehn.«

Nick starrte finster vor sich hin und brachte immer wieder gedankenverloren die roten Räder zum Rollen.

»Natürlich«, sagte er nach einer Weile, »ich werde morgen früh hingehn, um zu hören, was wirklich los ist.«

»Aber nicht vor acht!«

»Nein, nein, jetzt werde ich erst mal bei mir einbrechen und mich hinhauen.«

Die Frau brachte ihm den duftenden Kaffee.

Sie kannte Nick schon von Kind an und liebte ihn wie einen Sohn. Er ist ein Gemütsmensch, sagte sie immer. Das deutsche Wort hatte sie von Hans. Etwas Genaues konnte sie sich zwar nicht darunter vorstellen, aber es mußte zweifellos etwas ganz Tolles sein.

»Noch ein Stück Kuchen? Apple Pie à la mode? Ich habe Vanilleeis da.«

Nick dankte gerührt.

Kurz darauf verabschiedete er sich.

Als er die Wohnungstür nicht aufbekam, ging er rasch entschlossen ins Tag- und Nacht-Kino.

Dort schlief er, bis um sieben Uhr morgens die Putzfrauen mit ihren Besen und lärmenden Staubsaugern kamen und ihn an die Luft setzten.

Punkt acht stand er vor der großen Pforte des Hospitals.

Es war kühl. Ihn fröstelte leicht. Das lag wohl daran, daß er nicht richtig und viel zuwenig geschlafen hatte.

Er vergrub die Hände in seinen Achselhöhlen und sah sich um. Er war tatsächlich der erste und einzige.

»Entbindungsstationen Flur 3« und ein Pfeil.

Es war ein Korridor, der kein Ende hatte. Die Zimmernummern liefen bis 600.

Gleich am Anfang des Flurs war eine Auskunft.

»Zu wem möchten Sie?« fragte das schwarze Mädchen. Es hatte karminrot geschminkte, sehr sinnlich wirkende Lippen und trug eine schwarze Perücke aus glattem, weich und duftig fallendem Haar.

»Zu meiner Schwester Manny.«

»Hat die nicht nur einen netten Bruder, sondern auch einen Fräuleinnamen?«

»Hunter.«

»Und Sie?«

»Auch Hunter – ist doch klar.«

»Und auch Manny!« Sie zeigte amüsiert ihre schneeweißen Zähne.

»Für mich haben meine Eltern einen anderen Namen gefunden. Ich heiße Nick.«

»Also Nikolaus!« Sie blätterte in einem mordsmäßig dicken Register und warf ihm dabei mitunter zärtliche Blicke zu. Nick wurde dabei ganz warm. Er fuhr sich ein paarmal mit der Hand zwischen Hemd und Kragen.

»Aha, hier ist sie! Die ist doch diese Nacht erst eingeliefert worden.«

»Von den Sanitätern. War wohl eine Fehlgeburt.«

»Was? Sie meinen wohl eine Frühgeburt.«

»Ist das denn nicht dasselbe?«

»O Gott!« Sie schüttelte lächelnd gegenüber soviel männlicher Ahnungslosigkeit den Kopf. »Jetzt laufen Sie mal immer geradeaus und um zwei Ecken bis Zimmer 423. Wenden Sie sich da an die Stationsschwester Eva. – Aber nicht anklopfen. Die meisten Frauen schlafen schon wieder.«

»Danke, Mädchen!«

»Ich heiße Lilly.«

»Paßt aber nicht zu Ihnen. Sie sind viel hübscher.«

Er stiefelte los. An allen Türen steckten Schilder mit eingetragenen Namen. Bei der Tür 423 fand er auch den seiner Schwester. Und dahinter: Bett 24.

Er trat auf Zehenspitzen ein. Es war still im Saal. Er hatte Kindergeschrei erwartet. Das weich unterlegte weiße Linoleum dämpfte jeden Schritt. Er ging trotzdem auf Zehenspitzen weiter.

Bett 24 lag ganz am Ende, direkt an dem großen Fenster, von dem man auf den Central Park sah. Von Kindern keine Spur.

Manny schien zu schlafen. Er trat langsam näher.

Schwester Eva kam und brachte ihm einen Hocker.

»Ihre Frau ist noch sehr schwach«, sagte sie. »Zwillinge.«

»Und so überraschend! Die hatten's vielleicht eilig!«

»Das haben Zwillinge so an sich. Es sind zwei Jungen. Zu zweit haben die Männer ja immer etwas mehr Courage.«

»Meinen Sie?«

»Ich kenne das. Ich habe drei Brüder. Oben auf der Tafel steht das Gewicht: 2740 Gramm.«

»Schwere Jungs also.«

»Im Gegenteil, das gilt für beide zusammen.«

»Also halbe Portionen.«

Die Schwester nickte besorgt.

»Ob wir die überhaupt durchbringen? Sie liegen in einem Inkubator mit Sauerstoffzugabe. Wenn Sie sie sehn wollen ... Bettchen 24 im Nebenraum. – Übrigens möchte Sie der Stationsarzt anschließend sprechen.«

»Mich – der Doktor?«

»Ja, wegen der Zwillinge. Er hat da ein paar Fragen. Ihre Frau –«

»Soweit habe ich's noch nicht gebracht. Ich bin bloß der kleine Bruder.«

»Ach so!« Sie machte kugelrunde Augen. Ihr schien ein Stein vom Herzen zu fallen. »Dann ist Ihr Schwager wohl ein Farbiger?«

»Keine Spur. Ein strohblonder Deutscher. Erst vor acht Jahren eingewandert. Er arbeitet zur Zeit in Las Vegas.«

»Merkwürdig!«

»Was ist denn daran so merkwürdig?«

Die Schwester wand sich verlegen.

»Ich glaube, dann sollten Sie doch erst mal zum Doktor gehn. Ich will rasch mal sehn, ob er frei ist.«

Weg war sie.

Nick rutschte auf dem Hocker hin und her. Er neigte sich über das Gesicht seiner Schwester und flüsterte: »Ich bin da, Manny, hörst du mich?«

Sie hörte ihn nicht.

Er grübelte vor sich hin. Verdammt noch mal, das war ja alles ziemlich plötzlich gekommen. Man hatte noch nichts geplant, nichts vorbereitet. Jetzt würde Hans wohl so bald wie möglich zurückkommen, und dann mußte er selber sich eine neue Bleibe suchen. Ich werde ihn gleich anrufen, dachte er. Der wird überrascht sein!

Zwillinge – na ja. Manny hatte ja immer zwei Kinder gewollt. Nun hatte sie's mit einem Aufwasch geschafft. Hat auch was für sich.

Zwei dick gepolsterte Türen. Dann das Geschrei von Neugeborenen. Entsetzlich, sich vorzustellen, daß er weiter mit Manny zusammen leben und das mit anhören müßte.

Der Stationsarzt saß in einem Glaskasten. Als Nick eintrat, stand er auf. Er reichte ihm die Hand und bat ihn, Platz zu nehmen.

»Herr ...«, ein Blick auf das vor ihm liegende Formular, »Herr Hunter, Sie sind der Bruder, wenn ich richtig unterrichtet bin.«

Nick nickte.

»Ja.« Der Doktor lehnte sich zurück. »Zwillinge sind ja nicht allzu häufig. Bisher kam auf 86 Einzelgeburten erst eine Zwillingsgeburt. Aber in den letzten Jahren ist die Zahl der Mehrlingsgeburten merklich gestiegen. Ein überraschender Erfolg der Pille. Es kommt nämlich mitunter vor, daß mehrere Eier gleichzeitig reifen, wenn sie mal nicht genommen, vergessen oder zeitweilig abgesetzt wird.«

»Ach so!« Weshalb hielt ihm der Doktor bloß diesen Vortrag?

Der Arzt sah wieder auf den Fragebogen. »Ich muß bei Mehrlingsgeburten immer einen Mordsfragebogen ausfüllen. Die verrückten Statistiker wollen das so. Deshalb habe ich Sie zu mir gebeten. Ihre Schwester ist noch unverheiratet, wie ich sehe.«

»Ja, aber sie hatte eigentlich noch vor der Geburt des Kindes heiraten wollen.«

»Hat es in Ihrer Familie schon einmal einen Farbigen gegeben?«

»Nein, wie kommen Sie darauf? Mein Schwager ist auch weiß.«

»Soso!«

Nick wurde langsam ungehalten. Was sollten bloß diese Fragen nach der Farbe?

»Ja, wenn das so ist... Wir stehen nämlich vor einem Rätsel.«

Nick zog die Stirn kraus.

»Das heißt, ein Rätsel ist das für uns Gynäkologen zwar nicht«, fuhr der Arzt behutsam fort, »aber es ist ein außerordentlich seltener Fall.«

Nick wurde plötzlich hellhörig und richtete sich auf.

»Einer der Jungen ist nämlich farbig«, fuhr der Doktor fort.

»Ein Negerkind?«

Nick krampfte sich mit beiden Händen an der Sitzfläche des Stuhles fest. Er war blaß geworden.

»Unmöglich!« stieß er hervor. »Das... Dann hat man einen der Zwillinge verwechselt. So was soll in Kinderkliniken ja schon vorgekommen sein.«

»Bei uns noch nie.«

»Die Mutter weiß, der Vater weiß – und das Kind ein Neger? So was gibt's doch gar nicht!«

»Da haben Sie völlig recht. So was gibt's nicht und hat es bisher auch noch nicht gegeben.«

»Ja dann, Herr Doktor, weiß ich wirklich nicht...«

»Das sind eben die Fragen, über die ich mich mit Ihnen unterhalten wollte.«

Nick verzog sein Gesicht zu einer skeptischen Grimasse.

»Sie wissen, daß es zwei Arten von Zwillingen gibt«, fuhr der Arzt fort.

»Ja, die ähnlichen und die unähnlichen.«

»Die ähnlichen sind die selteneren Fälle. Sie gleichen einander wie zwei Eier von derselben Henne. Unter 340 Normalgeburten kommen sie nur einmal vor. Ein Spiel des Zufalls. Diese sogenannten eineiigen Zwillinge haben immer dieselbe Hautfarbe. Wir haben da bisher noch nie eine Ausnahme erlebt. Bei den gewöhnlichen Zwillingen dagegen ist so etwas zwar außerordentlich selten, aber nicht unmöglich...« Er zögerte. »... wenn einer der beiden Väter ein Farbiger ist.«

»Einer der Väter? Was heißt denn das?« Nick lief rot an.

»Nun fahren Sie mal nicht gleich aus der Haut!« sagte der Arzt. »Es fällt auch mir nicht gerade leicht, Ihnen das zu sagen, denn das sind Fragen, die mich nichts angehn, aber in Ihrem Falle...«

»Ich bin langsam schon auf allerlei gefaßt.«

»Na, dann hören Sie mal ruhig zu!«

Nick versteifte sich.

»Normalerweise reift im Körper der Frau jeden Monat ein Ei. Wenn es befruchtet wird, nistet es sich in der Gebärmutter ein, und die Frau bekommt ein Kind. Wenn aber zwei Eier gleichzeitig reif und gleichzeitig oder kurz hintereinander befruchtet werden, entstehen zwei normale Zwillinge. Sie können verschiedenen Geschlechts sein und gleichen einander nicht mehr, als andere Geschwister. Leuchtet Ihnen das ein?«

»Gewiß, aber ...«

»Nun stellen Sie sich einmal vor, das erste Ei würde von dem Ehemann befruchtet und das zweite kurz hinterher von einem anderen Mann. Dann gibt das...« Der Arzt zögerte wieder.

»Na, sagen Sie's schon!«

»Zwillinge von zwei verschiedenen Vätern. Und wenn der zweite ein Neger wäre–«

Nick sprang auf.

»Herr Doktor, meine Schwester ist eine anständige Frau!«

Der Arzt behielt die Ruhe.

»Sie sollten sich wieder hinsetzen. Wir besprechen doch nur die theoretischen Möglichkeiten.«

Nick machte ein wütendes Gesicht.

»Die sind aber deutlich genug. Ehe ich das meiner Schwester zutrauen würde, ließe ich mir die Hand abhacken.«

»Ich verstehe Ihre Erregung, aber wenn Liebe und Sex im Spiel sind, fallen Begriffe wie anständig und unanständig allzuleicht unter den Tisch.«

Der Arzt machte eine Pause. »Wollen wir uns die beiden Würmchen nicht erst einmal ansehn?«

Er stand auf und geleitete Nick zwischen den in Reih und Glied stehenden Bettchen mit den Namen der Säuglinge hindurch in einen anschließenden kleinen Raum.

»Hier liegen unsere Sorgenkinder. Vor allem die zu früh geborenen. Und da drüben – Nummer 24...«

Nick trat zögernd näher. Unter großen Plexihauben mit Thermometern, Feuchtereglern, Luftdruckmessern und anderen Apparaturen lagen die Zwillinge nackt. Das eine weiß – das andere ... ja, weiß Gott! Die schwarze Negerkrause war unverkennbar. Er suchte in den Gesichtern nach Ähnlichkeiten. Vergebens. Nur in einem Punkte glichen sie sich: Sie hatten beide graublaue Augen.

»Auch der Negerjunge hat blaugraue Augen«, begann er ahnungsvoll. Das sah verdammt nach Mischmasch aus. Sollte die Manny etwa doch...

Der Arzt sah ihm die beginnenden Zweifel an.

»Die blaugrauen Augen sind allerdings kein Beweis für unsere Theorie. So unglaublich es auch klingen mag: Alle Kinder kommen mit graublauen Augen auf die Welt. Die endgültige Farbe entwikkelt sich erst später.«

»Herr Doktor«, stammelte Nick. »Ich bin völlig durcheinander. Zwillinge von verschiedener Hautfarbe, davon hat doch die Welt noch nie gehört. Auf so was würden sich doch die Presseleute wie die Geier stürzen.«

»So auffällige Geburten sind in der Tat sehr selten. Wie oft Zwillinge von verschiedenen Vätern gleicher Hautfarbe geboren werden, wissen wir nicht. Um das festzustellen, wären jedesmal Blutuntersuchungen notwendig, doch selbst deren Resultate wären oft ungenau. Und dann: Wer schöpft schon bei weißen Zwillingsgeburten solchen Verdacht!«

»Wenn die Presse das erfährt«, sagte Nick, »wird sie eine Mordsgeschichte daraus machen.«

»Die Gefahr besteht zweifellos, aber nicht durch uns; wir geben keine Informationen an die Presse.«

»Ich stehe vor einem Wunder!«

»Ich will Ihnen Ihren Wunderglauben nicht nehmen, aber es wäre das erste Wunder, das ich erlebe. Nur wenn die Mutter eine Weiße ist und der Vater ein Neger, kann es verschiedenfarbige Zwillinge geben. Wir haben einen solchen Fall aber noch nicht gehabt; er wäre eine kleine Sensation. Und es ist durchaus möglich, daß das weiße Kind einer solchen Mischehe in den ersten Jahren doch braun wird, also nachdunkelt, weil die dunkle Farbe sich stärker durchsetzt.«

Nick stand ziemlich hilflos herum.

»Was kann ich denn nun in dieser verdammten Sache tun?« fragte er kleinlaut. »Weiß meine Schwester überhaupt schon von ihrem Glück?«

»Wir haben ihr die Jungen heute morgen um sechs Uhr gezeigt.«

»Und?«

»Sie war verständlicherweise total erschüttert und völlig verzweifelt. Wir haben ihr erst einmal ein lang wirkendes Schlafmittel gegeben. Den farbigen Jungen hätte sie in ihrem ersten Entsetzen am liebsten gleich umgebracht.«

»Jetzt hat sie natürlich wahnsinnige Angst vor ihrem Mann.« Nick stockte. »Sie wollten noch vor der Taufe heiraten. Wenn der den Segen sieht, schlägt er sie tot und wirft sie mitsamt den Kindern aus dem fünften Stock.«

»Ich könnte ja mal mit ihm sprechen.«

»Die Tatsache, daß da einer hinter seinem Rücken mitgemischt hat, werden Sie ihm nicht ausreden können. Und er wird selbstverständlich wissen wollen, wer der Vater von dem Negerjungen ist.«

»Negerjunge – das trifft wohl die Sache nicht ganz. Der Junge ist ein typischer Mulatte. Es wird allerdings weder Sie noch ihre Schwester trösten, wenn ich Ihnen sage, daß Mischlinge im allgemeinen besonders reizvoll werden, weil solche Kinder Merkmale beider Rassen tragen. Sie wirken dadurch ausgesprochen ›apart‹. Man sagt: Die Natur luxuriert in solchen Fällen.«

»Schöner Luxus!« Nick starrte mit umwölkter Stirn vor sich hin. »Was sagte denn die Manny – ich meine meine Schwester – zu dieser Katastrophe?«

»Können Sie sich das nicht denken? Als ich ihr klarzumachen versuchte, daß so etwas nur möglich sei, wenn zwei Männer ...«

»Oje!«

»Da bekam sie Schreikrämpfe. Wir mußten ihr eine Spritze geben.«

»Wann wird sie ansprechbar sein?«

»Bestimmt nicht vor heute abend. Und auch dann müssen wir sehr vorsichtig sein.«

Nick hob plötzlich den Kopf.

»Die Schwester sagte, die Zwillinge seien außerordentlich schwach und untergewichtig.«

»Deshalb liegen sie im Brutkasten.«

»Halten Sie die Jungen überhaupt für lebensfähig?« Die Frage hatte einen seltsamen Unterton.

»Ihre Lebens-Chancen sind zwar gering, doch wir haben schon schwächere durchgebracht«, sagte der Doktor. »Aber ich ahne, worauf Sie hinauswollen.«

»Mein ... Schwager ist ein besonders tüchtiger Gipser und hat deshalb eine sehr gut bezahlte Arbeit in Las Vegas bekommen. Da hat er noch einige Zeit zu tun. Da er nicht genau weiß, wann meine Schwester soweit sein sollte, könnte ich die Nachricht eine Weile zurückhalten.«

»Diese Entscheidung muß ich Ihnen und Ihrer Schwester überlassen. Es wäre zweifellos besser, wenn sie jetzt nicht gleich mit den drohenden Auseinandersetzungen konfrontiert würde.« Er machte eine bedeutungsvolle Pause. »Wir haben hier unsere Pflicht zu tun, und das heißt, das Leben der uns anvertrauten Neugeborenen zu erhalten. Alles andere liegt nicht in unserer Hand und geht uns nichts an. Vielleicht sollten Sie Ihrer Schwester eine freundliche und beruhigende Nachricht dalassen.«

»Das ist wohl das beste.«

Der Stationsarzt drückte einen Rufknopf. Wenige Sekunden später stand die Stationsschwester im Zimmer.

»Herr Hunter möchte seiner Schwester im Augenblick gefährliche Aufregungen ersparen. Er hat deshalb eine Bitte an Sie.«

»Wenn meine Schwester wach wird, würden Sie ihr dann freundlicherweise sagen, daß ich hiergewesen bin und morgen früh –«

»Besser erst morgen nach zwei Uhr!«

»Gut, morgen mittag wiederkäme. Meinen Schwager würde ich erst nach Rücksprache mit ihr verständigen.«

»Gern. Das nimmt ihr sicher die schreckliche Angst vor den drohenden Auseinandersetzungen.«

Nick atmete dankbar auf. Die drohende Katastrophe war zunächst noch einmal abgewendet. Aber er zitterte bis in die Fingerspitzen. Als er den nackten langen Korridor zurückging, peinigte ihn das rhythmische Tapsen seiner Schritte.

»Hallo, Nick!« rief das nette Mädchen an der Auskunft. »Alles gutgegangen?«

Er schüttelte den Kopf.

»Oh, verdammt!«

Sie sah ihm nach, bis er um die Ecke verschwand.

Nick war vom Gang der Ereignisse wie benommen. Er hatte fest damit gerechnet, daß Hans und Manny noch vor der Geburt ihres Kindes heiraten würden, aber diese Hoffnung mußte er wohl begraben. Hans könnte nun auch die Vaterschaft des weißen Jungen bezweifeln und bestreiten. Die darüber zu erwartenden Auseinandersetzungen wagte er sich nicht auszumalen.

Selbst wenn Hans die Vaterschaft des weißen Jungen anerkannte, die Tatsache, daß Manny ihn betrogen hatte – dazu noch mit einem Neger –, mußte ihm einen ungeheuren Schock versetzen. Niemand könnte es ihm verdenken, wenn er sich von Manny trennen und auch die Verantwortung für das weiße Baby ablehnen würde.

Damit drohten nicht nur Manny, sondern auch ihm selber schwere Sorgen.

Hans hatte schon seit etwa einem Jahr nicht nur die Miete gezahlt, sondern auch viel zum Haushalt beigetragen. Nur so hatte Nick an ein Studium denken können.

Je mehr er über die neue Situation nachdachte, um so aussichtsloser erschien sie ihm.

Daß sich Manny trotz ihrer festen Bindung mit einem fremden Mann eingelassen hatte und noch dazu mit einem Farbigen, war ihm so unvorstellbar, daß er immer wieder dazu neigte, die Erklärungen des Arztes zu bezweifeln.

Als er abends mit Tom darüber sprach und die Armbanduhr erwähnte, die er im Schlafzimmer gesehn hatte, wurde Tom plötzlich auffällig still und wortkarg.

Vor Monaten hatte Tom eine Beobachtung gemacht, die nun zu bestätigen schien, daß Manny einen Farbigen in ihrer Wohnung empfing. Er hatte Nick unangemeldet besuchen wollen; im Etagenkorridor war ihm ein junger Neger entgegengekommen. Er glaubte damals beobachtet zu haben, daß der Farbige aus der Wohnung von Manny kam. Als er sie dann fragte, was der Neger gewollt habe, hatte sie große Augen gemacht. Bei ihr sei niemand gewesen.

»Du bist auf einmal so still«, sagte Nick nach einer Weile. Tom bekam rote Ohren. Sollte er Nick seine Beobachtung mitteilen und damit womöglich Öl ins Feuer gießen?

»Es bedrückt mich natürlich«, sagte er. »Mir scheint, der Karren ist ziemlich verfahren. Ein Glück, daß Hans nicht hier ist und vorläufig auch noch nicht kommen kann; das gäbe sonst Mord und Totschlag!«

»Die Zwillinge sind sehr schwach«, sagte Nick nachdenklich. »Sie liegen im Brutkasten und werden künstlich ernährt. Wer weiß, ob sie überhaupt durchkommen.«

Dann hing jeder seinen Gedanken nach.

Tom schüttelte immer wieder den Kopf. Manny tat ihm leid, wenngleich auch feststand, daß da irgend jemand mitgemischt hatte.

»Wird ja für Manny auch nicht ganz leicht gewesen sein, monatelang die Strohwitwe zu spielen. Ich kann das verstehn.«

»Strohwitwe? Hast du noch alle beisammen? Das muß doch fast am selben Tag, vielleicht sogar zur selben Stunde passiert sein, als Hans noch in New York war. Wahrhaftig, ein saftiges Stück von Manny! Wenn ich den Hund erwische, dem ziehe ich sein schwarzes Fell über die Ohren!«

»Das nützt jetzt nichts mehr. Sieh lieber zu, daß er das Zahlen nicht vergißt!«

»Wenn der überhaupt was hat.«

Nick und Tom saßen an diesem Abend noch lange zusammen, schweigend und sorgenvoll.

Auch Tom wußte, was dieser Schlag zu bedeuten hatte.

Am nächsten Tag ging Nick wieder in die Klinik. Die verfluchte Geschichte hatte ihn nicht schlafen lassen. Was da auf ihn zukommen würde, war vorauszusehen.

Immer wieder fiel ihm die Armbanduhr ein! Es war also doch keine Einbildung gewesen. Einer hatte da heimlich mitgemischt, aber wer? Bei der geradezu verrückten Abneigung, die Manny Schwarzen gegenüber gezeigt hatte, war diese Tatsache kaum zu verstehen.

Er setzte sich still neben das Bett. Manny schien zu schlafen. Erst nachdem er sie ein paarmal leise angesprochen hatte, öffnete sie die Augen und sah ihn schweigend an. Er versuchte ein freundliches Lächeln aufzusetzen, doch das mißlang ihm.

»Hast du den Jungen gesehn?« fragte sie schließlich.

Sie sprach so leise, daß er Mühe hatte, sie zu verstehen.

»Ja. Ich war schon gestern hier und habe mit dem Arzt gesprochen.«

»Aha.«

Er starrte sie fragend an, als erwarte er eine Erklärung. Doch sie schloß wieder die Augen und schwieg. Ihr schmales Gesicht war blaß und grau. »Ich habe furchtbare Angst«, flüsterte sie nach langem Schweigen. »Wenn Hans das erfährt...« Sie legte beide Hände wie Schalen über ihr Gesicht. »Was soll ich bloß tun? Ich bin das Opfer einer schrecklichen Schlamperei. Man hat bestimmt eines meiner Kinder vertauscht; aber meinst du, die geben das zu?«

»Es hat in den letzten zwei Wochen keine Zwillingsgeburt in der Klinik gegeben.«

»Na und?«

»Außer dir haben nur noch drei Frauen entbunden. Alles gesunde Kinder mit normalem Gewicht. Deine Kinder wiegen fast nur die Hälfte.«

»Das farbige Kind hat man mir unterschoben. Ich habe nie was mit einem Farbigen gehabt.«

»Du bist in Gegenwart von zwei Schwestern und drei Ärzten entbunden worden.«

»Die stecken alle unter einer Decke.«

Nick preßte die Lippen aufeinander. Daß Manny versuchte, ihm dieses Märchen aufzubinden, ärgerte ihn.

»Jetzt kann ich mich mitsamt den Kindern nur noch umbringen. Oder glaubst du, der heiratet mich jetzt noch?«

»Ich habe Hans noch nicht verständigt. Wir können uns damit Zeit lassen. Wir müssen uns alles in Ruhe überlegen.« Er kaute eine Weile nervös an seiner Unterlippe. »Weißt du, daß die Kinder im Brutkasten liegen? Sie sind viel zu klein und sehr schwach und müssen künstlich ernährt werden. Ob sie überhaupt durchkommen...«

»Du hast sie gesehn?« Sie nahm die Hände vom Gesicht und sah ihn forschend an. Er spürte, daß sie mehr, als ein kurzes Ja von ihm erwartete. Er las aus ihren Augen, wieviel ihr daran lag, mehr zu erfahren, doch alles in ihm war Abwehr. Sie belog ihn. Und das in dieser Situation, in der es vor allem darum ging, zusammenzuhalten, um noch größeres Unheil zu vermeiden.

»Ja«, sagte er schließlich. »Und?«

Er sah das Zittern ihrer Lippen, spürte ihre Angst, doch er zuckte gleichmütig die Schultern.

»Wie lange mußt du noch hierbleiben?«

»Das weiß ich nicht. Frag die Schwester. Mit dem Negerjungen zurück in die Wohnung, das überlebe ich nicht.«

»Du kannst die Zwillinge –«

»Ich habe keine Zwillinge!« unterbrach sie ihn schreiend. Die Frauen in den Nachbarbetten richteten sich auf. »Das sind nicht meine Kinder!«

»Du kannst die Kinder zunächst noch in der Klinik lassen. Das ist sowieso notwendig.«

»Wenn Hans erfährt, was passiert ist...«

Er erhob sich brüsk.

»Von mir wird er nichts erfahren. Und du hast jetzt genügend Zeit, um über alles nachzudenken. Vielleicht findest du Leute, die den Negerjungen adoptieren.«

Sie starrte ihn entsetzt an.

»Du gehst schon?«

Er war zu verärgert, um ein tröstliches Wort zu finden, und drückte ihr nur kurz die Hand.

»Ich schau' morgen nachmittag wieder rein.«

Zu allem Überfluß mußte Nick anschließend ins Kolleg. Und um das Maß vollzumachen, stand Latein auf dem Plan.

»Diese Sprache bringt mich noch um!« fluchte er.

Er fluchte überhaupt viel an diesem Nachmittag. Am meisten, wenn er an die kurze, allzu kurze Begegnung mit dem Girl vor dem Fahrstuhl dachte. Und an sie mußte er fast unentwegt denken.

Zu blöde, daß ihm die Zimmernummer nicht gleich stutzig gemacht hatte. Was sie wohl bei Dr. Sherrer gewollt hatte? Er hätte sie dorthin begleiten sollen. Statt dessen hatte er sich abschütteln lassen wie ein lästiges Insekt.

Sie in dem riesigen Bürohaus suchen zu wollen, wäre sinnlos. Sie hatte sich nicht ausgekannt, also war sie hier nicht angestellt.

Inzwischen waren vier Tage vergangen, vier Tage des Grübelns. Das war nicht nur eine flüchtige Begegnung gewesen – wie tausend andere! Sie hatte in ihm etwas zurückgelassen, was ihn nicht zur Ruhe kommen ließ. Wie sie ihn angesehen hatte! Überrascht und völlig verwirrt.

Nachdem sein Bild in den Zeitungen gestanden hatte, kam so etwas in letzter Zeit öfters vor. Immer wieder dieser überraschte Blick des Erkennens, manchmal auch die Bitte um ein Autogramm. Kleine Belästigungen, die zu ertragen waren.

Diesmal war es etwas anderes! Da war etwas, was er bisher nicht gespürt und was er auch nicht für möglich gehalten hätte...

Der Eigensinn, mit dem Manny ihre haltlose Version von dem verwechselten oder untergeschobenen Jungen aufrechtzuhalten versucht hatte, machte es Nick reichlich schwer, sie wieder zu besuchen.

Ich werde das Thema vermeiden, nahm er sich vor, doch das war unmöglich. Schon als er ihr den kleinen Blumenstrauß aufs Bett legte, sagte sie: »Ich habe mir alles gründlich überlegt; ich werde es ablehnen, die Kinder als meine Zwillinge anzuerkennen.«

»Das kann doch nicht dein Ernst sein«, sagte er. »Außerdem gibt es das nicht. Die beiden Jungen sind deine Kinder und haben ein Anrecht auf ihre Mutter.«

»Hans und ich wollen in ein paar Wochen heiraten. Glaubst du etwa, daß er eine Mutter mit Zwillingen heiratet, von denen einer ein Neger ist?«

»Nein. Dazu kenne ich ihn zu gut.«

»Also?«

»Dann wirst du mit deinen Kindern ohne ihn leben müssen – oder einen suchen, den das schwarze Baby weniger stört.«

»Wer sollte das sein?«

»Sein richtiger Vater.« Jetzt war's gesagt.

Sie fuhr im Bett hoch.

»Auch du glaubst also, ich hätte mich mit einem Neger eingelassen?«

»Nach allem, was der Doktor sagt, gibt es keine andere Erklärung.«

»Der Neger soll auch der Vater des weißen Jungen sein? Das ist absurd! Und du solltest dich schämen, etwas Derartiges von mir zu glauben.«

»Von nur einem Vater war bisher nie die Rede, sondern davon, daß du Hans zur selben Zeit, vielleicht sogar zur selben Stunde, mit einem Neger hintergangen hast. Es ist mir schwer genug gefallen, das alles zu glauben, aber deine Schwindeleien haben keinen Sinn. Was geschehen ist, läßt sich nicht ändern. Übrigens bin ich nicht hergekommen, um mit dir über dieses leidige Thema zu streiten oder dir gar Vorwürfe zu machen. Ich hatte gehofft, du hättest inzwischen eine Möglichkeit gefunden, das Problem auf eine vernünftige Weise zu lösen.«

»Es gibt keine andere Lösung. Der schwarze Junge ist nicht mein Kind.«

»Gut. Nehmen wir an, es sei so. Willst du mit ihm auch das andere Kind verstoßen, auf das Hans und du euch so gefreut habt?«

»Entweder sind beide Kinder von Hans – oder keines.«

»Der schwarze Junge könnte einen schwarzen Vater haben.«

»Wie sollte das wohl möglich sein?«

»Frage den Doktor, er wird es dir erklären. Ich habe es erst auch nicht glauben wollen.«

»Zwillinge von zwei verschiedenen Vätern? Himmel steh mir bei!«

Sie schlug die Hände vors Gesicht und weinte.

Nick erhob sich hilflos.

»Vielleicht liebt dich der Vater des schwarzen Jungen so, daß er den weißen mit in Kauf nimmt.«

Die Schwester kam und legte ihm die Hand auf die Schulter.

»Kommen Sie, ich glaube, sie braucht noch einige Zeit, bis sie sich mit den Tatsachen abfindet. Wenn der Doktor erst einmal in aller Ruhe mit ihr gesprochen hat...«

»Dann wird sie vielleicht glauben oder zugeben, was nicht zu leugnen ist; aber das Verzweifelte ihrer Situation läßt sich damit auch nicht aus der Welt schaffen.«

Er ging. Ihm war schwerer zumute als zuvor.

Während Nick die Klinik verließ und langsam der Wohnung zustrebte, wurde ihm schlagartig klar, in welch verhängnisvollem Ausmaß sein Schicksal mit dem der Schwester verbunden war.

Daß Hans Manny noch heiraten würde – ausgeschlossen. Das Negerkind war nicht nur ein Beweis ihrer Untreue, es wäre in einer Ehe auch ein ständiger Stein des Anstoßes.

Wie aber sollte Manny sich mit ihren zwei Säuglingen durchbringen? Nicht einmal Halbtagsarbeiten würde sie übernehmen können.

Und er selber? Ein Zusammenleben mit Manny und den Kindern war undenkbar.

Wenn nicht ein Wunder geschah, würde er das eben begonnene Studium aufgeben müssen. Und dann? Die Sorge um seine Zukunft trieb ihm das Blut in die Schläfen.

Statt ihm zu sagen, wer der Vater des farbigen Jungen war, spielte Manny die Unschuldige. Vielleicht wäre der Mann sogar bereit, sie zu unterstützen oder ihr wenigstens die Sorge um sein Kind abzunehmen.

Der einzige, winzige Rettungsanker, den Nick in diesem Augenblick sah, war das Angebot Dr. Sherrers. Es würde ihn keine Zeit kosten und vielleicht nebenbei so viel einbringen, daß er sich über Wasser halten konnte, wenn er eine regelmäßige Arbeit als Aushilfskellner fand. Was dann allerdings aus Manny und ihren Kindern würde, stand dahin. Verdammt!

Den Anruf bei Dr. Sherrer hatte er bis jetzt vor sich her geschoben. Nun mußte es sein.

Am nächsten Vormittag rief er an.

»Ich bin Nummer 4735476.«

Komisch, die Sache mit der Nummer; ein bißchen wie in einem

Krimi. Nun daran würde er sich gewöhnen müssen. Wenn das das Schlimmste wäre. »Ich bin vor etwa zwei Wochen bei Ihnen gewesen«, fügte er erklärend hinzu.

»Ich verbinde.«

»Schön, daß Sie sich melden«, sagte der Doktor. »Ich hoffe, Sie hatten inzwischen Gelegenheit, unsere Broschüre zu lesen.«

»Natürlich!«

Nicht einen Blick hatte er hineingeworfen.

»Haben Sie in diesem Zusammenhang noch Fragen?«

»Nein. Jedenfalls keine grundsätzlichen.«

»Dann möchte ich Ihnen vorschlagen, sich unmittelbar mit unserem Labor in Verbindung zu setzen. Wenn Sie mir sagen, wann Sie sich dort zu der notwendigen Voruntersuchung einfinden können, werde ich Sie anmelden.«

»Dann am liebsten gleich heute morgen. Nachmittags muß ich ins Kolleg.«

»Moment bitte!«

»Ich warte.«

Nach einer kurzen Pause wieder die rauchige Stimme Dr. Sherrers.

»Unser Chefarzt könnte Sie jetzt empfangen. Es ist in dem neuen Hochhaus Ecke 5th Avenue und 56. Straße. Die Laboratorien und Kühlräume liegen im vierten Untergeschoß. Sie werden es nicht verfehlen können. Der Chefarzt wird Sie selber im Warteraum abholen. Es geschieht alles mit der angebrachten Diskretion.

Einen Namen haben Sie nicht! Man wird Sie immer nur nach Ihrer Nummer fragen.«

»Und wie heißt das Institut?« fragte Nick.

»Leicht zu merken: SPONLAB, die Abkürzung von Sponsorlaboratorium. – Falls Sie nach der Untersuchung noch Fragen haben, können Sie mich hier jederzeit erreichen.«

In dem riesigen Bürohochhaus herrschte ein Kommen und Gehen wie in einem Hauptbahnhof. Wer kam und ging wurde nicht beobachtet.

Riesige Auskunftsschilder in der hohen Eingangshalle nannten mehr als tausend Firmen, die hier ihre Stadtbüros hatten.

Nick nahm einen Fahrstuhl und drückte die unterste Taste.

Ein großer heller Vorraum, breite Korridore, Wegweiser. Nichts ließ erkennen, daß man sich hier 16 Meter unter der Erde befand.

Ganz am Ende des langen Korridors eine weiße Eisentür mit der Aufschrift SPONLAB. Er sah es schon von weitem.

Ein gutgekleideter junger Mann überholte ihn und ging mit schnellen Schritten darauf zu. Nick folgte ihm nur langsam. Er wollte nicht am Eingang mit ihm zusammentreffen.

Hinter der weißen Eisentür ein gelbgetönter Empfangsraum mit einem Tisch und vier Stühlen. An den Wänden vier große, besonders reizvolle weibliche Aktfotos. Dazwischen Spiegel.

An der linken und rechten Seitenwand je eine Tür ohne Klinke.

Auf dem Tisch ein Behälter mit Anmeldekarten. Daneben ein Tintenschreiber.

»Bitte tragen Sie auf dem markierten Feld Ihre Spender-Nummer ein und stecken Sie sie dann in den rot umrandeten Wandschlitz.«

Während er nach einer Karte griff, öffnete sich die Tür zu seiner Linken.

Ein freundlicher schlanker Herr in weißem Kittel.

»Sie sind Nummer...?«

»4735476«, ergänzte Nick.

»Und ich bin hier der Chefarzt. Mein Name ist Wörber. Mister Sherrer hat Sie mir bereits avisiert und mir den Fragebogen geschickt, den Sie bei ihm ausgefüllt haben. – Darf ich bitten!«

Er führte Nick in sein Untersuchungszimmer und bat ihn, Platz zu nehmen.

»Ich sehe aus Ihren Eintragungen, daß Sie keine nennenswerten Krankheiten durchgemacht haben, nicht mit Erbkrankheiten belastet sind, bisher keine Geschlechtskrankheiten hatten. Eine kleine Blutprobe werden wir trotzdem nehmen müssen. Und dann fehlen da noch einige Angaben, an denen vor allem unsere Klienten interessiert sind: Körpergröße, Haarfarbe, Haarform, Nasenform, Gewicht, Charaktereigenschaften, Intelligenzgrad und so weiter. Kann ich gleich anfangen?«

Die Untersuchung dauerte eine gute Stunde. Der Arzt trug die noch fehlenden Angaben ein und zeigte dabei trotz aller zuweilen etwas peinlichen Feststellungen und Befragungen eine feine Art von Humor.

»Wissen Sie, daß 72 Prozent unserer Spender Studenten sind?

Aus allen Gesellschaftsschichten. Sie besuchen uns durchweg zwei- bis dreimal die Woche.«

»Studenten brauchen immer mehr Geld, als sie von zu Hause kriegen«, sagte Nick.

»Ach, es ist nicht nur das. Es ist auch eine ganze Portion Idealismus dabei. Wir haben etwa ein Dutzend Handwerker, die es ganz offensichtlich als eine Ehre betrachten, ausgewählt zu sein. Dann einen Hochschulprofessor und zwei Lehrer und einen sehr bekannten und beliebten homosexuellen Schauspieler.«

»Einen Homo?«

»Einen, von dem wir's zufällig wissen. Wir fragen unsere Spender nicht danach, denn Homosexualität ist nach allen Erfahrungen nicht vererbbar. Wäre sie's, hätten die Homosexuellen endlich den für ihr Leben so entscheidenden Beweis, daß es sich nicht um eine erworbene Perversität handelt, also auch nicht strafbar sein kann.«

»Und die Charaktereigenschaften?«

»Sie vererben sich. Sogar die Trunksucht scheint erblich zu sein. Ebenso die Veranlagung zu Gefäßkrämpfen, die mit Migräne einhergehen. Wir müssen also sorgfältig sieben. Sie sehen, wie wichtig auch scheinbar nebensächliche Fragen für unsere Arbeit sind. So zum Beispiel die Frage, ob einer der Vorfahren an besonders heftigen Kopfschmerzen gelitten hat.«

»Am liebsten würden Sie solchen Vorbelasteten also nahelegen, sich nicht fortzupflanzen?«

»Ich würde ihnen gegebenenfalls davon abraten. Wir wollen quälende Leiden nicht auch noch verhundertfachen. Es gibt schon viel zuviele Erbkrankheiten, die durch mangelhafte Aufklärung weiterverbreitet werden. Zum Beispiel die Bluterkrankheit, der Schrecken der russischen Zarenfamilie. Sie tritt nur bei Männern auf, aber die weiblichen Mitglieder der Bluterfamilien übertragen die Erbanlage. Schon allerkleinste Verletzungen führen zu Blutungen. Das Blut gerinnt nicht, weil ihm der dazu nötige Gerinnungsstoff fehlt. Selbst harmlos aussehende Prellungen verursachen ausgedehnte Blutungen unter der Haut.«

»Ein Kind, das sozusagen mit Ihrer Hilfe gezeugt wird, bringt demnach kaum gefährliche Erbanlagen mit?«

»Im allgemeinen zumindest keine Erbanlage, deren Weitergabe verhindert werden sollte. Außerdem ist die Zahl etwaiger körperlicher oder geistiger Mißbildungen bei diesen Kindern erwiesenermaßen geringer. Unter anderem auch deshalb, weil bei der künstlichen Besamung nur die stärksten männlichen Zellen das Rennen machen, denn sie haben bei uns eine Reihe von Tests zu bestehen, die die Spreu vom Weizen trennen. Weil man das weiß, nimmt die anfängliche Scheu vor dieser Methode auch ständig ab. Heute werden auf diese Weise in den Staaten jährlich schon 40000 Kinder in die Welt gesetzt, und die Zahl steigt ständig.«

»Als Spender kann man bei Ihnen also durchfallen, ohne zu wissen, weshalb.«

»Ja, wir müssen viele ablehnen. Deshalb ist es für uns auch nicht leicht, gute Spender zu finden. Die Zahl der Hilfsbereiten ist ohnehin klein genug.«

»Wenn Sie einen Bewerber ablehnen, sagen Sie ihm dann weshalb?«

»Das ist ein Kapitel, das sehr viel Behutsamkeit verlangt. Der verliebte junge Mensch, der kaum an etwas anderes denkt als an sein kurzes Rauschglück, kann namenloses Unglück weitergeben. Wir dagegen wählen aus dem angebotenen Erbgut das Beste aus. In diesem Punkt arbeiten wir mit verschiedenen wissenschaftlichen Instituten zusammen. Daß wir nur den männlichen Anteil der Gene kontrollieren können, ist bedauerlich.«

»Ich fange an, Ihre Spender als wahre Musterknaben und Idealisten zu sehen.«

»Das sind sie zweifellos.«

»Auch die, die nur kommen, um sich jedesmal rasch die 20 Dollar zu verdienen?«

»Sie können für den einen oder anderen lebenswichtig sein. Außerdem stellt sich uns diese Frage nicht, denn ein gesunder Erwerbssinn ist kein Fehler.«

»Ein Glück für mich, denn ich bin leider gezwungen, das Angebot von Doktor Sherrer ernst zu nehmen, wenn ich nicht mein eben erst begonnenes Studium schon wieder aufgeben will.«

»Steht es mit Ihren Finanzen so schlimm?« fragte der Arzt erstaunt.

»Viel schlimmer.«

Dr. Wörber besah sich seinen Besucher noch einmal von oben bis unten. Der junge Mann machte einen guten Eindruck. Ein kühner Gedanke schoß ihm durch den Kopf.

»Wenn das so ist – muß es denn unbedingt die Juristerei sein?«

»Ich fürchte. Sehen Sie, zu vielen Berufen muß man eine besondere Begabung, ein Interesse von Jugend auf haben, also wirklich ›berufen‹ sein. Zur Juristerei braucht man nur einen klaren, nüchternen Verstand. Und den glaube ich zu haben.«

»Würden Biologie und Medizin Sie nicht interessieren?«

»In der Schule haben mich diese Fächer gelangweilt.«

»Das kann nur am Lehrer gelegen haben. Etwas Interessanteres und Aufregenderes als die Biologie gibt es doch kaum.«

»Unser Lehrer war allerdings ein griesgrämiger trockener Pauker.«

»Würde Sie ein Blick in unsere Laboratorien interessieren?«

»Sicher.«

»Das klang wie ›wahrscheinlich‹ oder ›möglicherweise‹. Wenn Sie nichts Besseres vorhaben, kommen Sie mit.«

Er öffnete eine Tür und ließ Nick eintreten.

Helle große Räume mit gläsernen Trennwänden, Labortischen, Glasgefäße wie bei einem Chemiker, zwei Mikroskope, zwei flimmernde Fernsehschirme, auf denen es sich geheimnisvoll bewegte.

»Das sieht nach Arbeit aus«, sagte Nick. »Die weißen Kittel, die ernsten konzentrierten Gesichter . . .«

»Es ist eine Tätigkeit, die wir nicht ernst genug nehmen können. Wir alle hier tragen eine sehr hohe Verantwortung. Schon eine Verwechslung kann das ersehnte Glück zum bitteren Unglück machen – für die Mutter und ihr Kind.«

»Ich sehe nur Frauen und junge Mädchen.«

»Ich bin hier der einzige Mann. Alle Untersuchungen und Arbeiten werden von jungen Frauen ausgeführt. Die meisten von ihnen sind Medizin-Studentinnen, die sich hier ihr Studiengeld verdienen.«

»Sind Studenten für solche Arbeiten nicht brauchbar?«

»Sicherlich. Nur Männer und Frauen zusammen . . . Sehn Sie, in unserem Labor herrscht schon vom Arbeitsthema her eine ganz besondere Atmosphäre. Wir hatten früher eine gemischte Personalzusammensetzung. Sie hat sich aus dem angedeuteten Grunde nicht bewährt. Ein Mann beispielsweise, der bei dieser Arbeit zu Witzen aufgelegt ist . . .«

»Ich verstehe! Aber die Spender sind doch Männer.«

»Mit ihnen kommen unsere Mitarbeiterinnen nicht in Kontakt. Ich empfange jeden von ihnen. Ich kenne jeden schon von der Voruntersuchung her. Es ist ein echtes menschliches Vertrauensverhältnis. Ich begleite jeden von ihnen zu seiner einsamen Zelle, und mir übergibt er dann nach einigen Minuten ein kleines Schälchen mit den zwei bis sechs Kubikzentimetern käufliches Glück. Von da an hat das Sperma nur noch eine Nummer.«

»Eine Nummer...« Nick schüttelte sich leicht.

»Genauso wird es von da an behandelt. Frischer Samen ist dickflüssig, leicht gelatinös. Dünnflüssig wie Wasser wird er erst nach 20 Minuten. Ein Trick, durch den die Natur verhindert, daß er verlorengeht. Für uns hat diese Tatsache einen gewissen Wert, denn es ist schon vorgekommen, daß ein Spender Sperma in einem Gummi mitbrachte und in das Plastikschälchen füllte. Stellen Sie sich bloß die menschliche Katastrophe vor, wenn uns ein Weißer das Sperma eines Farbigen liefert – oder umgekehrt.«

»Ich beginne langsam etwas von der Verantwortung zu ahnen, die Sie bei Ihrem Geschäft auf sich nehmen«, sagte Nick.

»Und ihr können und wollen wir uns nicht entziehen. Unsere absolute Zuverlässigkeit ist das Fundament des ganzen Unternehmens. Wir sind ein Erwerbsunternehmen. Das Vertrauen der Ärzte, mit denen wir zusammenarbeiten, und das Vertrauen ihrer Patienten ist unser wahres Betriebskapital. Damit, daß wir Samen kritiklos kauften, einfrören und wieder verkauften, wäre es ja nicht getan.«

Dr. Wörber führte Nick zu einem Arbeitsplatz, an dem ein blondes Mädchen mit einer Pipette Flüssigkeiten umfüllte.

»Hier wird das Sperma gereinigt und konzentriert. Dann kommt es in die Zentrifuge, die ihm bei 2000 Umdrehungen pro Minute das Wasser bis auf einen kleinen Rest entzieht. Das ist nötig, damit die Zellen später beim Gefrieren nicht von den sich bildenden winzigen Eiskristallen zersprengt werden. Anschließend geben wir noch ein Frostschutzmittel zu, eine Abart des Glyzerins. Und zum Schluß eine sterilisierende Pufferlösung.

Erst dann wird das Sperma unter dem Mikroskop auf Krankheitserreger, Lebenskraft und Konzentration untersucht. Jeder Spende wird eine winzige Probe entnommen und mit ihr eine ›Kultur‹ angelegt. Sie zeigt im Brutschrank eventuelle Bakterien oder Bazillen. Gleichzeitig werden die Spermazellen gezählt.«

»Sind das nicht viele Millionen? Wie will man die zählen?«

»Man bringt eine winzig kleine Probe auf einem Objektträger in ein Mikroskop – meist ist es ein Bildschirm-Mikroskop – und die davor sitzende angehende Ärztin sieht dann schon aufgrund ihrer Erfahrungen, ob die Dichte ausreicht. Es sind je nach Spender zwischen 20 und 600 Millionen pro Kubikzentimeter. Hier sind die flinken Spermien wie kleine Kaulquappen auf dem Leuchtschirm zu sehn.«

»Einige bewegen sich aber nicht«, sagte Nick.

»Die kommen später auch nicht ans Ziel.«

»Und einige sind sehr langsam.«

»Auch sie scheiden im Wettlauf des Lebens aus. Nur der beste und schnellste Schwimmer soll sich fortpflanzen. So will es die Natur, und so wollen auch wir es.«

»Wie viele müssen es denn sein?«

»Es genügt, daß ein einziger Schwimmer sein Ziel erreicht.«

»Und dazu der Riesenaufwand von Millionen bei diesem Wettrennen?«

»So ist es. Ohne sie ist alle Liebesmüh vergebens. Wir wissen, daß es so ist. Weshalb, wissen wir allerdings immer noch nicht. Wir verlangen von unseren Spendern mindestens 120 Millionen Spermien pro Kubikzentimeter.«

»Das ist sehr viel!«

»Gewiß; deshalb scheiden auch achtzig Prozent der Bewerber aus. Das erscheint Ihnen vielleicht übertrieben, aber übersehen wir doch nicht den Aufwand an Zeit und Mühe, den jeder Facharzt und jede seiner Patientinnen aufbringen muß. Versager dürfen einfach nicht auftreten.

Bevor die nach allen Regeln der Kunst geprüfte Spende in die Tiefkühltruhe kommt, wird ihr noch eine winzige Probe entnommen. Sie wird sofort einer Temperatur von minus 36 Grad ausgesetzt. Wenn sie diesen Test übersteht, übersteht der Rest auch die Temperatur von minus 196 Grad.«

»Und besteht sie ihn nicht?«

»Dann ist das der traurige Beweis, daß auch der Rest unbrauchbar ist. Dieser Test spart uns Ärger, Zeit und Kosten.«

»Sie sprachen vorhin von einer Zählmaschine. Gibt es so was wirklich?«

»Ja, seit kurzem und nur in sehr wenigen Exemplaren. Kleine

Spezialcomputer. Sie zählen nur die Schwimmer, die sich mit einer gewissen Mindestgeschwindigkeit von einem ›Planquadrat‹ ins nächste bewegen. Darauf beruht das Prinzip.«

»Mir zu hoch. – Und wie lange bleiben solche vorbehandelte Spermien lebensfähig?«

»Nach unseren bisherigen Erfahrungen zehn bis fünfzehn Jahre. Erst die Zukunft wird zeigen, wie lange sie darüber hinaus verwendbar sind. Entscheidend ist diese Frage nur, wenn es sich darum handelt, einen bestimmten Samen möglichst lange Zeit zu konservieren. Es gibt dazu viele Gründe. Zum Beispiel: Ein Mann, der vor einer lebensgefährlichen Operation steht oder vor einer Operation, die ihn vielleicht zeugungsunfähig macht, ein Mann, der in den Krieg zieht, ein Mann, der an der Zeugungsfähigkeit seines Sohnes zweifelt und durch seine Spende die Erhaltung der Familie sichern will. Diesen Fall haben wir letztes Jahr erlebt; das Sperma lag bei uns schon vier Jahre auf Eis ...

Bei uns sind weit über tausend Spenden auf diese Weise sichergestellt. Die Spender zahlen dafür nach einer einmaligen Aufnahmegebühr eine jährliche Betreuungsrate.«

»Dann sind Ihre Kühlschränke sicher sehr groß.«

»Sie stehen in einem besonderen Raum. Es sind Spezialkessel, in denen Hunderte von Glasgefäßen Platz haben. Jedes von ihnen enthält etwa hundert Plastikröhrchen mit je einem halben Kubikzentimeter Sperma.«

»Und wenn nun eine solche Kühltruhe ausfällt?«

»Das wäre eine Katastrophe und darf nicht passieren. Natürlich haben wir alle nur erdenklichen Sicherheitsvorrichtungen eingebaut. Die Anlage steht unter ständiger Kontrolle. Allein das Einfrieren und Bewahren unseres wertvollen Samenvorrats fordert den ganzen Einsatz einer Person. In der Fachliteratur werden Sie immer wieder den Hinweis finden, Sperma müsse nach der Vorbereitung möglichst schnell auf minus 196 Grad gebracht werden, ähnlich wie die Tiefkühlkost, wenn man den Tod einer mehr oder weniger großen Zahl von Spermien vermeiden wolle. Wir haben aber festgestellt, daß diese Regel ungenau ist. Nach unseren bisherigen Beobachtungen braucht jede Spende eine genau gesteuerte Temperaturabsenkung, bis zu den nötigen minus 196 Grad. Vielleicht etwas langsamer oder schneller am Anfang oder am Ende. Das setzt langwierige und präzise Forschungsarbeit voraus, zu der ich selber hier leider noch nicht gekommen bin. – Außerdem liest man immer: Obwohl nur eine einzige Samenzelle ihr Ziel zu erreichen brauche, müßten sie Millionen begleiten bzw. mit ihr um die Wette laufen. Weshalb sollte das unbedingt nötig sein? Unsere bisherigen Beobachtungen verleiten uns zu dem Schluß, daß es statt der Millionen vielleicht nur einige Tausend sein müssen... Hier können und wollen wir noch viel praktische Forschungsarbeit leisten.«

Er wandte sich Nick unvermittelt zu. Die beiden Männer standen sich genau gegenüber.

»Wären das nicht schöne, dankbare Aufgaben für Sie?«

»Ich würde hier den Elefanten im Porzellanladen spielen.«

»Das ist doch nicht Ihr Ernst. Sie könnten mit mir Hand in Hand arbeiten.«

Nick schüttelte den Kopf. »So interessant das auch wäre...«

»Denken Sie mal darüber nach und lassen Sie uns in ein paar Tagen noch einmal über das Thema sprechen, wenn ich Ihnen das Resultat unserer biologischen Untersuchungen mitteilen kann.«

»Wie lange dauert das?«

»Normalerweise zwei Wochen. Wir werden es aber etwas beschleunigen. Rufen Sie mich doch in einer Woche wieder an.«

Er geleitete Nick hinaus. In dem gelben Vorraum mit den großen Aktfotos wartete schon ein Mann von etwa dreißig Jahren.

Nick tat, als ob er ihn nicht sähe, und ging noch langsamer, als er gekommen war, zurück zu den Fahrstühlen.

Er trat hinaus auf die sonnenüberflutete Straße und blieb einen Augenblick unentschlossen stehen.

Dr. Wörber nahm das Telefon und rief den Chef des Hauses an.

»Eben ist 4735476 hier gewesen. In jeder Hinsicht hervorragender Eindruck. Sehr intelligent und, wie mir scheint, eventuell für unsere Arbeit zu gewinnen.«

»Ohne fachliche Vorbildung?«

»Die könnte er nachholen.«

»Und was sollte er bei uns tun?«

»Spezialgebiet Gefriertechnik. Da ist noch viel im unklaren und noch viel zu holen.«

»Und Sie glauben, daß er das schaffen würde? Da ist doch viel systematische Arbeit nötig. Messungen, Untersuchungen am Übermikroskop –«

»Das wir hoffentlich bald bekommen! – Also das Zeug dazu hat er. Und anlernen muß ich ihn natürlich von Grund auf.«

»Gut. Sprechen wir morgen oder übermorgen in Ruhe darüber. Und wenn er wieder zu Ihnen kommt –«

»In etwa einer Woche.«

»Dann reden Sie mit ihm. Wenn er bereit ist, kommen Sie dann am besten gleich mit ihm herüber.«

Die Dienstreise Dr. Hürtens wurde ein allseits anerkannter Erfolg. Die Klugheit, Geschicklichkeit und das fundamentale Wissen des Deutschen hatten Vertrauen eingeflößt. Selten war ein deutscher Politiker bei den Japanern so offenherzig aufgenommen worden. Die Verhandlungen waren zügig vorangegangen, bisher immer wieder zurückgestellte Punkte konnten zur beiderseitigen Zufriedenheit geklärt werden.

Helga war von den Japanern und ihrem Land begeistert und äußerte diese Begeisterung – ohne zu ahnen, was schon kurz nach ihrer Rückkehr auf sie zukommen würde: Dr. Hürten sollte im Interesse beider Länder nach Tokio versetzt werden.

Diese Versetzung war eine hohe Anerkennung seiner Mission und seiner diplomatischen Fähigkeiten, eine Vertrauensstellung von politischer und wirtschaftlicher Bedeutung und daneben mit einer beachtlichen Aufbesserung seiner Bezüge verbunden.

Als Dr. Hürten seiner Frau freudestrahlend von dem Erfolg ihrer gemeinsamen Japanreise berichtete, wurde sie blaß. Ihr war, als stürzten alle Himmel über ihr zusammen.

»Aber Richard«, stammelte sie, »das ist doch alles so überraschend, so befremdend. Will man dich hier los werden? Man kann einen Mann in deiner Position doch nicht wie einen Schreibtisch mal hierhin, mal dorthin schieben. Wir haben hier eine schöne Wohnung, menschliche Bindungen; dort drüben sind wir völlig isoliert und – ich spreche kein Wort Japanisch.«

Sie trat ans Fenster und sah hinaus. Alles in ihr war plötzlich Abwehr. Nach Japan gehen, das hieß Trennung von dem Mann, den sie leidenschaftlich liebte und von dem sie in etwa einem halben Jahr ein Kind erwartete.

»Unmöglich!« stieß sie hervor. »Das ist eine unmögliche Zumutung. Das kann die Regierung nicht von dir verlangen.«

Dr. Hürten stand diesem unerwarteten und wie es schien unbeherrschten Ausbruch fassungslos und hilflos gegenüber. Eine so harte, so entschiedene Stellungnahme hatte er von Helga noch nie erlebt.

»Helga«, begann er behutsam, »das ist selbstverständlich kein Befehl. Wenn ich diese Beförderung ablehne...«

»Beförderung? Das ist keine Beförderung, und das weißt du ganz genau. Das ist eine Versetzung in ein anderes, uns völlig wesensfremdes Land.«

»Du warst von Japan und seinen Menschen begeistert!«

»Das war ich – als Touristin. Für immer brächten mich keine zehn Pferde nach Japan.«

»Du weigerst dich also? Ich muß das zur Kenntnis nehmen, aber ich möchte dich gleichzeitig bitten, dir diesen spontanen Entschluß noch gründlich zu überlegen. Mit einer Ablehnung würde ich meine ganze Karriere aufs Spiel setzen. Willst du das?«

Dr. Hürten trat zu ihr und legte ihr zärtlich beide Hände auf die Schultern.

»Es ist doch auch nicht für immer, nur für ein paar Jahre. Vielleicht kann ich von dort aus sogar meine Versetzung nach Bonn beantragen.«

Was wird dann aus Manuel und mir? dachte sie.

»Wir erwarten ein Kind«, sagte sie.

»Ist das nicht ein Trost, der dir den Abschied von New York leichter machen könnte?«

»Das ist kein Trost, das ist ein schwerer Schlag für mich. Wer sagt dir denn, daß man uns nicht geradezu nach Japan verschickt?«

»Verschickt? – Helga, ich bitte dich! Wir sind nicht in Rußland.«

»Ja, verschickt, um den Platz für einen anderen frei zu machen.«

Richard Hürten wurde langsam nervös. Diese Härte, diese kompromißlose Haltung – war das noch seine Helga? Ihm war, als stände ihm auf einmal ein anderer, bisher unbekannter Mensch gegenüber.

»Helga«, begann er nach einer Weile des Schweigens, »eine solche Beförderung abzulehnen, ist in meiner Situation unmöglich. Wie soll ich das begründen? Man wird mich für verrückt halten oder gefährliche Zusammenhänge vermuten, und das könnte sogar meine hiesige Tätigkeit künftig belasten.«

»Man will dich hier loswerden – aus welchen Gründen auch immer. Merkst du das denn nicht?«

Dr. Hürten fühlte sich gekränkt. Daß seine Frau so etwas überhaupt annehmen könnte, war ihm bisher nicht möglich erschienen. Er wußte, wie man ihn schätzte und daß man ihn von New York nur äußerst ungern gehen ließ.

»Helga, bitte triff jetzt im ersten Erschrecken keine Entscheidung. Wir haben noch genügend Zeit, uns das alles zu überlegen.«

Helga schwieg.

»Nun, du sagst ja nichts?«

»Was ich dazu zu sagen habe, habe ich gesagt. Wenn du nach Japan gehen willst, dann geh ohne mich. Ich bleibe hier.«

Das klang so endgültig, daß es für ihn keine Zweifel mehr geben konnte.

Nick und Tom hatten sich vor dem »Hilton« in der Avenue of the Americas verabredet. Tom stand neben dem Eingang.

»Ich brauch' ne neue Uhr«, brummte er.

»Wieso?«

»Meine scheint eine halbe Stunde vorzugehn.«

»'tschuldige, Zuma. Dein Armbandwecker geht nicht vor – ich gehe nach.«

»Ich dachte schon, die hätten dich gleich dabehalten. Was war los? Erzähl!«

»Da ist nicht viel zu erzählen. Es hat über eine Stunde gedauert. Was die alles wissen wollen...«

»Und was ist dabei herausgekommen?«

»Was zu erwarten war. Die wollen mich mit Haut und Haar.«

»Das bringt also Geld. – Zahlst du mir eine Pizza? Ich falle vor Hunger fast um.«

»Hat das nicht Zeit bis nachher? Ich muß zu Manny.«

Nick kramte die letzten zwei Dollar hervor.

»Das sind meine letzten. Geh, hol dir eine im Vorbeigehn.«

Er zog ihn weiter. Im übernächsten Block war eine Pizzeria. Tom holte sich seine heiße Pizza, in eine Papierserviette geklemmt, und lief neben Nick her.

Nick erzählte.

»Nächste Woche bin ich bei Sherrer. Aber jetzt müssen wir zu Manny. Hoffentlich ist sie inzwischen zu Verstand gekommen.«

Tom biß herzhaft in seine Pizza und blieb plötzlich stehen.

»Zu Manny, sagst du? Komme ich mit zu Manny?«

»Die will dich sehn.«

»Schwindel! – Oder will sie mir den Schokoladenboy andrehn?«

»Mir fängt sie an leid zu tun.«

»In ihrer Haut möchte ich jetzt auch nicht stecken.«

»Wenn sie wenigstens sagen würde, wer der Negerknabe gewesen ist!«

»Willst du ihn umbringen?«

»Kein Grund; aber kümmern soll er sich.«

»Wie stellst du dir das vor?«

Das wußte Nick allerdings auch nicht.

»Aber diesmal werde ich nicht lockerlassen.«

Das hatte er sich vorgenommen, doch es kam alles ganz anders. Die Schwester fing sie ab und ließ sie zunächst überhaupt nicht eintreten.

»Ich muß mit Ihnen sprechen.«

»Kann mein Freund dabeisein?«

»Wenn Sie selber keine Bedenken haben.«

»Ist etwas passiert?«

»Wir wissen uns keinen Rat mehr. Ihre Schwester macht den halben Saal verrückt. Sie will unbedingt sofort entlassen werden. Und das können wir unter gar keinen Umständen gestatten. Nach dieser schweren Geburt muß sie wenigstens noch eine Woche im Bett bleiben. Dafür haben wir hier die Verantwortung.«

»Und was soll ich nun dazu tun?«

»Daß sie hier nicht bleiben will«, sagte Tom, »verstehe ich schon gar nicht. Besser kann sie es doch augenblicklich nicht haben.«

Den Grund erfuhren sie allerdings sofort, als Manny sie kommen sah.

»Ich muß hier raus, und das so schnell wie möglich«, rief sie ihnen entgegen. Ihre Hände flatterten.

»Warum denn das?«

Nick und Tom traten langsam näher.

»Kannst du dir das denn nicht denken?«

»Hier bist du doch prima aufgehoben.«

»Und das Telefon? Seit drei Tagen ruft Hans mindestens morgens und abends an und kriegt keine Antwort, weil du nicht da bist.«

»Verdammt – daran habe ich nicht gedacht. Aber die Leitung könnte doch gestört sein oder...?

»Ich sage dir, heute oder morgen ist der hier und steht vor der Wohnung, die ihm keiner aufmacht.«

»Das heißt, wir müssen uns schnell was einfallen lassen.«

»Daß ich in die Wohnung zurückgehe und mich am Telefon melde. Wenn ich dann sage, die Leitung wäre gestört gewesen, wird er das vielleicht glauben.«

»Oder auch nicht!« warf Tom ein. »Sollte Nick ihn nicht anrufen und ihm sagen, du lägst in der Klinik, weil irgendwas... Gott, ich kenne mich ja mit den Frauengeschichten nicht aus.«

»Ja, ich könnte sagen... hm, was nur?«

»Sag, es hätte Gefahr bestanden, daß das Kind zu früh...«

»Ist doch alles zwecklos. Der steht vielleicht morgen schon in der Wohnung und sieht, was los ist.«

»Daß ich daran nicht gedacht habe!« Nick schlug sich vor die Stirn. Er sprang auf und sprach mit der Schwester. »Ich muß ganz schnell telefonieren. Kann ich das von hier aus?«

»Eigentlich nicht, aber in diesem Fall...«

Sie führte ihn in ihr kleines Büro.

Wenige Minuten später hatte Nick die Verbindung. Bis man Hans an den Apparat geholt hatte, vergingen noch einmal fast fünf Minuten.

»Hier ist Hans.«

»Und hier ist Nick.«

»Sag mal, was ist denn bei euch los? Seit Tagen –«

»Deswegen rufe ich doch an. Manny mußte wegen einer kleinen Sache plötzlich in die Klinik.«

»Und das Kind – was ist mit dem Kind?«

»Alles okay, aber um eine Frühgeburt zu verhindern, mußte sie in Behandlung.«

»Für wie lange?«

»Vielleicht noch eine Woche. Dann kann sie dich ja gleich anrufen.«

»Das soll sie mal tun. Und grüß sie schön!«

»Die Gefahr ist zunächst abgedreht«, meldete er Manny und Tom. »Und nun laßt uns in Ruhe überlegen, was weiter geschehen soll.«

Manny hatte gleich wieder Oberwasser.

»Was soll schon geschehn? Ich habe mit dem Negerkind doch nichts zu tun.«

Nick kam wieder die Galle hoch. Tom warf ihm einen beruhigenden Blick zu.

»Aber Manny! An der Tatsache, daß du Zwillinge hast und daß einer der Jungen farbig ist, gibt es doch nichts zu deuteln. Willst du das denn nicht verstehn?«

»Was gibt's da zu verstehn? Das hieße doch, daß ich auch mit einem Neger...«

»Ja, Manny, genau das heißt es, und es nützt nun gar nichts mehr, daß du das bestreitest. Also: Wer ist es?«

»Keiner! Keiner! Keiner!« schrie Manny so laut, daß es durch den ganzen Saal hallte. »Wollt Ihr mich hier alle zur Verzweiflung bringen?«

Die Schwester kam angelaufen und zog die beiden fast gewaltsam weg vom Bett.

»Sie sehen es doch; da bleiben alle Vorhaltungen und alle Beruhigungsversuche erfolglos. So was von Halsstarrigkeit habe ich noch nicht erlebt.«

»Und die Zwillinge?« fragte Nick, während die Schwester sie zur Tür geleitete.

»Ich glaube, darüber sollten Sie mal mit dem Stationsarzt sprechen. Er hat schon gefragt, ob Sie nicht bald mal wieder kämen.«

Nick brummte etwas vor sich hin.

»Da siehst du's«, sagte Nick nach einer Weile wütend.

»Du wolltest mir die Jungen doch mal zeigen.«

»Das nächstemal. Aber zu sehn ist da nicht viel. Das sind doch nur halbe Portionen. Und gern lassen die einen da auch nicht nahe heran, obwohl sie im Brutkasten liegen.«

»Und Manny? Was sagt die zu dem bejammernswerten Zustand ihrer Kinder?«

»Die lehnt es kategorisch ab, sie zur Kenntnis zu nehmen. Du hast ja das hysterische Theater miterlebt.«

»Wenn man Manny hört, möchte man tatsächlich annehmen, sie sei im Recht, obwohl...«

»Ja, obwohl! Wenn ich nur herauskriegen könnte, wer der Neger ist, der uns da in die Familie gepfuscht hat!«

Einen Augenblick stieg vor Tom das Bild eines jungen Negers auf, der ihm damals – vor etwa einem Jahr – im Korridor vor Mannys Wohnung entgegengekommen war.

»Stört es dich so, daß es ein Neger war?«

»Im Prinzip nicht. Aber praktisch. Wäre ein Weißer das Schwein gewesen, hätte keiner etwas gemerkt. Was glaubst du, wie viele Kuckuckseier auf diese Weise in fremde Nester gelegt werden. Apropos Neger: Wie weit bist du inzwischen mit deiner Rita gekommen?«

»Wie weit bist du denn mit ihr gewesen?«

»Das weißt du doch.«

»Soweit bin ich mindestens auch schon. Genügt dir das?«

»Und ob! Viel Glück weiterhin. Du wirst doch wohl nicht Rollschuhläufer?«

»Nicht nötig; der angebliche Grafentitel hat das Eis gebrochen. Wenn das rauskommt...«

»Bis dahin hast du dir schon längst eine weiße Rita zugelegt.«

Der junge Mann, der an diesem Morgen das große Bürohaus in der 5th Avenue mit seinem roten Köfferchen betrat, ging geradewegs auf die Fahrstühle zu, die zwischen dem vierten Obergeschoß und dem sechsten Untergeschoß verkehrten, drückte den Zielknopf und ließ sich aufatmend gegen die Kabinenwand fallen.

Unten ging er zur SPONLAB.

Er kannte sich aus. Er setzte sich gleich an den kleinen Tisch, nahm eine der Anmeldekarten, suchte in seinem Notizbuch herum, schrieb seine Nummer auf die Karte und warf sie dann in den roten Schlitz.

Seine blonden Haare waren verstrubbelt, sein offenes Hemd verknautscht, seine blauen Augen wirkten müde.

Er sah in einen der großen Spiegel, musterte die wirkungsvollen Nacktfotos mit einem Lächeln und schüttelte sich. Wie ein Penner, dachte er. Heute werden die mich abblitzen lassen. Ich hätte mir doch erst ein Zimmer nehmen und mich ein bißchen waschen sollen!

Als er gerade eine Zigarettenpackung aus der Brusttasche seines Hemdes ziehen wollte, ging die linke Seitentür auf.

Dr. Wörber, der ihn damals auf Herz und Nieren untersucht hatte. Der Arzt musterte ihn einen Augenblick befremdet. Dann lächelte er.

»Tag, Doc! Lange nicht mehr hiergewesen. Kennen Sie mich überhaupt noch?«

Der Doktor reichte ihm stumm die Hand und zog ihn in sein Arbeitszimmer.

»Ja«, sagte er. »Sie haben uns einigemale besucht, und dann haben wir leider nichts mehr von Ihnen gehört.«

»Anderthalb Jahre.«

»In denen ich Sie vermißt habe. Ihr Typ ist gefragt. Was ist denn passiert, daß Sie damals wegblieben?«

»Ach – ich hatte mich mit der Stadt verkracht.«

»Mit der Polizei?«

»Nein, einfach so. Der Broadway mochte mich nicht. Als junger Bengel ist man liebebedürftig, und da merkt man so was gleich.«

»Weshalb sollte der Broadway Sie nicht gemocht haben?«

»Weiß der Kuckuck – ich kam da einfach nicht an. Vielleicht war ich auch noch zu jung und zu unreif.«

»Wesentlich reifer sind Sie inzwischen aber anscheinend auch nicht geworden.«

»Wissen Sie, Doc, ich hatte damals nichts als Rosinen im Kopf. Wenn man aus dem soliden Jonesboro kommt und New York nur aus den Illustrierten und vom Kino kennt, dann wirkt die Wirklichkeit so ganz anders, so nüchtern, enttäuschend. Man sieht, daß auf dem Flitterkram fingerdick der Staub liegt. New York ist eine Nachtschönheit.«

»Hm! Hatten Sie im Ernst geglaubt, New York sei eine Bilderbuch-Stadt?«

»So habe ich sie tatsächlich gesehn. Ich wollte hin. Ich hatte geglaubt, der Broadway würde mich mit offenen Armen empfangen, aber ich kam nirgends an. Ich habe das gleich gefühlt und schließlich aufgegeben. Mit den letzten vierzig Dollar von Ihnen wollte ich zum Abschied noch mal kräftig auf die Pauke hauen. Aber dabei bin ich ausgerutscht. An einem Montagmorgen haben sie mich am Times Square aufgegriffen und heimgeschickt. Ich habe mich als Anhalter nach Jonesboro zurückgeschlichen. Dort hat mir mein Alter das Fell gegerbt und mich an seinen Betrieb gekettet.«

»Und jetzt?«

»Diesmal will ich einen Teil meines Urlaubs in New York verleben, und da kam mir das Angebot Doktor Sherrers sehr gelegen. Jetzt kann und will ich mir die Stadt in aller Ruhe als Tourist ansehn.«

»Ich freue mich jedenfalls, daß Sie da sind.«

»Durch Ihr Angebot konnte ich mich leichter entschließen.«

»Es handelt sich diesmal um einen interessanten Sonderfall, für den wir – im Auftrage des Bestellers – ein Pauschalhonorar von fünfhundert Dollar zahlen können. Fünf Besuche würden wahrscheinlich ausreichen.«

Norman horchte überrascht auf.

»Ist das Ihr Ernst?«

»Die Leute wohnen im Staat Ohio. Der Mann ist Besitzer einer großen Holzhandlung, aber zeugungsunfähig. Sie haben bereits einen Jungen und sind mit ihm überglücklich. Nun möchten sie noch zwei oder drei Kinder. Es sollten aber unbedingt Geschwister ihres Jungen sein, also denselben Vater haben. Glücklicherweise konnten wir noch feststellen, wer der Vater des Jungen ist.«

Pause.

»Etwa ich?« fragte Norman erstaunt.

»Ja. Deshalb der Brief Dr. Sherrers an Sie. Diesmal werden wir das Sperma in unserem Tiefkühltresor so lange aufbewahren, bis es über den behandelnden Arzt angefordert wird. Wir wären Ihnen deshalb dankbar, wenn Sie uns jede Woche drei- oder viermal besuchten. Wir haben ja auch noch zahlreiche andere Familien, die sich einen Typ wie Sie als Vater ihres Kindes wünschen.«

Norman war überrascht.

»Ich komme sehr gern zu Ihnen, das wissen Sie ja. Außerdem ist es nicht nur wegen des Geldes. Sie haben mich damals so freundlich aufgenommen, und es hat doch alles großartig geklappt!«

»Mir liegt die Sache diesmal besonders am Herzen, denn solche Anforderungen wie in Ihrem Fall sind ja verhältnismäßig selten.«

»Ich freue mich, daß ausgerechnet ich diese Chance habe.« Norman stutzte einen Augenblick und sah ein wenig verlegen auf seine Fingernägel. »Wer sind denn die Leute, die ausgerechnet mich als Spender verlangen?«

»Das weiß ich nicht. Die Anfrage kommt diesmal direkt von der

Klinik. Welcher Arzt das Sperma angefordert hat, weiß wahrscheinlich nicht einmal der Chef. Doch seinen Namen würde er Ihnen nie und nimmer nennen, selbst wenn er ihm bekannt wäre.«

Norman schüttelte den Kopf.

»Merkwürdig zu wissen, daß eines Tages irgendwo in den Staaten zwei, drei oder vier Geschwister herumlaufen, Kinder derselben Mutter und desselben Vaters – die nie erfahren können, wer ihr wirklicher Vater ist!«

»Das ist eine Tatsache, mit der sich alle Spender abfinden müssen. Männer, denen dieser Gedanke unerträglich ist, kommen deshalb als Spender nicht in Frage.« Er sah Norman forschend an. »Na, einverstanden, mein Junge?«

Norman streckte ihm die Hand entgegen: »Gemacht!«

Er erhob sich und griff nach seinem roten Köfferchen.

»Ein Freund hat mir geraten, hier beim Christlichen Verein Junger Männer zu wohnen...«

»Da wären Sie wirklich gut aufgehoben. Versumpfen wollen Sie doch hoffentlich nicht wieder!«

»Das erstemal war schon zuviel. Also hin zu dem christlichen Verein mit den nicht immer ganz so christlichen und ganz so jungen Männern!«

Die drohende Versetzung Richards nach Japan hatte Helga wie ein Blitzschlag getroffen. Daß sie nicht mit nach Japan gehen würde, stand für sie ebenso fest wie die Absicht, Richard kurz vor der Geburt des Kindes ihre Beziehungen zu Manuel zu gestehen und sich scheiden zu lassen.

Richard würde für ihre Lage Verständnis haben und sich wohl oder übel damit abfinden, so daß die Scheidung noch rechtzeitig vor der Geburt ausgesprochen werden, und ihr Kind in eine neue, intakte Ehe geboren werden konnte.

Einem ersten Impuls folgend griff sie zum Telefon, um Manuel vom Gang der Ereignisse zu unterrichten. Doch dann legte sie den Hörer wieder auf. Weshalb sollte sie ihn jetzt schon beunruhigen und womöglich zu einem übereilten Schritt verleiten?

Richard würde zweifellos versuchen, die Versetzung nach Japan zu verhindern. Sollte er sich dazu nicht entschließen, blieb immer noch genügend Zeit, alles Weitere mit Manuel zu verabreden.

»Du erzählst mir nichts mehr von Manny und den Zwillingen«, sagte Tom. Es klang wie ein Vorwurf, und so kam es auch bei Nick an.

»Weil es nichts Neues zu erzählen gibt«, brummte er.

»Wann hast du denn zuletzt mit ihr gesprochen?«

»Das weißt du doch, du warst doch dabei.«

»Hm.« Tom sah Nick schief von der Seite an. »Irrst du dich da nicht? Das ist jetzt doch schon vier Tage her.«

»Na und?«

»Meinst du nicht, wir sollten sie mal wieder besuchen?«

»Und uns wieder anbrüllen lassen? Mich bringt dieses hysterische Theater noch um!«

»Kann ich verstehn. Aber die Kinder!«

»Was ist mit denen?«

»Die Bemerkung der Schwester, als wir gingen.«

»Was für eine Bemerkung?«

»Darüber solltest du einmal mit dem Doktor sprechen. Für mich klang das nicht gut. Die Schwester weiß doch, was los ist. Wenn da alles okay wäre, hätte sie das bestimmt gesagt. Sie ist deiner Frage ausgewichen.«

Nick blieb stehen.

»Tom, ich habe Sorgen, daß ich nicht weiß, wo mir der Kopf steht. Sorgen und Ärger über Ärger. Und da fällt dir nichts Wichtigeres ein als diese verdammten Zwillinge?«

»Sollten wir heute nicht wieder mal hingehn?«

Nick winkte unwillig ab und ging weiter.

»Hast du was dagegen, wenn ich heute mal allein hingehe? Wir können Manny jetzt doch nicht im Stich lassen. Und deine Neffen...«

»Neffen!« Nick schüttelte sich.

»Sind sie doch. Ich werde mich mal erkundigen. Die armen Würmer können doch nichts dafür, daß Manny mal eine schwache halbe Stunde gehabt hat.«

»Mich wundert, daß du nicht auch noch behauptest, sie könnten beide doch von Hans sein.«

»Vielleicht ein Atavismus.«

»Irre!«

»Ich glaube, es ist besser, wenn ich allein mit ihr spreche.«

»Wieso?«

»Ach, nur so.«

»Mach's, wie du willst.«

»Im Ernst: Könnte es nicht doch ein Atavismus ein, so was soll's doch schon gegeben haben.«

»Zuma, Zuma, hör auf, hör auf! Geh in Gottesnamen hin und sieh, ob sie endlich zur Vernunft gekommen ist. Aber mich kriegst du so bald nicht wieder hin.«

Tom sagte nichts mehr. Mit Nick war in den letzten Tagen nicht zu reden.

Es ging schon auf fünf zu, als Tom mit Geduld und Beharrlichkeit endlich erreicht hatte, was er wollte – Nick kam doch mit.

»Aber nur, um mit dem Stationsarzt zu sprechen!« betonte er.

Nick begrüßte Manny kurz und sagte: »Ich gehe erst mal zum Doktor. Er wollte mich sprechen.«

Tom setzte sich zu Manny ans Bett und wußte gleich nicht weiter.

»Nett, daß du dich mal wieder sehen läßt«, sagte Manny nach einer Weile. »Warst du mal in der Wohnung? Geht da nicht alles drunter und drüber?«

»Aber Manny, du kennst doch Nick. Da steht kein Topf und kein ungewaschener Teller herum, da ist jedes Stück an seinem Platz. Wir haben gestern abend in der Wohnung gegessen. Da rief Hans an.«

»Was hat er gesagt? Hat er nach mir gefragt?«

»Klar. Und Nick hat gesagt, mit dir ginge alles schon wieder in Ordnung. Nächste Woche kämst du wahrscheinlich heraus.«

»Wenn es doch nur schon soweit wäre!«

»Und die Kinder?

Manny zuckte die Schultern.

»Die gäben die mir doch nicht mit, selbst wenn ich wollte.«

»Würdest du sie denn mitnehmen?«

Das offene Lächeln auf ihrem Gesicht war plötzlich wie weggewischt.

»Daß du das fragst! Was soll ich mit den Zwillingen?«

»Aber mal muß die Geschichte doch ins reine gebracht werden! Vor allem die Frage, wo der farbige Junge bleiben soll.«

Manny preßte die Lippen aufeinander und schwieg.

»Und wenn ich mal mit dem Vater spräche?«

Manny fuhr hoch, als sei sie von einer Viper gebissen. Sie war blaß geworden.

»Was heißt das?« stammelte sie.

»Er muß doch ein Interesse daran haben, daß die Sache geregelt wird.«

»Von wem redest du eigentlich?« stotterte sie.

Tom sah sie treuherzig an. »Weißt du, Manny, du erinnerst dich sicher: Als ich vor knapp einem Jahr einmal nachmittags überraschend kam...«

Sie schüttelte den Kopf.

»Da fragte ich dich, wer der Neger sei, den ich im Korridor vor deiner Wohnung gesehen hatte.«

Manny war jetzt kreidebleich. »Bei mir ist kein Neger gewesen«, stammelte sie.

»Er wäre mir gar nicht weiter aufgefallen. Aber der Pulli, den er trug – braun mit zarten gelben waagerechten Streifen auf der Brust... Es war ein ganz besonders schöner Pulli.«

»Was redest du da für krauses Zeug? Ein Neger mit einem Pulli, und? Auf was willst du hinaus?«

»Ach, weißt du, wie das Leben so spielt – dem Pulli bin ich vor ein paar Tagen wieder begegnet.«

Manny wurde immer nervöser.

»Suchst du so einen Pulli – oder was soll die Geschichte?«

»Ich habe ihm gesagt, daß es ein besonders schöner Pulli sei.«

»Du hast Sorgen!«

»Und was denkst du, was mir der nette Junge sagt? Er ist wirklich ein besonders netter Negerboy. Ich mag ihn. Es gibt nicht viele von der Sorte. Ich bin jetzt nämlich ganz dicke mit seiner Schwester. Er könnte eines Tages mein Schwager werden.«

»Du – mit der Rita?«

Als sie merkte, daß sie sich verplappert hatte, war es schon zu spät. Sie schlug vor Wut mit der flachen Hand auf die Bettdecke.

»Bist du hergekommen, um mit mir über deine Heiratspläne zu palavern?«

»Nein, aber über Samy.«

Manny starrte ihn an, als hätte er ihr Todesurteil gesprochen. Dann ließ sie sich zurückfallen und schloß die Augen.

»Geh jetzt«, hauchte sie.

»Ich mag den Samy. Ich kann dich sogar verstehn. Eine junge Frau, monatelang allein, und dann so ein netter Junge... Er hat ja früher schon bei dir und Hans verkehrt. Ich habe erst gestern abend noch lange mit ihm zusammengesessen.«

»Und über mich gesprochen?«

»Kein Wort. Er ahnt überhaupt nicht, daß ich ihn erkannt habe.«

»Und das alles hast du Nick vorgeschwafelt!«

»Kein Wort. Aber den Samy werde ich mir nun kaufen. Und zwar noch heute. Da muß doch eine Lösung gefunden werden, bevor Hans in einem Tobsuchtsanfall das größte Unheil anrichtet und vielleicht auch die Vaterschaft des weißen Jungen anzweifelt.«

Manny sagte nichts mehr. Sie schlug die Hände vors Gesicht und weinte haltlos.

Als Nick kam, stand Tom sofort auf und zog ihn hinaus.

»Was ist?« fragte Nick.

»Ich denke, sie wird jetzt allmählich zur Vernunft kommen.«

»Wieso?«

»Frag nicht!«

»Warum nicht?«

»Frag auch das nicht – es ist besser so.«

»Jetzt fängst du auch noch an zu spinnen, was?«

»Ja«, sagte Tom. »Aber laß mich. Es ist wirklich besser so.«

Nick horchte auf. Da ist doch was im Busch! dachte er. Doch als er trotz Toms Ablehnung weiterbohren wollte, lenkte Tom ihn mit einer Frage ab.

»Du hast die Jungen gesehen?«

»Nur kurz. Es war ein jämmerlicher Anblick. Ich war erschüttert. Daß der Arzt sie durchbringt, kann ich mir nicht denken. Sie werden künstlich ernährt, haben aber seit ihrer Geburt noch kein Gramm zugenommen. Dabei wird alles Menschenmögliche getan. Wenn du den Aufwand siehst, die Meßinstrumente und Maschinen – für einen Sohn Rockefellers könnte nicht mehr getan werden.«

»Glaubt man, sie noch durchzubringen?«

»Vorgestern hatte man sie schon aufgegeben, aber seit gestern scheint eine leichte Besserung eingetreten zu sein. Der Doktor und sein Stab sind begreiflicherweise verärgert über das Verhalten von Manny. Vor allem, daß sie ihnen beabsichtigte oder fahrlässige

Kindesunterschiebung vorwirft. Das ist das Schlimmste, was man einer Entbindungsklinik überhaupt vorwerfen kann. Daß Manny die Kinder ablehnt, ist für die Ärzte natürlich erst recht ein Grund, auch die letzten Möglichkeiten im Interesse der Kinder auszuschöpfen.«

»Und wie ist nun dein Gesamteindruck?« fragte Tom.

»Der Doktor meint, wir könnten nur hoffen, daß doch noch ein Wunder geschieht.«

»Das sagt wohl genug. Und was sagst du dazu?« fragte Tom lauernd.

Nick schüttelte sich wie unter einem Frost.

»Daß auch Wunder nicht immer die besten Lösungen bringen.«

Tom schwieg. Diese Antwort stieß ihn ab. Sie stand in so hartem Widerspruch zu der seit Jahrhunderten gelebten Achtung seines Stammes vor dem kommenden Leben, das allein die Rasse erhalten und ihr Erbgut weitertragen konnte. Doch er sagte nichts mehr und er fragte auch nichts mehr. Wie hart mußte Nick von den Ereignissen getroffen sein, daß er sich den Tod der Zwillinge wünschen konnte! Sie gingen eine lange Weile schweigend nebeneinander her.

Dann fragte Nick: »Sag mal, hast du was gegen mich?«

»Wie kommst du bloß darauf?«

»Du hast schon seit fünf Minuten falschen Tritt!«

»Den hast du!«

»Seit wann gibst du den Tritt an?«

»'tschuldige!« Tom wechselte den Schritt.

»Im Fernseher läuft heute abend eine interessante Trade Show. Kommst du rüber?«

»Ich bin mit Rita verabredet.«

»Grüß sie von mir.«

»Das werde ich mir verkneifen. Wenn die deinen Namen hört, wird sie immer gleich sentimental.«

»Na, dann ohne mich soviel Spaß wie möglich.«

Tom brummte etwas Unverständliches.

»Hast du was gesagt?«

»Ja, daß das bestimmt ein ganz besonders spaßiger Abend wird...«

Dr. Hürten hatte sich nach dem Gespräch mit seiner Frau eine Woche Bedenkzeit erbeten.

Acht Tage lang wartete er vergebens auf ein abschließendes Wort seiner Frau. Helga tat, als sei das Thema nie zur Sprache gekommen. Für sie schien es endgültig erledigt. Sie sprach von offiziellen Veranstaltungen, die auf Monate vorausgeplant waren; sie lud eine Verwandte aus Deutschland ein und erwähnte das, als sei es die selbstverständlichste Sache der Welt.

Richard erkannte, daß er bei einem weiteren Versuch auf Granit beißen würde, und unterließ es schließlich, auf die Versetzung noch einmal zurückzukommen.

»Meine Frau kann sich nicht entschließen, mit nach Japan zu gehen«, sagte er schließlich zu dem Regierungsvertreter. »Sie fühlt sich dort völlig fremd und fürchtet die Vereinsamung.«

»Wir könnten notfalls an einen Austausch denken. Wäre Ihre Gattin denn mit einer Versetzung nach Rom einverstanden?«

Dr. Hürten atmete erleichtert auf.

»Italien, Rom – ich bin sicher, daß meine Frau einer solchen Lösung sofort zustimmen würde. Sie schwärmt geradezu von Rom und den Römern.«

»Und Sie selber?«

»Keine Bedenken. Ich würde mich über eine solche Versetzung ebenso freuen, wie ich mich über den Vorschlag Japan gefreut habe. Aber«, er zuckte die Schultern, »wenn meine Frau nicht nach Japan will...«

Auf dem Heimweg kaufte Richard einen Strauß roter Rosen. Helga würde sich über sie und über die gute Nachricht freuen.

»Helga«, sagte er und überreichte ihr strahlend die kostbaren Rosen, »ich habe unsere Versetzung nach Japan endgültig verhindert. Wir gehen statt dessen nach Italien, nach Rom!«

Helga starrte ihn an, als könne sie diese neue Schreckensnachricht nicht fassen. Das Bouquet entglitt ihren Händen. In diesem Augenblick verlor sie zum erstenmal die Fassung.

»Nach Rom?« schrie sie. »Willst du mich zum Narren halten? Habe ich nicht deutlich genug gesagt, daß ich mit keiner Versetzung einverstanden bin?«

»Aber Helga«, Richard bückte sich und hob die Rosen auf. »Du hast dich geweigert, nach Japan zu gehn. Das konnte ich verstehn.

Aber Italien, das Land, von dem du immer nur geschwärmt hast? Erinnerst du dich nicht, daß du damals, bei meiner Versetzung nach New York, gesagt hast, Rom wäre dir tausendmal lieber als dieses kalte New York mit seinen noch kälteren Amerikanern?«

Helga faßte sich mit beiden Händen an die Stirn und ließ sich auf das Sofa nieder.

»Unmöglich! Unmöglich!« schrie sie. »Sind wir Zigeuner, daß man uns nach Belieben hin- und herschiebt?«

Dr. Hürten stand völlig hilflos, aufs tiefste erschreckt und gekränkt, die aufgelesenen Rosen in den Händen, und schüttelte den Kopf.

»Helga, jetzt verstehe ich dich nicht mehr! Zum erstenmal in unserer Ehe verstehe ich dich nicht mehr. Gewiß, wir haben uns hier eingelebt, aber deine abfällige, unfreundliche Kritik an New York hat sich doch eher verstärkt als abgeschwächt.«

Helga schluchzte. Sie tat ihm plötzlich leid. Er legte die Rosen auf den Tisch und neigte sich zärtlich über sie.

»Helga, was hält dich noch an dieser Stadt?«

Es war eine Frage, auf die er keine Antwort erwartet hatte. Doch die Reaktion, die er damit auslöste, überraschte und erschreckte ihn.

Helga richtete sich jäh auf und blitzte ihn an.

»Das fragst du? Ausgerechnet du, der...« Sie unterbrach sich und preßte die Lippen aufeinander.

In einer solchen Situation und bei einer solchen Reaktion hätte wohl jeder Mann zumindest vermutet, daß hier etwas im Spiel war, von dem er nichts wußte. Richard blieb arglos. Er setzte sich, ordnete die Rosen wieder zu einem Strauß und tat sie in eine Vase.

»Deine Ablehnung ist für mich die größte Überraschung. Ich hätte sie nie für möglich gehalten und habe deshalb spontan zugesagt.«

»Wie konntest du! Dann wirst du ein zweitesmal absagen! Sage, daß ich nicht will. Das muß denen genügen. Sind wir die Sklaven einer irre gewordenen Bürokratie?«

Dr. Hürten war blaß geworden und starrte Helga fassungslos an. Sie erhob sich und verließ das Zimmer. Augenblicke später erschien sie mit Mantel und Hut.

»Wo gehst du hin?« fragte er besorgt.

»Irgendwohin, wo bessere Luft ist. Diese Gefängnisluft erstickt mich.«

Sie ging; er versuchte nicht, sie zu halten.

Die Tür fiel ins Schloß.

Helga nahm sich ein Taxi und fuhr kurz entschlossen ins österreichische Konsulat. Diesen Schritt hatte sie bisher noch nie getan. Sie hatte alles ängstlich vermieden, was auf ihre Beziehungen zu Manuel hätte hinweisen können.

Nun war eine bedrohliche Ausnahmesituation entstanden.

Sie nannte ihren Mädchennamen und ließ sich bei Manuel melden.

Er erschien sofort und führte sie in sein Arbeitszimmer.

Bisher hatte Helga ihm nichts von der geplanten Versetzung ihres Mannes gesagt. Sie hatte angenommen, durch ihre endgültige Ablehnung sei das Thema vom Tisch, also auch kein Grund vorhanden gewesen, Manuel zu beunruhigen.

»Entschuldige, daß ich dich hier überfalle, aber ich weiß nicht mehr aus noch ein: Richard wird nach Rom versetzt.«

Manuel hörte ihren Bericht und war bestürzt. Seine Hände zitterten. Jetzt hieß es handeln.

»Uns bleibt also keine Wahl«, sagte er. »Wir müssen in den nächsten Tagen – aber nicht früher als nötig – mit Richard sprechen und ihm reinen Wein einschenken.«

Helga nickte.

»Auch über die Tatsache, daß das Kind, das du erwartest –«

»Ist das nötig, müssen wir ihm sagen, daß wir uns schon so lange kennen? Er könnte dann auch mutmaßen, daß die Hilfe einer Samenbank nur eine Notlüge war. Er wird das alles als eine schwere Beleidigung empfinden. Ich weiß, wie empfindlich er ist.«

»Andererseits weiß auch keiner besser als er, woran eure Ehe krankt.«

»Das könnte für ihn ein Grund sein, in eine Ehescheidung einzuwilligen, aber kein Grund, unsere Beziehungen zu sanktionieren.«

»Ich verstehe.« Manuel zwang sich zur Ruhe. »Sag mir, wann du das entscheidende Gespräch für zweckmäßig hältst. Ich werde deinem Mann dann einen offiziellen Besuch machen und ihm reinen Wein einschenken.«

»Und du glaubst, daß es dabei nicht zu bitteren oder gar dramatischen Auseinandersetzungen kommt?«

»Das halte ich für ausgeschlossen. Dein Mann ist ein besonnener Diplomat. Wir werden uns leidenschaftslos und sachlich unterhalten und er wird einsehen, daß eine Trennung und unsere anschließende Heirat die denkbar beste Lösung darstellt.«

»Gut«, sagte Helga. »Ich werde dich anrufen, wenn es soweit ist.«

Manuel begleitete Helga hinaus. Die Dinge entwickelten sich schneller, als er gedacht hatte.

Professor Garry hatte erwartet, der junge Herr Thoms würde ihn besuchen. Irrtum – statt seiner kam ein Brief. Liebenswürdig, geschliffen, aber eine Absage, an deren Endgültigkeit es nichts zu zweifeln gab:

Hochverehrter Herr Professor,
mein Vater macht sich Sorgen. Mit Recht, wie ich glaube. Weshalb, wissen Sie. Nun bittet er mich immer wieder, Sie zu konsultieren. Welche Lösung des anliegenden Problems ihm vorschwebt – ich glaube, es ist ein Vorschlag von Ihnen –, weiß ich.

Das wäre doch die Lösung!

Leider bin ich beim besten Willen nicht imstande, diesen Wunsch meines Vaters zu erfüllen: meine völlig unbegründete und schwerlich begründbare sexuelle Abneigung gegen meine Frau ist so stark, daß auch die vorgeschlagene Lösung mit Sicherheit erfolglos bleiben würde.

Ich liebe und verehre meine Frau. Sonst hätte ich sie nicht gebeten, mich zu heiraten. Selbst Frauen und Mädchen, die meiner Frau weder an äußeren Reizen noch an inneren Werten das Wasser reichen können, reizen mich mitunter so stark, daß ich mich bei ihnen bis zum körperlichen Zusammenbruch verausgabe.

Es ist einfach verrückt: Meine Frau läßt mich völlig kalt; vielleicht ist sie es auch... So etwas spürt man.

Ich brauche Ihnen wohl nicht zu sagen, nach wie vielen vergeblichen Versuchen ich es schließlich aufgegeben habe. Auch ein angesehener Psychiater konnte mir nicht helfen.

Meiner Frau gegenüber empfinde ich eine tiefe, fast unerträgliche Schuld. Ihr und meinem Vater mag ich kaum noch in die Augen sehen.

So liegen die Dinge, die mir schon oft den Gedanken an einen Freitod nahelegten. Ich fürchte, mein Vater wird sich angesichts dieser von mir gewiß nicht gewollten oder verschuldeten Reaktion mit der Tatsache abfinden müssen, daß meine Ehe kinderlos bleibt.

Meine Frau weiß, um was es geht, und sie leidet darunter, daß mein Vater seinen Wunsch nach einem Erben verdrängen muß. Daß ich ihr diesen Brief vorlege, bevor er an Sie zur Post geht, ist bei dem gegenseitigen Vertrauen selbstverständlich.

Mit den verbindlichsten Grüßen und aufrichtigem Dank für Ihre Bemühungen verbleibe ich ergebenst Ihr

Rolf Thoms«

Ein völlig hoffnungsloser Fall, wie es schien. Ein Fall für die Akten. Doch auch der alte erfahrene Arzt sollte noch eine Überraschung erleben.

Knapp eine Woche später erschien Herr Thoms sen. unerwartet in der Sprechstunde.

Als Schwester Eusebia ihn anmeldete, fürchtete der Arzt, einen verzweifelten Vater in einer aussichtslosen Lage trösten zu müssen.

Er erlebte das Gegenteil.

»Herr Professor, der Nachwuchs ist gerettet!« Er strahlte.

»Wieso das?«

»Ich habe die Lösung. Sie ist mir heute morgen zugeflogen, als ich unter der Brause stand und an der Verrücktheit meines Sohnes verzweifeln wollte.«

»Ehescheidung und eine neue Heirat?«

»Gar nicht nötig. Ich habe den idealen Spender gefunden.«

»Einen nahen Verwandten?«

»Den nächsten, den es gibt – mich selber! Avisieren Sie mich dieser Bank. Ich werde mich dort einfinden, und alles Weitere ist dann Ihre Sache.«

Im ersten Augenblick verschlug es dem Professor die Sprache. Das wäre doch... Wäre das nicht Blutschande?

Nein. Zwischen Schwiegervater und Schwiegertochter würde es zu keinem Kontakt kommen. Das Erbgut würde wie bei jeder anderen heterologen Insemination von Fachärzten übertragen.

Aber... aber... Teufel noch, da muß es doch ein Aber geben.

»Moment! – Moment, Herr Thoms!«

Er zergrübelte sein Hirn. Endlich hatte er's.

»Was sagt denn Ihre Schwiegertochter dazu? Was Ihr Sohn?«

»Mein Sohn hält diese Lösung für ideal. Und meine Schwiegertochter? Sie habe ich ein bißchen beschwindeln müssen. Sie glaubt, das Erbgut käme von irgendeinem nahen Verwandten. – Nun, was sagen Sie dazu?«

»Heißt das, daß Ihre Schwiegertochter bereit ist, sich hier unter diesen Voraussetzungen befruchten zu lassen?«

»Sie wäre überglücklich. Als ich ihr von meinem Plan erzählte, ist sie mir vor Freude um den Hals gefallen.«

Der Professor schlug sich vor die Stirn.

»Auf so einen Gedanken muß man kommen. Aber mir scheint, nicht nur die Männer der Industrie werden zuweilen betriebsblind, sondern auch wir Ärzte.«

»Und nun?«

»Wann hätten Sie Zeit zu einem Besuch bei der SPONLAB?«

»Tag und Nacht. Es gibt nichts, was mir wichtiger wäre.«

»Gut, wir melden Sie an. Alles Weitere besprechen wir später.«

»Wann darf meine Schwiegertochter sich bei Ihnen vorstellen?«

»Schwester Eusebia wird sich mit ihr in Verbindung setzen.«

So kam der Fall Thoms nicht in die Akten der unlösbaren Fälle, sondern in die der besonders interessanten.

Wenige Tage später erschien auch Familie Brenson wieder.

»Herr Professor, wir sind überglücklich, daß das geklappt hat.«

»Ein glücklicher Zufall, daß der Spender noch aufzufinden war. Er ist schon einige Tage in New York und das benötigte Sperma ist gesichert. Nach den Daten, die uns Ihre Gattin bei Ihrem letzten Besuch übergeben hat, müßte die Übertragung morgen oder übermorgen möglich sein. Wir haben Sie deshalb schon heute hergebeten.«

»Damit haben wir gerechnet. Meine Frau möchte gleich hier in Ihrer Obhut bleiben.«

Frau Brenson war bester Laune, aber wie Frauen nun einmal sind, auch ein wenig skeptisch.

»Ist es auch bestimmt vom selben Spender?«

»Das garantiert die Bank. Sie sind sich aber gewiß darüber klar, daß es diesmal ein Mädchen sein kann, und daß es seinem Brüderchen vielleicht kaum oder nur wenig gleicht – wie das nun mal so ist bei Geschwistern.«

»Wenn es nach mir ginge, sollte auch das zweite Kind ein Junge werden«, sagte Herr Brenson.

»Da hilft nur beten. Das müssen wir der Natur überlassen. Garantieren kann das kein Arzt.«

»Mir wäre ein Mädchen ebenso recht«, sagte die Frau. »Könnten es etwa auch Zwillinge werden?« Es klang ein wenig besorgt. »Oder ist das bei Fremdbesamung ausgeschlossen?«

»Keineswegs. Wir haben das schon mehrmals erlebt, haben aber auch darauf keinen Einfluß. – Weshalb fragen Sie?«

»Ach, Herr Professor, es ist wegen dem Schnitt. Damals mußte doch eine kleine Operation ...«

Der Professor erinnerte sich nicht an Einzelheiten. Ein Blick in die Karteikarte.

»Der Junge war recht groß.«

»Und wenn das gar Zwillinge würden?«

»Auch dann bestünde kein Grund zur Besorgnis.«

Herr Brenson winkte unwillig ab:

»Du fragst dem Professor aber auch ein Loch in den Bauch.«

»Solche Fragen sind sehr naheliegend«, sagte der Professor. »Die Frauen sind da etwas schlechter dran als wir Männer.«

Schwester Eusebia war mit dem Ergebnis dieses Vormittags zufrieden. Ja, wenn immer alles so glatt liefe! Sie dachte mit banger Sorge an den Fall von Babystation 7. Da hatte eine junge weiße Frau zwei verschiedenfarbige Zwillinge bekommen, obwohl ihr Mann ein blonder Deutscher war ...

Der Professor verließ das Haus gleich nach dem gemeinsamen Essen in der Kantine. Die Sonne stand hoch und hell über dem Central Park.

Als er in seinen Wagen stieg, warf er noch einen zufriedenen Blick zurück. Das war seine Klinik, das war sein Werk. Darauf war er stolz. Die Sonne strahlte direkt in die vielen hundert Fenster, hinter denen viele hundert Frauen ihr Kind erwarteten, teils hoffend, teils bangend.

HAUS DER HOFFNUNG stand goldglänzend über dem breiten Portal.

Der »schriftliche Verkehr«, ohne den Professor Garry jede Unterhaltung mit dem Pariser Anwalt abgelehnt hatte, begann eines Morgens mit einem dicken Einschreibebrief, den er auf seinem Schreibtisch fand.

Nicht als einen – wie man denken könnte – von Eusebia mit Häme hingelegten Morgengruß, im Gegenteil: Bevor er eintrat, hatte sie ihn schon darauf vorbereitet.

»Eigentlich wollte ich Ihnen den Brief erst nach der Sprechstunde vorlegen, aber...«

»Wieso? Ist er giftig?« fragte der Professor lachend.

»Er kommt von dem Pariser Rechtsanwalt, den diese impertinente Pariser Halbweltdame jetzt auf Sie hetzt.«

Die gute Laune des Professors war wie weggewischt. Eusebia öffnete ihm die Tür und trat mit ein.

»Vielleicht sollten wir uns den Ärger bis nach der Sprechstunde aufheben«, meinte sie treuherzig, »denn draußen warten schon sieben Patientinnen.«

»Ach, was soll das!«

Er nahm den Brief und riß ihn auf. Vier engbeschriebene Seiten, auf denen ihm vorgeworfen wurde, die Vertrauensseligkeit einer sprachunkundigen jungen Pariserin in schamloser Weise mißbraucht und ein wiederholt gegebenes Eheversprechen nicht gehalten zu haben.

Der Professor schüttelte fassungslos den Kopf. Er hatte diese junge Frau in einem Warenhaus kennengelernt, als sie vergebens versucht hatte, sich mit ihren paar englischen Brocken verständlich zu machen.

Eine Pariserin! Längst verschüttet geglaubte Jugenderinnerungen waren aufgetaucht, wehmütige Erinnerungen an die Sturm- und Drangperiode, die er an der Sorbonne durchlebt und durchlitten hatte. Da war ein Pariser Mädchen gewesen, das ihn fast völlig aus dem Gleis geworfen hatte, eine Liebe, die alle Fesseln sprengen wollte und doch den Keim des Todes in sich trug...

Er hatte ihr von seinen Jugendeseleien vorgeschwärmt und sie schließlich ins Café Humpelmeier an der Südseite des Parks geführt.

Sie war etwa 28 Jahre alt; sie besaß den ganzen fast legendären Charme der Pariserinnen und nahm seine Einladung zu einem

Besuch der Oper freudig an. Anschließend hatte er sie ins »Four Seasons« an der 5th Avenue zum Abendessen geführt. Und zwei Tage später in ein Musical am Broadway.

Erst als sie Wert darauf legte, seine Wohnung kennenzulernen, wurde er stutzig. Er hatte an eine nette Bekanntschaft geglaubt; sie hatte offenbar viel mehr erwartet.

So war ihm nichts anderes übriggeblieben, als sich behutsam von ihr zurückzuziehen.

Sie hatte noch ein paarmal versucht, ihn telefonisch in der Klinik zu erreichen, war aber bei Schwester Eusebia abgeblitzt.

Dann hatte er lange nichts mehr von ihr gehört, bis auf die Anrufe des Rechtsanwalts.

Und nun dieser Brief, in dem von Intimitäten und allzu kühnen Handgreiflichkeiten die Rede war.

Die Sache war nicht auf die leichte Schulter zu nehmen, denn sie gipfelte in der Forderung nach einer Entschädigung, die – so hieß es – seinem eigenen Lebensstandard entsprach.

Das konnte viel heißen.

»Schicken Sie den Brief an Laudy und schreiben Sie, ich riefe ihn morgen abend in dieser Sache an.«

Schwester Eusebia zögerte, ehe sie den Brief entgegennahm.

»Ich werde Ihnen einen Umschlag schreiben, dann können Sie ihn selber kuvertieren.«

»Das nennt man Diskretion! Sie sind doch sonst nicht so etepetete!«

»Wenn es um Ihren Intimbereich geht...«

»Ach, lesen Sie das ruhig, damit Sie endlich sehen, mit was für einem Draufgänger Sie's zu tun haben. – Und nun an die Arbeit! Wer ist Fall Nummer 1?«

»Ein vierzehnjähriges Mädchen, dessen Frühreife der Mutter Sorge macht.«

»Weil sie, wie alle Eltern, nicht wahrhaben will, daß ihr Kind ein paar Jahre früher reif ist als frühere Generationen. Also schicken Sie das arme Kind rein!«

»Eine scheußliche Sache, die du dir da eingebrockt hast«, begann Rechtsanwalt Laudy die Unterhaltung. »Das Ganze scheint mir ein raffiniert angelegter Erpressungsversuch zu sein.«

»Wenn von dieser falschen Darstellung etwas in die Presse käme, wäre ich erledigt.«

»Selbst wenn sich nachher herausstellt, daß alles völlig harmlos gewesen ist. Der Leiter einer solchen Klinik muß über allen Zweifel erhaben sein. Also rundheraus: Was für Beweise hat sie?«

»Nicht die geringsten.«

»Bist du mit ihr in verfänglichen oder mißdeutbaren Situationen gesehen worden?«

»Es hat nie welche gegeben.«

»Hat sie Briefe oder dergleichen von dir?«

»Nicht eine Zeile.«

»Hat sie in deiner Gegenwart irgendwelche Personen begrüßt, dich am Ende sogar vorgestellt?«

»Wir haben uns nur dreimal gesehen.«

»Gemeinsam ein Hotel aufgesucht?«

»Nein.«

»Hast du ihr in der ersten Begeisterung vielleicht etwas Ähnliches wie eine Heirat versprochen, das sie heute so auslegen könnte?«

»Selbst das nicht.«

»Worauf – glaubst du – stützt sie also ihre Behauptung? Habt ihr überhaupt über Ehe, Zusammenleben oder dergleichen gesprochen?«

»Mit keinem Wort. Sie lügt. Sie will mich offenbar zwingen, sie zu heiraten.«

»Oder, was ich annehme, ein paar Millionen hinzublättern.«

»Millionen? Wofür?«

»Wenn sie Liebesbriefe von dir hätte, wärst du zweifellos soviel wert.«

»Also hör auf! Das ist alles Schwindel. Und das müssen wir dem Anwalt jetzt klipp und klar sagen.«

»Das wird er nicht zur Kenntnis nehmen wollen. Wir können also nur Beweise verlangen und ihm drohen, gegebenenfalls wegen übler Nachrede vorzugehen. Und das werde ich noch heute tun. Wenn die sehen, wer dich vertritt, werden sie vorsichtiger sein.«

Der Professor atmete auf. Der Anwalt schob ihm eine Vollmacht hin.

»Unterschreib das und laß mich machen!«

Maria hatte die Anzeige rein zufällig gelesen:

»Recherchen auch in schwierigen Fällen und mit äußerster Diskretion. Spezialität Ehescheidungen, Beobachtungen. Wenn Sie Rat und Hilfe brauchen: Detektei Sonnenberg, 534 West Side, 44th Street.«

Die Hausnummer 534 schien es nicht zu geben. Maria öffnete ihre Handtasche und studierte noch einmal das Inserat, das sie der Sonntagsausgabe der »Times« entnommen hatte.

Sie fand das Nummernschild erst nach langem Suchen. Es war von Werbeplakaten und Firmenschildern fast verdeckt. Unter ihnen fand sie schließlich auch die Detektei.

Sie war etwas enttäuscht. Die Straße, das Haus, die Leute, die aus und ein gingen, alles wirkte wenig vertrauenerweckend. Sie stutzte einen Augenblick. Der Besuch bei Dr. Sherrer hatte ihr zwar vieles gesagt, was ihr wichtig schien, aber das Wichtigste nicht: den Namen des jungen Mannes. Sollte ein solches Institut ihr nicht helfen können?

War dieser Schritt, zu dem sie sich spontan entschlossen hatte, erfolgversprechend?

Sie ging entschlußlos weiter. Konnte sie nach den eindringlichen Vorstellungen des Professors überhaupt hoffen, mit Hilfe eines solchen mehr oder weniger zweideutigen Unternehmens ihrem Ziel näher zu kommen?

Sie bummelte die lange, von Haus zu Haus immer häßlicher werdende Street langsam hinunter bis zum Hafen.

Ihr Vater hatte sie vor diesem Schritt gewarnt.

»Ich kenne dich zu gut, um anzunehmen, ich könnte dich daran hindern. Du begibst dich damit möglicherweise in die Hände von ausgekochten Geldschneidern und Spürhunden, die vor nichts zurückschrecken, wenn sie dabei ein paar hundert Dollar machen können. Sage, daß ich von deinem Schritt weiß, nenne deinen Namen und unsere Adresse. Das wird sie warnen. Im übrigen halte mich auf dem laufenden.«

Am Hafen lungerten ein paar Dutzend junger Männer zwischen 17 und 25 herum. Einer von ihnen, der einzige Blonde, sah besonders gut aus. Er erinnerte sie sofort an ihren Jungen. Der Bursche neben ihm war dunkelblond und klein.

Als die beiden merkten, daß Maria sie beobachtete, kamen sie freundlich augenzwinkernd näher. Der Blonde hatte seine Rechte zwischen seine Schenkel gepreßt. Die Geste war ebenso unflätig wie eindeutig. Sie wandte sich erschreckt ab und lief die Straße zurück.

Vor dem Haus 534 noch ein kurzes Zögern, dann trat sie rasch entschlossen ein.

Das Büro lag im 16. Stock. Im Vorzimmer saß eine strohblonde Sekretärin mittleren Alters, in deren Scheitel die schwarz und grau nachwachsenden Haare sichtbar wurden.

Maria brauchte nur ein paar Minuten zu warten. Der Chef der Detektei, ein rundlicher, gutmütig wirkender Fünfziger, empfing sie mit einem Blick, der verriet, daß er zu wissen glaubte, weshalb sie zu ihm kam, doch als sie ihren Namen nannte, stutzte er.

»Sind Sie etwa eine Verwandte des berühmten Strafverteidigers?«

»Ich bin seine Tochter. Er weiß von meinem Besuch. Es ist eine delikate Angelegenheit.«

»Wir haben fast nur solche Fälle. Sie brauchen gewiß Material für eine Ehescheidung.«

Maria lächelte.

»Ich brauche das Gegenteil, wenn ich so sagen darf. Ich suche den Vater meines Kindes.«

»So lauten 50 Prozent unserer Aufgaben.«

»Es geht in meinem Falle nicht um eine Alimentenklage. Ich suche den Mann, der Spender einer hiesigen Samenbank gewesen und so der Vater meines Jungen geworden ist.«

Herr Sonnenberg schüttelte seine linke Hand.

»Mit diesen Banken haben wir unsere Erfahrungen. Die Namen und Adressen der Spender zu erfahren, ist bisher noch keiner Detektei gelungen.« Er machte eine Pause. »Das wird keine leichte Aufgabe sein. Wir haben in etwas anders gelagerten Fällen dieser Art aber auch schon ganz schöne Erfolge erzielen können. So beispielsweise, als eine Ehefrau wissen wollte, ob ihr Mann heimlich für eine solche Bank tätig war, um sich etwas nebenbei zu verdienen. Wir beobachteten ihn und so kam die Frau recht schnell dahinter, wo ihr Mann ›fremd‹ ging. – Wissen Sie wenigstens etwas Näheres über den Spender. Sie hatten doch sicher auf der Wunschliste bestimmte Punkte angekreuzt.«

Maria übergab ihm einen Zettel, auf dem sie in Schreibmaschinenschrift säuberlich alles registriert hatte, was sie bei Dr. Sherrer erfahren konnte.

»Wissen Sie, von welcher Bank Ihr Arzt das Sperma bezogen hat?«

»Ja, von der SPONLAB.«

»Wir könnten zwar mit der Zeit alle oder fast alle regelmäßigen Besucher der Bank ermitteln. Es sind schätzungsweise zwei- bis dreihundert. Das wäre allerdings eine riesige und zeitraubende Arbeit. Wenn es stimmt, daß der Spender schon lange nicht mehr bei der Bank erscheint, bliebe praktisch nur noch die Einsicht in die Geheimkartei. Und dazu brauchten wir schon einen Geldschrankknacker wie Jim Hower.«

Maria lachte. Jim Hower war der berühmte Tresorknacker, dem ihr Vater erst vor ein paar Monaten zu einem aufsehenerregenden Freispruch verholfen hatte.

»Lassen Sie mich über diese für uns besonders reizvolle Aufgabe nachdenken. Vielleicht finden wir doch einen Punkt, an dem wir ansetzen können.«

»Sie halten die Suche also offenbar für wenig aussichtsreich?« sagte Maria enttäuscht.

»Nein. Ich möchte die Sache heute nachmittag mit meinen Rechercheuren besprechen. Einige haben sicher direkt oder indirekt irgendeine Beziehung zu der Bank. Wenn wir bei dieser Besprechung eine Möglichkeit sehen, werde ich mich unverzüglich melden.«

»Ich bin bereit, eine beachtliche Erfolgsprämie auszusetzen. Vielleicht ist das für den einen oder anderen Ihrer Mitarbeiter ein besonderer Ansporn.«

Maria ging langsam – ein wenig bedrückt – zu ihrem Wagen zurück. Dabei fiel ihr zum erstenmal auf, wie viele gut und vertrauenerweckende junge Männer ihr überall entgegenkamen. Mitten unter ihnen mußte auch der junge Mann zu finden sein, den sie suchte. Vielleicht sogar der, der ihr schon einmal begegnet war?

Einer unter vielen Millionen.

Einer, von dem sie so viel und doch so gut wie nichts wußte...

»Wenn Sie sich kräftig genug fühlen«, sagte die Stationsschwester, als sie Manny das Frühstück brachte, »möchte der Professor Sie morgen nach Hause entlassen.«

Manny starrte sie mit angstgeweiteten Augen an.

»Um gotteswillen, und die Kin...« Das Wort blieb ihr im Halse stecken.

»Die Kinder müssen mindestens noch sechs Wochen hierbleiben.« Die Schwester sagte es so ruhig, als hätte es den Streit und all die Aufregung um die Zwillinge nie gegeben.

Manny sank zurück.

»Sie sind heute den achten Tag auf der Station«, fuhr die Schwester fort. »Wir hatten die Nacht sieben Neuzugänge und nur fünf Betten frei. Wenn Sie sich also kräftig genug fühlen...«

Manny atmete tief durch. »Ja«, sagte sie zögernd, »aber...«

»Über alle Einzelheiten können Sie mit dem Stationsarzt sprechen. Er möchte Sie gerne in etwa einer Stunde sehen.«

Manny nickte. In ihrem Kopf wirbelte alles durcheinander. Nach dem Besuch Toms hatte sie mit wachsender Angst und Sorge darüber nachgedacht, was nun werden sollte.

Die Mutterschaft der Zwillinge weiterhin zu bestreiten, erschien ihr nun selber sinnlos und unhaltbar.

Hans würde sie nicht mehr vor die Augen treten können; damit hatte sie sich inzwischen abgefunden. Vor einer Aussprache mit ihm hatte sie furchtbare Angst. Sie würde ihm nach Las Vegas schreiben und ihm die Wahrheit sagen.

Welche Wahrheit?

Etwa, daß sie ihn und nur ihn liebe und daß die Sache mit Samy nur ein einmaliges Zwischenspiel gewesen sei. Das stimmte doch nicht. Könnte sie ihm gar zumuten, den farbigen Jungen als sein eigenes Kind anzuerkennen?

Oder sollte sie mit Samy über ihre verzweifelte Lage sprechen? Was konnte er ihr schon raten oder wie gar helfen?

Ja, was sollte, was konnte sie eigentlich in dieser Lage tun?

Mit Nick sprechen. Auch das würde ihr nicht leichtfallen ...

Und Nick würde es ihr auch nicht leichtmachen. Hätte sie nicht gleich nach der Geburt die Wahrheit sagen müssen?

Der Doktor erwartete sie im Säuglingssaal. Sie hatte diesen Saal – als einzige von allen Müttern – noch nie betreten.

Der Arzt kam ihr schon entgegen. Er führte sie – ohne ein weiteres Wort – direkt zu den Bettchen und wies mit einer stummen Geste auf die Zwillinge, die in Decken gehüllt im Brutkasten lagen und von denen nur die beiden faltigen Gesichter zu sehen waren.

Manny stand eine Weile wie gelähmt. Das also waren ihre Kinder!

Sie wußte, daß sie es waren, und wollte es doch immer noch nicht wahrhaben. »Herr Doktor«, begann sie mit zitternden Lippen, »wie ist so etwas bloß möglich?«

»Wenn Sie an die Hautunterschiede denken, gewiß, so etwas kommt nur alle Schaltjahre vor. Aber daß Zwillinge geboren werden, die nicht vom selben Vater stammen, halte ich nicht für so selten. Man merkt es nur nicht.«

Manny sah stumpf vor sich hin.

»Die Schwester sagt mir, daß ich heute entlassen werde. Was ist dann mit den Kindern?«

»Wie Sie wissen, sind die Jungen ungewöhnlich schwach. Wir machen uns große Sorgen, ob es uns überhaupt gelingt, sie durchzubringen. Der weiße Junge ist besonders elend. Wir haben ihn schon zweimal aufgegeben, aber dann geschah doch noch so etwas wie ein Wunder. Wenn wir weiterhin Glück haben, dauert es trotzdem mindestens noch sechs Wochen, bis wir unsere Sorgenkinder in Ihre Obhut und Pflege geben können. Vielleicht ist diese Zeitspanne sogar für Sie von Wert, um ihre sicherlich nicht ganz einfachen Probleme zu lösen. Über den Gesundheitszustand der Kinder können Sie sich selbstverständlich täglich durch einen Telefonanruf bei der Stationsschwester erkundigen.«

Manny wischte sich eine neue Flut von Tränen aus den Augen und erhob sich.

»Herr Professor, ich muß mich bei Ihnen nicht nur bedanken, sondern vielmehr noch entschuldigen wegen meines Benehmens nach der Entbindung.«

»Solche Schwierigkeiten kommen bei uns immer wieder vor, aber zum Schluß rückt sich alles doch noch zurecht.«

Als Rita an diesem Abend von der Arbeit nach Hause kam, saß Tom schon zwischen plärrenden Negerkindern auf der eisernen Treppe vor dem Haus.

»Tom, welche Überraschung? Du verirrst dich nach Harlem? Wolltest du nicht heute in eurem komischen Aztekenklub sein?«

»Wollte ich. Dann hab' ich mir's anders überlegt. Samy kommt doch gleich?«

»Ja. Weshalb fragst du? Willst du was von ihm?«

»Nicht direkt. Ich wollte ihm nur...« Er biß sich auf die Lippen.

»Was, Liebling?«

»Bloß mal wieder guten Tag sagen.«

»Und das soll ich dir glauben! Was hast du mit ihm? Ihr handelt doch nicht etwa mit Koks oder so was?«

»Rita, wo denkst du hin!«

»Der Samy ist in letzter Zeit so komisch. Da ist doch irgendwas. Also, was hast du mit ihm?«

»Ein Geheimnis.«

»Raus damit!«

»Soll ich dir das hier auf der Straße explizieren?«

»Ihr habt doch nicht etwas mit der Polizei?«

Tom schüttelte beruhigend den Kopf.

Sie kletterten die vier Treppen hoch. Rita schloß die Wohnungstür auf und ließ ihn eintreten. Die Wohnung bestand aus einer großen Wohnküche und einem living room. In beiden Räumen stand ein Bett.

»Setz dich an den Tisch«, bat Rita.

Tom sah sich um.

»Rita, wie das alles blitzt, ich bewundere dich. Wie schaffst du das nach der Arbeit im Büro?«

Rita überhörte seine Frage. Sie ließ sich neben ihn auf den nächsten Stuhl fallen und sah ihn erwartungsvoll an.

»Also – was ist mit Samy?«

»Ich wollte ihm bloß was sagen.«

»Um was geht's denn?«

»Ob ich ihm gratulieren dürfte«, versuchte Tom auszuweichen. Doch Rita blieb am Feind.

»Wozu?«

»Zur Geburt eines strammen Jungen.«

Rita sprang wie elektrisiert auf.

»Bist du verrückt? Wie soll Samy zu einem Jungen kommen?«

»Auf ganz normale Weise.«

»Ausgeschlossen, das müßte ich doch wissen!«

»Oder wenigstens ahnen. Ahnst du wirklich nichts?«

»Dummes Zeug. Wer hat dir diesen Bären aufgebunden?«

»Die Mutter der Zwillinge.«

Rita stellte sich in Positur. Sie stemmte beide Hände in die Hüften und sagte: »Tom, du spinnst. Gib's auf.«

»Wann kommt Samy denn?«

»Er müßte schon hier sein.«

Sie setzte sich wieder neben ihn und musterte ihn halb neugierig, halb mißtrauisch von der Seite.

»Zwillinge? Sagtest du Zwillinge?«

Tom nickte. Rita wühlte sich in den Haaren.

»Das wäre nicht auszudenken!«

»Es ist noch viel furchtbarer: Der eine Junge ist weiß, der andere farbig.«

Rita schlug dreimal ein Kreuz auf der Brust.

»Tom, lüg mich nicht an! Das sind schon keine Witze mehr.«

»Nach Witzen ist mir auch keineswegs zumute.«

»Und wer will die Mutter dieser Schlangenbrut sein?«

»Sie will es ganz und gar nicht. Aber sie muß: Manny!«

Es war gesagt.

»Manny? Nicks Schwester? Das arme Luder!«

»Sie ist völlig verzweifelt.«

»Kein Wunder!«

Rita barg ihr Gesicht in beiden Händen und schluchzte herzzerreißend. Tom trat zu ihr und drückte sie behutsam an sich. Rita tat ihm leid. Weshalb auch hatte ausgerechnet er ihr das sagen müssen? Das hätte er doch ihrem Bruder überlassen können. Er war auf einmal wütend über sich selbst.

Samy kam erst, als Ritas Tränenstrom versiegt war. Rita war schon dabei, den Tisch zu decken.

»Monte, welcher gute Geist hat dich denn zu uns nach Harlem geführt?«

»Ein Ungeist«, sagte Tom ernst.

»Er hat mit dir zu sprechen«, sagte Rita, ohne sich ihm zuzuwenden.

Samy stutzte.

»Du klingst so komisch. Hast du geheult?«

»Ich heule noch.« Ein neuer Tränenstrom.

»Aha! – Na ja!« Er wandte sich an Tom.

»Das ging ja verdammt schnell bei euch!«

»Irrtum«, brummte Tom. »Es geht um die Zwillinge.«

Samy war wie vom Donner gerührt.

»Um was für Zwillinge?« stammelte er.

»Das fragst du noch?« zischte Rita.

»Um deine«, sagte Tom schlicht.

Samy ging plötzlich hoch.

»Zwillinge? Ich Zwillinge? Daß ich nicht lache!«

»Versuch's doch, wenn dir noch danach zumute ist«, heulte Rita. »Die arme Manny! Es ist eine Schande.«

Samy zog umständlich seine Jacke aus, hängte sie über die Stuhllehne und setzte sich auf die Bettkante.

Tom sagte: »Ich glaube, wir sollten jetzt in Ruhe darüber reden.«

»Hat dich Manny geschickt?«

»Nein.«

»Also Nick – verdammt!«

»Er ahnt noch nicht, daß du es warst. Wenn der das erfährt, fliegen Späne.«

Samy sank auf der Bettkante völlig zusammen.

»Wie alt bist du eigentlich«, fragte Tom.

»Neunzehn.«

»Bißchen zu jung noch zum Heiraten. Wie?«

»Nein, aber zu schwarz!« stieß Samy bitter hervor.

»Unsinn. Davon spricht doch keiner. Aber daß du in eine Ehe eingebrochen bist, davon ist die Rede. Jetzt sitzt Manny da und weiß keinen anderen Ausweg, als zu leugnen, daß sie's mit einem Farbigen gehabt hat.«

»Das soll man ihr auch erst mal beweisen!«

»Samy, du bist ein netter Junge. Ich mag dich. Aber aus Schwarz wirst auch du nicht Weiß machen können.«

Samy sprang plötzlich auf. »Schon gut, schon gut!« Seine Adern an den Schläfen traten stark hervor. Er baute sich vor Tom auf und blitzte ihn an »Will ich das? Habe ich das etwa versucht? In eine Ehe hätte ich hineingepfuscht? Das hast du doch gesagt. In was für eine Ehe, wenn ich fragen darf. Sie haben ein paar Monate zusammen gelebt. Was sind zwei oder gar vier Monate gegen zwei Jahre?«

»Was heißt das?«

»Daß Manny und ich uns schon seit zwei Jahren lieben!«

»Ach«, warf Rita erstaunt ein »und das erfahre ich erst jetzt?«

»Wir konnten uns nur heimlich sehn – ihr wißt warum. Wenn du so etwas aber schon Ehe nennst, wer hat dann dem andern in die Ehe gepfuscht, Hans oder ich? Da kommt so ein Weißer – und alles ist sofort okay.« Er schlug mit der Faust auf den Tisch. »Ich kenne und liebe Manny schon seit zwei Jahren und werde sie nicht aufgeben.«

»Warum habt ihr euch denn so ängstlich versteckt mit eurer Liebe?«

»Daß du das fragen kannst! Die Manny hätte mich nie geheiratet. Das hat sie oft genug gesagt.«

»Vielleicht, weil du ihr noch zu jung warst und keine richtige Arbeit hattest. Das mußt du doch begreifen.«

»Habe ich das nicht begriffen? Jahrelang habe ich mich damit abgefunden und mich verzweifelt bemüht, mich hochzuarbeiten. Versuch das doch mal als Neger!«

»Samy, die Karre ist hoffnungslos verfahren. Nicht durch deine Schuld, aber durch deine Dummheit. Das mit dem Kind brauchte nicht zu passieren.«

»Das durfte nicht passieren – aber es ist nun mal passiert.«

»Und was soll nun werden? Hast du Manny mal in der Klinik besucht?«

»Nein. Sie hat mir sofort nach der Entbindung geschrieben und mir strikte verboten, sie zu besuchen.«

»Sie ist wahrscheinlich völlig ratlos.«

»Woher weißt du denn, daß ich der Vater des einen Jungen bin?«

»Ich habe es geahnt und aus eigenen Beobachtungen geschlossen. Dann habe ich es ihr, als wir einige Minuten allein waren, auf den Kopf zugesagt. Sie war entsetzt, eingestanden hat sie's auch mir nicht. Aber sie weiß, daß ich heute mit dir spreche. Morgen bin ich wohl wieder bei ihr. Soll ich ihr einen Gruß bestellen?«

»Sag ihr, daß ich mich umbringe, wenn sie den Weißen heiratet.«

»Dazu wird es nicht kommen, oder glaubst du, der heiratet Manny noch? Die Zwillinge sind wie ein Abgrund, über den keine Brücke führt.«

»Manny hat mir geschrieben, die Zwillinge wären kaum lebensfähig. Vielleicht sterben sie schon in den nächsten Tagen oder Wochen.«

»Das zu wünschen wäre niederträchtig, obwohl es die Rettung aus aller Not wäre. Aber solche Lösungen gibt es nur in Romanen.«

Samy schwieg. Rita hatte den Tisch gedeckt und sich inzwischen zu ihnen gesetzt.

»Und wenn Hans sich von Manny trennt, würdest du sie mit den zwei verschiedenfarbigen Zwillingen heiraten?«

Samy druckste herum.

»Ich würde Manny lieber heute als morgen heiraten, aber das weiße Kind... Wie stände ich dann da?«

»Aha, da haben wir's. Du wärst genauso verbohrt, wie Hans es sein wird! Ich habe eine bessere Lösung. Ich werde Manny vorschlagen, sich mit den Zwillingen aus dem Fenster ihrer Wohnung auf die Straße zu stürzen.«

Rita schluchzte laut auf.

Das Essen verlief an diesem Abend, ohne daß einer noch ein Wort zu dem brennenden Problem fand.

Als Tom schließlich ging, sagte er: »Samy, du kannst mich in dieser Sache als deinen besten Freund betrachten! Vergiß das nicht!«

Samy drückte ihm stumm die Hand.

Er weinte...

»Ich weiß jetzt, wer der Vater des farbigen Jungen ist«, sagte Tom.

Nick fuhr herum.

»Das weißt du? Und das brabbelst du dir nur so in den Bart? Wer ist es? Das schwarze Schwein bring' ich um.«

»Er liebt Manny und möchte sie lieber heute als morgen heiraten.«

»Eine Unverschämtheit. Wer ist das Schwein, und wie konnte Manny so was überhaupt passieren? Der muß Manny doch glatt vergewaltigt haben.«

»So gewalttätig ist der gar nicht. Und beim erstenmal ist das ja auch nicht passiert, sonst wäre der Junge bestimmt schon zwei Jahre alt.«

Nick blieb stehen und hielt Tom am Ärmel fest.

»Du lügst! Wo ist der Hund?«

»Eigentlich ein ganz netter Junge. Ein Neger, ja. Aber wenn ich ein Mädchen wäre, in den würde ich mich auch verlieben.«

»Wer ist der Hund?«

»Nick, den Namen wirst du so nicht aus mir rauspressen. Du spielst sonst verrückt. Laß mit dir reden.«

»Tom, bist du mein Freund – oder bist du es gewesen?«

»Wer Manny über zwei Jahre lang geliebt hat und bestimmt auch heute noch liebt . . .«

»Ein Neger!!«

»Wer Manny so liebt, wie du die Rita geliebt hast . . . Deine Liebe zu ihr war doch auch nicht bloß Heuchelei!«

»Das ist ganz was anderes. Manny hat ein Kind von ihm.«

»Und wenn Rita ein Kind bekommen hätte?«

»Laß bitte Rita aus dem Spiel!«

»Das kann ich nicht. Sie ist mit dem Rasseschänder doch verwandt.« Nick machte große Augen.

»Samy . . .«, flüsterte er ungläubig, »der Knirps!«

»Er ist mindestens so hübsch wie Rita, und einen Charakter hat der Bursche – da kommst du nicht mit.«

»Der Samy! Und was hat sich dieser Lump dabei gedacht?«

»Wahrscheinlich genau dasselbe, was du gedacht hast, wenn du mit Rita glücklich warst.«

»Daß du Rita nicht aus dem Spiel lassen kannst!«

»Das kann ich schon, aber ich will nicht.«

»Weiß die das etwa auch? Hat die das die ganze Zeit gewußt und mir verheimlicht?«

»Ich habe es dem Samy gestern auf den Kopf zugesagt. Dabei hörte sie es zum erstenmal.«

»Tom, komm mit in die nächste Kneipe. Das ist zuviel, das haut mich um.«

Sie gingen bis zur nächsten Pizzeria. Dort setzten sie sich in eine dunkle Ecke.

»Also, was du mir da verpaßt hast, das hätte ich dem Samy nie und nimmer zugetraut«, sagte Nick.

»Meinst du, daß das ein gesunder Negerjunge mit neunzehn Jahren noch nicht zustande brächte?«

»Und was soll nun werden?«

»Erst schlag ihn mal tot, dann reden wir weiter!«

Nick hämmerte sich mit beiden Fäusten gegen die Stirn.

»Die Karre ist doch total verfahren. Da gibt's nur eine Lösung.«

»Die armen Dinger umbringen.«

»Die sind doch sowieso nicht lebensfähig.«

»Ich habe letzte Nacht darüber nachgedacht . . .«

»Wie man sie umbringt?«

»Aber Nick! Ich meine, Sam könnte doch seinen Jungen zu sich nehmen. Dann wäre alles okay.«

»Hm. Ich hab' nie viel von den Azteken gehalten, gebe ich zu. Aber du scheinst ja kein waschechter Azteke, sondern ein Ableger von Kolumbus zu sein.«

»Möglich. Was hältst du von der Idee?«

»Damit stürmen wir sofort zu Manny.«

»Falsch! Wenn du dich aufregst, geht der Verstand mit dir durch.«

»Was ist denn jetzt schon wieder?«

»Erst müssen wir uns doch Samy kaufen.«

»Kann sein, daß du recht hast. Also hin zu ihm.«

»Und du schlägst ihn nicht zusammen!«

»Das weiß ich noch nicht.«

»Gut. Ich habe ihm in dieser Sache meine Hilfe versprochen. Bei aller Liebe: Dann hättest du zwei am Hals. Also versuch's.«

Samy erschien erst gegen Abend in Harlem.

Als die beiden unvermutet vor der Wohnungstür standen, fiel Rita vor Angst fast in Ohnmacht.

Samy sprang auf und hielt sich an der Tischkante fest.

»Wir wollen in Ruhe mit dir sprechen«, sagte Tom. »Hoffentlich hast du nicht die Absicht, uns vorher umzuhauen.«

Samy stockte der Atem.

»Kommt doch rein!« sagte Rita. »Man kann doch über alles in Ruhe reden.«

»Dazu sind wir da«, antwortete Nick. »Aber sag deinem Brüderchen, er soll vorher nicht schon in die Hosen machen.«

Samy bot ihnen durch eine Geste Platz an.

»Also – keine Leichenreden«, begann Tom. »Was geschehen ist, ist geschehen. Jetzt müssen wir ruhig und kalt überlegen, was nun werden soll.«

Samy nickte.

»Der farbige Junge – dein Junge, Samy – muß verschwinden.«

Samy richtete sich auf.

»Was heißt das?«

»Bleib ruhig. Du mußt ihn zu dir nehmen.«

»Ja, das meine ich auch«, sagte Nick.

»Und wie denkt ihr euch das?«

»Lieber Samy«, sagte Tom lächelnd, »das ist nun dein Problem.«

»Aber Rita und ich sind doch den ganzen Tag fort.«

»Und deine Mutter?« warf Nick ein. »Kann sie den Jungen nicht für die erste Zeit nehmen?«

»Das wäre vielleicht eine Lösung«, sagte Rita. »Wir können doch heute abend zu Mama gehn und mit ihr sprechen. Wenn Manny den farbigen Jungen los ist, sieht alles ganz anders aus.«

»Also zieht das klar«, sagte Nick und stand auf. »Wann hör' ich von euch?«

»Spätestens morgen früh«, versicherte Samy. »Vielleicht sogar noch heute abend.«

»Dann kann ich ja gehn«, sagte Tom.

Samy wandte sich an Nick.

»Nick, du bist ein feiner Kerl. Das hatte ich nicht zu hoffen gewagt.«

»Schon gut. Jetzt sieh nur zu, daß die schreckliche Angst von Manny genommen wird. Dann müssen wir uns überlegen, wie wir Hans beibringen, daß er nun doch einen Jungen hat.«

»Grüß Manny von mir«, bat Rita.

Tom drückte sie an sich und sagte: »Was die jungen Leute heute für Probleme haben...«

»Paß du nur auf, daß du nicht auch welche kriegst«, sagte Samy. »Im übrigen danke ich dir!«

»Was die Azteken doch für kluge Köpfchen sind...« sagte Rita bewundernd.

»Nicht alle«, sagte Nick. »Nur die direkten Nachkommen Montezumas!«

Um elf Uhr nachts klingelte das Telefon bei Nick. Er lag schon im Bett.

»Entschuldige, daß ich erst jetzt anrufe«, sagte Samy. »Wir haben mit Mama gesprochen. Es war nicht leicht. Sie hat sich fürchterlich aufgeregt.«

»Kann ich mir denken«, brummte Nick. »So ein Zwillingspärchen!«

»Davon haben wir selbstverständlich kein Wort erwähnt. Manny hätte einen Jungen, und den müßte und will ich nun zu mir nehmen. Mehr nicht. Doch das genügte. Was ich mir dann anhören mußte, war das reinste Fegefeuer.«

»Und wie seid ihr nun verblieben?«

»Sie will den Jungen zu sich nehmen, wenn er aus der Klinik kommt.«

»Das wird wohl noch ein Weilchen dauern.«

»Um so besser. Inzwischen kann sie sich auf ihre neue Aufgabe vorbereiten.«

»Lebt sie allein?«

»Schon seit fünf Jahren. Sie arbeitet morgens von fünf bis acht in einem Bürohaus. Dann ist sie frei.«

»Kann sie denn davon leben?«

»Sie hat eine kleine Rente, die gerade so reicht. Die Büroarbeit macht es ihr natürlich wesentlich leichter.«

»Morgens schon um fünf?«

»Daran hat sie sich gewöhnt. Rita hat mir bei meiner Beichte geholfen. Sie wird Mama auch helfen, wenn der Junge da ist. Ich muß mir nun unbedingt einen besser bezahlten Job suchen, um Mama unterstützen zu können.«

»Wirst du Manny nun nicht einmal in der Klinik besuchen?«

»Das soll Tom vorbereiten. Es wird für Manny hart sein, denn wenn ich da ankomme, werden alle sofort wissen, wer der Vater des farbigen Jungen ist.«

Samy schwieg. Für eine Weile war nur das leise Summen in der Leitung. Dann sagte er: »Nick, ich muß dir was sagen, was ich gar nicht sagen kann ...«

»Ist es furchtbar?«

»Nein – daß ich gar nicht sagen kann, wie froh und glücklich ich bin, daß du mir die Geschichte nicht nachträgst.«

»Schon gut, Samy. Daß du schon zwei Jahre mit Manny befreundet gewesen bist, läßt das alles ja in einem anderen Licht erscheinen.«

Das Dienstgespräch, zu dem sich Dr. Hürten mit klopfendem Herzen stellen mußte, bedrückte ihn wie ein Alp.

Die Versetzung nach Japan hatte er abgelehnt, die Versetzung nach Rom aber bereits akzeptiert.

Nun sollte er sich wieder darauf berufen, daß seine Frau sich weigere, New York zu verlassen. Er mußte fürchten, sich damit lächerlich zu machen.

Erwartungsgemäß stieß er auf Befremden.

»Was man Ihnen anbietet, sind keine Versetzungen, sondern Beförderungen«, hielt man ihm vor.

»Ich weiß.«

»Können Sie uns einen ernsthaften Grund für diese neuerliche Absage nennen?«

»Betrachten Sie die Weigerung meiner Frau nicht als einen ernsthaften Grund?«

»Wenn Sie Kinder hätten, die hier zur Schule gingen, oder wenn Ihre Gattin krank wäre, gewiß, aber die Begründung, die Sie vortragen, wird man höheren Orts schwerlich verstehen. – Oder gibt es vielleicht – ganz persönliche Gründe, die gegen Ihre Versetzung sprechen?«

Dr. Hürten glaubte aus der Stimme des anderen ein leichtes Lauern herauszuhören.

»Persönliche Gründe?«

»Freundschaften oder ... Sie wissen doch sicher auch von gewissen Gerüchten, die Ihre Gattin in einen Zusammenhang mit dem jungen Attaché einer ausländischen Botschaft bringen.«

Dr. Hürten erstarrte.

»Weder meine Frau noch ich unterhalten irgendwelche Kontakte dieser Art. Wir leben sehr zurückgezogen. Das ist eine ungeheuerliche Unterstellung!«

»Sie wissen, daß alle Angehörigen des diplomatischen Korps im Auftrage der Regierung überwacht werden.« Der Beamte blätterte in einem Schnellhefter. »Ja, und da finde ich in den letzten vier Monaten nicht weniger als 15 Eintragungen ...« Er stockte.

»Eintragungen über was?«

»Daß Ihre Gattin die Wohnung dieses Diplomaten betreten und dort zwischen 22 und 64 Minuten verweilt hat.«

Dr. Hürten sprang auf und stützte sich mit beiden Händen auf den Schreibtisch des anderen.

»Eine Verwechslung!« keuchte er.

»Man hat zahlreiche Fotos gemacht. Die Identität der beiden ist nicht zu bezweifeln. Eine solche Beziehung erklärt natürlich, weshalb sich Ihre Gattin zu Ihrem eigenen Erstaunen und im Gegensatz zu ihrer Schwärmerei für Japan und Italien nun so energisch gegen jede Versetzung wehrt.« Er macht eine Pause; Dr. Hürten stand mit gerunzelter Stirn. »Nehmen Sie doch bitte wieder Platz!«

Dr. Hürten setzte sich nicht. Er streckte dem anderen die Hand entgegen.

»Berichten Sie, daß ich die Versetzung nach Rom annehme. Ihnen danke ich für Ihre offenen Worte. Jetzt weiß ich wenigstens, woher der Wind weht.«

»Wenn Sie meinen?«

Dr. Hürten stutzte.

»Wieso?«

»Sind Sie da ganz sicher?«

»Nun, Sie waren doch deutlich genug.«

Der andere tat, als sähe er die dargebotene Hand nicht und blätterte schweigend in seiner Akte. Mal blieb er bei der einen, mal bei der anderen Seite des Berichtes hängen.

Dr. Hürten war auf einmal, als würge eine unsichtbare Hand seine Kehle.

»War noch etwas?« fragte er wie unter einem Zwang.

»Mhm«, der andere sah wie in einem jähen Entschluß auf und schlug die Akte etwas heftig zu. »Ja, aber wenn Ihnen diese Hinweise genügen ...«

»Und ob!«

»Gut, Herr Doktor Hürten, sollten Sie aber zu einer etwaigen Ehescheidung weiteres Material benötigen ...«

»Danke!«

Er ging grußlos hinaus.

»Dr. Stratz hat angerufen«, sagte Schwester Eusebia. »Ob Sie schon mit diesem – diesem Praktikanten gesprochen hätten. Gestern sei er schon wieder im Himmel gewesen.«

»Im Himmel? – Verdammt noch mal, daß ich das vergessen konnte!«

Er biß sich auf die Lippen. Dieser Fall wurmte ihn: Ein junger Mediziner, ein ungewöhnlich begabter junger Mann, dem alle Türen offenstanden, und dem er selber die größten Chancen eingeräumt hätte, lief mit offenen Augen in sein Unglück. Sollte es nicht möglich sein, ihn vom Abgrund zurückzureißen, dem er wie ein Verblendeter zustrebte?

»Möchten Sie mit ihm sprechen?«

»Mit wem?«

»Mit Doktor Stratz.«

»Nein, aber mit Bulder. Rufen Sie ihn aus.«

Schwester Eusebia schaltete die Rufanlage ein, die nur in seltenen Fällen benutzt wurde.

»Doktor Bulder sofort zum Chef!« Das war ihre typische Kommandostimme. Sie drang – wenn auch diskret – bis in die letzte Ecke des riesigen Hauses und verhieß selten etwas Gutes.

Fünf Minuten später stand der junge Arzt im Vorzimmer. Frisch und gesund, in jeder Hinsicht der Typ eines amerikanischen Sunny Boys.

»Praktikant Bulder meldet sich zur Stelle!« sagte er lachend. Schwester Eusebia blieb kühl. Sie mochte diesen jungen Arzt nicht. Weshalb, wußte sie allerdings selber nicht so recht. Vielleicht, weil sie fand, daß manche dieser jungen Herren allzu forsch, zuweilen sogar arrogant auftraten, obwohl sie »noch nicht trocken hinter den Ohren waren« – wie sie meinte.

Hardy Bulder war brünett, gut gewachsen, mittelgroß, mit etwas abstehenden Ohren und vollen Lippen. Ein Sohn aus bestem Hause mit den besten Manieren, immer gut gelaunt und überall beliebt. Der Professor hatte offenbar einen Narren an ihm gefressen. Vielleicht war es gerade das, was sie störte.

»Bitte!« sagte sie spitz und wies auf die Tür zum Chef.

Als er eintrat, bat ihn der Professor kühl, vor seinem Schreibtisch Platz zu nehmen.

»Danke schön.« Hardy sah ihn mit strahlenden Augen an, als erwarte er eine besonders freudige Überraschung. »Auf diesem Stuhl komme ich mir vor wie ein Patient in der Sprechstunde.«

»Und mir kommen Sie in der Tat auch so vor«, sagte der Professor ernst. »Ich fürchte, Schwester Eusebia wird Sie tatsächlich in ihre Kartei aufnehmen müssen.«

»Darf ich fragen, womit ich diese freundliche Sonderbehandlung verdient habe?«

»Sie sind krank. Und ich glaube, es ist höchste Zeit, daß wir einmal offen darüber sprechen.«

Diese Feststellung des Chefs glitt an Hardy ab wie Öl an einer Stahlwand.

»Herr Professor, ich habe mich nie wohler gefühlt als heute.«

Die scheinbare Ahnungslosigkeit Hardys irritierte den Professor. Sollte der junge Mann nicht wissen, was er ihm vorzuwerfen hatte? Soviel Verstellung war doch wohl nicht möglich! Er hatte ihm den nächsten Satz mit aller Schärfe ins Gesicht schleudern wollen, aber er hielt sich noch vorsichtig zurück.

»Davon bin ich überzeugt. Ich bin aber ebenso überzeugt von der höchst bedauerlichen Tatsache, daß Sie sich vorgestern und an manch anderen Tagen sauelend gefühlt haben. Kurz und gut, daß Sie süchtig sind! Und genau das ist der Punkt, weshalb ich Sie hergebeten habe.«

Hardy war blaß geworden.

»Herr Professor, ich schwöre Ihnen... Das ist eine Verleumdung, und ich weiß auch nur zu gut, wer dahintersteckt: dieser unfähige Stratz, der nicht einmal imstande ist, einen harmlosen Kater von einem Rauschgiftkater zu unterscheiden.« Seine Stimme überschlug sich. »Dieser sogenannte Arzt, der...«

Der Professor sprang auf und schlug mit der Faust auf den Tisch.

»Was erdreisten Sie sich? Doktor Stratz ist einer meiner besten und zuverlässigsten Ärzte, und ich verbitte mir jede Äußerung dieser Art!« Er holte tief Luft. »Ich könnte Sie jetzt auf der Stelle hinausschmeißen, und mir ist auch ganz danach zumute. Was mich bremst, sind lediglich die freundschaftlichen Beziehungen zu Ihrem Vater und die Achtung vor Ihrem theoretischen Fachwissen.«

Hardy war ebenfalls aufgestanden, ließ sich dann aber wie betäubt auf seinen Stuhl zurückfallen und schlug die Hände vors Gesicht. Er weinte wie ein Kind.

Der Professor lief aufgeregt im Zimmer hin und her. Das Verhalten Hardys machte ihn vollends unsicher.

»Dieser Mann tut mir unrecht«, jammerte Hardy.

»Gut, nehmen wir an, Sie hätten recht.« Der Professor gab sich Mühe, nicht heftig zu werden. »Ich kann Ihnen das Gegenteil ja ebensowenig beweisen wie Doktor Stratz. Aber Sie wissen genau, daß man sich durch eine Blutprobe jederzeit Gewißheit verschaffen kann.«

»Das weiß ich und das beruhigt mich!«

»Sie werden andererseits gewiß verstehen, daß ich in meiner Klinik keinen Arzt dulden kann, der süchtig ist. Ich werde deshalb Anweisung geben, daß man Sie – falls Sie wieder einmal hilflos herumsitzen und vor sich hindösen, untersucht.«

Hardy war sofort wieder obenauf. Er wischte sich die Tränen aus den Augen und strahlte den Professor an.

»Wenn Sie nur ahnten, wie glücklich ich bin, Ihnen beweisen zu können, daß alles nur Verleumdung ist.«

Der Professor war von diesem Gefühlsausbruch so überrascht, daß er ihm hilflos gegenüberstand.

»Es sollte mich freuen, wenn es so wäre. Ich habe also Ihr Einverständnis, daß man Ihnen gegebenenfalls eine Blutprobe entnimmt.«

»Selbstverständlich!«

Der Professor blieb verdutzt zurück. Sollte Doktor Stratz sich tatsächlich so irren? Konnten am Ende persönliche Spannungen zwischen beiden die Ursache sein? Dann mußte er Hardy bei der nächsten Gelegenheit versetzen.

Er ließ sich mit Dr. Stratz verbinden und sagte ihm, daß der Praktikant Bulder bereit sei, sich beim ersten Verdacht auf Rauschgift einer Blutprobe zu stellen.

Mannys Abschied von der Klinik war kurz und ohne Sentimentalitäten. Die Stationsschwester hatte sich allzuoft über sie geärgert, um ihr die üblichen guten Wünsche leichten Herzens aussprechen zu können. Sie gab Manny beim Abschied nur eine Karte mit der Telefonnummer der Station.

»Sie wissen ja, daß Sie mich morgens immer am besten erreichen können, um sich nach Ihren beiden Jungen zu erkundigen.« Das war alles.

Manny fühlte sich geohrfeigt und verließ das große Haus bedrückt und von Sorgen bedrängt.

Sie las die goldenen Lettern – HAUS DER HOFFNUNG – über dem Portal und ließ sich fröstelnd in ein Taxi fallen.

Was würde nun werden?

Erst als das Taxi sich in Bewegung setzte, wurde ihr klar, daß sie in diesem Haus einen Teil ihres eigenen Lebens zurückgelassen hatte: ihre beiden Kinder.

Das Versteckspielen war zu Ende. Jetzt würde sie sich einer Aussprache mit Nick nicht mehr widersetzen können. Jetzt mußte sie die Wahrheit sagen. Die Wahrheit, die er ohnehin schon kannte und die bisher wie eine stählerne Wand zwischen ihnen gestanden hatte.

Und Hans?

Nur nicht darüber nachdenken!

Sie sah auf die Uhr. Es ging schon auf zehn. Nick würde wohl schon auf dem Weg zur Uni sein.

Um so besser; dann konnte sie in Ruhe nach dem Rechten sehen und dafür sorgen, daß alles wieder seine Ordnung hatte.

Still und unauffällig betrat sie das Haus. Leise schloß sie die Tür zur Wohnung auf.

»Nick?«

Keine Antwort. Er war schon weg.

Sie sah sich um. Peinliche Ordnung, als hätte er alles für ihre Rückkehr vorbereitet. Sogar sein Bett war schon gemacht; das hatte er bisher immer ihr überlassen.

Oder ob er die letzte Nacht überhaupt nicht zu Hause gewesen war?

Sie setzte sich an den Küchentisch und stützte den Kopf in beide Hände. Sie kam sich plötzlich so allein gelassen vor.

Sollte Nick am Ende still und heimlich ausgezogen sein? Sie stand gleich wieder auf und sah in den Schrank. Nein, es war noch alles da.

Wenn jetzt nur nicht Hans anrief! Sie hätte nicht gewußt, was sie ihm sagen sollte.

Wann Nick wohl zurückkäme? Er war der einzige, der ihr jetzt raten und helfen konnte.

Sie brühte sich eine Tasse extrastarken Kaffee auf und setzte sich wieder an den Tisch. Seltsamerweise fühlte sie sich noch nicht zu Hause. Wie im Wartesaal eines Bahnhofs, dachte sie.

Sie wartete. Auf Hans, auf Nick, auf Samy? Sie wußte es selber nicht. Vor dem Wiedersehen mit Hans hatte sie Angst. Würde er ihr die Lüge nicht aus den Augen lesen, wenn er sie mit seinem strahlenden »Mädchen, mein Mädchen!« in die Arme nahm?

Und Samy, der gute, immer sterblich verliebte Junge, mit dem sie – beide noch unschuldige Kinder – zum erstenmal heimlich das beseligende Wunder des Zusammenseins erlebt und genossen hatte?

Es war eine heimliche, verbotene, eine unmögliche Liebe gewesen. Selbst als sie sich für Hans entschieden hatte, war Samy immer noch und immer wieder zu ihr gekommen. Heimlich, wie ein Dieb... Und sie hatte ihm nicht wehren können, wenn er sie mit seinen Glutaugen versengte und seine Hände ihren Körper streichelten.

Selbst in der letzten Woche mit ihrer überraschenden Niederkunft hatte er sie bestürmt, von Hans abzulassen und seine Frau zu werden.

Der unerfüllbare Wunschtraum eines Jungen, der sie immer wieder, bald ungestüm, bald flehend, bald fordernd an sich gerissen hatte.

Sie hatte Samy geliebt – und nur ihn –, bis eines Tages Hans in ihr Leben getreten war. Ein Mann – kein Junge.

Einer, bei dem es kein Risiko und kein Abenteuer gab. Eine sichere Zuflucht vor den Zufällen des Lebens.

Sie hatte auch ihn geliebt und liebte ihn noch. Aber sie fürchtete ihn nun.

Wenn nur Nick bald käme!

Manchmal war sie drauf und dran, sich bei ihrer Nachbarin zu melden und ihr das Herz auszuschütten. Doch immer wieder quälte sie die Angst, daß diese rechtschaffene Frau sich plötzlich verständnislos von ihr abwenden könnte.

So lief sie schließlich wie ein gefangenes Tier in ihrer Wohnung hin und her, bis sie endlich auf die Idee kam, alles Porzellan aus dem Küchenschrank herauszunehmen, zu spülen und wieder zurückzustellen. Aus Angst vor dem Alleinsein mit ihren Sorgen und Ängsten floh sie immer wieder in unnötige Arbeiten...

Es wurde sehr spät an diesem Abend, bis Nick endlich nach Hause kam. Sie hatte weder das Radio noch das Fernsehen eingeschaltet und ständig gelauscht, wann er wohl die Wohnungstür aufschließen würde.

Als er in die Diele trat, fiel sie ihm aufschluchzend um den Hals. Er wehrte sie nicht ab.

»Statt mich mit Tränen zu empfangen, solltest du lieber das Steak braten, das ich mitgebracht habe. Es muß heute für uns beide reichen«, sagte er in gespielter Kaltschnäuzigkeit. »Ich sterbe vor Hunger.«

Sie wischte sich die Tränen aus den Augen und nahm das Paket entgegen, das er mitgebracht hatte.

»Nick, jetzt weiß ich, daß alles zwischen uns wieder so sein wird wie früher.«

»Dann also ran an den Herd. Übrigens habe ich nicht nur einen Mordshunger, sondern auch eine gute Nachricht für dich.«

»Gibt es so etwas noch?«

»Ja.« Er mochte sie nicht unnötig auf die Folter spannen. »Samys Mutter nimmt den farbigen Jungen zu sich.«

»Nick!« Sie konnte es nicht fassen und starrte ihn mit offenem Mund an. »Ist das wahr?«

»Samy, Rita und ich haben alles bis ins kleinste geklärt. Daß es überhaupt zu dieser Lösung gekommen ist, verdankst du nur –«

»Ich weiß!«

»Gar nichts weißt du! Das verdanken wir nur dem Azteken, der klüger war als wir alle.«

»Tom?« Sie sah ihn wieder, wie er neben ihr am Bett gesessen und ihr schonungslos seine Meinung gesagt hatte. »Aber dann ist ja alles –«

»Noch nicht ganz. Wie bringen wir Hans nun die zweite Hälfte der Wahrheit bei, ohne daß wir befürchten müssen, daß er auch die erste Hälfte erfährt?«

Das war ein neues Problem.

Und die Frage: Werden die beiden Jungen überhaupt lebensfähig sein?

An diesem Abend empfand Manny zum erstenmal Sorge um ihre Kinder. Auch um den farbigen Jungen.

Großfeuer in Las Vegas!

Hans hörte das Geheul der Alarmsirenen zuerst. Er hörte es trotz des ewig mit voller Lautstärke brüllenden Radios. Dann sah er den roten Widerschein des riesigen Feuerherdes an den Mauern des Nachbarhotels. Er legte das Glättbrett aus der Hand und wandte sich an Giuseppe.

»Cravallo – ist da draußen was los?«

Der andere warf mit unnachahmlichem Schwung eine neue Ladung Gips gegen die Mauer.

»In dem Saunest ist immer was los!«

»Guck doch mal durchs Fenster; sieht verdammt nach einem Großfeuer aus!«

Der riesige neue Festsaal des MGM-Luxushotels lag nach hinten hinaus. Ein großzügig geplanter Anbau, der den Hotelgästen mit seinen pompösen Stuckarbeiten trotz seiner Überdimensionen etwas von der intimen Atmosphäre aus der Zeit des französischen Barock vermitteln und eine neue Attraktion von Las Vegas werden sollte.

Der kleine Neapolitaner mit dem kugelrunden Kopf und den kurzen Beinen pfiff zu dem Radiogebrüll virtuos immer neue Variationen.

Wenn er den Kasten bloß nicht bis zum Stehkragen aufdrehen würde! dachte Hans. Dieser Lärm, den er täglich von der ersten Minute an bei der Arbeit ertragen mußte, zurrte an seinen Nerven, doch jeder Versuch, das Radaubedürfnis des schnell und mustergültig arbeitenden Italieners zu bremsen, war erfolglos. Giuseppe war in Neapel geboren und wußte, was er dem Ruf seiner Heimatstadt schuldig war. Daß Hans ihn Cravallo getauft hatte, störte ihn nicht. Hans war in seinen Augen eine nordische Idealgestalt und Giuseppe arbeitete mit keinem lieber zusammen als mit ihm.

»Aber das Feuer«, sagte Hans, »das sieht doch aus, als ob–«

Giuseppe winkte lässig ab.

»In diesem Talminest sieht doch alles nur so aus als ob. Von den künstlichen Palmen und Blumen bis zu den gemalten Marmorfassaden.«

Hans wurde langsam nervös. Die Seelenruhe des Italieners und das Radiogebrüll waren kaum noch zu ertragen.

»Mensch, Cravallo – es brennt! Kapier das endlich!«

Er stürzte zu einem der Fenster und riß es weit auf. Sofort schlug ihm scharf beißender Qualm von brennendem oder schmelzendem Plastik entgegen. Kommandostimmen, das entnervende Heulen von Sirenen, das verrückte und sinnlose Gehupe von Autos, das Geschrei der Menschen... Er mußte husten, er glaubte zu ersticken.

»Es brennt!« schrie er. »Wir müssen hier raus, Cravallo! Wir sitzen in der Falle!«

Erst jetzt sah Giuseppe sich um. Und jetzt reagierte er mit italienischem Temperament und Lamento.

»Mama mia, Mama mia!« Er riß seine Kleider an sich, dann die Radaubox und stürzte zur nächsten Tür. Sie war verschlossen. Auch die nächste und übernächste. Das Radio plärrte gnadenlos weiter.

»Komm her, wir müssen hinten raus!« rief Hans. Er entriegelte eine Notausgangstür und stieß den völlig Kopflosen ins Freie.

Dann sahen sie die Katastrophe. Das erst vor wenigen Jahren erbaute Luxushotel stand in Flammen. Hubschrauber, Wasserfontänen, kreischende Frauen, fluchende Männer, die sich an Bettlaken auf der Rückseite des Hauses von Balkon zu Balkon hangelten, splitternde, zuweilen mit einem Knall explodierende Fenster – und das herzzerreißende Gejammer Cravallos.

Was auch geschah: Cravallo sorgte zusätzlich für Krawall...

Auf der Vorderseite des Hotels war die Hölle los.

Giuseppe preßte stöhnend sein immer noch mit voller Lautstärke plärrendes Radio an sich und jammerte, daß es einen Elefanten rühren konnte.

»Nun schalte doch endlich diese Höllenmaschine ab!« brüllte Hans.

Der Neapolitaner schien es nicht zu hören.

Hans zerrte ihn von dem lodernden Riesenkasten weg. Giuseppe stolperte hustend und immer wieder »Mama mia!« schreiend neben ihm her, mit der einen Hand seine Kleider an sich pressend, mit der anderen den Musikkasten. Er wußte offenbar selbst in diesen Minuten des Schreckens, was er seiner hochmusikalischen Heimatstadt schuldig war.

»Das ist das Ende«, sagte Hans still. »Jetzt schleunigst zurück nach New York. Mein Mädchen wird sich freuen!«

Manny und Nick saßen beim Abendessen, als das Fernsehen seine Sendung zum sechstenmal unterbrach. Diesmal nicht zur Bekanntgabe der wichtigen Nachricht, daß Thontons Haushaltsmittel alle Arbeit selber machten, sondern zur Durchsage einer Schreckensnachricht aus Las Vegas.

Manny erstarrte. Nick blieb der Bissen im Halse stecken.

»Was nun?« sagte Manny. Sie war blaß geworden.

»Vor allem Ruhe bewahren!«

»Jetzt kann Hans doch jeden Tag zurückkommen.«

Beiden war der Appetit vergangen. Manny räumte schweigend ab.

Wenige Minuten später ging das Telefon.

Nick nahm ab.

Hans.

»Hier ist der Teufel los!« schrie er aufgeregt. »Ich wollte schon morgen kommen, aber wir müssen alle bei den Aufräumungsarbeiten helfen. Hundert Prozent Gefahrenzulage.«

Nick atmete tief auf. Eine Galgenfrist. Manny stand zitternd neben ihm.

»Wie lange wird das noch dauern?«

»Weiß ich nicht. Schätze etwa eine Woche.«

»Dann trink heute abend eine Flasche Champagner.«

»Danach ist mir ganz und gar nicht.«

»Weil du noch nicht weißt, was letzte Nacht passiert ist.«

»Bin ich etwa ... Hat das Mädchen –«

»Einen kleinen Jungen. Gratuliere!«

»Danke, Nick.«

»Er ist aber sehr schwach. Die Ärzte hoffen allerdings, daß sie ihn durchbringen können.«

»Und Manny?« Nick hörte die Sorge durch den Draht.

»Sie ist auch sehr schwach. Ich gehe morgen früh wieder zu ihr in die Klinik. Wenn du abends anrufst, kann ich dir mehr sagen.«

Aus dem Telefon kam neben Sirenengeheul, Tuten und Schreien nur noch leise, kaum verständlich die Stimme des glücklichen Vaters: »Grüß Manny! – Heute besauf ich mich!«

Manny sah Nick mit banger Sorge an.

»Vorläufig alles okay. Hans muß noch bleiben.«

»Wie lange?«

»Genügend Zeit zum Nachdenken.«

Kurz darauf rief Samy an.

»Habt ihr gehört? Jetzt kann Hans jeden Tag kommen.«

Nick behielt die Ruhe.

»Zeit, daß wir beide morgen mit dem Arzt in der Klinik sprechen. Hol mich ab. Wir gehn zusammen hin.«

»Konntest du dich nicht mit Samy in der Klinik verabreden?« fragte Manny.

»Doch, aber weshalb?«

»Kannst du dir nicht denken, wie peinlich nun ein Zusammentreffen mit ihm werden kann?«

»Für wen von uns drei? Jetzt ist doch alles klar.«

Manny schwieg eine Weile. Dann sagte sie leise, wie zu sich selbst: »Das ist doch alles viel komplizierter, als du ahnst.«

»Willst du damit sagen, daß du selber immer noch nicht weißt, was du willst?«

»Ja. – Auf der einen Seite Ruhe und Geborgenheit, auf der anderen Seite die Angst, Samy aufs tiefste zu verletzen. Er tut mir leid.«

»Mir auch. Machst du dir das nicht schwerer, als er selbst?«

»Ich weiß, wie sehr er an mir hängt, wie verzweifelt er war, als Hans zu uns zog. Und wie er immer wieder bitter weinte, wenn ich ihm sagen mußte, daß ich ihn ohnehin nicht geheiratet hätte. Er wußte weshalb: das alte Problem, die andere Hautfarbe...«

»Ja, aber dieses Problem quält nicht nur ihn, es erschwert das Zusammenleben in den Staaten überhaupt. Das ist nun einmal so. Damit muß man sich abfinden. Du brauchst Hans nur die volle Wahrheit zu sagen, und du bist ihn los. Willst du das?«

»Nein.«

»Also, sei doch vernünftig.«

»Bitte ruf Samy an und sage ihm, daß du ihn morgen nicht hier, sondern in der Klinik treffen willst.«

»Das ist der junge Papa, der uns so viele Rätsel aufgegeben hat«, stellte Nick seinen Freund Samy vor.

»Aha!« Der Stationsarzt besah sich Samy schmunzelnd von oben bis unten. »Die Geschichte hat uns viel Sorgen gemacht.«

»Und Ärger«, ergänzte Nick.

»Ach, das weniger. Aber die Sorgen haben wir immer noch. Wie wir die Jungen durchbringen, ist unser größtes Problem.«

Samy stand betreten dabei und sah verlegen auf seine Schuhspitzen.

»Sie wollen sich den Jungen sicher mal ansehen«, sagte der Arzt. Samy nickte. Er kam sich seltsamerweise wie ein Angeklagter vor.

»Eigentlich brauchten Sie dazu ein Vergrößerungsglas«, scherzte der Arzt »Es sind leider wirklich nur halbe Portionen.«

Nick lachte. Samy sah sich verlegen um.

»Mein Freund Samy möchte den farbigen Jungen adoptieren«, sagte Nick.

»Das ist doch unmöglich. Als Papa kann man sein Kind zwar anerkennen, aber zum Adoptieren besteht kein Grund.« Er wandte sich an Samy: »Der Junge gehört Ihnen. Wir müssen Sie nur in den Akten als den Vater eintragen.«

»Meine Mutter wird den Jungen zu sich nehmen«, erklärte Samy.

»Das braucht aber noch seine Zeit, denn... Sehen Sie sich die Jungen doch mal an! Wir müssen sie vielleicht noch zwei Monate hier behalten, bevor wir sie mit gutem Gewissen nach Hause schicken können.«

»Noch zwei Monate?«

»Kommen Sie mit. Dann werden Sie unsere Sorge verstehen.«

Er führte seine beiden Besucher zwischen den Kinderbettchen hindurch bis zu den Brutkästen.

Samy sah stumm auf die Kinder herab. Sie schliefen.

Nick sagte: »Vielleicht kommt in den nächsten Tagen mein zukünftiger Schwager auch einmal her. Er weiß nur von dem weißen Jungen. Läßt es sich einrichten, daß er dann nur den weißen Jungen sieht? Sie verstehen ...«

»Selbstverständlich, wenn Sie uns etwa eine halbe Stunde vorher anrufen.«

Samy starrte fassungslos auf die verschiedenfarbigen Zwillinge.

»Daß so was möglich ist...«, stammelte er kopfschüttelnd.

»Wären dir schwarz-weiß Karierte lieber?«

Samy bekreuzigte sich.

Er hielt nun auch so was für möglich.

Dem Unglück, das ihn mit brutaler Gewalt überfallen hatte, sah sich Dr. Hürten völlig hilflos gegenüber.

Nur das, was er heute erfahren hatte, konnte die sonst völlig unverständliche Haltung Helgas erklären.

Der Attaché einer ausländischen Botschaft! Ihm lief es eiskalt über den Rücken. Am Ende der russischen? Man wußte nur zu gut, daß die Russen und andere Ostblockstaaten ihre Agenten auch auf diese Weise einsetzten. Das konnte das Ende seiner politischen Laufbahn sein.

Er ging alle gesellschaftlichen Beziehungen durch – es waren nicht allzuviele – doch er fand nirgends einen Anhaltspunkt. Es gab keinen Attaché, von dem er wußte.

Ich hätte verlangen sollen, daß man mir den Namen nennt!

Nein – war es nicht Schande genug, daß man ihm die Tage und die Stunden minutengenau angegeben hatte. Diese Behörde war nicht leichtsinnig. Ihre Beamten wußten recht wohl, daß sie jede ihrer Aussagen beweisen mußten.

Der Beamte hatte sogar von Fotos gesprochen.

Hätte er sie sich vorlegen lassen sollen?

Er wäre vor Scham erstickt.

Konnte er sich überhaupt noch mit freier Stirn in der Gesellschaft zeigen? Wußten nicht alle schon längst, wie es um die Trostlosigkeit seiner Ehe stand? Blieb da nicht nur noch die Ehescheidung? Sie müßte und könnte ohne alles Aufsehen durchgeführt werden, und zwar am besten, wenn er schon in Rom war.

Die Spürhunde des Herrn Sonnenberg waren nur zum Teil männlichen Geschlechts. Es gab auch zwei Damen darunter.

»Ich habe eine neue, besonders reizvolle Aufgabe für Sie«, begann der Chef, als sie reihum ihre Tagesberichte erstattet hatten.

Es waren recht unterschiedliche Typen, die sich vor allem dadurch auszeichneten, daß sie sich äußerlich durch nichts auszeichneten. Die meisten sahen aus, als könnten sie nicht bis drei zählen. Und einer von ihnen wirkte, als wollten ihm ständig die Augen zufallen. Man hatte ihm deshalb den Spitznamen »Schlafauge« gegeben. Selbst die Damen schienen belanglos. Kurz und gut, die ganze Crew machte zwar einen vertrauenerweckenden, aber auch völlig nichtssagenden Eindruck.

Dieser Eindruck war falsch. Nicht einer der Spürhunde hätte sonst seinen Job bei Mister Sonnenberg länger als einen Probetag behalten.

»Die Aufgabe, die da auf uns zukommt, ist sehr delikat.«

»Ich dachte schon, Sie hätten mal eine, die das nicht wäre«, warf einer ein.

»Und sie ist mit einer Sonderprämie ausgestattet.«

»Das macht sie schon interessanter. Braucht Marlon Brando einen Scheidungsgrund?«

»So einfach ist die Sache nicht. Spitzt die Ohren!« Herr Sonnenberg berichtete.

Mutlose Gesichter.

»Also deshalb die Sonderprämie.«

»Aussichtslose Sache. Bei den Samenbanken ist noch keiner eingebrochen. Die sind gut abgesichert.«

»Wir brauchten die Namensliste.«

»Wo die liegt, weiß keiner.«

»Außerdem sollen die Namen chiffriert sein.«

»Also ein besonders interessanter Fall!« setzte Sonnenberg dagegen. »Frage: Wo setzen wir an?«

»Beim Chef der Bank natürlich; der hat sie.«

»Vergebliche Liebesmüh!«

Der Mann mit den Schlafaugen malte Kringel auf den vor ihm liegenden Notizblock.

»Vielleicht hat der Chef eine liebesbedürftige Frau oder eine Tochter.«

»Nur eine Nichte, soviel ich weiß.«

»Kalkuliere, da muß sich einer mit einer extragroßen Portion Sex-Appeal ranmachen«, sagte Schlafauge.

»Gebt das auf!« riet eine der Damen. »An der SPONLAB habe ich mir vor fünf Jahren schon einmal die Zähne ausgebissen.«

»Und nur miesen Ersatz bekommen«, kicherte Schlafauge.

»Kennt jemand jemand vom SPONLAB?« fragte der Chef.

Allgemeines Kopfschütteln.

»Wir müssen's trotzdem versuchen«, sagte der Chef.« »Einer von euch muß ran. Wer will?«

»Schlafauge, das ist dein Bier«, kam die helle Stimme des Jüngsten. Er war erst 17 und hörte auf den klangvollen Namen Alexander, also Alex. Ein schlankes Bürschchen, das schon drei Fälle gelöst hatte, an denen die anderen gescheitert waren. Er war ein ganz gerissener Hund, hatte aber einen schrecklichen Schönheitsfehler, der ihn für seinen Beruf eigentlich ungeeignet machte: Er war nicht nur gerissen, er sah auch gerissen aus. Daß er es trotzdem schaffte, war um so erstaunlicher.

Schlafauge winkte ab.

»Und du?« wandte sich Herr Sonnenberg an Alex.

Alex wiegte wichtigtuerisch den Kopf.

»Traust du dir das zu?« bohrte der Chef weiter.

»Läßt sich vielleicht machen.«

»Ach, unser Küken in dem Sexladen!«

»Wenn er sich traut!«

»Und wie willst du dich da ranschleichen?«

»Nichts einfacher als das. Ich biete mich als Spender an.«

Gelächter.

»Unser Bulle vom Dienst!«

Sonnenberg konnte sich das Lachen kaum verkneifen.

»Du nimmst dir da ja allerlei vor. Hoffentlich übernimmst du dich dabei nicht. Wir brauchen dich noch.«

»Im Kinsey Report könnt ihr nachlesen, daß die Siebzehnjährigen besonders tüchtig sind. – Wie hoch ist denn die Sonderprämie? Reicht's für 'nen Videorecorder? Ich könnt' einen brauchen.«

»Weiß ich nicht«, antwortete der Chef. »Muß ich noch klären. Ein Tausender dürfte jedenfalls drinstecken.«

»Die Aussicht läßt mich eine schlaflose Nacht verbringen.«

»Du übernimmst die Sache?«

Alex nickte.

»Brauchst du Extrakost oder Testoviron?« lästerte Schlafauge.

»Schaff ich auch ohne! Endlich eine Nebenbeschäftigung, bei der was rausspringt! Was zahlen die denn so?«

Allgemeines Achselzucken.

»Daß du nachher in New York hundert Alexsprößlingen begegnen wirst, stört dich wohl nicht?« fragte eine der Damen.

»Im Gegenteil, dann würde ich mich hier erst so richtig heimisch fühlen.«

Eine Woche nach seinem Besuch in der SPONLAB rief Nick Dr. Wörber an. »Ich bin die Nummer 4735476.«

Dr. Wörber lachte.

»Für uns sind Sie aber nicht nur eine Nummer. Übrigens hätte ich Sie schon an der Stimme erkannt.«

»Wir hatten vereinbart, daß ich mich heute nach dem Ergebnis der Untersuchungen erkundige.«

»Stimmt. Aber nicht nur das. Wir wollten uns eventuell auch über eine viel wichtigere und nützlichere Beschäftigung unterhalten. Haben Sie darüber nachgedacht?«

»Vielleicht zuviel. Mir kamen dabei eine ganze Menge Fragen und Zweifel.«

»Packen Sie sie ein und kommen Sie damit zu mir. Die Fragen

werde ich Ihnen der Reihe nach beantworten, und die Zweifel hoffe ich zerstreuen zu können. Wann darf ich Sie erwarten?«

»Wann würde es Ihnen am besten passen? Wenn wir auch das große Thema anpacken wollen, brauchen wir Zeit.«

»Zumal Herr Doktor Sherrer Sie hinterher noch sehen möchte. Wie wär's gegen fünf?«

»Ausgezeichnet, ich kann dann direkt von der Vorlesung aus zu Ihnen kommen.«

»Einverstanden. Ich freue mich auf Ihren Besuch.«

Dr. Wörber empfing Nick wie einen alten Freund.

»Was Ihre Mitarbeit als Spender betrifft – bis auf einen Test, der noch vier Tage läuft, ist alles in bester Ordnung. Als Spender sind Sie uns herzlich willkommen. Wenn Sie uns zwei- bis dreimal wöchentlich besuchen, würde Ihnen das monatlich rund 200 Dollar einbringen.«

»Damit wäre mir schon geholfen.«

»Sie können sich hier zu jeder Tageszeit zwischen 8 und 18 Uhr einfinden, sofern Sie das ernsthaft wollen.«

»Weshalb sollte ich nicht! Ich bin ein halber Bettelstudent. Zur Zeit unterstützt mich mein zukünftiger Schwager noch ein bißchen, aber damit kann morgen Schluß sein. Nötigenfalls muß ich nachts noch als Aushilfskellner arbeiten. Das habe ich schon gemacht.«

Dr. Wörber lehnte sich in seinem Sessel zurück. Eine Geste, die den Übergang zu dem weniger geschäftlichen Teil zu betonen schien.

»Ich habe nach Ihrem letzten Besuch mit Doktor Sherrer über Sie gesprochen. Ich suche einen Assistenten – übrigens schon seit anderthalb Jahren –, aber unter unseren bisherigen Spendern habe ich leider keinen gefunden, der das dazu nötige Zeug mitbrächte. Was wir hier brauchen, ist ein junger Mann, den ich sorgfältig einarbeite und der mir dann ein paar überaus wichtige Arbeiten abnimmt. So zum Beispiel den ganzen Gefrierkomplex.«

»Von dem ich nicht die Spur verstehe.«

»Wie gut! Dann bringen Sie wenigstens keine falschen Vorstellungen mit. Eine solche Tätigkeit bietet Ihnen großartige Entwicklungsmöglichkeiten. Sie können sich hier ein Spezialwissen aneignen, das nur wenige Menschen auf der Welt besitzen.

Die Zahl der Fremdbesamungen nimmt ständig zu. Eine Folge des wachsenden Vertrauens, eines Vertrauens, das man unserer Arbeit entgegenbringt, weil wir es uns nicht nur durch hohes Verantwortungsbewußtsein, sondern auch durch peinlichste Hygiene und durch fortschreitende Verfeinerung unserer Technik verdient haben und erhalten möchten. Zu dieser Technik gehört in erster Linie die Konservierung. Wir wissen aus Erfahrung, daß das Sperma mindestens zehn Jahre lebensfähig erhalten werden kann. In dieser Zeit sterben aber schon nach und nach bis zu 60 Prozent der Samenzellen ab. Wo sind hier die Grenzen? Weshalb und woran sterben einige Samenzellen? Weshalb sind angeblich Millionen notwendig, obwohl nur eine einzige ihr Ziel zu erreichen braucht? Sie erinnern sich, wir sprachen ja schon darüber, daß gerade auf diesem Gebiet noch viel Forschungsarbeit zu leisten ist. Auch die Geschlechtsdeterminierung, die Bestimmung, ob Junge oder Mädchen, gehört dazu. Bisher gibt es noch keine eindeutigen Möglichkeiten, das Geschlecht des Kindes zu beeinflussen. Die Methoden, die wir haben, gleichen eher einem Lotteriespiel. – Meinen Sie nicht, daß es eine Lebensaufgabe für einen jungen Mann sein könnte, an der Lösung dieser Probleme mitzuarbeiten?«

»Gewiß«, sagte Nick, »und es gibt sicher Hunderte junger Biologen, die eine solche Aufgabe gern übernehmen würden. Wieso denken Sie dabei gerade an mich?«

»Das ist neben der rein menschlichen auch eine ökonomische Frage. Wenn Sie bei uns einstiegen, würde das unseren Etat weniger belasten. Sie können bei uns als Spender und Lehrling so viel verdienen, daß Ihr biologisches Studium gesichert und Ihnen eine angenehme und sorglose Ausbildungszeit garantiert wäre. Sie würden als mein Assistent langsam, dafür aber gründlich in unser Spezialgebiet hineinwachsen. Ich würde mich freuen, wenn Sie sich zu diesem Schritt entschließen könnten, aber darüber möchte sich jetzt Herr Doktor Sherrer gern selber mit Ihnen unterhalten. Spazieren Sie zu ihm in sein Büro. Ich werde Sie inzwischen bei ihm anmelden und ihm über unser Gespräch berichten.«

Nick verließ das große Bürohaus mit einem bisher nie gekannten Gefühl der Erleichterung.

Sollte das kein Traum, sollte das alles möglich sein? Endlich, nach den vielen Jahren ständiger Unsicherheit die Geborgenheit einer Firma von Weltruf?

Man hatte ihm keine goldenen Berge versprochen; das hätte ihn mißtrauisch gemacht. Was man ihm vorschlug, war ein wohlkalkuliertes Geschäft, kein Geschenk. Das Institut war ein Erwerbsunternehmen. Hier wurde nicht nur gearbeitet, hier wurde auch gerechnet.

Spazieren Sie zu Dr. Sherrer. – Gemütlich bummeln – als ob er das jetzt könnte? In der kühlen, sterilen Atmosphäre des Labors hatte er alles noch zu nüchtern gesehen, und der Doktor hatte nicht mit einem Wort von dem Idealismus gesprochen, den man wohl mitbringen muß, um sich einer solchen Arbeit zu verschreiben. Er hatte ihm nur nüchtern seine Aufstiegsmöglichkeiten dargelegt. Offenbar mit voller Absicht.

Was wohl Tom dazu sagen wird?

Und erst Manny!

Manny. Der Gedanke an sie war ein Wermutstropfen, der in seine Freude fiel. Manny war das große, vielleicht unlösbare Problem der nächsten Tage und Wochen. Ob sich dieser groß angelegte Schwindel auf die Dauer durchhalten ließ? Ob Hans nicht eines Tages mißtrauisch oder Manny sich durch irgendeine Dummheit verraten würde?

Noch stand ihm das Gespräch mit Dr. Sherrer bevor. Wenn dieses Gespräch so verlief, wie Dr. Wörber vorausgesagt hatte, dann war er nicht mehr abhängig von Hans, dann brauchte er ihm nicht auf der Tasche zu liegen, dann konnte er sich ein eigenes kleines Zimmer nehmen und an seiner Zukunft arbeiten. Hart arbeiten – das war für jeden strebsamen Amerikaner eine Selbstverständlichkeit.

Und Tom? Immer wieder der Gedanke an ihn!

Tom hatte sich in den letzten Wochen mit Rita schneller angefreundet, als zu erwarten gewesen war und sich bei ihm etwas seltener sehen lassen.

Was sollte aus ihm werden? Er hatte nichts gelernt und stand den Problemen des täglichen Lebens mit der Harmlosigkeit eines Kindes gegenüber, obwohl er wirklich einen klugen Kopf hatte. Das mußte man zugeben.

Die Bücher über Rechtswissenschaft, die Nick auf dem Rücken

trug, hatten ihn nie sonderlich interessiert. Zu ihr hatte er sich entschlossen, weil sie nur einen harten, klaren Verstand voraussetzte, wie ihm schien. Er hätte auch Mathematik studieren können. In Mathematik war er allen anderen in der Schule davongerannt. Aber sie hätte ihn noch weniger interessiert. In der Juristerei kam er wenigstens mit Menschen und ihren Schicksalen zusammen.

An der Kreuzung der 5th Avenue mit der 52. Straße wurde er gestoppt. Erst jetzt merkte er, in welchem Tempo er bisher losmarschiert war...

Das Gespräch mit Dr. Sherrer verlief ganz anders, als Nick erwartet hatte. Sherrer empfing ihn, als gehöre er schon zum Kreis seiner Mitarbeiter.

»Doktor Wörber hat an Ihnen offenbar einen Narren gefressen«, sagte er. »Gut, das ist seine Sache, denn er muß ja mit Ihnen zusammenarbeiten, falls Sie bereit sind, auf unser Angebot einzugehen.«

»Das schon«, antwortete Nick, »aber ich bringe für diese Tätigkeit doch nicht die geringste Vorbildung mit.«

»Das erwartet auch niemand von Ihnen. Wenn Sie kommen, kommen Sie als Lehrling.«

»Das hieße, mein Studium aufgeben.«

»Das hieße, noch schnell umsatteln und statt der Juristerei Biologie studieren.«

»Ich könnte also weiterstudieren?«

»Sie müßten! Hat Wörber Ihnen das nicht schon gesagt?«

»Doch, aber ob beides tatsächlich möglich sein wird?«

»Wörber ist ein sehr verantwortungsbewußter Wissenschaftler und würde Ihnen das Angebot sicher nicht gemacht haben, wenn er nicht davon überzeugt wäre, daß sich sein Vorschlag auch realisieren läßt. Er hat vorgeschlagen, Ihnen für Ihre Tätigkeit im ersten Jahr monatlich tausend Dollar zu zahlen. Wie Sie Ihr Studium und Ihre Arbeit bei uns miteinander in Einklang bringen, weiß ich nicht; das müssen Sie mit Ihrem Mentor aushandeln.«

»Tausend Dollar!« stammelte Nick. Er hatte nicht die Hälfte erwartet. Tausend Dollar – die müßten doch erst einmal verdient sein.

Würde er sich damit nicht übernehmen, nicht Enttäuschungen über Enttäuschungen bereiten?

Dr. Sherrer ahnte, was in ihm vorging, und machte es ihm leicht.

»Draußen im Sekretariat liegt ein Vertragsentwurf. Er ist ein Meisterwerk Ihres zukünftigen Chefs. Ich habe ihn nur überflogen. Nehmen Sie ihn mit, studieren Sie ihn in aller Ruhe und bringen Sie ihn uns morgen oder übermorgen unterschrieben oder – mit Ihren etwaigen Änderungswünschen versehen – zurück. Ist Ihnen das so recht?«

Er erhob sich. Nick sprang auf. Dr. Sherrer klopfte ihm auf die Schulter und lächelte. Es war wieder das seltsame, etwas hintergründige Lächeln, das er an ihm schon kannte.

»Alles ein bißchen viel auf einmal, junger Freund. Fassen Sie's! Und wenn wir einig sind, essen wir mit Wörber ganz feudal in den ›Four Seasons‹ zu Abend.«

Draußen gab ihm die Dame einen verschlossenen Umschlag. Er steckte ihn ein und warf sich den Riemen mit den Lehrbüchern über die Schulter.

Dann stand er auf der Straße.

Um sechs war er mit Tom verabredet, um ihm gleich über das Ergebnis seiner Verhandlungen berichten zu können.

»Heute abend lade ich dich zu einem Riesensteak mit Bier und Salat ein.«

»Und wer bezahlt das?«

»Die Firma.«

Sie marschierten los.

»Du hast dich also einspannen lassen – als Spender.«

»Nicht nur das«, sagte Nick und kramte den Vertragsentwurf hervor. »Das hier ist eine Lebensversicherungspolice.«

»Mann!« Tom tippte sich an die Stirn.

»Faß erst mal Tritt. Bei einem Steak wirst du's eher verkraften.«

»Du spinnst«, sagte Tom, aber Tritt faßte er trotzdem.

Nick hatte den Vorschlag Wörbers und das Angebot Sherrers tagelang überlegt und immer wieder mit Tom besprochen.

»Es ist ein märchenhaftes Angebot«, sagte er, »die Sache hat nur einen Haken, und der ist entscheidend: Ich weiß nicht, ob mich dieser Beruf nicht nur augenblicklich großer Sorgen enthebt, sondern auf die Dauer auch interessiert.«

Immer wieder las er den Vertragsentwurf durch, um irgendeinen

Angelpunkt zu finden, der ihn vielleicht hätte bedenklich stimmen oder sogar warnen können – er fand keinen.

»Selbst wenn du eines Tages die Lust an der Tätigkeit in der SPONLAB verlieren solltest, als Biologe wirst du immer einen Job finden. Die Biologie hat in den letzten Jahren enorm an Bedeutung gewonnen. Denk zum Beispiel mal an die Genmanipulation. Sich vorzustellen, daß der Mensch in der Lage ist, durch geschlechtslose Fortpflanzung eines Tages bisher nicht existierende Tierarten zu schaffen ...«

»Ich weiß«, antwortete Nick, »und ich weiß auch, daß man vor Experimenten beim Menschen nicht zurückschreckt.«

»Aber du glaubst doch nicht, daß man deshalb eines Tages alle Biologen verbrennen wird! Wenn mir eine solche Chance geboten würde wie dir, nicht eine Sekunde würde ich zögern.«

»Du hast auch nicht eine unverheiratete Schwester mit Zwillingen am Hals, denn ob Hans sie noch heiratet, wenn er die Wahrheit erfährt, das ist für mich schon keine Frage mehr.«

»Dann müßte Manny eine Halbtagsarbeit annehmen, und ihr wäret alle Sorgen los.«

»Meinst du etwa, ich könnte mit Manny und zwei Säuglingen zusammen leben und dann auch noch studieren?«

»Mit nur einem Säugling.«

»Auch das wäre zuviel für meine Nerven. Es sei denn, wir könnten eine etwas größere Wohnung nehmen.«

»Und wenn du dieses einmalige Angebot ablehnst?«

Nick schwieg vor sich hin.

»Das kann ich mir nicht leisten«, sagte er nach einer langen Pause. »Gut oder schlecht – mir bleibt keine Wahl.«

Schon am nächsten Morgen brachte er den unterschriebenen Vertrag zu Dr. Sherrer.

»Wann kann ich anfangen?«

»Wenn Sie gleich losmarschieren, in zehn Minuten. Doktor Wörber wartet schon auf Sie!«

Dr. Wörber erwies sich schon in den ersten Tagen als ein Freund, auf den Nick sich verlassen konnte.

Nick hatte große Schwierigkeiten, sich in dem neuen einzigartigen Milieu einzuleben.

Als Dr. Wörber ihn gleich – in einem weißen Laborkittel – den Damen des Instituts vorstellte und ihm bei jeder seiner Mitarbeiterinnen alle Einzelheiten ihrer Arbeit erklärte, lief Nick mitunter rot an. Diese Dinge ohne jede menschliche Beziehung zu sehen – so wie die Arbeit in jedem anderen chemischen Labor, fiel ihm anfangs reichlich schwer. Die nüchterne Betrachtungsweise der Frauen stieß ihn anfangs geradezu ab.

Ein Glück, daß ich damit nichts zu tun habe, dachte er.

Sein Hauptinteresse galt zunächst den Tiefkühlvorrichtungen. Doch auch da überlief ihn oft eine Gänsehaut, wenn er in einen der anderthalb Meter hohen Tiefkühlkessel sah mit ihren tausenden strohhalmdünnen Röhrchen, von denen jedes den wertvollen Samen eines lebenden oder inzwischen vielleicht auch schon gestorbenen Mannes enthielt und nur auf den Augenblick wartete, in dem er einem neuen, ersehnten Menschen zum Leben verhelfen sollte.

Er war fast immer dabei, wenn Dr. Wörber die Spender empfing, sie wie Freunde begrüßte und dann in ihre Zelle führte. Mitunter – wenn Dr. Wörber gerade verhindert war, nahm er den Spendern das kleine Plastikschälchen ab, um es dann sofort an die erste Bearbeiterin weiterzureichen.

Abends traf er sich fast regelmäßig mit Tom.

Tom stand diesen Dingen weit weniger gehemmt gegenüber.

»Das ist dein Job«, sagte er, »und ich finde, es ist ein sehr verantwortungsvoller Job. Wenn ich mir nur ausmale, welches Unheil schon durch das Verwechseln von zwei kleinen Plastikschälchen entstehen könnte...«

Dr. Hürten war von dem, was er erfahren hatte, so gelähmt, daß er nicht imstande war, seine Frau zur Rede zu stellen, während sie selber ihm verärgert aus dem Wege ging. Ein Gespräch zwischen ihnen war in dieser Situation unmöglich.

Er hatte seiner Frau bisher in allem blindlings vertraut. Dieses blinde Vertrauen und die Tatsache, daß er beruflich oft tage- ja wochenlang verreist war, hatten es ihr besonders leichtgemacht, ihre dunklen Beziehungen zu unterhalten.

Nun war er auf einmal hellhörig und hellsichtig geworden. Nun fielen ihm auf einmal Dinge und Verhaltensweisen seiner Frau auf, die er bis dahin nicht bemerkt hatte.

Es fing damit an, daß er morgens unter der ersten Post einen Brief fand, der mit dem Vermerk zurückgekommen war: Adressat unbekannt verzogen. Er riß ihn auf und las:

»Liebster!
Ich bin in heller Verzweiflung, denn mein Mann soll schon in Kürze nach Japan oder Rom versetzt werden.

Das wäre das Ende – aber ich werde mich wehren.

Leider habe ich Dich in den letzten Tagen telefonisch nicht erreichen können. Ruf mich bitte wie üblich um 11 Uhr an, sobald Du diesen Brief erhalten hast.

Ich umarme Dich

Helga«

Dem Brief lag ein Hundertdollarschein bei.

Dr. Hürten wurde blaß. Er nahm den Umschlag auf und las die Adresse: Gino Tessare, Brooklyn.

Ein billiges Stadtviertel. Bestimmt kein Gebiet, in dem der Attaché eines europäischen Staates wohnen würde.

Und der Name!

Wer war dieser »Liebste«, dem seine Frau – als sei das ganz selbstverständlich – wortlos einen Hundertdollarschein beilegte.

Ihm schwirrte der Kopf. Er steckte den Brief ein und verließ das Haus.

Was stimmte nun eigentlich: die sehr präzisen Aussagen seiner Behörde oder das, was sich aus diesem Brief erahnen ließ?

Wer war dieser Gino?

Er suchte ihn im Telefonbuch. Da gab es ein Dutzend Tessares, aber keinen Gino, und auch keinen, der in dieser Gegend wohnte.

Hatte er nicht einen Fehler gemacht, als er stolz und verletzt abgelehnt hatte, weitere Angaben über die Eskapaden seiner Frau zur Kenntnis zu nehmen?

Gino Tessare – was war das für ein Mann?

Wie alt war er? Am Ende ein Gigolo?

Er wurde immer nervöser. Mit was für Männern war seine Frau heimlich befreundet und wie weit gingen diese Freundschaften?

Was kam da womöglich alles auf ihn zu?

Er sah auf die Uhr. In einigen Minuten mußte er zur gewohnten Konferenz. Er fühlte, wie ihm der Schweiß auf die Stirn trat, und straffte sich. Jetzt nur keine Schwäche erkennen lassen!

Wahrscheinlich wußte jeder längst, daß seine Versetzung bevorstand ... und weshalb man sie offenbar für nötig hielt. Doch keiner gab zu erkennen, wie weit man auch schon über sein Privatleben unterrichtet war.

Die Konferenz dauerte fast eine Dreiviertelstunde und wurde für ihn zu einer Qual. Er mußte etwas unternehmen. Er konnte und durfte sich jetzt nicht wie ein verängstigtes Kaninchen in eine Ecke verkriechen und abwarten, was geschehen würde.

Um elf wählte er kurzentschlossen die eigene Telefonnummer.

»Hallo?« Das war die Stimme seiner Frau.

Er räusperte sich schwach ins Telefon.

»Gino – hallo. Warum meldest du dich nicht?«

Er legte auf.

Gegen zwei hielt es ihn nicht mehr im Büro. Er holte seinen Wagen aus der Tiefgarage und fuhr über den East River nach Brooklyn.

Es war eine Mietskaserne mit etwa 50 Wohnungen.

Er überflog die Schilder mit den Namen der Mieter – sie sagten ihm nichts. Also zum Portier.

Nein, einen Gino Tessare kenne er nicht. Es gebe aber im Haus fünf ältere Frauen, die Untermieter aufnähmen.

Er schrieb sich die Namen auf und fing gleich systematisch bei der ersten an. Nein, kein Gino. Auch bei den nächsten zwei nicht. Aber bei der dritten, einer alten schmuddeligen Italienerin.

»Ja, Gino hatte sechs Monate bei ihr gewohnt. Ein ganz reizender Landsmann aus Palermo.«

»Wie alt?«

»Etwa 25.«

»Was tut er?«

Die Alte lachte.

»Was er tut? Eigentlich nichts. Er steht herum und lächelt und sieht aus.«

»Aber Signora, das ist doch kein Beruf. Wovon lebt er?«

»Vom Herumstehn und Lächeln. Ich sagte es Ihnen schon. Er ist sehr schön, ein ideales Fotomodell.«

Fotomodell, das ist ein ernsthafter, aber nicht allzu ernst zu nehmender Beruf, in dem Spitzenstars einige Jahre lang glänzend verdienen. Daneben gibt es aber auch in allen Großstädten »sogenannte« Fotomodelle, die sich bei der Polizei mit ein paar sehr schönen großen Fotos ausweisen, die ihnen irgendein Berufsfotograf aus Gefälligkeit gemacht hat. Oder sie empfangen Foto-Liebhaber mit ihren Kameras für »diskrete künstlerische Aktaufnahmen« im eigenen Studio!

Ob der Herr ein Freund von Gino sei, wollte die Landsmännin wissen.

Nein, keineswegs. Er hätte vielleicht einen Auftrag für ihn gehabt. Wo der reizende Herr denn jetzt sei?

Achselzucken.

»Er war eines Morgens verschwunden, ohne den Rest der Miete zu hinterlassen. Wahrscheinlich hat ihn eine der alten mannstollen Millionärswitwen mit auf eine verspätete Hochzeitsreise genommen.«

»Ach, so ist das!«

Dr. Hürten wußte genug. Er bedankte sich und ging.

Am nächsten Morgen fand er in der Post wieder einen Brief, der mit dem Vermerk »Adressat unbekannt verzogen« zurückgekommen war.

Er enthielt nur wenige Zeilen, die offensichtlich in Eile oder Erregung hingeworfen waren.

»Gino, was ist los? Weshalb meldest du dich nicht? Ich stehe vor einem schweren Entschluß, der auch dich betrifft.

Ich hoffe, dich morgen nachmittag zu sehn.

Helga.«

Diesmal lag keine Dollarnote bei.

Die Dinge spitzten sich zu. Doch welche Rolle spielte in diesem Drama eigentlich der Attaché? Bisher schien er doch die Hauptfigur zu sein ...

»Draußen sitzt Frau Ketels.« Schwester Eusebia reichte dem Professor die Karteikarte über den Schreibtisch. »Sie weint in einer Tour und macht alle anderen Frauen mit nervös. Ich glaube, wir sollten sie zuerst annehmen.«

»Gut. Entschuldigen Sie sich deshalb aber bei den anderen Frauen.«

Eusebia spielte die Gekränkte. Als ob das nicht selbstverständlich wäre...

Frau Ketels hatte sich vor vier Monaten fremdbesamen lassen, eine hübsche lebensfrohe Frau von 23 Jahren. Ihr zwei Jahre jüngerer unfruchtbarer Mann hatte die Einverständnis-Erklärung ordnungsgemäß unterschrieben und seine Frau sogar selber in die Klinik gebracht.

Alles war glattgegangen. Alles schien in bester Ordnung.

Und nun?

»Frau Ketels«, sagte der Professor mit ruhiger Stimme, »haben Sie Schmerzen? Gibt es Komplikationen?«

Die Frau sah den Professor mit tränenfeuchten Augen an.

»Ich kann und will dieses Kind nicht austragen. Wenn es zur Welt käme, das wäre für mich die Hölle. Herr Professor, ich flehe Sie an, helfen Sie mir, oder mein Leben und das des Kindes ist vernichtet.«

Ein Strom von Tränen. Die Frau rang die Hände verzweifelt in ihrem Schoß. Wie sie so dasaß, ein Bündel Elend.

»Nun fassen Sie sich erst mal, liebe Frau, und erzählen Sie mir in Ruhe, was geschehen ist, damit ich sehe, ob und wie ich Ihnen helfen kann.«

Die Frau holte tief Atem. Dann begann sie mit gesenktem Blick.

»Mein Mann geht nun schon über drei Monate fremd. Keinen Abend ist er mehr zu Hause. Und nicht nur das! Tagsüber rufen bei mir diese Weiber auch noch an und fragen nach ihm. Als ob ich nicht seine Ehe-, sondern seine Scheuerfrau wäre.«

»Hm! – Daß Männer sich monatelang vor der Geburt zu wenig, zuweilen sogar viel zuwenig um ihre Frau kümmern, ist leider oft der Fall. Ein solches Verhalten, das die Frauen gerade in diesen Monaten besonders hart trifft, hat vielerlei Ursachen und liegt zum Teil in der Natur des Mannes begründet. Wir haben darauf keinen Einfluß und raten deshalb den Frauen, in dieser Zeit, in der sie eigentlich in hohem Maße Liebe und Beistand brauchten, ruhig und freundlich zu bleiben. Keine Auseinandersetzungen und Aufregungen! Nach der Geburt des Kindes ändert sich das Verhalten der Männer meist schlagartig.«

Die Frau schüttelte traurig den Kopf.

»Ach, Herr Professor, wenn Sie wüßten, wie oft ich die Zähne zusammengebissen und mir die größte Mühe gegeben habe, um meinen Mann nicht zu verlieren. Ich liebe ihn doch. Aber nun ...« Sie schluchzte. »Aber nun, was nun passiert ist, Herr Professor, das kann ich Ihnen gar nicht schildern.«

»Hat Ihr Mann Sie etwa geschlagen?«

»Wenn's bloß das wäre! Denken Sie nur: Vor vierzehn Tagen kommt er kurz vor Mitternacht heim. Betrunken, lachend und lallend, und wirft sich ohne Rücksicht auf meinen Zustand quer über unser Bett und sagt immer wieder: ›Ich erschlage das Mistbaby in deinem Bauch, diesen Ableger von einem Saukerl. Habe ich das nötig? Ich mache mir meine eigenen Kinder – wenn ich will!‹«

»Das ist Unsinn. Bei der Spermiographie hat sich die Unfruchtbarkeit Ihres Mannes einwandfrei erwiesen.«

»Ich schrie vor Angst. Er warf sich über mich wie ein vom Teufel Besessener und ... Herr Professor, das war die schrecklichste Nacht meines Lebens. Ich habe nur gejammert und geheult und immer wieder gebeten, von mir abzulassen, vor allem aus Angst um das Kind. – Er war wie ein wildes Tier.«

Sie brach plötzlich ab.

»Inzwischen sind nun zwei Wochen vergangen«, versuchte der Arzt den gerissenen Faden zu knüpfen.

»Ja – und sie brachten das Ende. Wenige Tage später war ich gezwungen, einen Arzt für Geschlechtskrankheiten aufzusuchen. Gonorrhöe. Ich war wie vom Blitz getroffen.«

»Der Kollege hat Ihnen doch bestimmt geholfen.«

»Er hat mir ein Medikament verordnet, mir aber dringend geraten, Ihnen zu berichten.«

Als hätte die Erinnerung an all das ihre Nerven zerrissen, schrie sie unvermittelt: »Ich will kein verseuchtes Kind zur Welt bringen! Ich kann diesen Mann nicht mehr sehn! Ich lasse mich scheiden. Ich kann überhaupt keinen Mann mehr sehn, mich ekeln alle Männer an. Wenn ich doch nur geahnt hätte, was mit einer Ehe alles auf einen zustürzen kann!«

»Leben Sie noch mit Ihrem Mann zusammen?«

»Ja, wo soll ich sonst hin? Er kommt und geht, und wir sprechen kein Wort miteinander.«

»Was das Kind angeht, da wird Ihnen der Kollege doch gesagt haben, daß die von Ihnen gefürchtete Gefahr bei richtiger Behandlung überhaupt nicht besteht.«

»Er hat gesagt: kaum besteht. Das ist der entscheidende Punkt. Ein Kind von einem unbekannten Mann, das womöglich schon von Geburt an schwer belastet ist – das ertrüge ich nicht. Lieber gehe ich ins Wasser.«

»Daß schwangere Frauen mit Geschlechtskrankheiten infiziert werden, kommt leider viel öfter vor, als man allgemein glaubt.«

»Hat denn das Kind jetzt nicht auch die Gonorrhöe?«

»Ich nehme an, daß Sie inzwischen schon geheilt sind. Das heißt, die Erreger sind vernichtet. Aber wir werden Sie von jetzt ab selbstverständlich in unsere Obhut nehmen.«

Er drückte den Rufknopf.

»Schwester, rufen Sie Doktor Ganet an. Er soll Frau Ketels untersuchen und mir berichten. Eventuell müssen wir Sie bitten, uns in den nächsten Tagen oder Wochen noch einmal zu besuchen, damit Sie ganz beruhigt sein können.«

Er erhob sich und reichte der völlig gebrochenen Frau die Hand.

»Vertrauen Sie uns, und lassen Sie sich nicht zu Kurzschlußhandlungen hinreißen.«

Schwester Eusebia reichte dem Professor einen Brief und nahm die Frau behutsam mit sich.

»Lesen Sie ihn, bevor ich Ihnen die nächste Patientin bringe. Er wird Sie bestimmt aufmuntern.«

Der Brief kam aus Detroit. Säuberlich geschrieben, fast wie gedruckt.

»Lieber hochverehrter Herr Professor!

Als mein Mann mich vor etwa neun Monaten zu Ihnen brachte, um Ihre Hilfe in Anspruch zu nehmen, ahnten wir noch nicht, welch eine Überfülle von Glück meinem Mann und mir damit geschenkt wurde. Ich wurde vor vier Tagen entbunden, und zwar – es schien uns allen ein Wunder – von einem reizenden Zwillingspärchen.

Wir wußten gar nicht, daß so etwas bei Fremdbesamung überhaupt möglich ist, doch unser Arzt hat uns versichert, daß Zwillingsgeburten bei Fremdbesamung ebenso oft beziehungsweise ebenso selten vorkommen wie sonst auch.

Unser Glück ist vollkommen.

Jetzt behauptet mein Mann allerdings – wahrscheinlich um mich ein bißchen aus der Ruhe zu bringen – ich schuldete Ihnen nun auch das doppelte Honorar. Stimmt das?

Herzlichst Ihre dankbare

Anne Smith«

Glück und Unglück – wie nahe liegen sie doch beieinander! Der Professor mußte laut lachen. Er nahm kurzerhand ein Blatt von seinem Rezeptblock und schrieb darauf:

»Gratuliere! Das Honorar für das zweite Baby schulden Sie nicht mir, sondern Ihrem lieben Gott – wer immer das auch sein mag.

Ihr Garry«

Es gibt also doch noch erfreuliche Episoden in diesem Beruf...

Lange sollte diese Freude allerdings nicht dauern. Dafür sorgte Schwester Eusebia mit ihrer Schreckensnachricht.

»Herr Professor, wir müssen unterbrechen. Eben ist ein sechzehnjähriges Mädchen eingeliefert worden. Abtreibungsversuch mit furchtbarem Blutverlust. Lebensgefahr. Sie liegt noch in der Notaufnahme.«

»Da sollen sie sie zunächst auch lassen. Rufen Sie Doktor Jung aus, er soll sich darum kümmern. Ich komme sofort.« Er stand auf und schlug mit der Faust auf den Tisch. »Verdammte Sauerei! Immer wieder diese Abtreibungen, als ob es keine Pille gäbe!«

Schwester Eusebia stürzte zum Telefon.

»Ich vertröste inzwischen die anderen Frauen«, rief sie dem Professor nach.

Im Vorzimmer zur Notaufnahme saß kreidebleich ein junger Mann. Er war völlig zusammengesunken und starrte den Professor mit angstgeweiteten Augen an. Bürschchen, mit dir rede ich noch!

Das Mädchen lag schon entkleidet auf dem Operationstisch. Der Chef der Notaufnahme, ein Praktikant und zwei Schwestern.

»Jung noch nicht da?«

»Schon unterwegs.«

Der Professor trat näher.

»Fast ausgeblutet«, sagte der Arzt. »Blutgruppe A. Transfusion sofort eingeleitet.«

»Puls?«

»Knapp 52.«

»Sieht ja übel aus. Spritzen Sie sofort Strophantin.«

Das Mädchen lag mit geschlossenen Augen, bleich wie der Tod. Das Brandrot ihrer Haare stand dazu in einem fast erschreckenden Kontrast. Das Gesicht war von Sommersprossen übersät.

»Wenn Doktor Jung kommt, soll er sie sofort auf die Intensivstation nehmen. Und Wärmedecken nicht vergessen!«

Hier war für den Professor nichts mehr zu tun. Die Sorge um die Patientin lief nach Schema F.

»Ich bin wieder in der Sprechstunde, wenn was ist.«

Er ging. Draußen saß der junge Mann. Erst jetzt fiel dem Professor sein wildwuchernder Rotschopf auf.

»Ach so«, sagte er, »Sie sind der Bruder. Ich dachte schon ...«

Der junge Mann sprang auf. Seine Augen flackerten vor Angst.

»Nein, nein, ich bin ...« Er kam ins Stottern.

»Verstehe – derjenige, welcher. Ich dachte, wegen der roten Haare. Haben Sie bei dieser Sauerei mitgewirkt?«

Der junge Mann verstand nicht.

»Ich hatte sie wohl ein dutzendmal gebeten, zu einem Arzt zu gehn, aber sie legte es ja geradezu darauf an.«

»Auf was?«

»Das Kind auszutragen.«

»Und dann dieser Abtreibungsversuch? Das verstehe ich nicht. Das konnte ihr Tod sein.«

»Als sie mich anrief, schwamm sie schon im Blut.«

»Fünf Minuten später wäre es zu spät gewesen.«

Die Augen des jungen Mannes leuchteten auf.

»Sie glauben, daß sie noch zu retten ist?«

»Wir tun, was möglich ist. Aber sagen Sie mal, junger Mann, daß es die Pille gibt, haben Sie bis heute wohl noch nicht gehört, wie?«

»Doch, Herr Doktor. Sie hat auch jedesmal Stein und Bein geschworen, sie hätte sie genommen. Aber jetzt hat sie gestanden, daß das Schwindel war. Sie hat das Kind gewollt, um mich an sich zu fesseln. Als es dann passiert war, weigerte sie sich, einen Arzt aufzusuchen. Ich sollte sie heiraten. Erst als ich das mit Rücksicht auf mein Studium ablehnen mußte...«

»War's dann ein Akt der Verzweiflung«, ergänzte der Arzt. Er musterte den jungen Mann mit der flammendroten Haartolle. »Wie alt sind Sie eigentlich?«

»Zweiundzwanzig. Ich wollte Ingrid ja auch heiraten, aber...«

»Das ist Ihre Sache«, sagte der Professor. »Aber gehen Sie nun zu den Eltern und sagen Sie ihnen Bescheid.«

»Kann ich damit nicht noch warten, bis es ganz sicher ist, daß sie durchkommt?«

»Das läßt sich mit Sicherheit erst morgen früh sagen.«

»Heißt das, daß sie hierbleiben muß?«

»Das heißt, daß wir sie unter keinen Umständen früher herauslassen.«

Der Rotschopf sank auf seinen Stuhl zurück. Der Arzt ging keuchend wieder nach oben.

Schwester Eusebia sah ihn fragend an.

»Sturm und Drang der jungen Leute«, sagte er. »Es ist noch einmal gutgegangen. Kümmern Sie sich bitte nachher um den Papierkram. – Sind noch Patientinnen da?«

»Noch zwei. Darf ich Ihnen jetzt Frau Wilde hereinbringen?«

»Frau Wilde? Wer ist Frau Wilde?«

»Na, Sie wissen doch, die schon mal vor sechs Monaten hier war.«

»Nichts weiß ich. Denken Sie etwa, ich hätte Ihre ganze Kundenliste im Kopf?«

Kundenliste! Schwester Eusebia zuckte wieder einmal zusammen.

»Ich bringe Ihnen sofort die Karte aus unserer – Patientenkartei.«

Alex hatte nicht nur die Nase eines Spürhundes, sondern auch die Geduld einer Spinne.

Wenn er irgendeine Chance hatte, dem gesuchten Spender näher zu kommen, dann nur, indem er jede freie Minute den Eingang zur SPONLAB im Auge behielt und sich auf die Beobachtung jener Personen beschränkte, auf die sämtliche angegebenen Kennzeichen zutrafen. Das waren, wie er schon in kurzer Zeit feststellen konnte, nur einige wenige. Und wenn er gar die Altersangabe berücksichtigte, blieb eigentlich nur ein einziger junger Mann übrig: ein energisch auftretender Bursche. Nach den Büchern, die er immer mit sich herumschleppte, offenbar ein Student.

Sich an ihn heranzumachen, würde allerdings wohl nicht ganz leicht sein. Jetzt hieß es, eine günstige Gelegenheit abwarten ...

Während er vor dem Eingang herumlungerte, trat ein Neuer auf. Alex traute seinen Augen nicht; dieser Bursche war maßgeschneidert! Der war's. Und wenn er's nicht war, den konnte man als den Richtigen verkaufen!

Also nichts wie ran!

Ein schneller Entschluß, eine plumpe Bitte um Feuer und gleich ein Speech über Gott und die Politik. Dann noch eine Einladung zu einem Bier – und der nötige Kontakt war hergestellt, zumal der junge Mann recht zugänglich war, keine Freunde und Verwandte in New York hatte und hier nur ein paar Wochen Urlaub machen wollte.

Weshalb er das SPONLAB besuchte, fragte Alex nicht erst. Aber eines wollte er mit aller Gewalt herauskriegen, ob dieser Junge mit dem schönen Vornamen Norman schon einmal in New York gewesen und sich auch damals ein paar Dollar bei der SPONLAB verdient hatte.

Norman gab das bereitwilligst zu. Und als Alex gar die Wochen erfahren hatte, in denen Norman sich für die Bank bemüht hatte, stand für ihn fest: Das war der gesuchte Mann!

Man müßte ihn fotografieren!

Alex hatte nie eine Kamera in der Hand gehabt, obwohl so ein Ding für einen Spürhund wahrhaftig notwendiger war als ein Videorecorder.

Aber er kannte ein paar Pressefotografen, denen er schon gute Tips gegeben hatte. Da mußte sich doch einer finden lassen, der bereit war, ein paar Bilder für ihn zu schießen ...

Es wird sich wohl niemals feststellen lassen, ob das Ganze ein frecher oder psychologisch raffiniert angesetzter Schwindel war, oder ob Alex guten Glaubens handelte, als er schon zwei Tage später kurz entschlossen in das Allerheiligste seines Chefs stürmte und ihm mit großer Geste einen Zettel auf den Tisch legte.

»Die Erfolgsprämie ist fällig!«

Herr Sonnenberg sah auf den Zettel mit Vor- und Zuname, Geburtsdatum, Körpergröße, Haut- und Augenfarbe, Adresse und starrte dann wieder seinen Spürhund an, als glaubte er, von ihm zum Narren gehalten zu werden.

»Das ist doch ... So was gibt's doch nicht!«

»Sie sehn, daß es das doch gibt. Sie können den Namen und die Daten mit den Angaben Ihrer Klientin vergleichen und dann getrost weitergeben.«

»Weiß denn dieser junge Mann von seinem Glück?«

»Keine Spur. Unsere Auftraggeberin kann sich ihm also unauffällig nähern.«

»Und welche Garantien können wir ihr für die Richtigkeit unserer Angaben anbieten?«

»Nicht die geringsten. Sie soll sich ihn ansehn und dann ihren gesunden weiblichen Instinkt entscheiden lassen.«

»Alex, Alex, das ist eine riskante Sache. Wie du weißt, ist ihr Vater der berühmte–«

»Ich weiß. Und weil wir das wissen, wird er nicht annehmen, daß wir die Frechheit besäßen, seiner Tochter etwas vorzuschwindeln.«

»Er könnte aber vermuten, daß wir selber einem Schwindler aufgesessen sind oder einen Einbruch in den Tresor der SPONLAB begangen haben. Wie willst du die praktisch unlösbare Aufgabe überhaupt gelöst haben?«

»Durch einfaches Nachdenken – wie Sherlock Holmes.«

»Hm, hm!« Herrn Sonnenberg war bei der Sache nicht ganz wohl. Dem pfiffigen Spürhund traute er auch einen Schwindel zu.

»Und wie hast du dir die Daten erdacht?«

»Berufsgeheimnis. Sagen Sie der Dame ganz einfach die nackte Wahrheit. Sagen Sie ihr, sie soll sich den Spender doch einmal ansehn und dann selber entscheiden, ob ihr Herz bei seinem Anblick schneller schlägt.«

»Du hast ihn gesehen?«

»Mehr als einmal. Er sieht fantastisch aus. Unsere Klientin wird begeistert sein.«

»Sie sucht nicht einen fantastisch aussehenden Mann, sondern schlicht den Vater ihres Jungen. Wir brauchen Beweise.«

»Die gibt es nicht, weil es sie nicht geben darf. Die Dame hat sich ein Bild des Spenders gemacht – ein Idealbild – das mit der Wirklichkeit nicht die geringste Ähnlichkeit zu haben braucht. Sein persönliches Erscheinen könnte ein Traumbild in wenigen Sekunden zerstören. Wollen wir das?«

»Wir haben den Spender zu suchen. Wie er auch sein oder aussehen mag.«

»Ob sie uns das in einem solchen Fall wirklich danken würde, ist eine heikle Frage. Ich sehe das anders. Ob der Mann, den wir ihr präsentieren, wirklich der Vater ihres Jungen ist, kann nur ihr Herz entscheiden.«

»Alex, was redest du da für krauses Zeug! Entweder ist er es – oder er ist es nicht. Wir brauchen eine Bestätigung der Bank!«

»Selbst wenn sie dort über ihren eigenen Schatten springen würden, wie könnten sie für etwas garantieren, was nicht in ihrem Aufgabenbereich liegt? Nicht die Bank hat die eigentliche Befruchtung durchgeführt, sondern ein Arzt. Wir brauchten also schon zwei schriftliche Garantien.«

»Ja, aber dann, mein Junge«, Herr Sonnenberg schob ihm den Zettel wieder zu, »dann behalte deine Weisheit für dich. An unsere Klientin kann ich sie nicht weitergeben, ohne mich gefährlichen Angriffen des Alten auszusetzen.«

Alex nahm den Zettel, steckte ihn seelenruhig ein und sagte: »Lassen Sie mich weiter nachdenken.«

»Ach, damit kommen wir auch nicht weiter. Wir brauchen harte Tatsachen.«

»Irrtum. Denken lohnt sich immer. Ich habe mir meinen Videorecorder schon ausgesucht und den Preis um 35 Prozent gedrückt.«

Herr Sonnenberg schüttelte enttäuscht und belustigt zugleich den Kopf.

»Hoffentlich kannst du ihn auch abholen!«

Verdammt noch mal, jetzt konnten nur noch Fotos weiterhelfen. Pressefotografen sind zwar nicht immer auf der Jagd, aber ihre Kamera haben sie trotzdem immer bei sich. Man kann ja nie wissen, ob einem nicht schon in der nächsten Minute das »Foto des Jahres« vor die Linse springt.

Es dauerte zwei Tage, bis er endlich ein Opfer fand, das ihm für ein paar gute Tips aus der Rauschgiftszene die nötigen Bilder an einem freien Nachmittag heimlich schoß.

Und was für Bilder!

Herr Sonnenberg hatte den Kurzauftritt Alex' im Drang der Geschäfte schon wieder vergessen, als er ein Dutzend farbenprächtiger Fotos auf dem Schreibtisch fand.

»Das ist er!« stand dabei. Sonst nichts.

Die Bilder zeigten einen sehr gut aussehenden jungen Mann. Es waren offensichtlich Schnappschüsse, von denen er selber nichts wußte.

Um wen es sich handelte, war klar. Alex hatte offensichtlich wieder einmal nachgedacht. Sollte er in der Sache wirklich weitergekommen sein?

»Ist der Alex im Haus?« fragte er die Sekretärin.

»Der sitzt bei mir und wartet, daß Sie ihn hereinrufen und ihm vor Freude um den Hals fallen.«

»Das werde ich mir wohl verkneifen. Er soll kommen.«

»Nun?« fragte Alex stolz. »Wie gefällt er Ihnen? Sieht der nicht toll aus? Wenn ich andersrum wäre: Genau das wäre mein Typ.«

»Bewirbt sich der junge Mann etwa?«

»Der ahnt noch nichts von seinem und meinem Glück. Alles Schnappschüsse. Zum Teil mit Teleobjektiv. Damit werden wir Eindruck schinden.«

»Bei wem?«

Axel überhörte die Frage.

»Schicken Sie ihr die Fotos mit einem so unverbindlichen Text, wie Sie wollen, und warten Sie ab. Sie werden bestimmt nicht lange zu warten brauchen.«

»Moment. Ist dieser Bursche der, dessen Daten du mir angeboten hast, oder nun etwa irgendein anderer?«

»Sie trauen mir so wenig, daß Sie mir alles zutrauen! Er ist es. Ich habe Ihnen ja gleich gesagt, daß der Bursche eine wahre Sexbombe ist.«

»Das hast du nicht gesagt, und das will ich auch nicht gehört haben. Du meinst also, ich könnte die Fotos mit gutem Gewissen weitergeben?«

»Lägen sie sonst auf Ihrem Schreibtisch?«

»Also gut. Den Begleitbrief dazu muß ich mir aber gründlich überlegen. Mir ist bei der Sache immer noch nicht ganz wohl.«

»Das gute Gefühl kommt mit dem Honorar. Wetten, daß die Dame sofort anbeißt?«

»Alex, mir scheint, du bist nicht nur der Jüngste in meinem Laden, sondern auch ein ausgewachsener Halunke.«

»Danke für das Kompliment. Sie sind doch schlauer, als ich gedacht habe!«

»Was heißt denn das nun wieder?«

Alex war schon aus der Tür.

An dem Begleitbrief zu den Fotos hatte Sonnenberg stundenlang herumkorrigiert, und dann hatte er ihn zur Vorsicht auch noch einem befreundeten Juristen am Telefon vorgelesen. Es war ein diplomatisches Machwerk, das ihn vor Ärger und unberechtigten Vorwürfen schützen sollte.

Als Maria den großen Umschlag öffnete, fiel ihr ein kleinerer verschlossener Umschlag entgegen mit der Aufschrift: »Bitte erst nach der Lektüre des Begleitschreibens öffnen.«

Maria legte ihn beiseite.

Sie fieberte.

Sechs Wochen lang hatte sie Tag für Tag mit wachsender Ungeduld auf eine Nachricht der Detektei gewartet. Es war eine Zeit gewesen, in der sie erfahren mußte, daß es ihr immer schwerer fiel, sich von dem Gedanken an den Vater ihres Jungen zu lösen, mochte sie sich auch hundertmal sagen, daß sie es selber so gewollt und vorher jede Beziehung zu dem Vater geradezu brüsk von sich gewiesen hatte.

Sie hatte gehofft, ein Kind würde sie von den schmerzlichen Erinnerungen an Rudolf langsam befreien können. Doch der Gedanke an den Toten wurde nun um so heftiger verdrängt von dem Gedanken an den Lebenden.

Ihr Besuch in der Detektei war ein letzter verzweifelter Versuch gewesen, dem Schicksal in die Arme zu fallen. Sollte auch er erfolglos geblieben sein?

Nun war die so sehnlichst erwartete Nachricht da. Was würde sie bringen?

Sie hatte den größeren Umschlag schon im Entree der Villa aufgerissen. Nun suchte sie sich einen Fensterplatz, an dem sie den Brief ungestört und in aller Ruhe studieren konnte.

»Sehr geehrtes Fräulein Laudy,
es hat lange gedauert, bis wir uns bei Ihnen melden konnten, denn die Aufgabe, mit der Sie uns beehrt haben, schien von Anfang an unlösbar.

Es gibt kein Betriebsgeheimnis, das sorgfältiger gehütet wird als die Namen und Anschriften der Spender. Das hat viele wohlberechtigte menschliche, gesellschaftliche und juristische Gründe.

Wir hatten schon alle Hoffnung aufgegeben, als es meinem jüngsten Mitarbeiter doch noch gelang, eine Schwachstelle in dem Sicherheitssystem zu entdecken und Ihren Interessen nutzbar zu machen. Dabei brauchten wir – wie ich zu Ihrer Beruhigung feststellen möchte – keinerlei gesetzwidrige Handlungen zu begehen.

Wir glauben, Ihnen nun alle Angaben machen zu können, die Sie wünschten. Sie stimmen mit den äußeren Merkmalen, die Sie uns überlassen haben, in allen Punkten genau überein.

Der Spender ist ledig und unseres Wissens zur Zeit ohne eine feste Bindung. Das beweist jedoch keineswegs, daß die von uns gefundene Person mit dem von Ihnen Gesuchten tatsächlich identisch ist. Und selbst wenn sie es sein sollte, ist damit noch nicht mit völliger Sicherheit gesagt, daß das von dieser Person stammende Sperma tatsächlich zu Ihnen gelangt und nicht etwa in der Klinik verwechselt worden ist.

Es ist unserem Mitarbeiter in wochenlangen Bemühungen gelungen, den vermeintlichen Spender ohne sein Wissen zu fotografieren. Teilweise mit Teleobjektiv. Alle 12 Aufnahmen finden Sie in dem beiliegenden Umschlag.

Bitte öffnen Sie ihn nur, wenn Sie nach sorgfältiger Lektüre dieses Berichtes davon überzeugt sind, eine klare Entscheidung darüber fällen zu können, ob Sie den jungen Herrn auch gefühls- und instinktmäßig als den Vater Ihres Jungen identifizieren würden.

Den Namen und die New Yorker Anschrift betrachten wir vorläufig noch als einen wichtigen Teil unserer beruflichen Schweigepflicht.

Lassen Sie mich hoffen, Ihnen gedient zu haben, so gut wir konnten.

Ihr sehr ergebener Sonnenberg.«

Maria schloß die Augen und lehnte sich zurück.

Vor ihr auf dem kleinen Tisch lag der Umschlag mit den Fotos. Sollte sie ihn öffnen? Sollte sie damit das Bild eines bisher Unbekannten in den Kreis ihrer Hoffnungen und Enttäuschungen einbeziehen?

Sie zitterte. Sie hatte auf einmal Angst vor einer Entscheidung, die unter Umständen ihr ganzes Leben grundlegend beeinflussen würde.

Der Umschlag enthielt Bilder eines Mannes, die vielleicht völlig von dem Traum- oder Wunschbild abwichen, das sie sich von Michaels Vater gemacht hatte. Vielleicht sein wirklicher Vater und doch ein ganz anderer als der, den sie zu kennen glaubte.

Sie streckte die Hand nach dem Umschlag aus – und zog sie wieder zurück. Dann nahm sie den Brief der Detektei und las ihn zum zweitenmal.

Ruhig und besonnen, Wort für Wort.

Erst jetzt entdeckte sie die überaus vorsichtigen und einschränkenden Formulierungen, die sie in ihrer ersten Freude überlesen hatte.

»... stimmen mit den äußeren Merkmalen genau überein« – das klang andererseits sehr positiv. Doch was besagte das? Die Angaben hatte ihr Dr. Sherrer gemacht, und sie wiederum stimmten mit dem Bild überein, das sie in ihrem Herzen trug.

Oder war es umgekehrt? Hatte sie dieses Bild nicht – ohne es zu wissen und zu wollen – den angegebenen Merkmalen angeglichen?

Fragen über Fragen...

Sie faltete beide Hände über dem Umschlag und ihr war, als ströme von den verborgenen Bildern eine geheimnisvolle Kraft auf sie über.

Den Umschlag ungeöffnet zurückschicken, hieß das nicht Flucht vor der Wirklichkeit?

In einem jähen Entschluß riß sie den Umschlag auf.

War das die Stunde der Entscheidung? Würde sie jetzt das Bild des Mannes vor sich sehen, von dem sie schon zu träumen begann und den sie allen Wiederständen zum Trotz persönlich kennenlernen und vor aller Welt zum Vater ihres Jungen machen wollte?

Ihre Hände zitterten, als sie das oberste Farbfoto herauszog.

Dabei schloß sie unwillkürlich die Augen, als fürchte sie bis zuletzt einen Schlag des Schicksals, den sie vielleicht nie würde verwinden können ... Ich habe ihn doch schon gesehen, damals, als er überraschend vor mir stand. Die blauen Augen, die blonden Haare, ganz wie ich mir den Vater meines Jungen wünsche.

Erst Sekunden später öffnete sie die Augen. Es war das Porträt eines jungen Mannes, eines fremden jungen Mannes. Nicht des jungen Mannes, dem sie begegnet war.

Sie hielt eine Weile den Atem an.

Ein guter Kopf, ein gutes Gesicht unter wild wuchernden Locken, himmelblaue Augen, aus denen Tatkraft und Intelligenz zu strahlen schienen, ein geschlossener breiter Mund – ein ernstes Gesicht, dessen Faszination man sich nicht so leicht entziehen konnte.

Und doch ...

Sollte dieser junge Mann, der vielleicht noch nicht einmal volljährig war, der Vater ihres Kindes sein? Sie schüttelte zweifelnd den Kopf.

Ihre Augen weiteten sich, das Bild verschwamm.

Das zweite, dritte, vierte Bild. –

Der junge Mann auf einem Bummel durch den Central Park. Ein interessanter Typ, vielleicht sogar in den Augen vieler Frauen ein besonders gut aussehender, nachdenklicher junger Mann. Aber nirgends ein Lächeln. Selbst nicht auf dem Foto, das ihn auf einer Bank sitzend zeigte, während er mit der Rechten eines der vielen Eichhörnchen anzulocken schien.

Einem Foto war ein Zettel angeklammert: »Das bin ich im Gespräch mit ihm. Alex.«

Alex zeigte ein freundliches Lächeln. Der andere war ernst. Ihr schien, als läge Skepsis in seinem Blick.

Das letzte Foto – wieder ein Porträt, offenbar eine Teleaufnahme, das schönste Bild von allen.

Ungezwungen, interessiert ins Weite blickend, die roten Lippen leicht geöffnet. Ein verführerisches Bild.

Maria legte alle anderen Fotos beiseite und trat mit diesem Bild hinaus in die strahlende Sonne. Immer wieder studierte sie jeden Zug dieses Gesichts.

»... stimmen mit den äußeren Merkmalen genau überein«, hatte die Detektei im Begleitschreiben versichert.

Und Dr. Sherrer hatte von ihm gesagt, er sei heute wohl achtzehn Jahre alt, »ein junger Mann mit einem erwärmenden Lächeln«.

Ja, mit einem erwärmenden Lächeln. Das war genau das Lächeln ihres Jungen, das sie verzauberte und von dem sie genau zu wissen glaubte, daß es ein unverkennbares Erbteil seines Vaters sei. Doch von diesem Lächeln fand sie nicht die Spur auf diesen Bildern.

Ein Gesicht, das ihr immer besser gefiel, das aber nichts, rein gar nichts von dem zeigte, was sie erträumt hatte.

Michael lag in einer schattigen Ecke des Parks.

Mit dem Foto in der Hand trat sie zu ihm. Er schlief. Sie hielt das Foto des Fremden in der Hand und suchte nach Ähnlichkeiten.

Sie fand keine.

Langsam – von schweren Zweifeln gequält – ging Maria zurück ins Haus.

Sie setzte sich wieder an ihren Fensterplatz, nahm die anderen Bilder und breitete sie – säuberlich nebeneinandergelegt – vor sich aus. War es vorstellbar, daß sie diesen jungen, in ihren Augen viel zu jungen Mann heiratete und ins Haus holte?

Ihr Vater würde die Hände über dem Kopf zusammenschlagen, doch das sollte sie nicht hindern.

Und er selber?

Würde dieser junge Mann überhaupt bereit sein, schon in so jungen Jahren eine Ehe einzugehen? Und selbst wenn: Wer sagte ihr, daß er nicht eine ganz andere Vorstellung von der Frau hatte, an die er sein Herz hängen wollte?

Zweifel über Zweifel, Probleme über Probleme. Ihr schien, als fingen sie nachgerade an, ihr über den Kopf zu wachsen...

Was tun?

Sollte sie die Fotos an das Institut zurückschicken – dieser junge Mann könne keinesfalls der Gesuchte sein? Dann wäre er in der Tat endgültig aus ihrem Gesichtskreis gelöscht.

Sie packte die Fotos ein und legte sie beiseite.

Nur jetzt keine Entscheidung treffen. Denn wer garantierte ihr, daß dieser junge Mann, der vielleicht nur auf den Fotos niemals lächelte, nicht doch Michaels leiblicher Vater war?

Durfte sie Michael diese Chance nehmen, ohne eine sehr ernsthafte Prüfung zu versuchen?

Eine Prüfung! Was für eine Prüfung könnte das wohl sein...?

Fast zwei Wochen lang konnte Maria sich nicht entschließen, mit der Detektei Kontakt aufzunehmen. Die Fotos mit ein paar freundlichen Zeilen zurückzuschicken, brachte sie nicht übers Herz. Das wäre die Trennung von einer ersten Chance bei der Suche nach dem Vater ihres Jungen gewesen. Andererseits fühlte sie sich außerstande zu sagen: Ja, das dürfte wohl der gesuchte Spender sein.

Herr Sonnenberg wartete von Tag zu Tag auf eine Antwort seiner geschätzten Klientin und Alex bestürmte ihn täglich, doch wenigstens eine kurze Rückfrage zu riskieren, zumal die Gefahr bestand, daß der entdeckte junge Mann schon bald nach Jonesboro zurückkehren würde.

Diese Gefahr bestand tatsächlich.

Alex hielt täglich Kontakt mit ihm, bald lud er ihn zu einem Drink, bald zu einer Pizza, einmal sogar ins Kino ein.

Da Norman schon ein paarmal von seiner Rückreise gesprochen hatte, sah Alex seine Felle wegschwimmen.

Das trieb ihn zu einem Entschluß, den er mit ebensoviel Angst wie Frechheit verwirklichte.

Er rief Maria an und sagte ihr, jetzt bestände die für sie unauffällige und persönlich völlig unverbindliche Gelegenheit, den Vater ihres Jungen kennenzulernen, ohne daß er etwas von der ganzen Sache ahnen könne. Er habe sich inzwischen so weit mit ihm angefreundet, daß Maria eigentlich nur einen Treffpunkt anzugeben brauche. Er würde sie dem jungen Mann als eine Kusine vorstellen.

Das Ganze geschehe allerdings ohne Genehmigung seines Chefs, der wie immer auf äußerste Korrektheit bedacht sei. Die Zeit dränge aber, und so habe er sich entschlossen ...

Maria war überrascht und zugleich erlöst. Jetzt wurde sie zu einer Entscheidung gezwungen – und das war jedenfalls besser als dieses Hinausschieben einer Entscheidung von einem Tag auf den andern.

»Gut«, sagte sie nach einigem Zögern. »Ich muß aber unbedingt verlangen, daß er von der vermuteten Vaterschaft nichts erfährt – selbst wenn ich zu der Überzeugung kommen sollte, daß er wirklich der Spender ist, den ich suche. Was dann zu geschehen hätte, möchte ich keinesfalls ohne Wissen und Mitwirkung meines Vaters entscheiden.«

Alex versprach absolute Zuverlässigkeit und Diskretion und

erreichte tatsächlich, daß Maria ihm schon am nächsten Tag ein Treffen vorschlug: es sollte gelegentlich eines Abendessens im Turmrestaurant des G + W Hochhauses am Columbus Circle stattfinden.

»Sie sind mein Gast und bringen den jungen Herrn einfach mit.«

Alex strahlte. Wenn ihm diese Sache gelang, würde er bei seinem Chef auch nachträglich Absolution erlangen, zumal er sich mit der Notwendigkeit strengster Geheimhaltung ausreden konnte.

Mit Norman kam er klar. Norman gratulierte ihm zu seiner großzügigen Kusine und traf sich mit ihm schon eine halbe Stunde früher in einer nahe gelegenen Pizzeria.

Norman hatte sich – von Alex gedrängt, seine besonders gutsitzende dunkelblaue Hose aufbügeln lassen. Dazu trug er einen sonnengelben Pulli.

Alex musterte ihn einen Augenblick kritisch und war zufrieden. Dann erzählte er ihm, daß Marias Vater einer der berühmtesten Strafverteidiger Amerikas sei und eine märchenhafte Villa etwas außerhalb der Stadt besitze. Was er sonst noch an Einzelheiten zum besten gab, war reine Phantasie, aber es genügte, Normans Interesse an der angeblichen Kusine zu wecken.

»Es wird auf jeden Fall ein netter Abend werden«, versprach Alex, als sie dann anschließend langsam hinüber zum Hochhaus bummelten, das genau auf dem Punkt stand, an dem der nördliche Teil des Broadway und die West Side des Central Parks sich in einem spitzen Winkel trafen.

Der Fahrstuhl brachte sie in rasantem Tempo in den obersten Stock des Wolkenkratzers. Im Restaurant herrschte diskretes Halbdunkel – Kellner in Schwarz, irgendwo leise Musik und die unverkennbare Stimme der Greta Keller.

Krasser konnte der Gegensatz zum seitlich vorbeiflutenden Broadway nicht sein.

Alex und Norman standen eine Weile hilflos da. Die ganze Atmosphäre wirkte im ersten Augenblick steif und beklemmend auf sie.

»Haben die Herren einen Tisch bestellt?« Der Ober musterte sie mit spürbarer Skepsis.

»Wir sind mit Fräulein Laudy ...«

»Aha, Tisch 27, wenn ich bitten darf.«

Er führte sie zwischen den Tischen und Gästen hindurch zu einem der vielen breiten Fenster, die einen überraschend großartigen, umspannenden Blick über die südliche Hälfte des Parks bis hinüber zur East Side ermöglichten.

Ihr Tisch war für drei Personen gedeckt.

»Nehmen die Herren schon einen Aperitif?«

Alex bestellte zwei Gin Tonic, um sich Mut zu machen und Normans Hemmungen zu lösen.

»Na, Norman, Klasse, was?«

Norman nickte. Er fühlte sich schrecklich unsicher.

»Das ist bestimmt furchtbar teuer hier«, sagte er, während er einen flüchtigen Blick auf die große Speisekarte warf.

»Ja, das macht aber nichts«, spielte Alex sich ein bißchen komisch auf, »meine Kusine hat eine Menge Geld und viel für mich übrig.«

»Von dem vielen Geld?«

»Das auch. Na, du wirst sie ja sehn und von ihr begeistert sein. Wenn sie nicht meine Kusine wäre, hätte ich ihr längst einen Heiratsantrag gemacht, obwohl...« Er unterbrach sich, als hätte er sich verplappert.

»Obwohl...?«

»Obwohl sie schon einen netten kleinen Jungen hat.«

»Dann ist sie also schon verheiratet.«

»Eben nicht. Der Vater des Jungen ist Herr Irgendwer vom SPONLAB. Vielleicht sogar du – wer weiß...«

Norman lachte.

»Mach keine Witze. Hat die das nötig?«

»Sie hat es so gewollt.«

»Dann hat sie wohl was gegen Männer. So was soll's ja geben.«

»Nicht die Spur.«

»Das verstehe, wer will. Du hast ihr doch hoffentlich nicht gesagt, daß auch ich einer dieser Irgendwers bin!«

»Sollte ich das denn nicht?« fragte Alex gespielt harmlos.

»Aber Alex, wie peinlich!«

»Peinlich? Wo sie doch selber einen von euch Burschen sozusagen ›geheiratet‹ hat?«

Norman schwieg betreten. Der Gedanke, daß er zum erstenmal einer Frau begegnen sollte, die womöglich ein Kind von ihm empfangen hatte, dieser Gedanke irritierte ihn. Daß ihm eines

Tages ein Kind gegenübertreten könnte, dessen Vater er war – über diese Seite der Angelegenheit hatte er bisher nie nachgedacht.

»Alex«, sagte er nach einer Pause, »das ist doch alles Quatsch, oder?«

»Ob du der Vater bist, das soll sie ja heute selber herausfinden.«

»Alex, du bringst mich in eine furchtbare Situation. Wenn es wirklich so wäre, wie könnte sie das feststellen?«

»Erstens durch die Ähnlichkeit und zweitens durch die Stimme des Blutes.«

»Findest du etwa, daß das Kind mir ähnlich sieht? Und wie kommst du gerade auf mich? Da können doch auch tausend andere in Frage kommen.«

»Richtig. Es ist nur die auffallende Ähnlichkeit.«

»Findest du das wirklich?«

Alex saß in der Klemme. Sollte er darauf antworten, daß er den Sohn der Auftraggeberin noch gar nicht gesehen hatte?

Er redete drumherum. »In gewissem Sinne schon ...«

»Komm mir nur nicht mit der Stimme des Blutes. Den alten Quatsch glauben heute doch nur noch Omas.« Norman richtete sich plötzlich auf: »Und wenn ich wirklich der Vater des Jungen wäre – auf was willst du hinaus?«

»Ich? Auf gar nichts. Mich interessiert's bloß. Auf Ehre!«

Und das stimmte. Er dachte nur an seinen Videorecorder, den er schon ausgesucht und um 35 Prozent im Preis gedrückt hatte.

Der Kellner trat an den Tisch und sagte: »Im Foyer ist eine Dame, die Herrn Alex Spencer sprechen möchte.«

Alex sprang auf. Er hatte Maria Laudy noch nie gesehen und war überrascht: Vor ihm stand eine schlanke junge Frau in einem silbergrauen Kostüm, die ihm sofort mit einem freundlichen Lächeln die Hand entgegenstreckte.

»Sie sind also Alex. Ich habe Sie nach dem Foto gleich erkannt. – Ist der junge Herr da?«

»Selbstverständlich. Ich habe ihm – wie Sie wünschten – vorgeflunkert, Sie wären meine Kusine.«

»Gut; aber passen sie auf, daß wir dabei bleiben, sonst merkt er gleich, was gespielt wird.«

»Keine Sorge. Ich werde Sie also Maria nennen.«

»Das müssen Sie natürlich.«

»Norman will schon Ende der Woche abreisen. Er hat von New York wieder mal genug.«

»Ich bin gespannt, was für einen Eindruck er macht.«

»Der Bursche sieht toll aus!«

»Das haben Sie mir schon mit den Fotos bewiesen. Aber es geht ja um hundertmal mehr.«

»Gewiß – ich weiß. Sie werden nicht enttäuscht sein.«

Er geleitete Maria zu ihrem Tisch. Es war ein Tisch für vier Personen, den man mit einer Schmalseite gegen das Fenster geschoben hatte. Norman erhob sich sofort und begrüßte Maria ein wenig steif und befangen.

Maria hatte die zwölf Fotos von ihm immer wieder mit größter Aufmerksamkeit studiert und war trotzdem überrascht. Auf den Fotos hatte er kleiner gewirkt.

»Sie sind einer von Alex' Freunden?« fragte sie.

»Ja, ich kenne in New York nur ihn.« Seine Stimme hatte einen vollen, männlichen Klang.

»Und Sie müssen schon Ende der Woche zurückreisen?«

»Ich muß nicht, aber ich möchte mir anschließend noch meine Geburtsstadt Boston ansehen. Ich kenne sie überhaupt noch nicht. Was mich zum zweitenmal nach New York gezogen hat, war Neugier, Erlebnishunger, wenn Sie so wollen. Außerdem hat mich ein hiesiges Institut gebeten, in einem Sonderfall zu helfen.«

Hoffentlich fragt sie jetzt nicht, wer das war, dachte Alex. Doch Maria ahnte es bereits und fragte nicht.

Was in ihr an diesem Abend vorging, verstand sie zum Teil selber nicht. Sie hatte ihrem Jungen seinen Vater geben wollen – so war es doch?

Dem Jungen den Vater, gewiß. Aber war diese Suche nach dem Vater des Jungen in Wirklichkeit nicht eine Suche nach dem Geliebten? Hatte sie dabei nicht auch an sich selbst gedacht?

Nun saß ihr ein junger Mann gegenüber, der äußerlich ganz ihren heimlichen Wunschvorstellungen entsprach und wirklich der Vater Michaels sein konnte. Immer wieder rief sie sich in Erinnerung, was ihr Dr. Sherrer über den Spender gesagt hatte; es traf in allen Punkten auf Norman zu. In allen Punkten – bis auf jenes erwärmende Lächeln.

Nirgends regte sich in ihr jene geheimnisvolle Stimme, die ihr sagte: Er ist es – das, was sie die Stimme des Blutes nannte und was sie gewiß mit unwiderstehlicher Gewalt in seine Arme gezwungen hätte.

Sie hatte sich auf dem Umweg über den Jungen in seinen unbekannten Vater verliebt – sie fühlte es wohl, doch der Gedanke, daß Norman dieser Mann sein könnte, dieser Gedanke schien ihr von Minute zu Minute abwegiger.

Norman hatte seine anfängliche Scheu schnell vergessen. Maria war eine liebenswerte Gastgeberin von einzigartigem Charme.

Alex hielt sich klug zurück. Er mischte sich nur selten in die etwas langsam dahinfließende Unterhaltung der beiden, und nur um die offensichtlichen Hemmungen seiner Klientin zu überwinden. Er spürte die Anfangsschwierigkeiten Marias, gegen die auch jetzt die jungenhaft unbeschwerte Art Normans nur schwerlich ankam.

Immer wieder fragte ihn Maria nach Einzelheiten aus seinem Leben, nach seinen Ansichten und Absichten. Im Grunde viel zu oft für ein Gespräch zwischen zwei Menschen, die sich nur durch einen Zufall kennengelernt hatten. Nur durch einen Zufall... So sollte es doch aussehen.

Norman wirkte auf Maria vor allem durch die Unbeschwertheit und Arglosigkeit, mit der er dem Leben gegenüberstand. Er war viel zu unbefangen, um sich über Marias weitgehendes Interesse zu wundern.

Als sie sich kurz vor Mitternacht trennten, war Maria nicht klüger als zuvor. Norman bedankte sich überschwenglich für die Einladung, aber als sie sich dann die Hände reichten, sprang weder von Maria noch von ihm ein Funke über, der als ein besonderes Interesse hätte gedeutet werden können. Von keiner Seite kam der Wunsch nach einem Wiedersehen.

Immer wieder fragte Maria sich auf der langen Heimfahrt: Ist das Michaels Vater? Vieles, sehr vieles sprach dafür. Und doch...

Ein netter, amüsanter Junge, ja. Vielleicht auch eines Tages ein Freund für ihren Jungen, obwohl sie sich auch das nur schwer vorstellen konnte. Aber mehr? Ein Mann, den sie hätte heiraten können?

Sie schüttelte immer wieder den Kopf. Dazu war er zu unbedeutend.

So hatte sie sich Michaels Vater nicht vorgestellt.

Maria hatte sich nach dem Abendessen mit Alex und Norman nur schwer mit dem Gedanken abfinden können, daß der junge Mann dem Äußeren nach der Vater ihres Jungen sein könnte, aber nur dem Äußeren nach.

Von Michaels Vater hatte sie andere Vorstellungen.

Ihn glaubte sie schon oft gesehen zu haben: wenn sie sich über das Gesicht ihres schlafenden Jungen gebeugt, die Augen geschlossen und ganz intensiv an den Augenblick gedacht hatte, in dem sie mit Dr. Garrys Hilfe den Samen dieses Mannes wie ein Geschenk der Götter empfangen hatte.

Es war immer dasselbe Gesicht. Ganz klar, ganz deutlich die himmelblauen Augen, die blonden Locken und das immer wieder bezaubernde, erwärmende Lächeln, das er seinem Jungen mitgegeben hatte.

Zweimal – so schien es ihr – war sie diesem Mann schon begegnet.

Die erste Begegnung war ihrem Gedächtnis schon wieder entschwunden. Sie wußte zwar nicht, wann und wo, aber sie wußte ganz sicher, daß sie stattgefunden hatte.

Die zweite Begegnung war erst vor ein paar Wochen erfolgt. Ganz plötzlich und unerwartet hatte er vor ihr gestanden.

Völlig verwirrt war sie dieser Begegnung entflohen, als berge sie eine tödliche Gefahr: die Gefahr, daß ihr Traumbild ein Trugbild war, das vor der Wirklichkeit wie eine Fata Morgana zerfließen würde.

Die Ereignisse der letzten Tage hatten sie verängstigt. Jagte sie am Ende einem Phantom nach, das sie nur beunruhigen und unglücklich machen konnte?

In ihrer Ratlosigkeit sprach sie zum erstenmal mit ihrem Vater von dem, was sie bewegte. Er hörte sie schweigend, aber mit wachsender Besorgnis an.

»Laß diesen Alex morgen herkommen. Ich werde mit ihm sprechen.«

Das reichlich aggressive Schreiben des berühmten New Yorker Strafverteidigers hatte in Paris die Wirkung einer kleinen Bombe. Wenn man sich nicht dem schon angedeuteten Vorwurf aussetzen wollte, an einem Erpressungsversuch mitzuwirken, und wenn man sich statt des erhofften Honorars nicht eine schwere Schadenersatzklage einhandeln wollte, mußte man vorsichtiger sein. Man mußte Beweise auf den Tisch legen – und daran fehlte es leider.

Aber es gab in New York nicht nur diesen Laudy, es gab auch einen anderen Anwalt, der mindestens ebenso gefürchtet war. Möglich, daß er gegen eine entsprechende Beteiligung bereit war zu helfen. Was an Beweismaterial fehlte, würde er zweifellos beschaffen können...

Und er konnte es: Schon wenige Wochen nach den ersten Telefongesprächen konnte er zwei Zeugen beibringen, die den Professor mit seiner Pariserin engumschlungen auf einer halbversteckten Bank im Park gesehen und dann sogar beobachtet hatten, daß beide ein Stundenhotel in unmittelbarer Nähe aufgesucht hatten.

Damit hatte man den Sieg in der Tasche.

Man schrieb nicht an Laudy, sondern direkt an den Professor, um – wie man betonte – die hochnotpeinliche Affäre nicht unnötig auszuweiten, in Wirklichkeit aber, um ihn in die Enge zu treiben.

»Es scheint uns kennzeichnend für die Ausweglosigkeit Ihrer Situation, daß Sie sich gleich der Hilfe eines so teuren Anwalts versichern, der zudem als Verteidiger von Sittlichkeitsverbrechern allzu bekannt ist.

Er wird Ihre Sache sicher mit der ihm eigenen Verve vertreten, doch gegen die beiden Zeugen, die wir in einem öffentlichen Prozeß, der zweifellos das ganz besondere Augenmerk aller amerikanischen Frauenverbände auf sich ziehen wird, gegen Sie antreten lassen, wird auch er hilflos sein.

Wir werden beweisen, daß Sie und unsere Klientin sehr intime Beziehungen unterhalten haben, und damit die eidliche Aussage unserer Klientin untermauern.

Angesichts des unbestreitbaren Tatbestandes, dessen Bekanntgabe auch unsere Klientin vermeiden möchte, nehmen wir an, daß Sie sich nunmehr bereit erklären, die Angelegenheit durch eine einmalige Zahlung von einer Million Dollar aus der Welt zu schaffen.«

Professor Garry bekam beim Lesen dieses Briefes einen Wutanfall. Er riß den Brief in Stücke und warf ihn fluchend in den Papierkorb. Falsche Zeugen aufzufahren, das war der Gipfel. Er rief Laudy an und brüllte so laut, daß Schwester Eusebia händeringend herbeistürzte.

»Interessant«, sagte Laudy trocken. »Warum regt dich das eigentlich auf? Schick mir den Brief und laß mich machen.«

»Was willst du gegen so zwei Verbrecher ausrichten? Die schwören jeden Eid.«

»Wenn man sie läßt! Und das werde ich verhindern.«

»Wie willst du das verhindern? Du scheinst die Macht der Frauenverbände nicht zu kennen«, schrie Garry. »Eine solche Verleumdung ist tödlich!«

»Und ob ich die kenne! Aber wer ist hier eigentlich der Anwalt, du oder ich? Schick mir den Brief und verarzte deine Patienten!«

Der Professor legte wütend auf.

Den Brief. Er sammelte die Schnitzel ein und rief Schwester Eusebia um Hilfe.

»Kleben Sie dieses Pamphlet zusammen und schicken Sie's an Laudy.«

Schwester Eusebia zitterte. »Herr Professor, beruhigen Sie sich doch! Ich kann Ihnen sonst keine Patientinnen hereinschicken.«

Der Professor ließ sich in den Sessel fallen und schnappte nach Luft.

»Ein Skandal ist das. Und dieser Laudy scheint überhaupt nicht zu begreifen, um was es für mich geht. Dem Kerl bin ich nun auch noch ausgeliefert.«

Schwester Eusebia brachte ihm ein Glas Eiswasser.

»Ich werde den Patientinnen sagen, Sie hätten zu einer dringenden Operation gemußt, und sie um eine Viertelstunde Geduld bitten.«

»Machen Sie, was Sie wollen. Ich habe es ja nur noch mit Idioten und Verbrechern zu tun!«

Schwester Eusebia ging zitternd und kreidebleich hinaus. Draußen klebte sie die Schnipsel zusammen. Dabei las sie, was ihr Professor angeblich verbrochen hatte.

Diese Männer! Ob das nun stimmte oder nicht, zuzutrauen war es ausnahmslos allen.

Helga Hürten stand vor einem Wendepunkt ihres Lebens und wußte es.

Die Versetzung ihres Mannes, die Strafversetzung, wie sie sagte, ohne zu ahnen, daß sie selber der Stein des Anstoßes war, drohte alles an menschlichen Beziehungen zu zerschlagen, was ihr in ihrer teils glücklichen, teils glücklosen Ehe zugefallen war.

Sie war klug und einsichtsvoll genug, um zu wissen, wo für sie die Quelle aller Schwierigkeiten lag. Und sie war sich selbst gegenüber auch ehrlich genug, es einzugestehen: ein winziger Bombensplitter hatte aus einer in sich ruhenden, glücklich liebenden Frau eine Abenteuerin gemacht.

Abenteuerin, so nannte sie sich selbst im stillen, wenn das Blut sie hinaustrieb in die Stadt, die einer gutaussehenden Frau jede Möglichkeit bot...

Es hatte mit Gino angefangen; auf einer Modenschau, auf der auch Herrenmoden gezeigt wurden. Einer der Dressmen war Gino gewesen. Ein glutäugiger junger Süditaliener, den ein Fotograf direkt aus Rom importiert hatte.

Gino war damals gerade 20 geworden.

Er sah ungewöhnlich gut aus und wußte es. Und wußte es auszuspielen. Sein Lächeln war bezwingend. Er hatte es schon tausendmal erfolgreich eingesetzt.

Wenn er – scheinbar lässig an eine Laterne oder Straßenecke gelehnt – dastand, das rechte Bein über das andere geschlagen, eine Hand in der Hosentasche, die Falten seiner blütenweißen Hose raffiniert zurechtgelegt, dann war Gino eine Verlockung. Wie er sich so darbot, versprach er viel, versprach er alles. Aber wenn es darauf ankam, bekam er regelmäßig unerträgliche Kopfschmerzen. Kurz und gut, er ließ sich von jedem Mann und jeder Frau zu einem Abendessen einladen, er kannte die besten und teuersten Restaurants, wußte angeregt und anregend zu plaudern, wo es angebracht war, auch pikante Histörchen aus dem Vatikan zu erzählen und verstand es, durch unaufdringliche Bemerkungen über seine Lage und Geständnisse neben der Bewunderung seiner Opfer vor allem ihre Großzügigkeit zu loben, so daß jeder sich von Herzen veranlaßt sah, ihm diskret einen größeren Lireschein zuzustecken.

War dann das Dessert serviert worden und der obligate Espresso bestellt, entschuldigte sich Gino für einen Augenblick.

Bis die gutgläubigen Gastgeber dann merkten, daß sie einem Ladro Italiano aufgesessen waren, suchte Gino sich schon längst an einer weit entfernten anderen Ecke ein neues Opfer, das ihn zu einem Barbesuch einlud.

Gino kannte sein »Betriebskapital«. Und er pflegte es. Er ließ sich alle paar Tage bei einem befreundeten Figaro die Haare shampoonieren und anschließend von Meisterhand so zurechtlegen, daß sie wie vom Wind zerzaust aussahen und gerade dadurch sein klassisches Profil aufs wirksamste umrahmten.

Sein Anzug war zugleich seine Uniform – eine stets blütenweiße enggeschnittene Hose und dazu ein brauner Pulli, der so kurz war, daß er stets einen Teil seiner bronzebraunen Hüften sehen oder ahnen ließ.

Er hatte sich bei allem dolce far niente nie Gedanken über seine Zukunft gemacht. Er war wie ein schönes Tier und lebte so dahin.

Seine wahren Liebesabenteuer waren spärlich, seine männliche Eitelkeit dafür um so ausgeprägter.

In dieses haltlose und gestaltlose Sichtreibenlassen war eines Tages der New Yorker Modefotograf Ted eingebrochen. Er war damals für eines der größten Modehäuser Amerikas mit einem Trupp weiblicher und männlicher Mannequins und Kisten voller Kleider der nächsten Saison nach Rom gekommen, um Farbaufnahmen für den neuen Katalog seiner Firma zu machen.

Dabei sah er zufällig Gino in seiner einzigartigen Eckensteher-Pose. Das war ein neuer Typ auf seiner Palette. Der Bursche würde ankommen, den mußte er in seine Kollektion einbauen.

Er sprach ihn an. Nicht mit einem lüsternen Augenblinzeln, nicht mit einem bewundernden Blick auf die Ausgewogenheit und bewundernswerten Proportionen seiner Figur – das hätte nur den Preis in die Höhe getrieben –, nein, mit dem harten, kalt abwägenden Blick des Lichtbildners, für den seine Modelle Katalogfiguren waren, die danach bezahlt wurden, wie sie auf die Käufer wirkten. Das und nichts anderes.

Schon in seinem ersten Satz leuchtete für Gino das Wörtchen Dollar auf. Er verstand und wurde gleich eine ganze Woche lang beschäftigt.

Die Anzüge, die er tragen durfte, jeden für zehn oder fünfzehn Minuten, berauschten ihn. Diese ganze Schauwelt berauschte ihn.

Der Fotograf bezahlte ihn gut – wie Gino glaubte. Daß er kaum ein Achtel von dem erhielt, was die anderen männlichen Modelle eiskalt forderten und erhielten, ahnte er nicht.

Zu seiner größten Überraschung sagte Ted zwei Tage vor dem

Rückflug: »Wenn du Lust hast, kannst du für ein paar Tage mit nach New York kommen, für den Fall, daß wir noch die eine oder andere Ergänzungsaufnahme machen möchten.«

Wenn du Lust hast... Als ob es da Hemmungen geben konnte!

So war er nach New York gekommen.

So hatte ihn Helga schon wenige Tage nach seinem »Import« gesehen und bewundert.

Wenn Gino etwas gelernt hatte: Er verstand blitzschnell zu erkennen, was ein Blick bedeutete.

Schon bei diesem Modetee hatte alles angefangen. Eine Freundschaft, von der sich Helga anfangs zweifellos etwas mehr versprochen hatte als das, was Gino bereit oder imstande war zu geben.

Gino war vom ersten Augenblick an zärtlich um seine Gönnerin besorgt und darüber hinaus sehr anschmiegsam. Es kam mit der Zeit auch zu Kontakten, die über das hinausgingen, was seinen eigenen Vorstellungen von einer solchen Freundschaft entsprach.

Sei es, wie es sei – er wurde Helgas einziger und bester Freund. Ihr »Ausgehfreund«. Mit ihm konnte sie sich sehen lassen.

Gino sah in ihr die gute Freundin, die ihn in die elegantesten Restaurants und Bars führte, ihm die Stadt zeigte und ihn finanziell unterstützte.

Helga – die etwa 15 Jahre Ältere – kommandierte ihn ein bißchen. Er fühlte es, es ärgerte ihn manchmal auch ein wenig, aber er blieb trotzdem zwei Jahre lang ihr treuer Verehrer ohne große Ansprüche.

Die ständige Hilfsbereitschaft Ginos, die ernste Besorgtheit, mit der er sie umgab, waren für Helga in mancher Hinsicht ein Ersatz für das, was ihr in ihrer verunglückten Ehe fehlte.

Ted hatte ihn auf seiner Besetzungsliste und setzte ihn ein, wo er ihn brauchte. Seine Modellfotos von Gino gefielen, aber er durfte ihn nur in Grenzen einsetzen. Der Werbechef der Firma sorgte mit dem nüchternen Blick des Kaufmanns für Ausgewogenheit: Nicht die Modelle sollten verkauft werden, sondern die Hosen und Jacken, die sie trugen.

Wenn Helga anfangs geglaubt oder gehofft hatte, in Gino ein mehr oder weniger erotisches Abenteuer gefunden zu haben, und in diesem Punkte manche schmerzliche Enttäuschung hinnehmen mußte – sie gewöhnte sich an ihn. Sie traf ihn so oft wie möglich, sie telefonierte fast täglich mit ihm. Gino wurde mit der Zeit ihr einziger und bester Freund und zugleich das Geheimnis, das den Reiz des Geheimnisses in sich trug.

In diese Zeit einer gewissen Ausgeglichenheit, einer gewissen spärlichen Ausgeglichenheit, brach ein Mann ein, der in allem das genaue Gegenteil von dem wollte und war, was sie von einem Mann erwartete, den sie liebte und der sie liebte. Er hieß Irwin.

Sie liebte ihn nicht.

Die Männer, die sie liebte, waren ihr Mann und Gino. Dieser Mann dagegen, mit seiner zuweilen plumpen Sexbezogenheit, reizte sie. Ja, er reizte sie nur. Aber manchmal doch mit solcher Urgewalt, daß sie dazu neigte, sich selbst und alles andere zu vergessen. Auch Gino.

Die Leidenschaft dieses Mannes – er war 35 und ein Bursche, der sich sehen lassen konnte – ergriff wie eine ansteckende Krankheit mit der Zeit auch sie.

Sie flog blind vor Leidenschaft in seine Arme und hatte doch zugleich Angst vor ihm, denn er forderte sie auf eine Weise, die oft animalisch wirkte und sie abstieß.

Neben ihm verblaßte Gino zu einer hübschen belanglosen Figur. Irwin erlebte sie sogar in ihren Träumen, ihm kam all ihr Wünschen und Denken entgegen. Bei ihm verlor sie sich.

Er bestürmte und bedrängte sie mit einer nie zuvor erlebten Kraft.

Er wollte sie immer wieder und wollte sie ganz.

»Laß dich scheiden«, forderte er stärker und dringlicher von Tag zu Tag.

Die Katastrophe schien unabwendbar.

Da erschien der dritte Mann in ihrem Leben. Dieser dritte war in allem das genaue Gegenteil von Irwin.

Sie lernten sich kennen, als sie beide hilflos im wolkenbruchartig einsetzenden, strömenden Regen in der 56. Straße standen und ein Taxi zu fischen suchten.

Als endlich ein nicht besetztes kam, hielt es bei ihm. Er öffnete den Schlag und lud sie mit einer freundlichen Geste ein, einzusteigen.

Ein kurzes Sichsträuben, aber der Regen ist stärker. Sie sitzen nebeneinander. Ein paar belanglose konventionelle Worte. Eine Fahrt von fünf Minuten.

Fünf Minuten, die über eine Liebe entscheiden sollten, die beide in diesem Augenblick nicht herbeigesehnt hatten.

Erst als sie sich trennten, sahen sie sich in die Augen. Erst in diesem Augen-Blick erkannten sie, daß sie im Begriff waren, einen entscheidenden Fehler zu begehen.

Er tat in der Eile das einzig Richtige: Er reichte ihr seine Karte. Sie bedankte sich und steckte sie in ihre Handtasche.

Dann schloß sie eine Weile die Augen. War das nun Traum oder Wirklichkeit? Mit diesem Mann – so schien ihr – war etwas in ihr Leben getreten, plötzlich und seltsam erregend, das vielleicht mehr war als ein Zufall.

Was war das für ein Mann?

Sie zog die Karte aus ihrer Handtasche:

Manuel von Fredersdorf,

New York, Madison Ave. 25, Phone 2463845

Ein deutscher oder österreichischer Name, den sie bisher nie gehört hatte. Leicht verwirrt steckte sie die Karte wieder ein.

Beim Aussteigen sah sie neben ihrem Sitz ein Feuerzeug. Keine Frage, daß es ihm gehörte. Sollte er es vergessen, oder gar absichtlich vergessen haben? Sie nahm es an sich und legte es zu seiner Karte.

Am nächsten Morgen rief sie ihn an.

»Sie haben Ihr Feuerzeug im Taxi liegenlassen.«

»Vielen Dank für Ihren Anruf, gnä' Frau (also ein Österreicher!), aber ich habe gar kein Feuerzeug. Ich benutze nur Streichhölzer. Im übrigen ...« Er kam ins Stottern. Was hatte er im übrigen denn noch sagen wollen?

Kleine Verlegenheitspause.

»Ja?« fragte sie.

Wenn er jetzt nur wüßte, was er sagen sollte!

»Ich wollte mich noch entschuldigen, daß ich –«

So ein Unsinn! Er merkte es selber.

»Daß Sie mir das Taxi nicht vor der Nase weggeschnappt haben? Dafür habe ich mich zu bedanken. Was hiermit geschieht. Wenn uns so was wieder mal passiert, werde ich mich revanchieren.«

»Ein großzügiges Versprechen. Wann treffen wir uns denn wieder in der Madison Avenue?«

»Wenn's wieder einmal in Strömen regnet.«

»Das kann schrecklich lange dauern. Ich hatte gehofft, Sie wären auch bei gutem Wetter... guter Laune.«

Beide waren ehrlich bestrebt, das Gespräch nicht einfach abreißen zu lassen, und so kam es schließlich zu der dritten, der entscheidenden Freundschaft, die Helga einging, ohne daß sie zunächst die Möglichkeit sah, ihre anderen Bindungen zu lösen.

In dieser verfahrenen Situation gab eine Dienstreise Richards den entscheidenden Ausschlag. Helga sollte mitkommen.

Alles war schon klar, da rief Irwin an:

»Ich muß dich sehen! Ich muß dich sehen! Ich vergehe ohne dich!« Seine Erregung steckte sie an.

»Mein Mann und ich reisen heute für vierzehn Tage nach Washington!«

»Laß ihn die vierzehn Tage allein reisen! Suche eine Ausrede! Vierzehn Tage und Nächte, das wird der Himmel auf Erden für uns zwei.«

»Sei vernünftig; das ist unmöglich!«

»Laß uns heute abend um acht darüber sprechen. Fühlst du denn nicht, wie ich mich nach dir sehne?«

Hin- und hergerissen zwischen Bedrängnis, halber Bereitschaft, hilflosen Ausflüchten und dem Versprechen, eine Ausrede zu suchen, fühlte sie es nur zu gut.

Helga fand die Ausrede und blieb.

Was dann über sie hereinbrach, war Anfang und Ende zugleich. Sie verging in einem Rausch, den sie nie zuvor gekannt und nie zuvor für möglich gehalten hatte. Sie vergaß sich selber und jede Realität.

Erst wenige Tage vor der Rückkehr ihres Mannes kam die Besinnung. Ihr war auf einmal, als hätte eine Riesenhand den Vorhang zerrissen, der ihr den Blick in die Wirklichkeit versperrt hatte.

Was sollte sie tun. Außer Gino hatte sie niemanden, mit dem sie darüber hätte sprechen können. Sie rief ihn an.

Er traf sich mit ihr, aber er beklagte sich gleich, daß sie ihn wochenlang vernachlässigt hatte.

In ihrer Erregung und Sorge sagte sie ihm die volle, die unverblümte Wahrheit. Das war mehr, als Gino für möglich gehalten hatte. Das war eine Welt, die ihm fremd war und ihn ängstigte.

Er tröstete sie mit leeren Worten. Sie fühlte es und fuhr in bedrückter Stimmung nach Hause.

Als dann nachts das Telefon klingelte und immer wieder klingelte, begrub sie es in Kissen.

Eine schlaflose Nacht, voll Abscheu und Ekel vor sich selbst. Sie verstand sich nicht mehr.

Erst am nächsten Tag meldete sie sich. Sie war gefaßt. Sie sei nervlich total am Ende und habe einen Arzt um Hilfe bitten müssen. Ein neues Rendezvous sei also in den nächsten Tagen ganz unmöglich.

Er bedrängte sie, aber er ahnte wohl selber, daß ein Rausch verflogen war. Er rief noch ein paarmal an, gab es aber schließlich auf. Inzwischen hatte eine andere seinen Weg gekreuzt...

Der Einschreibebrief war direkt an SPONLAB gerichtet und kam aus Deutschland. Absender Sibylla Trempler, Aachen.

Dr. Wörber las ihn und gab ihn gleich an Nick weiter.

»Ein Fall für Sie. Die Röhrchen liegen zwar schon vierzehn Jahre hier, aber ich hoffe, wir können der Frau noch helfen. Kümmern Sie sich drum.«

Es war ein handgeschriebener Brief. Er war kurz und sachlich. Das Englisch war fehlerfrei.

Die Daten, die er enthielt, sagten, daß der am 15. November 1968 zum Wehrdienst eingezogene Amerikaner William Trempler am 5. Januar 1969 vor seiner Einschiffung nach Vietnam bei SPONLAB ein Samendepot hinterlassen habe für den Fall, daß er aus diesem Krieg nicht mehr oder nicht mehr zeugungsfähig zurückkehre.

Die Sache war klar.

»Vierzehn Jahre«, sagte Nick. »Die Frau hat sich das ja reiflich lange überlegt!«

Dr. Wörber nickte.

»Merkwürdig, daß sie sich erst jetzt meldet. Der Mann scheint doch nicht zurückgekehrt zu sein.«

«Oder er ist zeugungsunfähig.«

»Selbst dann ist nicht zu verstehen, weshalb die Frau erst nach so langer Zeit auf diese Möglichkeit zurückgreift.«

»Wie ich sehe, ist die Lagergebühr jedes Jahr pünktlich von einer Frauenorganisation entrichtet worden.«

»Gut. Die Röhrchen sind im Tiefkühlkessel 1 gelagert. Sie müssen im Inhaltsverzeichnis registriert sein.«

Den mühsam zusammengeflickten Pariser Brief entfaltete Laudy mit einem hintergründigen Schmunzeln; so wütend hatte er seinen alten Freund noch nicht erlebt.

Daß sich ein New Yorker Winkeladvokat finden würde, der die nötigen Belastungszeugen herbeizaubern und als Buhmänner aufbauen würde, bezweifelte er nicht. Daß er es aber wagen würde, sie dem Gericht zu präsentieren, hielt er für unmöglich.

Trotzdem sah er hier eine gewisse Gefahr. Wie er die New Yorker Sensationspresse kannte, würde sie die schweren Anschuldigungen gegen den berühmten Gynäkologen – wenn auch mit den nötigen Vorbehalten und Fragezeichen – groß auf der ersten Seite bringen, die Richtigstellung hinterher aber nur klein in irgendeiner wenig beachteten Ecke.

Das galt es zu verhindern.

Kurzentschlossen schickte er ein Fernschreiben an den Pariser Anwalt:

Herr Professor Laudy hat mir Ihren Brief, den Sie wohl nur aus Versehen nicht an mich als seinen Rechtsberater gerichtet haben, zur Beantwortung übergeben. Zur Sache:

Ihre angedrohten Zeugenaussagen sind aus der Luft gegriffen. Ihre falschen Zeugen vor Gericht auseinanderzunehmen und dem Spott der Öffentlichkeit preiszugeben, wird mir ein ganz besonderes Vergnügen sein, denn Ihre angedrohten Zeugenaussagen sind plumper Schwindel. Nennen Sie mir den New Yorker Kollegen, damit ich mit ihm Kontakt aufnehmen und Sie beide vor einer schweren Blamage und erheblichen Regreßansprüchen bewahren kann, mit denen Sie sonst bestimmt zu rechnen haben.

Daß mein Mandant Ihre Forderungen nach wie vor glattweg ablehnt, werden Sie bei dieser Sachlage wohl verständlich finden...«

Als das Fernschreiben abgesetzt war, wartete er tagelang vergebens auf Antwort.

Erst als er energisch nachfaßte, bekam er den Bescheid, der New

Yorker Anwalt befinde sich zur Zeit in Urlaub. Man werde ihn sofort nach seiner Rückkehr benachrichtigen. Seinen Namen verschwieg man diskret.

Das sah nach einem Rückzieher aus.

Alex war von dem Ergebnis des so mühsam zusammengebrachten Treffens enttäuscht. Der Videorecorder schien in unendliche Fernen entrückt.

Er war ein viel zu heller Kopf, um nicht zu wissen, woran die Geschichte zu scheitern drohte: Maria war ein feines, zartes, guterzogenes und intelligentes Mädchen der gehobenen Klasse, das recht wohl wußte, was es wollte.

Norman ein blendend aussehender Junge, noch etwas unreif, aus dem weltfernen Jonesboro, ein Bursche, der sicher seinen Weg gehen würde, aber auch nicht mehr.

Andererseits war Alex von Tag zu Tag mehr davon überzeugt, in Norman tatsächlich den gesuchten Vater gefunden zu haben.

Einen ganzen Vormittag lang zergrübelte er sich den Kopf, auf welche Weise ihm dieser Nachweis gelingen könnte. Doch je mehr er sich mit diesem Problem beschäftigte, um so aussichtsloser schien es ihm.

Seine Auftraggeberin hatte bei ihrem Arzt bestellt, was sie wollte – und genau das hatte sie bekommen. Aus jedem ihrer Worte sprach die Freude über ihr Kind. Mehr hatte ihr niemand versprochen und versprechen können. Mehr hatte sie nicht einmal gewollt.

Sie hatte ihn beim Abschied gebeten, sie am nächsten Vormittag anzurufen. Hatte er nicht die Pflicht, jetzt seinen Chef über den Gang der Dinge zu unterrichten? Er konnte doch nicht weiterhin auf eigene Faust Detektiv spielen.

Ich werde erst noch das Telefongespräch abwarten, dachte er.

Dieses Gespräch verlief zu seiner Überraschung ganz anders, als er befürchtet hatte.

Zunächst einmal bedankte sich Maria aufs herzlichste für seine Bemühungen. Dann bat sie um seinen Besuch.

»In dieser Sache möchte mein Vater mit Ihnen sprechen.«

Um himmelswillen, der gefürchtete Rechtsanwalt!

»Er möchte sich mit Ihnen über alle weiteren Schritte in dieser Angelegenheit abstimmen.«

Das sah schon etwas besser aus.

Alex fiel trotzdem das Herz in die Hose.

»Meinen Sie nicht, daß ich jetzt doch wieder meinen Chef unterrichten sollte?«

»Auch darüber wird mein Vater sich mit Ihnen unterhalten. Dürfen wir Sie heute abend bei uns erwarten?«

Was blieb ihm da noch anderes übrig, als zuzusagen?

Fast eine Stunde Autofahrt. Dann endlich der große Park mit der Villa des berühmten Strafverteidigers.

Ein muffeliger Diener, der Alex wortlos in die riesige Bibliothek des Hauses führte und ihm mit steifer Geste einen Platz auf dem wuchtigen Ledersofa anbot.

Alex sank in die weichen Polster und sah sich um. Er war nervös. Er hatte ein schlechtes Gewissen. Wenn der Chef von der erfolglosen Extratour erfuhr, würde er fliegen, zumal er seine anderen Aufgaben in letzter Zeit sträflich vernachlässigt und sich fast ausschließlich mit der Suche nach dem unbekannten Spender beschäftigt hatte.

Auf jeden Fall mußte er Maria bitten, gegebenenfalls ein gutes Wort für ihn einzulegen. Wie das Treffen mit Norman auch ausgegangen war, sie hatte seine Bemühungen vom ersten bis zum letzten Augenblick dankbar anerkannt.

Er hatte gehofft, sie würde ihn als erste begrüßen, doch sie ließ sich nicht blicken. Die ungewohnte Stille um ihn wirkte bedrückend.

Er war gewohnt, sich von morgens bis Mitternacht mit Musik berieseln zu lassen. Er hörte und beachtete sie im Grunde schon gar nicht mehr, sie mußte nur die nötige Geräuschkulisse bilden. Diese Stille wirkte unheimlich. Statt ihn zu beruhigen, nervte sie ihn.

In seiner Nervosität schlug er die Beine mal rechtsherum, mal linksherum übereinander.

Der Mann, der schließlich fast unhörbar eintrat, war klein und untersetzt. Er trug eine altmodische Brille mit einer dünnen schwarzen Kordel, die die Brille beim Absturz retten sollte.

»Aha, unser Meisterdetektiv!« sagte eine sanftmütige Stimme. Der Mann streckte ihm beide Hände entgegen. Sollte das etwa der von allen Staatsanwälten und Richtern so gefürchtete Verteidiger von erwiesenen Mördern und Einbrechern sein?

Ausgeschlossen. Diesem Sänftling würde man nicht einmal die Verteidigung eines unmündigen Warenhausdiebes anvertrauen, geschweige denn die eines Gewaltverbrechers aus den Kreisen der New Yorker Mafia.

Alex erhob sich, doch der freundliche Herr Belanglos drückte ihn sofort auf das Sofa zurück und setzte sich neben ihn – wie zu einem gemütlichen Plauderstündchen.

Gleich würde er bedauern, daß der Herr Rechtsanwalt leider verhindert sei, ihn persönlich zu empfangen. Doch dann ging es auch schon los. Und ganz anders, als er erwartet hatte.

»Rauchen Sie? – Ach, ich kann es leider nicht lassen.« Er entkleidete eine dünne Zigarre ihrer Bauchbinde und steckte sie mit einem irritierenden Zeremoniell in Brand. »Sie sind also dieser Alex, dieser Schnüffler«, sagte er, als wolle er ihm mit diesem kränkenden Ausdruck Honig um den Mund schmieren. »Finden Sie diese Tätigkeit eigentlich schön und erhebend?«

Alex überlegte kurz.

»Offengestanden mehr aufregend und anregend als schön.«

»Das heißt, Sie lockt das Abenteuer.«

»Sozusagen, wenn es mich nicht – wie möglicherweise in diesem Fall – teuer zu stehen kommt.«

»Sie sind ja mit allen Wassern New Yorks gewaschen. Ich habe mir heute morgen mal Ihr Sündenregister angesehn. Sieht ja tatsächlich ganz abenteuerlich aus.«

Alex lief rot an.

»Kleine Fische! – Das habe ich hinter mir. In den letzten drei Jahren...«

»Sagen wir zweieinhalb Jahren!«

»... habe ich mir nicht mehr das geringste...

»Ich weiß: Aus dem Saulus ist ein Paulus geworden.«

»Das möchte ich eigentlich nicht unwidersprochen lassen.«

»Jedenfalls sind Sie erfolgreich aus der Reihe der schwarzen Schafe ausgebrochen.«

»Dabei kamen und kommen mir meine Jugendsünden sehr zu Hilfe.«

»Akzeptiert! – Zur Sache: Sie haben meiner Tochter diesen Burschen aus Jonesboro vorgestellt.« Er zog die Farbfotos aus seiner Tasche und fächerte sie wie Spielkarten auseinander. »Ganz ansehnlicher Junge... Nur ein bißchen dumm, nicht?«

»Damit mögen Sie nicht ganz Unrecht haben, aber ich sollte nicht eine Intelligenzbestie, sondern den Vater Ihres Enkelkindes suchen!«

»Enkelkindes – den Ausdruck lassen Sie lieber mal!« Der unscheinbare Alte schüttelte sich. »Und Sie besitzen die – na, sagen wir statt Frechheit, Kühnheit, zu behaupten, er sei der Vater meines...«, er kam ins Stottern, »na Sie wissen ja schon.«

»Davon bin ich fest überzeugt.«

»Prima. Legen Sie die Beweise auf den Tisch!«

»Beweise... ja, das, was Sie Beweise nennen mögen, die gibt es in solchen Fällen leider nicht. Das liegt am System. Aber Indizien –«

Der gewiegte Rechtsanwalt winkte ab.

Alex jedoch ließ sich nicht beirren.

»Indizien, und zwar eine ganze Menge. Da sind zunächst die äußeren Merkmale genau, wie Ihre Tochter Maria sie sich gewünscht und wie sie von der Bank auch auftragsgemäß...«

»Auftragsgemäß!«

»...geliefert worden sind.«

»Wahrscheinlich sogar mit Lieferschein! – He?«

»Bestimmt. Sogar die Körpergröße stimmt auf den Zentimeter genau. Die Haarfarbe, die Augenfarbe...«

»Ja, ja, ich weiß: himmelblau!«

»Die Form der Haare, der Augenbrauen, der Ohren, der Lippen –«

»So genau ist das registriert worden?«

»Und die Zeit, in der Norman in New York gewesen ist! Und der sonnige Charakter...«

»Hat er den tatsächlich!«

»Ehrenwort. Er ist ein Prachtkerl. Ich habe ihn doch nun wochenlang mit mir herumgeschleppt.«

»Zugegeben: Indizienkette geschlossen.«

Alex atmete hörbar und richtete sich sogar auf.

»Aber«, fuhr der berühmte Anwalt fort, »meinen Sie nicht, daß in New York hunderttausend Boys herumlaufen, auf die das alles genauso paßt?«

»Zweifellos. Ich gebe mich geschlagen, wenn Sie mir nachweisen, daß die alle als Spender in Frage kommen, also alle beim SPONLAB als – darf ich Lieferanten sagen?«

Der Doktor nickte.

»Als Lieferanten tätig sind.«

Der Anwalt grinste. »Wie viele gibt's denn?«

»Insgesamt nur 200. Da wird nämlich mächtig gesiebt. Und unter den zweihundert habe ich bisher nur diesen einen und einen New Yorker Studenten entdeckt, den ich mir aber noch nicht genauer unter die Lupe nehmen konnte. Der ist ziemlich unnahbar.«

»Sie sind also den Weg des geringsten Widerstandes gegangen.«

»Zugegeben. Zumal da auf Anhieb alles bis ins kleinste stimmte. Norman...«

»Ach ja, so heißt er wohl.«

»Norman ist es – darauf würde ich einen Eid leisten.«

»Leichtfertige eidliche Aussagen werden laut Paragraph –«

Alex hob die Hände.

»Nehmen Sie mich fest, und ich sage Ihnen: Er ist es doch!«

»Ihre Frechheit spricht für Sie, aber so kommen wir nicht weiter. Also, wer ist der andere?«

»Das müßte ich erst rauszukriegen versuchen.«

»Versuchen Sie's, und berichten Sie mir. Aber nur mir. Machen Sie meine Tochter nicht noch einmal mit so einer Sexnudel verrückt.«

Das klang diesmal überraschend hart und entschieden.

Alex sträubte sich. Er konnte das nicht so einfach hinnehmen, denn wenn er von etwas überzeugt war, dann von der Vaterschaft Normans. Daß der Bursche Marias Wünschen und Träumen nicht entsprach, ja, hatte er das zu vertreten? Alex bockte.

»Mach' ich – aber gegen meine Überzeugung. Und außerdem müßte dieser Auftrag offiziell über meinen Chef laufen.«

»Offiziell über Ihren Chef? Was heißt das?«

»Ich habe doch in dieser Sache ohne sein Wissen...«

»Ahnte ich es nicht!«

»Mein Gefühl sagte mir schon...«

»Lassen wir bei unseren Beobachtungen bitte Ihre Gefühle aus dem Spiel. Jedenfalls hatte meine Tochter wohl nicht das Gefühl.«

»Sie hat sich in ihrer Phantasie offensichtlich einen ganz anderen Mann als den Vater ihres Jungen vorgestellt.«

»Weiß der Teufel. Sie kann sich täuschen. Dieser junge Mann ist nicht der Mann, den Sie suchen sollen, selbst wenn er wirklich der Vater wäre...«

»Den Eindruck habe ich auch.«

»Können Sie noch etwas anführen, was besonders für ihn spricht?«

Alex krauste einen Augenblick die Stirn, doch ihm fiel nichts ein.

»Demnach hat es keinen Sinn, daß ich ihn erst herbitte.«

Alex sah sich eine Weile schweigend um. Dann sagte er – ein wenig kleinlaut: »Ich fürchte fast, er würde sich in dieser Welt nicht einmal wohlfühlen.«

»Damit möchte ich das Thema beenden. Ich danke Ihnen für Ihre Aufrichtigkeit und Ihre Mühen, wäre Ihnen aber besonders dankbar, wenn Sie Ihre vielleicht berechtigte, aber auch anfechtbare Überzeugung von der Vaterschaft dieses jungen Mannes für sich behielten. Ich möchte nicht, daß meine Tochter damit weiter irritiert wird. Verstanden?«

»Sie sprechen also mit meinem Chef, ohne zu verraten, daß ich in dieser Sache etwas weiter vorgeprescht bin, als er weiß?«

Dr. Laudy nickte. »Und alle weiteren Berichte bitte zuerst an mich.« Er erhob sich und klingelte dem Diener.

»Meine Tochter möchte kurz hereinkommen.«

Maria begrüßte Alex sehr liebenswürdig und begleitete ihn dann durch den Park zu seinem Wagen.

»Ich danke Ihnen von ganzem Herzen«, sagte sie. »Bei Ihren Extratouren haben Sie auch Extraspesen gemacht.« Sie drückte ihm ein paar Scheine in die Hand. »Und wenn Sie für solche Zwecke hier und da noch etwas brauchen...«

Alex verabschiedete sich gerührt.

Im Auto sah er zu seiner Freude, daß es fünf neue Hundertdollarscheine waren. Zum Videorecorder reichte es noch nicht, aber zur Anzahlung. Also erst mal in den Radioladen!

Das Wunder geschah eines Tages, als niemand daran dachte, daß es überhaupt geschehen könnte; am wenigsten Maria.

Sie war in die Stadt gefahren um einige Einkäufe zu machen. Bei Bloomingdale's hatte sie unter anderem auch ein paar Kleinigkeiten für Michael gekauft.

Der Fahrer hatte sie vor dem riesigen Warenhaus abgesetzt und den Wagen dann auf einen nahen Parkplatz gestellt.

Er war es gewohnt, zu warten; oft stundenlang. Er kaufte sich wie immer ein paar Zeitungen und studierte zunächst einmal den Sportteil. Dann die Verbrecherchronik, und zum Schluß versuchte er – wie immer allerdings vergebens – eines der Kreuzworträtsel zu lösen. Er schaffte es nie ganz. Immer blieben ein paar Lücken.

Als Maria endlich kam, ließ sie sich zu Bloomingdale's fahren und die Pakete abholen.

Dann lehnte sie sich in den Polstern zurück und freute sich schon im voraus auf die großen verwunderten Augen, die Michael machen würde, wenn sie ihm den neuesten Verkaufsschlager des Hauses bringen würde: einen großen, besonders farbprächtigen Hampelmann, Made in Germany, der in wenigen Tagen die Herzen der New Yorker erobert hatte.

Während der Wagen über die Brooklyn Bridge rollte, reichte ihr der Fahrer die Zeitungen nach hinten.

»Falls Ma'm hineinschauen wollen.«

Maria wollte erst nicht. Doch dann nahm sie aus purer Langeweile die »New York Times« und las die Balkenüberschriften. Nichts, das sie besonders interessiert hätte.

Schon wollte sie die Zeitung wieder zusammenfalten, da sah sie das Bild eines Rollschuh-Tanzpaares. Beide Neger.

Unterschrift: Die Sieger des gestrigen Wettbewerbs an der West Side.

Rollschuhtänzer. Es fiel ihr auf einmal wie Schuppen von den Augen. »Bitte halten Sie so bald wie möglich!«

Als der Wagen endlich hielt, wandte sie sich an den Fahrer: »Sie haben doch sicher Ihr Fahrtenbuch bei sich.«

»Selbstverständlich, Ma'm.«

»Als wir vor einiger Zeit aus der Stadt zurückfuhren – es kann schon ein paar Wochen her sein –, haben Sie mir auch eine ›New York Times‹ zu lesen gegeben. Wissen Sie noch, wann das war?«

Der Fahrer schüttelte den Kopf.

»Das müßte ich im Fahrtenbuch suchen. Aber ich entsinne mich.«

»Versuchen Sie festzustellen, wann das war. Wir müssen eventuell noch einmal zurück in die Stadt. Diese Ausgabe muß ich haben.«

Der Fahrer blätterte in seinem Fahrtenbuch und sagte schließlich: »Es muß am zweiten oder am sechsten vorigen Monats gewesen sein.«

»Wissen Sie, wo die Redaktion sitzt?«

»Ungefähr, Ma'm. Ich werde mich schon zurechtfragen.«

Maria spielte nervös mit dem Medaillon ihrer Halskette. In einer dieser Nummern war das Ergebnis eines Rollschuh-Tanzwettbewerbs bekanntgegeben worden. Und zwar mit dem großen Bild des damaligen Siegers.

Dieses Foto hatte sie gefesselt. Dieses Gesicht hatte sie angesprochen. Sie erinnerte sich, die Zeitung beiseite gelegt, dann aber noch ein paarmal wieder hervorgeholt zu haben.

Dieser junge Mann – dieses Gesicht...

Es dauerte fast eine Stunde, bis der Fahrer endlich vor dem Verlagshaus stand. Maria betrat die Leseräume und blätterte die gebundenen Hefte der letzten Monate durch. Dabei fand sie das große Foto. Daß sie das hatte vergessen können! Sie verstand sich selber nicht.

»Nick Hunter siegte gestern abend gegen starke Konkurrenz mit seiner farbigen Partnerin.«

Maria zitterte vor Aufregung. Sie ging zum Schalter, um die Zeitung zu kaufen.

»Dies ist nur ein Leseraum. Sie können die Ausgabe aber hier bestellen. Dann erhalten Sie sie morgen mit der ersten Post.«

Maria fuhr nach Hause.

Sie packte den Hampelmann aus und sah, wie die Augen des Jungen beim Anblick der zappelnden Puppe leuchteten.

»Michael, ich glaube – ich glaube – ich glaube...«

Sie glaubte es wirklich und felsenfest.

Michael nahm ihr Glaubensbekenntnis nicht zur Kenntnis. Der Hampelmann interessierte ihn mehr.

Das also war die erste Begegnung gewesen. Daß sie sie hatte vergessen können!

Jetzt kannte sie seinen Namen. Seine Adresse würde sie schon am nächsten Vormittag erfahren können. Und dann...

Was dann?

Sie wußte es nicht. Jetzt mußte Alex weiterhelfen.

Am nächsten Morgen berichtete sie ihrem Vater.

Rechtsanwalt Dr. Laudy empfing Alex am nächsten Tag in seinem Stadtbüro.

»Ich habe Sie hergebeten«, sagte er, »weil die Dinge eine dramatische Wende genommen haben.« Er hielt Alex die Zeitungsseite mit dem Foto Nicks entgegen. »Meine Tochter glaubt, daß er der Vater ihres Jungen sei. Was sagen Sie dazu? Kennen Sie diesen jungen Mann?«

Alex las die Bildunterschrift und sagte schmunzelnd: »Nun weiß ich endlich auch, wie er heißt. Als Rollschuhking war er mir bisher allerdings kein Begriff.«

»Was, Sie kennen diesen Burschen und haben ihn uns bisher verschwiegen?«

»Keineswegs. Dieser Nick ist meine Nummer zwei: der Student, an den ich bisher nicht herangekommen bin. Außerdem glaube ich nach wie vor, daß nicht er, sondern Norman –.«

»Das Thema Norman ist ein für allemal vom Tisch!« unterbrach ihn der Anwalt energisch.

»Außerdem halte ich ihn nicht für den Vater des Jungen.«

»Schon wieder Ihre Vermutungen. Halten wir uns an die Tatsachen. Sie sind doch verblüffend genug: Meine Tochter begegnet einem Mann und ist spontan davon überzeugt, daß er der gesuchte Spender ist.«

»Das ist mir neu. War das wirklich spontan?« fragte Alex trocken.

»Ich denke doch.«

»Ich nicht. Als Ihre Tochter dieses Foto zum erstenmal sah, betrachtete sie es nach ihren eigenen Angaben so, wie wohl jedes Mädchen das Bild eines gut aussehenden jungen Mannes betrachtet. Dann aber hat sie die Zeitung achtlos liegenlassen. Ein Beweis dafür, daß sie damals überhaupt nicht daran gedacht hat, er könnte der Vater ihres Jungen sein. – Sehe ich das richtig?«

»Gewiß. Weiter.«

»Erst einige Tage später betrat sie das Haus, in dem sie Namen und Adresse des Gesuchten zu erfahren hoffte. Sie war also darauf eingestimmt, ihm nun irgendwie näherzukommen. Zugegeben?«

»Zugegeben. Und?«

»Da begegnet ihr in derselben Etage ein junger Mann, in dem sie – ohne es zu ahnen – den Rollschuhtänzer wiedererkennt. Wunschbild und Traumbild fließen ineinander. Sie erkennt den Mann im Unterbewußtsein wieder, starrt ihn völlig verwirrt an und flieht vor ihm. In dem folgenden Gespräch gibt ihr Doktor Sherrer ein exaktes Bild des Spenders. Das Traumbild wird von der sachlich genauen Schilderung des Spenders verdrängt, bis durch einen halben Zufall die Erinnerung an das Zeitungsfoto wieder wach wird. Norman ist inzwischen abgeschrieben, eine neue Hoffnung wird zur Überzeugung.«

»Hervorragend, junger Mann! Meine Tochter ist Ihrer Meinung nach also hochgradig hysterisch.«

»So möchte ich das nicht nennen. Das ist Sache eines Psychiaters.«

»Vielleicht. – Aber nun: Wie kommen wir weiter?«

»Indem ich versuche, mich an den Studenten heranzumachen. Das wird nicht leicht sein.«

»Glauben Sie, daß Sie ihn überhaupt wiederfinden?«

»Bestimmt. Ich habe ihn so oft beim Betreten des Instituts beobachtet, daß ich glaube –«

»Glauben Sie nicht schon wieder!«

»Außerdem habe ich den Namen. Den Rollschuhklub kann ich ermitteln und von ihm die Adresse erfahren. Dann muß ich sehn, wie ich ihn unauffällig zu fassen kriege.«

»Gut; bleiben Sie dran. Mit Ihrem Chef habe ich gesprochen.«

»Ich weiß. Er hat mir daraufhin völlig freie Hand gegeben.«

»Bitte berichten Sie mir nun laufend, was Sie über diesen Nick erfahren.«

Alex war mit dem Ergebnis dieses Gesprächs zufrieden.

Dr. Laudy rief anschließend Maria an.

»Dein Schnüffler hat mich pünktlich im Büro besucht. Ein ganz gerissener Bursche. Sobald ich Näheres erfahre, hörst du von mir. Aber unternimm nun nichts mehr auf eigene Faust.«

Noch am selben Tag rief Maria bei der »New York Times« an.

»In Ihrer Ausgabe vom zweiten vorigen Monats haben Sie ein Foto gebracht, das den Sieger des Rollschuh-Tanzwettbewerbs vom Vortage zeigt. Kann ich einen Abzug dieses Fotos bekommen?«

»Von uns nicht, aber wahrscheinlich vom Fotografen. Sie erreichen ihn unter der Nummer 345 5465.«

Maria rief an und wiederholte ihre Bitte.

»Haben Sie dabei auch noch andere Aufnahmen des Siegers gemacht?«

»Bestimmt. Aber wie viele, müßten wir erst feststellen.«

»Würden Sie mir von allen Aufnahmen einen Abzug liefern?«

»Selbstverständlich, das ist unser Geschäft. Wir berechnen je Vergrößerung auf 18 × 24 acht Dollar.«

»Einverstanden. Dann liefern Sie mit bitte von jedem Foto einen Abzug.«

Zwei Tage später traf die Sendung ein: vierzehn Tanzaufnahmen und vier große Porträts nach der Preisverteilung. Ein Foto beeindruckender als das andere. Maria war wie berauscht.

In der Sache Harry Bulder hörte Dr. Garry lange Zeit nichts mehr. Sollte Dr. Stratz sich tatsächlich geirrt oder Hardy am Ende böswillig verleumdet haben? Oder sollte seine Warnung bei Hardy solche Wirkung zeigen?

Er vergaß die Sache, bis eines Tages Dr. Stratz, Dr. Jung und der Praktikant Dr. Nickel überraschend und ziemlich erregt bei Schwester Eusebia erschienen und ihn zu sprechen wünschten.

Was sie – nunmehr gemeinsam – vorbrachten, war alarmierend. Hardy war wieder mit allen Anzeichen eines Rauschgiftsüchtigen zum Dienst gekommen.

»Die Situation war eindeutig«, bestätigte Dr. Jung. »Ich kenne ein paar Fälle aus meiner früheren Tätigkeit. Der Kollege ist zweifellos süchtig.«

»Als wir ihn höflich baten, sich der von Ihnen für einen solchen Fall angeordneten Blutentnahme zu unterziehen, wurde er ausfallend und verließ die Klinik.«

»Offensichtlich, um der Untersuchung zu entgehen«, ergänzte Dr. Stratz.

»Wir zerbrechen uns den Kopf darüber, woher Kollege Bulder das Gift bezieht«, sagte Dr. Nickel.

Der versteckte Hinweis wurde verstanden. Professor Garry stutzte einen Augenblick.

»Bitte, lassen Sie sofort alle Bestände an Opiaten registrieren und den Verbleib kontrollieren.«

»Aber, Herr Professor, Sie nehmen doch nicht etwa an...«

»Bei Süchtigen muß man alles annehmen. Um an ihren Stoff zu kommen, tun sie alles, vom Diebstahl über den Handel bis zum Totschlag.«

»Können wir denn die Kontrolle nicht zunächst auf Heroin beschränken?« fragte Dr. Stratz.

»Um himmelswillen, wie kommen Sie auf Heroin?«

»Gewisse Symptome zwingen mich zu diesem Verdacht«, sagte Dr. Stratz.

»Dann wäre es ja noch schlimmer, als ich dachte! Bitte berichten Sie mir aber persönlich. Und kein Aufsehen! So was in meiner Klinik! Mir sträubt sich das Fell!«

Den Bericht konnte ihm Dr. Stratz schon am nächsten Tag erstatten. Danach waren alle Opiate ständig unter Verschluß, zusammen mit anderen, besonders gefährlichen oder teuren Medikamenten.

Den Schlüssel hatte die Oberschwester. Sie gab die angeforderten Medikamente aus. Bei den Opiaten trug sie in ein kleines Buch die Namen der Patienten und der Ärzte ein, die das Medikament angefordert oder verordnet hatten – sofern sie genügend Zeit und Ruhe dafür hatte. Und die hatte sie, wie das Notizbuch zeigte, nur recht selten. Bei den meisten Medikamenten hatte sie nur a. u. k., vermerkt, also ad usum klinikum, zum Gebrauch in der Klinik.

Keine Buchführung über Eingang und Ausgabe der Medikamente.

Außerdem hatte die alte Schwester die Angewohnheit, den Schlüssel nicht mit sich herumzuschleppen, wie sie sagte, sondern oben auf dem Medikamentenschrank zu »verstecken«.

Kurz und gut: Wenn es einer darauf anlegte, konnte er dem Giftschrank entnehmen, was er wollte...

Der Professor tobte. Aber der alten Oberschwester selbst mehr als eine sanfte Ermahnung zu geben, wagte er nicht.

So verlief die Sache zunächst im Sande.

Das Telefon klingelte täglich drei- oder viermal. Manny zuckte jedesmal zusammen – das konnte nur Hans sein. Sie meldete sich nicht.

Dieses Versteckspiel nervte sie. Wenn Nick zu Hause war, nahm er das Gespräch an.

»Weißt du schon, wann Manny entlassen wird?« fragte Hans jedesmal. Seine Sorge hatte etwas Rührendes.

»Vielleicht morgen oder übermorgen«, sagte Nick immer wieder.

»Und der Junge? Was macht unser Junge?«

»Er spielt vorläufig noch das Sorgenkind der Klinik.«

»Zu dumm, daß ich hier noch festgenagelt bin!«

»Aber du versäumst doch nichts, solange Manny noch im Wochenbett liegt.«

»Ein schwacher Trost. Ich hab' das hier satt. Dieser Dreck, dieser Radau, diese Hysterie!«

»Reiß dich zusammen. Ich möchte Manny nicht früher als nötig zurückholen. Auch sie meint, du solltest jetzt nicht durchdrehn.«

»Ihr habt leicht reden! – Grüß sie schön.«

Während dieser Gespräche, deren Verlogenheit Nick ein Greuel war, stand Manny jedesmal zitternd neben ihm. Die Stunde, der sie entgegenbangte, kam näher und näher. Manchmal wäre sie am liebsten davongelaufen, um sich irgendwo zu verkriechen. Sie hatte Angst, furchtbare Angst, und dazu kam nun auch noch die wachsende Sorge um die Kinder. Das konnte doch nicht gutgehn. In diesem Lügengewebe fand sie sich selber nicht mehr zurecht.

Erstaunlich, daß Nick dabei immer noch die Ruhe behielt.

Erst zehn Tage nach dem Brand konnte Hans seine Rückkehr melden.

Nick hatte Nerven aus Stahl.

»Prima«, sagte er. »Wann dürfen wir dich am Airport abholen?«

»Ihr? Ist Manny denn schon zu Hause?«

»Nein, aber morgen nachmittag kann ich sie endlich heimholen.«

»Manny und den Jungen?«

»Hans –«

»Ja?«

»Das arme Wurm liegt im Brutkasten und hängt an Schläuchen. Das kann noch Wochen dauern, bis die Ärzte den rausrücken.«

Hans brauchte offenbar eine ganze Weile, um diesen Schlag zu verkraften.

»Mach keine Scherze! Wann kann ich ihn sehn?«

»Das werden wir alles mit dem Doktor besprechen, wenn du hier bist.«

»Ich nehme übermorgen die Maschine, die um acht Uhr abends landet. Und Manny wird auch mit zum Airport kommen? Ich habe hier ein wunderbares Kleid für sie gekauft. Ganz weiß, für unsern Hochzeitstag. Wie eine kleine Prinzessin wird sie darin aussehn.«

»Wann wollt ihr denn heiraten?«

»So bald wie möglich. Schon mit Rücksicht auf den Jungen. Und wenn ich dir sage, was ich hier in den paar Monaten verdient und zusammengespart habe... Jeden Cent habe ich dreimal umgedreht, bevor ich ihn für mich ausgegeben habe. Vielleicht können wir uns sogar eine etwas größere Wohnung in einer besseren Gegend nehmen. Das Werk will mir jetzt einen Vorarbeitervertrag geben.«

»Hans, wenn ich das Manny erzähle, wird sie mir's nicht glauben!«

»Verrat's ihr auch nicht. Das soll meine Hochzeitsüberraschung werden. – Morgen ruf' ich noch einmal an, um endlich mal wieder mit meinem Mädchen zu sprechen. Gegen sechs seid ihr doch sicher da!«

Manny sah immer wieder nervös auf die Uhr. Es ging schon auf sechs, und um sechs wollte Hans anrufen. Es würde nach langer Zeit ihr erstes Gespräch sein. Sie hatte Angst davor. Vor allem vor den vielen Fragen, die er stellen würde.

Nick war ganz gegen seine Gewohnheit noch nicht da. Wo er nur blieb? Ohne ihn kam sie sich plötzlich allein gelassen vor.

Das Telefon klingelte schon um zehn vor sechs. Das konnte nur Hans sein.

Schon griff ihre Hand nach dem Hörer, doch dann zog sie sie wieder zurück. Nein, bevor Nick nicht da war, würde sie sich nicht melden.

Sie trat ans Fenster, öffnete es und lehnte sich hinaus. In dieser Straße waren Nick und sie aufgewachsen. Es war eine scheußliche Straße, und sie wurde von Tag zu Tag scheußlicher. Früher hatten zwei Reihen Bäume zusammen mit den winzigen Vorgärtchen für ein bißchen Grün gesorgt, doch statt der Bäume standen nun links und rechts ungepflegte, verwahrloste Autos und in den ehemaligen Vorgärten überquellende, übelriechende Mülltonnen, umgeben von grauen Plastiksäcken mit Unrat.

Ab und zu schlugen die auf den Eisentreppen herumlungernden

rotznäsigen Kinder nach den immer zahlreicher und immer hungriger und dreister werdenden Ratten und kreischten dazu vor Angst.

Nein, diese Straße war nur noch ein Schatten von ehedem.

Hinter ihr bimmelte schon wieder das Telefon, und von Nick keine Spur.

Sie haßte diese Straße. Würde sie ihr je entkommen? Eine Zeitlang hatte es so ausgesehen, damals, als der blonde Deutsche in ihr Leben getreten war und mit ihm die Aussicht auf eine andere Welt. Keine Welt des Reichtums, eine bürgerliche Welt. Dies hier war die Welt des Proletariats …

Konnte sie noch hoffen, oder mußte sie ihren alten Traum von einer lichtvolleren Zukunft jetzt für immer verdrängen?

Ihr war nicht wohl in ihrer Haut. Nick hatte zwar zu retten versucht, was noch zu retten war, doch das Rad war nicht mehr zurückzudrehn.

Es war schon halb sieben, als Nick und Tom am Ende der Straße auftauchten. Zwei junge Männer, die sich nicht fürchteten und nichts zu fürchten brauchten. Wieviel leichter hatten es doch die Männer!

Sie schloß das Fenster und brühte rasch einen starken Kaffee auf.

Wieder das Telefon. Wie lange wird es wohl dauern, bis die zwei endlich erscheinen!

Als Nick die Wohnung betrat, riß er gleich den Hörer aus der Gabel.

»Ja, in diesem Augenblick«, hörte sie ihn sagen. »Tom und ich haben sie abgeholt … Sie ist natürlich ein bißchen schlapp, aber gesund … Der Junge? Wo denkst du hin … Moment, hier steht Manny schon neben mir, sie ist schrecklich aufgeregt.«

Er drückte ihr den Hörer in die Hand.

»Nun los, sag Hans mal, wie es dir geht!«

Manny straffte sich. Tom zwinkerte ihr aufmunternd zu.

»Tag Hans! Wie schön, daß ich wieder mit dir sprechen kann.«

Hans sagte: »Hat ja lange genug gedauert. Meine Schuld. Wenn der Brand nicht gewesen wäre, säße ich wohl noch in dem verdammten Wüstendorf. Aber das Geld! Ach Mädchen, wie ich mich freue! Morgen abend bin ich schon bei dir, und dann kriegen mich keine zehn Pferde mehr aus New York. – Wie fühlst du dich denn? Du sagst ja nichts.«

»Hans, ich bin ja so glücklich, daß nun alles wieder seine Ordnung haben soll.«

»Und unser Knirps? Ist er wirklich so erbärmlich dran, wie Nick erzählt?«

»Er ist sehr klein und sehr schwach.«

»Na, wenn schon, das gibt sich. Ich war auch kaum zu sehen, als ich auf die Welt kam, und bin doch noch einigermaßen geworden. Der Bengel wird sich schon durchbeißen!«

Die Zuversicht, die aus seinen Worten sprach, machte ihr wieder etwas Mut. Etwas von seiner Kraft sprang auch auf sie über.

»Wie sieht er denn aus? Ist er schwarz, braun oder blond?«

Manny wäre bei den ersten Worten der Hörer fast aus der Hand geglitten.

»Hallo, Mädchen, bist du noch da?«

»Hans, ich bin schrecklich müde. Nimm's mir nicht übel. Ich geb' dir Nick.«

»Hans, Manny muß sich etwas hinlegen. Es war heute etwas viel auf einmal. Neben mir steht Tom. Schöne Grüße von ihm. Wir helfen Manny hier ein bißchen, und morgen holen wir dich ab. Bring gute Laune mit!«

»Die bestimmt und noch ein bißchen mehr!«

»Wenn das nur gutgeht!« flüsterte Manny.

»Er ist doch völlig ahnungslos«, versuchte Tom sie zu beruhigen, »und die Sache mit den Jungen wird Nick schon zurechtbiegen. Jetzt, wo der eine Junge gut untergebracht werden kann, sind doch alle Schwierigkeiten ausgeräumt.«

Gut untergebracht, dachte Manny, und ihr fröstelte dabei. Bei Negern in Harlem. Ob sie wohl jemals fertig würde mit der Tatsache, daß auch dieser Junge ihr Kind war und Anspruch auf ihre Liebe hatte? Sie wandte sich an Nick:

»Du bist so aufgekratzt. Nimmst du das nicht alles zu leicht? Wenn Hans erfährt, daß ... Dann kann hier doch alles zusammenbrechen – und nicht nur für mich. Das wird Probleme über Probleme geben. Und alles durch meine Schuld.«

»Wie wär's, wenn wir jetzt den Kaffe tränken? – Duften tut er ja prima«, sagte Nick gelassen. »Gegessen haben wir schon ...«

Sich an Samy heranzumachen, war für Alex ein Kinderspiel: die Frage nach einer Straße, eine Bitte um Feuer, eine Zigarette, ein paar besonders freundliche Worte über einen farbigen Baseballspieler, die Einladung zu einem Bier... Samy war viel zu naiv, um dahinter mehr zu sehen als ein bißchen Sympathie.

Alex konnte erzählen. Aus der Fülle seiner erlebten und nicht erlebten, dafür um so spannender und glaubhafter wirkenden Kriminalfälle. Samy war ein dankbarer Zuhörer.

Nur ganz langsam, ganz behutsam fädelte Alex kurze Bemerkungen über Samys blonden Freund ein.

Von ihm schwärmte Samy. Kein Wunder, daß Alex schon wenige Tage später alles über Nick wußte, was für seinen Fall von Bedeutung war. Vor allem, daß Nick sich tatsächlich in das Mädchen verliebt hatte, dem er nach seinem Gespräch mit Dr. Sherrer vor den Fahrstühlen begegnet war. Ihm fiel es wie Schuppen von den Augen.

»War das nicht der, der sich damals mit deiner Schwester den ersten Preis bei einem Rollschuh-Tanzwettbewerb geholt hat?«

»Das hat er leider aufgegeben. Er hat jetzt eine ganz große Numme bei SPONLAB.«

»Jetzt? Hat er diesen Job nicht schon vorher jahrelang ausgeübt?«

»Mann, den doch nicht! Wo denkst du hin? Den Nick hat sich der Chef von SPONLAB doch erst an dem Abend gekauft, als er mit meiner Schwester den Ersten gemacht hatte.«

»Muß ja ein toller Bursche sein!«

»Ist er. Und seine Schwester, die Manny...« Samys Augen wurden feucht.

Alex bemerkte es und sah den Kontaktpunkt.

Alex wählte die Telefonnummer des Rechtsanwalts. Als er seinen Namen nannte, wurde er sofort verbunden.

»Gibt's was Neues?«

»Für Sie bestimmt, für mich nicht. Wann darf ich Sie für fünf Minuten besuchen?«

»Wenn's eilig ist, sofort, sonst in etwa einer Stunde.«

Alex fand es sehr eilig.

Er faßte sich kurz und bündig.

»An diesen Nick kann ich bestimmt schon in den nächsten Tagen ran, wenn Sie nach dem, was ich Ihnen jetzt zu sagen habe, noch Wert darauf legen.«

»Und das wäre?«

»Dieser Nick ist bestimmt nicht der Vater des Jungen. Er hat die SPONLAB erstmalig vor etwa einem Monat besucht.«

»Und das ist nicht geflunkert. Stehen Sie dafür gerade?«

»Ganz und gar«, sagte Alex fest und bestimmt. »Die Beweise sind leicht zu beschaffen.«

»Das klärt die Sachlage zwar ein wenig, schafft aber zugleich auch ein neues Problem.«

»Ist mir klar. Sie können einigermaßen in Ruhe darüber nachdenken, vielleicht werfen Sie mich jetzt nicht hinaus, wenn ich in allertiefster Ergebenheit darauf aufmerksam zu machen wage, daß Norman –«

»Schon wieder dieser Lümmel!«

»Schon morgen abreist. Wollen Sie ihn sich vorher nicht doch einmal ansehn?«

»Wenn überhaupt, dann müßte ich sie mir wohl beide ansehn, aber darüber muß ich in Ruhe nachdenken. Ich habe noch etwas anderes zu tun.«

»Ihr Freund Laudy ist am Apparat«, meldete Schwester Eusebia. Professor Garry hörte die Bissigkeit wohl heraus. Eusebia hatte den Rechtsanwalt schon gefressen, als er den ersten Schwerverbrecher den Klauen der Gerechtigkeit entriß.

Garry nahm das Gespräch überrascht entgegen.

»Was verschafft mir die Ehre, Herr Rechtsverdreher?«

»Das Unglück meiner Tochter, zu dem du Geburtshelfer ja dein gerütteltes Maß beigetragen hast.«

»Ich bekenne mich schuldig. Was ist los?«

»Ich muß dich dringend sprechen. Maria spielt verrückt. Wir werden sie wohl einem Psychiater anvertrauen müssen.«

»Nur nicht so hastig. Ich bin hier ab sechs frei. Sag, wo du mich sehen und anklagen willst.«

»Ich hole dich ab. Es geht wieder einmal um die Vaterschaft meines...«, er wollte Enkels sagen, verschluckte das Wort aber noch in letzter Sekunde, »... dieses Jungen.«

»Ich denke, das ist doch nun alles ausgestanden.«

»Dann kennst du meine Tochter schlecht. Jetzt gibt es schon zwei Väter.«

»Ein medizinisches Wunder!«

»Ich habe da nämlich einen Spürhund angesetzt.«

»Hältst du das für vornehm?«

»Nein, aber für vernünftig. Die Sache muß jetzt geklärt werden.«

»Und was hat dein Spürhund herausgekriegt?«

»Den richtigen Vater, schwört er. Kann sein, daß er recht hat.«

»Und das kann er beweisen?!«

»Mit Indizien. Aber was davon zu halten ist, weiß ja keiner besser als ich.«

»Was sagt denn Maria zu dieser Entdeckung?«

»Daß er's nicht wäre. Sie hat einen anderen Richtigen entdeckt. Und von dem sagt mein Spürhund – übrigens ein ganz gerissener Bursche –, daß er's nicht sein kann. Das will er beweisen können.«

»Daß einer der Vater ist, wird mir Sherrer nie und nimmer bestätigen. Aber daß einer es nicht sein kann, das gehört nicht in den Geheimtresor. Das würde er mir bestimmt bestätigen.«

»Leider komme ich immer mehr zu der Überzeugung, daß dieser Alex, dieser Spürhund, recht hat. Aber das macht die Geschichte noch schlimmer. Maria könnte total verzweifeln.«

»Du sorgst dich ja auf einmal sehr um sie!«

»Ich bin schließlich ja nicht nur Rechtsanwalt, sondern auch ihr Vater.«

»Darauf besinnst du dich allerdings recht spät.«

»Nicht zu spät. – Was können wir tun, ohne Porzellan zu zerschlagen?«

Das war das Problem, das auch die beiden Klugköpfe an diesem Abend nicht lösen konnten, obwohl eine Flasche vom besten Burgunder sich ehrlich bemühte, ihren Geist aufzuhellen.

Für Helga Hürten war schon das erste Treffen mit Manuel entscheidend. Das war der Mann, der sie aus der ganzen Zwiespältigkeit ihrer Verstrickungen und Wünsche erlösen konnte. Manuel war nicht der immer belangloser werdende Gino – und nicht der immer fordernde Irwin. Er war ein Herr, der sie auf feine Art umwarb und ihr von Anfang an das Gefühl einer wohltuenden Geborgenheit gab.

Sie hatte ihm gleich am ersten Tag gesagt, daß sie verheiratet war, und angedeutet, worunter sie in dieser Ehe litt.

»Ich liebe meinen Mann trotz allem«, sagte sie. »Er tut mir leid. Aber Mitleid ist ein allzu schwaches Fundament für eine Ehe.«

Manuel verstand sie. Er verstand auch ihre ständige Bereitschaft, die zweifellos von den Erlebnissen mit Irwin geprägt war. Und diese Bereitschaft war es, was ihn zunächst fesselte. Helga war eine schöne Frau, die ihm immer auf halbem Wege entgegenkam. Er fand dafür die naheliegende Erklärung, doch von der wirklichen Ursache wußte er nichts, und Helga hütete sich wohl, ihm davon zu sprechen. Zu deutlich sah sie noch das blanke Erschrecken in den Augen Ginos, das ihr wahrscheinlich allzu offenes Geständnis verursacht hatte.

Es wäre abwegig, in diesem langsam wachsenden, ständig sich vertiefenden Liebesverhältnis die Ursache aller späteren Verwicklungen zu suchen. Beide sahen darin zunächst nur die immer wieder sich erneuernde Quelle eines ruhigen und beruhigenden Glücks.

Die Wende kam erst, als Helga sich eines Tages schwanger fühlte.

Sie sagte es ihm nur so nebenbei. Irgendwie würde sie das schon in Ordnung bringen ...

Manuel sah sie an – mit leuchtenden Augen. Was er bisher nicht für möglich gehalten hatte, sah er nun vor sich: Er konnte und durfte nun daran denken, Helga die Trennung von ihrem Mann vorzuschlagen, und er wagte es eines Tages auch.

Für sie war dieser Vorschlag eine kaum faßbare Überraschung, doch je mehr sie darüber nachdachte, um so klarer sah sie den Weg, den sie zu gehen hatte.

Aus dieser Verwirrung und der Hoffnung auf eine glückliche Lösung ihres Eheproblems und der immer drängender werdenden Bitte Manuels, den Gedanken an eine Abtreibung endgültig aufzugeben, erwuchs schließlich die Idee, Richard zur Tarnung ihres noch nicht sichtbaren Zustandes die Zusammenarbeit mit einer Samenbank vorzuschlagen.

Manuel war einverstanden gewesen. War das Kind erst da, dann würde sich das Problem bestimmt leichter lösen lassen.

Helga fühlte, daß irgend etwas auf sie zukam, dem sie nur durch einen harten Entschluß ausweichen konnte: die drohende Versetzung Richards hätte die Trennung von Manuel bedeutet.

Ein unerträglicher Gedanke. Dann lieber einen harten Bruch mit all seinen Folgen!

Als sie mit Manuel darüber sprach, riet er zu Besonnenheit. Jetzt war der Augenblick gekommen, in dem er vor Helgas Mann hintreten und ihm die Wahrheit sagen mußte.

Helga hatte Angst vor diesem Schritt und hielt Manuel immer wieder davon zurück. Konnte sie wissen, wie Richard auf eine solch erschreckende Nachricht reagieren würde?

Dann wieder kam ihr der Gedanke, die drohende Versetzung sei nur eine Ausrede.

Sollte Richard etwa von ihren Beziehungen zu Manuel erfahren haben und in der Versetzung die »diplomatische« Lösung der Probleme sehen?

Je mehr Dr. Hürten über die Mitteilungen seiner Behörde nachdachte, um so mehr erkannte er, daß er einen Fehler gemacht hatte, als er sich der vollen Wahrheit durch seine Flucht entzogen hatte. Nur sie konnte restlose Klarheit bringen.

Kurzentschlossen bat er eines Tages um eine neue Unterredung.

Sie offenbarte ihm auch die Beziehungen zu dem sattsam bekannten Erotomanen Irwin. Seine Bestürzung wurde zum Haß. Das war der Augenblick, in dem er Helga zur Rede stellte.

Sie hörte ihn gefaßt an, sah ihm dabei unentwegt in die Augen – und schwieg.

Was nun zu geschehen hatte, war ihr klar.

Die mit banger Sorge und dennoch sehnlichst erwartete Antwort aus New York traf bei Frau Trempler in Aachen an einem Samstagmorgen ein. Sie unterschrieb die Empfangsbestätigung mit zitternder Hand. Dann preßte sie den Brief an sich, schaltete das Radio aus und setzte sich in ihre Wohnecke.

Ihn zu öffnen, fand sie lange nicht den Mut. Sollte er die langersehnte Wende ihres Schicksals bringen?

Sibylla Trempler war eine schlanke, aber trotzdem wohlgerundete Frau von 32 Jahren. Auf den ersten Blick wirkte sie wesentlich älter. Schon zeigten sich die ersten winzigen Fältchen um ihre Augen, und von den Nasenflügeln zogen sich zwei harte Falten zu den Mundwinkeln. Ihr mittelblondes Haar wirkte spröde und stumpf, ihre graublauen Augen glanzlos. Sie war eine gesunde, aber viel zu früh gealterte Frau.

Was hatten die letzten vierzehn Jahre aus diesem einst so frohen, quicklebendigen Mädchen gemacht, das damals im Glücksrausch einer himmelstürmenden Liebe ihrem jungen Amerikaner blindlings nach New York gefolgt war!

Das Glück war nicht von Dauer gewesen. Schon nach wenigen Monaten hatte man ihn zum Wehrdienst einberufen und kurz darauf mit tausend anderen nach Vietnam verschifft: zu einem »Spaziergang von höchstens zwei Monaten Dauer«, wie er ihr immer wieder versichert hatte.

Ein herzzerreißendes Abschiednehmen, ein bisher nie gekanntes beklemmendes Gefühl in ihrer Brust, Tränen und... schon ein halbes Jahr später die entsetzliche Nachricht, daß ihr Mann bei den schweren Kämpfen um Quang Tri den Tod gefunden hatte.

Allein in einer fremden Stadt, in einer nur spärlich möblierten Wohnung an der River Side, fremd unter Fremden, das war mehr, als sie auf die Dauer ertragen konnte.

Schon begann sie mit den Vorbereitungen für eine Rückreise, da kam eines Tages die Nachricht, ihr Mann sei nicht gefallen, sondern nach Aussagen mehrerer Kameraden verwundet in Gefangenschaft geraten.

Ein Lichtstrahl in der Finsternis. Neu aufflammende Hoffnungen und dann dieses trostlose Warten, Warten, Warten.

Wann würde endlich der erste Brief von ihm kommen?

Er kam nie.

Statt dessen kam drei Jahre später der Brief eines Kameraden, der bitterer war als die bitterste Todesnachricht. Ihr Mann habe sich nach seiner Gefangennahme in eine vietnamesische Krankenschwester verliebt, lebe mit ihr zusammen und sei Vater von zwei Kindern. In die USA werde er nie zurückkehren. Die USA seien nach diesem unmenschlichsten aller Kriege für ihn Feindesland.

Sie konnte und wollte es nicht glauben, bis sie endlich nach vielem Suchen und mit Hilfe militärischer Dienststellen den Absender des inhaltsschweren Briefes in Boston fand und persönlich sprechen konnte.

Er bestätigte seine Angaben und ergänzte sie noch durch viele

Details. Zweifel gab es nicht mehr. Und keine Hoffnungen. William, ein in grausamen Kämpfen total zermürbter, dem Rauschgift verfallener junger Mann, war den Verlorenen zuzurechnen. Er lebte noch, liebte eine andere Frau und hatte für sie selber nicht einmal ein paar Zeilen.

In einem Anfall von Bitterkeit, Wut, Enttäuschung und unsagbarem Schmerz zerriß sie seine Fotos und seine Briefe, um ihn damit für immer aus ihrer Erinnerung löschen zu können.

Vergebens. Immer wieder tauchte sein Bild vor ihr auf und mit ihm der unstillbare Schmerz.

Vergrämt mußte sie erkennen, daß sie nur in der Heimat, im Schoß ihrer Familie, zur Ruhe kommen würde.

Während sie ihre wenigen Habseligkeiten zusammenpackte, fand sie unter Williams Papieren eine Druckschrift, deren Inhalt sie befremdete.

IST IHR LEBEN IN GEFAHR?

Üben Sie einen besonders gefährlichen Beruf aus?
Stehen Sie vor einer lebensgefährlichen Operation?
Leiden Sie an einer unheilbaren Krankheit?
Sind Sie nur bedingt zeugungsfähig?
Möchten Sie Ihre Zeugungsfähigkeit auf Jahrzehnte sichern?
...dann sichern Sie sich Ihr eigenes Kind
durch ein Samenkonto bei der SPONLAB
Fordern Sie unsere Aufklärungsschrift
oder melden Sie sich zu einem vertraulichen Gespräch bei uns an.

Geringe Gebühren für höchste Sicherheit!

Sie zerriß den Zettel kopfschüttelnd und warf ihn mit den übrigen Papieren und Fotos ins Feuer...

In Aachen hatte Sibylla eine Stellung als Korrespondentin angenommen und mit der Zeit in ihren alten Familien- und Freundeskreis zurückgefunden. Nur langsam verblaßte die schmerzvolle Erinnerung an ein allzu kurzes Glück, doch ein Mann, der sie ernsthaft interessiert hätte, war in ihrem Lebensraum nicht aufgetaucht. Sie hatte sich auch damit abgefunden. Zwölf Jahre ohne

Höhen und Tiefen, Jahre, in denen auch die ersten grauen Haare sichtbar wurden. Sie selber sah sie nicht.

Alles ging seinen ruhigen Gang, bis wie ein Blitz aus heiterem Himmel der Brief einer vietnamesischen Klinik eintraf, in dem ihr der Chefarzt in aller Form mitteilte, daß ihr Mann nach langem Siechtum in seiner psychiatrischen Abteilung an den Folgen einer Gehirnentzündung gestorben sei.

Kein Wort über seine zweite Heirat, über seine Kinder. Nur ein paar belanglose Papiere und ein Foto von ihrem Hochzeitstag.

Sibylla nahm die Todesnachricht zunächst fast ungerührt zur Kenntnis. Das Foto betrachtete sie eine Weile mit einer Mischung aus Wehmut und verletztem Stolz und steckte es dann in den Briefumschlag zurück...

Erst viele Wochen später kamen ihr Bedenken, als sie wieder einmal in einem Zeitungsbericht über den völligen geistigen Zusammenbruch vieler Vietnamkämpfer und ihre jahrelange Einweisung in geschlossene psychiatrische Heilanstalten las.

Konnte es nicht sein, daß auch William in diesem grauenhaften Dschungelkrieg völlig zerrüttet worden war, jede Beziehung zur Umwelt verloren und den Weg zurück nicht mehr gefunden hatte?

Und wenn es so war, hatte sie ihn dann nicht zu Unrecht verurteilt?

Während sie sich mit dem Gedanken quälte, traf ein Brief aus New York ein, der sie in neue Skrupel und Zweifel stürzte. Er kam von einer amerikanischen Frauen-Organisation zur Pflege des Andenkens an die gefallenen, verlorenen oder dahinsiechenden Helden des Dschungelkrieges.

Es war ein kurzer Schemabrief.

Es hieß, daß viele tausend amerikanische Soldaten – vor allem New Yorker – vor ihrem Weg an die Front in einer New Yorker Samenbank vorsorglich Sperma hinterlassen hatten. Unter ihnen auch ihr Mann.

Inzwischen sei vielen Familien dadurch geholfen worden. Aber nun seien rund fünfzehn Jahre vergangen, in denen die Organisation die laufenden Konservierungskosten verauslagt habe. Angesichts neuer finanzieller Belastungen frage man sich deshalb, ob eine weitere Konservierung noch gewünscht würde, zumal in manchen Fällen nach so langer Zeit nicht mehr mit einer lebenspendenden Kraft des hinterlassenen Samens gerechnet werden könne.

Ein Wink des Schicksals – so schien es ihr.

Mußte sie William nicht im Grunde dankbar sein für das Geschenk, das er ihr vorsorglich hinterlassen hatte?

War es dann nicht sogar ihre Pflicht, dieses Erbe anzutreten und sich dem Leben noch einmal zu stellen?

Mit wem sie auch darüber sprach – manche bezweifelten zwar, daß aus Williams Hinterlassenschaft nach so vielen Jahren noch ein Lebensfunke zu schlagen sei – alle hielten die Möglichkeit, wenn sie wirklich gegeben war, für einen Ruf aus dem Jenseits, der ihrem Leben nicht nur eine beglückende Wende, sondern auch einen neuen Inhalt geben könne.

War die Hinterlassenschaft aus der glücklichsten Zeit ihrer Ehe nicht geradezu eine Verpflichtung?

In dieser Gemütsverfassung hatte sie den Brief an die SPONLAB geschrieben. Nun lag die Antwort in ihren Händen. Was würde sie bringen?

Eine Zeitlang zögerte sie, den Brief zu öffnen. Sein Inhalt konnte schwerwiegende Folgen haben. Sich ihnen zu entziehen, war unmöglich.

Doch dann riß sie kurzentschlossen den Umschlag auf und las.

»Sehr geehrte Frau Trempler!

Die bei uns vor vierzehn Jahren hinterlegte Spende ist ordnungsgemäß gelagert worden. Es sind 5 Plastikröhrchen mit je 0,5 Kubikzentimeter Inhalt.

Obwohl ein Teil der Spermien bei einer so langen Tiefkühllagerung an Beweglichkeit einbüßt, dürften sie nach unseren Erfahrungen noch mit Erfolg verwendungsfähig sein.

Wir können Ihnen die Röhrchen, oder nur einige von ihnen, in einer unserer Spezial-Tiefkühlboxen per Luftpost zustellen. Sie müssen den entsprechenden Zeitpunkt nur mit der dortigen Klinik abstimmen.

Aus Sicherheitsgründen und in Anbetracht der ungewöhnlich langen Lagerzeit möchten wir Ihnen allerdings empfehlen, die Insemination in der hiesigen Spezialklinik von Professor Garry vornehmen zu lassen. Mit ihm wären dann auch die Termine abzustimmen. Wenn Sie wünschen, daß wir in dieser Sache vermitteln, bitten wir höflichst um Nachricht.

Indem wir Ihrer sehr geschätzten Rückäußerung mit Interesse entgegensehen, verbleiben wir hochachtungsvoll

SPONLAB

Dr. Wörber«

»Aus Sicherheitsgründen und in Anbetracht der ungewöhnlich langen Lagerzeit...« Dieser Hinweis machte Sibylla stutzig. Sie hätte sich die umständliche, zeitraubende und auch kostspielige Reise gern gespart, doch als sie mit ihren Eltern darüber sprach, rieten diese ihr zu. Beide wußten nur zu gut, wie ihre Tochter unter dem Alleinsein litt, und sie bestanden darauf, auch das kleinste Risiko auszuschließen.

»Flieg rüber!« entschied der Vater. »Die Kosten werden wir übernehmen.«

Damit war die Frage entschieden.

Hans trug einen neuen blauen Anzug, ein weißes Hemd, eine blauweiß gestreifte Krawatte und war über und über mit Paketen beladen. Sein blondes Haar leuchtete in der Sonne wie Gold.

So kam er ihnen die lange steile Rolltreppe am Kennedy Airport entgegen. Ein bißchen schlanker, wie es schien, ein bißchen hager im Gesicht, aber strahlend wie einer, der das Große Los gezogen hat.

Er stellte den neuen großen Koffer ab, warf die Pakete dazu und riß Manny stürmisch an sich. Die Leute, die es sahen, schmunzelten.

»Manny, wenn du wüßtest, wie oft ich an dich gedacht habe und wie du mir gefehlt hast. Es ist manchmal schwer gewesen, ohne dich.«

Manny hatte ihr helles Fähnchen mit den zartrosa Blümchen angezogen, das er ihr noch kurz vor seiner Abreise gekauft hatte.

»Mädchen, bist du hübsch geworden! Jetzt wird aber so schnell wie möglich geheiratet, sonst schnappt dich mir noch ein anderer vor der Nase weg!«

Nick und Tom nahmen den Koffer und die Pakete, Hans nahm sein Mädchen in den Arm, und so marschierten sie frohgelaunt zu dem riesigen Parkplatz. Dort stand der alte, großräumige Caddy, den ihnen ein Freund für zwanzig Dollar anvertraut hatte.

Hans und Manny nahmen in dem wollüstig breiten Fond des Wagens Platz und Nick machte den Fahrer, obwohl es bei ihm zu einem Führerschein immer noch nicht gereicht hatte.

Hans wußte sich vor Freude kaum zu halten. Er legte den Arm um Mannys Schulter und zog sie zärtlich an sich.

Gleich wird er wieder nach dem Jungen fragen, dachte Manny dabei und erstarrte vor Angst in seinen Armen.

Doch Hans hatte offenbar schon gespürt, daß er mit dieser Frage an eine offene Wunde rührte, und verdrängte sie.

Zu Hause nahm ihn Nick einen Augenblick beiseite.

»Manny ist schrecklich nervös wegen des Jungen. Am besten, du sprichst heute nicht von ihm. Tom und ich hauen jetzt ab; wir haben Freikarten für die Met.«

»Wann kann ich den Jungen denn mal sehn?«

»Besprich das mit mir. Ich muß dich vorher in der Klinik anmelden. Die kennen dich doch nicht. Da könnte ja jeder kommen.«

»Aber ich bin doch der...«

»Auf dem Papier bist du für die vorläufig noch gar nichts. Und dein Herr Sohn ist noch ein unehelich geborenes Kind.«

»Das wird schleunigst geändert.«

Nick wandte sich an Tom.

»Wir lassen die zwei mit ihrem jungen Glück jetzt allein und liefern erst mal den Caddy ab.«

»Ihr geht schon?« fragte Manny. Jetzt schon mit Hans alleingelassen zu werden war nicht ganz nach ihrem Sinn.

»Hoffentlich kannst du's verschmerzen. Hans wird dich trösten.« Er wandte sich an Hans. »Oder etwa nicht?«

»Worauf du dich verlassen kannst.«

Er begleitete sie zur Tür, schloß sie hinter ihnen, zog seine Manny wie ein Ausgehungerter an sich und sagte: »Endlich allein!« Er sah sich um, als sei ihm alles völlig neu. »Manny, ist das schön bei dir! Und so richtig gemütlich – genau wie bei meiner Mutter. Und wie das alles blitzt!«

»Jetzt essen wir erst mal fein zu Abend«, sagte Manny. Sie rückte den Küchentisch zurecht und öffnete den Kühlschrank.

»Hat alles Nick spendiert. Sogar eine Flasche französischen Champagner.«

»Hat der denn wieder mal 'n Preis im Rollschuhlaufen gewonnen?«

»Die Rollschuhe hat er vor ein paar Tagen verkauft. Der macht jetzt anscheinend eine ganz große Karriere.«

»Hat er etwa die Rechtsverdreherei schon an den Nagel gehängt?«

»Ja, der will jetzt was anderes anfangen, aber das soll er dir mal selber erzählen. Wahrscheinlich kann er sich dann ein eigenes Zimmer mieten.«

»Warum denn das? Der hat sich doch bei uns ganz wohl gefühlt. Ich hätte ihn bestimmt nicht vor die Tür gesetzt.«

Beinah hätte Manny gesagt: Aber wenn das Kind erst da ist... Doch das schluckte sie noch schnell genug hinunter.

»An dem Burschen ist was dran, hab' ich gleich gemerkt. Wenn der nur nicht den Handel mit dem Giftzeug anfängt.«

»Aber Hans, wo denkst du hin! Der hat sich sogar das Rauchen abgewöhnt.«

Manny holte Teller, Messer und Gabeln aus dem Schrank und deckte den Tisch. Hans sah ihr lächelnd zu.

»Wenn ich dich so beobachte...«, sagte er, »du siehst aus wie eine richtige kleine Mutti. Und ich sitze wie ein Pascha vor dem Tisch. Verdammt noch mal, da merke ich erst, was es heißt, ein richtiges Zuhause zu haben. Eigentlich wollte ich ja gleich eine Dreizimmerwohnung in einer besseren Gegend suchen.«

»Ach ja, Hans, wenn wir uns das leisten können und Nick über kurz oder lang auszieht...«

»Nur langsam. Vorläufig wohnt der noch hier, und wenn wir erst eine größere und schönere Wohnung haben, kann er erst recht bleiben!« Er machte eine Denkpause. »Sag mal, hat's etwa Krach zwischen euch gegeben?«

»Nicht den geringsten.«

»Weshalb will der denn dann eine eigene Bude mieten? Wovon will er die bezahlen? Oder will er sein Studium an den Nagel hängen und wieder mal als Aushilfskellner arbeiten? Verrückt so was.«

»Hans, er hat dir das in der Eile noch nicht alles sagen können, er hat eine ganz großartige Stellung mit unglaublichen Chancen.«

»Also Schluß mit dem Studium? Idiotisch so was! Der Bursche hat doch Köpfchen.«

»Das Studium braucht er deshalb nicht aufzugeben. Er muß nur umsatteln.«

»Was heißt das?«

Manny erzählte ihm, nicht ohne einen gewissen Stolz, von Nicks völlig neuer Situation. Hans mochte es kaum glauben.

»Er könnte doch wenigstens abends bei uns essen kommen. Ich würde den Nick nur ungern missen. Ist doch 'n prima Charakter. – Der und sein Indianerhäuptling sind wohl noch immer unzertrennlich?«

»Da kann sich auch einer auf den andern verlassen.«

»Das Glück hab' ich leider nicht gehabt. Mein Neapolitaner, um den ich mich monatelang gekümmert habe, hat mir zum Schluß meinen neuen elektrischen Rasierapparat geklaut.«

»Und womöglich zum Abschied Krokodilstränen vergossen.«

»Manny, wahrhaftig, so war es.«

Während des Essens fühlte Manny, wie die anfängliche Beklemmung langsam von ihr wich. Die harmlose, von keinerlei Mißtrauen oder Eifersucht angenagte Herzlichkeit, mit der Hans die alten Fäden wieder knüpfte, rührte sie. So war es zwischen ihnen gewesen, genau so, als er damals nach Las Vegas ging.

Sollte es wirklich unmöglich sein, daß alles wieder so wurde, wie es war, bevor das Unglück über sie hereinbrach?

Dieser Abend – so schien es – stand unter einem besonders günstigen Stern. Die gute Laune, die Hans mitgebracht hatte, steckte Manny an, und der Champagner tat das seine.

»Braust du jetzt einen starken Kaffee? Ich habe inzwischen im Schlafzimmer zu tun.«

Er schloß die Tür hinter sich und öffnete mit flinken Fingern einen der vielen Kartons nach dem andern.

Das weiße duftige Kleid, ein Traum aus Tüll und Seide, legte er quer über das Doppelbett, dazu das Hütchen mit dem Schleier, die weißen Handschuhe und das silberne Handtäschchen ...

Dann rief er Manny herein. Das war seine große Stunde, und das sollte auch ihre große Stunde werden.

»Weißt du, was das bedeutet, Mädchen?« sagte er, als Manny strahlend auf die kostbaren Geschenke sah.

Sie sagte nichts. Sie fand vor Glück keine Worte.

Sie fiel ihm weinend um den Hals.

Dann nahm sie das Kleid, hielt es vor sich und trat damit vor den Spiegel. Die Freudentränen in ihren Augen glitzerten wie Diamanten. Sie drehte sich ein wenig nach links, ein wenig nach rechts, trat ein paar Schritte zur Seite, dann wieder vor – ihre Augen wollten sich nicht satt sehen an der weißen Pracht.

»Hans«, jubelte sie, »das ist das schönste Hochzeitskleid, das ich je gesehen habe!«

»Für das schönste Mädchen, das es gibt.«

Sie hängte das Kleid sorgfältig auf einen Bügel. Dann nahm sie die weißen, hauchdünnen Handschuhe, streifte sie über und griff damit in seine blonden Wuschelhaare.

»Hans, du bist der beste Kerl der Welt. Ich bin dich gar nicht wert.«

Sie bot ihm ihre Lippen zum Kuß.

So hielt er sie eine selig lange Zeit in seinen Armen.

»Und morgen bestelle ich gleich unsere Trauung«, schwor er. »Es wird ja auch allmählich Zeit.«

Dabei dachten sie beide – ein bißchen schuldbewußt – an den Jungen.

Hans entwickelte in den nächsten Tagen eine Betriebsamkeit, die selbst Nick in helles Staunen versetzte.

Zuerst lief er zu seiner Firma, holte sich seinen neuen Vertrag als Vorarbeiter und nahm gleich zwei Wochen Urlaub.

Man war mit ihm und seiner Arbeit zufrieden. Alles, was er in Las Vegas geschaffen hatte, war erhalten geblieben; die Firma würde immer wieder wirkungsvoll darauf hinweisen können. Der Meister, der ihn in die Firma eingeführt hatte, war stolz auf ihn.

»Nun wird geheiratet«, sagte Hans. »Weißt du auch, wer unser Trauzeuge werden soll?«

Der Meister lachte.

»Gemacht, mein Junge. Und mit einem ganz dicken, wunderschönen Blumenstrauß – auf Kosten der Firma.«

Leider würde die Trauung erst in vier Wochen möglich sein. Zeit genug, um auch die anderen Dinge in Gang zu bringen, die er sich vorgenommen hatte.

Zum Beispiel eine Neubauwohnung in einem besseren Viertel und in einer Straße mit zwei Reihen Bäume. Das hatte Manny sich gewünscht. Nur eineinhalb Zimmer und eine große, herrlich ausgestattete Wohnküche mit Müllschlucker, Wasch- und Spülmaschine, fix und fertig mit allem, was dazu gehört.

Neue Betten. Die alten stammten noch von Mannys Eltern, und für das halbe Zimmer... Nein davon sprach er nicht. Das Kinderbettchen würden er und Manny gemeinsam kaufen. – Bei Bloomingdale's, schwor er sich.

Über den Jungen sprach er nur, wenn er mit Nick allein war, und auch dann nur wenig, sosehr es ihn brannte, sein Söhnchen zu sehen und wenn möglich auf den Arm zu nehmen.

Nick verstand es immer wieder, ihn von solchen Gedanken abzubringen. Die Nachrichten, die er sich jeden zweiten Tag von der Stationsschwester holte, waren ohnehin wenig ermutigend. Auch der farbige Junge hatte die Krise noch nicht hinter sich.

Er mied es, mit Manny darüber zu sprechen.

»Die Kinder sind in den denkbar besten Händen«, sagte er, als sie einmal danach fragte. »Vielleicht regelt sich das eines Tages ganz von selbst. Auf jeden Fall wird alles leichter, sobald Hans sich eingelebt hat und täglich zur Arbeit geht.«

»Du denkst doch nicht etwa, der weiße Junge würde es nicht schaffen?« fragte sie, und ihre Lippen zitterten.

Nick zuckte die Schultern.

»Sprich nicht darüber, dazu ist noch Zeit genug.«

Einmal, als sie abends bei Tisch saßen, brachte Nick das Gespräch von selber auf den Jungen. Was er sagte, war nur wenig, aber genug, um Hans von dem geplanten Besuch in der Klinik abzuhalten.

Samy erwähnte er mit keinem Wort, obwohl Samy ihm täglich auflauerte und besorgt nach den beiden Jungen fragte.

»Ich habe meine Mutter nur schwer dazu kriegen können, daß sie zusagte. Erst, als ich auch noch den Reverend eingeschaltet habe, da ging es. Jetzt fragt sie täglich, wann der Junge endlich kommt.«

»Und du? Wie stehst du zu dem Jungen?«

»Mit dem Jungen habe ich mich abgefunden. Aber daß Manny jetzt den Deutschen heiratet... Ich weiß nicht, Nick, ob du mich verstehen kannst. Als Farbiger ist man besonders empfindlich, vielleicht übertrieben empfindlich.«

»Ich verstehe das wahrscheinlich besser, als du ahnst. Ich hätte dich ebenso gern als Schwager gehabt, wie Hans. Und wie Manny ums Herz ist, kannst du dir sicher denken. Zunächst ist sie wohl heilfroh, diese Probleme noch etwas vor sich herschieben zu können. Du weißt, daß ich dich und Rita wirklich mag und euch neben Tom als meine besten Freunde betrachte.«

»Ich weiß es. Und Rita weiß es auch. Gut, daß diese Probleme nicht auch zwischen Rita und Tom auftauchen.«

»Tom ist viel zu klug, um sich an der Hautfarbe zu stoßen. Außerdem ist sein Charakter aus dem harten Holz seiner stolzen Vorfahren. Er ist in Ordnung, sonst wäre er nicht mein Freund.«

In der Wohnung des Diplomaten Dr. Richard Hürten klingelte das Telefon. Helga saß nahe dem Apparat und meldete sich.

Einen Augenblick hielt sie den Hörer unschlüssig in der Hand. Dann gab sie ihn wortlos an Richard weiter.

»Hier Hürten. Ja, ich bin zu Hause. – Meine Frau sitzt mir gegenüber. – Gut, wir erwarten Sie in einer halben Stunde.«

Er legte auf und zündete sich umständlich eine Zigarette an.

»Hast du das veranlaßt?«

»Er wollte dich sprechen, und ich habe ihn gebeten, um diese Zeit anzufragen, ob du ihn empfangen willst.«

»Was will er denn noch? Ist nicht schon genug über diese mehr als peinliche Geschichte geredet worden?«

»Er möchte sich dir vorstellen und nicht den Mann im Dunkeln spielen.«

»Die Rolle hat er ja auch lange genug gespielt.«

Hürten stand auf und stellte eine Flasche Whisky auf den Tisch. Helga sah ihm mit erstaunten Augen zu.

»Meinst du, er müsse sich Mut antrinken?« Ihre Stimme klang, als müsse sie ersticken.

»Ich will ihm die Chance geben. Er wird sie nötig haben.«

Helga verstand nicht, was er damit sagen wollte. Er hatte in den letzten Tagen kein unnötiges Wort mit ihr gesprochen. Dieses Schweigen bedrückte und ängstigte sie. War das etwa die Stille vor einem Sturm, der jeden Augenblick losbrechen konnte?

»Du liebst ihn also«, sagte er. War das eine Frage oder eine Feststellung?

»Würde ich sonst um ihn zittern? Ich liebe ihn so sehr, wie ich dich geliebt habe, bis dann ...« Sie verstummte.

»Bis dann ein winziger Bombensplitter –«

»Einen Teil dieser Liebe zerriß.«

»Ich habe deine Haltung bewundert und getan, was ich konnte, um dir das Weiterleben mit mir lebenswert zu machen.«

»Ja, aber ich bin eine gesunde Frau.«

»Und ich verstehe diesen Teil deines Problems, das auch das meine ist. – Dann kamen andere«, sagte er bitter.

»Es kam nur einer«, log sie überrascht und verzweifelt. »Dieser eine! Er gab mir, was du mir nicht mehr geben konntest. Ich war hungrig und durstig nach Liebe.«

»Nach dieser Art von Liebe?!«

»Ja, ja! Zunächst nur nach ihr. Doch dann lernte ich ihn kennen: einen untadeligen Ehrenmann.«

»Du sprichst doch von diesem Österreicher, oder ...?«

»Von wem denn sonst?« Ihre Stimme zitterte vor Angst.

Um Richards Lippen lag ein bitterer Zug.

»Von diesem Ehrenmann, der in die Ehe eines Krüppels einbricht und ihm auch noch das Letzte nimmt.«

»Du bist bitter, Richard. Ich kann es verstehen. Aber er wird gleich hier sein und den Versuch einer Rechtfertigung wagen.«

»Das sollte ihm nicht schwerfallen, wenn er der Ehrenmann wäre, für den du ihn hältst.«

Helga horchte erschreckt auf. Richards Stimme hatte etwas Dunkles, Drohendes. Sie fröstelte. Wenn doch diese Auseinandersetzung nur schon überstanden wäre!

Sie sah, wie ihr Mann mit dem goldenen Taschenfeuerzeug herumspielte, das sie ihm vor Jahren in Paris gekauft hatte. Diesen Mann hatte sie geliebt, und sie liebte ihn noch. In seinen starken Armen hatte sie sich überglücklich und geborgen gefühlt, bis dann das Unglück alles zerriß.

Sie hatte anfangs geglaubt und gehofft, diesen Schicksalsschlag gemeinsam mit ihm tragen zu können, doch die Natur war stärker gewesen. Nur deshalb, nur deshalb hatte das Unbegreifliche geschehen können.

Wie er da vor ihr saß, das Feuerzeug zwischen seinen schlanken Händen, hätte sie zu ihm stürzen, sich neben ihm auf die Knie werfen und alles Leid verklungener Zeiten aus sich herausschreien mögen.

Er tat ihr leid. Er hatte nie über sein Schicksal geklagt. Er hatte es still ertragen. Wie schwer, wie bitter schwer, mußte ihm die erste Zeit gewesen sein, als sie noch im gemeinsamen Schlafzimmer, Bett an Bett, geschlafen hatten.

Vorbei. Verwunden, aber nie vergessen...

Sie hatte das Mädchen weggeschickt, weil sie auch heftige Auseinandersetzungen nicht für ausgeschlossen hielt.

Als es dann klingelte, ging sie selber öffnen.

Manuel war bleich. Er gab ihr schweigend die Hand.

Dann standen die beiden Männer einander gegenüber.

Richard bat den Jüngeren mit einer Geste, Platz zu nehmen.

»Herr von Ebersbach«, begann er. »Wir brauchen keine gegenseitigen Erklärungen. Die Tatsachen sprechen für sich. Darf ich annehmen, daß Sie heute gekommen sind, um mir zu sagen, daß sie meine Frau heiraten möchten?«

Manuel nickte.

»Und daß Sie dazu gewissermaßen mein Einverständnis hören möchten.«

»Ungefähr so.«

»Ich habe Helga ebenso leidenschaftlich geliebt, wie Sie sie heute lieben mögen, aber... Na ja. Helga wird es Ihnen erzählt haben.«

»Als Ehrenmann hatte ich schon vor Monaten beabsichtigt, Sie um dieses Gespräch zu bitten.«

»Als Mann von Ehre – gewiß; wie sich das gehört.«

Wieder horchte Helga erschreckt auf. In Richards Stimme klang eine leichte, bedrohliche Schärfe. Manuel spürte sie nicht.

»Sie wissen«, fuhr Richard fort, »daß Helga und ich uns ein Kind wünschten. Wir sind deshalb übereingekommen, die Hilfe eines angesehenen Gynäkologen und einer Samenbank in Anspruch zu nehmen. Es war im Grunde mehr der Wunsch meiner Frau. Ich hoffe, Sie haben dafür Verständnis.«

Helga wurde unruhig. Auf was wollte ihr Mann hinaus?

»Ich liebe Kinder. Keiner hätte dafür mehr Verständnis als ich.«

»Ach? Wirklich?« Richard sprang auf und warf das Feuerzeug auf den Tisch, daß es knallte. Seine Augen funkelten vor Haß. Alle andressierte Ruhe, alles, was die Diplomatie ihn gelehrt, was die gute Sitte vorschreiben mochte, war vergessen, beiseite gefegt.

»Herr Soundso, wenn Sie damals gekommen wären, ja, ich hätte gute Miene zum schmerzlich bösen Spiel gemacht. Ich hätte guten Willens in eine Ehescheidung eingewilligt. Aber einen Mann wie Sie, einen Lumpen wie Sie, der mir durch einen nicht alltäglichen Schwindel ein Kuckucksei ins Nest legen wollte – nein!«

Er wies Manuel mit ausgestreckter Hand die Tür.

Manuel stand auf, verbeugte sich korrekt und ging.

Helga war zusammengesunken und weinte.

Richard verließ das Zimmer, ohne sie auch nur noch eines Blickes zu würdigen.

Wenige Minuten später peitschte ein Schuß durch die bedrükkende Stille. Helga zuckte wie unter einem Peitschenhieb zusammen.

Richard hatte eine Lösung gewählt, an die sie mit keinem Gedanken gedacht hatte.

Für Hans hatte ein neues Leben begonnen.

Alles lief wie am Schnürchen. In zwei Tagen würde endlich die Hochzeit sein.

Der Himmel war himmelblau und so klar wie noch nie, und das Leben rosarot, als sähe er's durch eine Sonnenbrille. Und die Sorge um den Jungen? Manchmal quälte sie ihn, und das langsam in immer stärkerem Maße.

Die Stetigkeit, mit der jedes Gespräch über den Jungen von Manny und Nick vermieden oder schon im Ansatz erstickt wurde, verstand er nicht. Sie machte ihn mit der Zeit stutzig.

Und als ihm eines Tages in der Stadt ein sensationell aufgemachter Aufsatz über die wachsende Zahl von Mißbildungen und Mißgeburten in die Hände fiel, packte ihn eine bis dahin nicht gekannte Unruhe, die sich steigerte, je mehr er sich das Verhalten Mannys und Nicks ins Gedächtnis rief.

Er hatte die furchtbaren Bilder der sogenannten Contergan-Kinder noch deutlich in Erinnerung. Sollte auch sein Junge... Er wagte nicht, den Gedanken zu Ende zu denken. Und die Schrekkensbilder der Zeitung steigerten seine Unruhe ins Unerträgliche.

»Jetzt will ich Klarheit haben!« sagte er laut. Er rief ein Taxi und ließ sich zum HAUS DER HOFFNUNG bringen.

Zu wem er wolle?

Zu seinem Jungen.

Welche Station?

Das wisse er nicht.

»Wie ist denn Ihr Name?«

»Siemsen, Hans Siemsen.«

»Moment.« Langes Blättern und Suchen in ellenlangen Listen.

»Bei uns liegt kein Baby dieses Namens. Vielleicht fragen Sie mal in der Entbindungsklinik an der East Side.«

Die Person an der Anmeldung klappte die Liste zu. Die Sache war für sie erledigt.

Hans ging wütend weiter und verirrte sich prompt in dem Labyrinth der langen breiten Korridore und unverständlichen Wegweiser.

Endlich stieß er auf einen weißbekittelten jungen Mann. Bei ihm fand er offene Ohren.

»Sie sagen, daß Sie der Vater des Jungen sind. Aber – verzeihen Sie die Frage – sind Sie mit der Mutter verheiratet?«

Daß er das übersehen hatte!

»Nein, noch nicht, wir wollten ...«

»Aha! Und wie heißt die Mutter Ihres Jungen?«

»Manny Hunter.«

»Damit kommen wir weiter.« Der junge Arzt führte Hans zur Anmeldung zurück und sorgte dafür, daß ihm die Station genannt und der Weg beschrieben wurde.

Saal 423, Stationsschwester Eva. Sie empfing ihn persönlich.

»Ihr Name?«

»Mein Name ist Siemsen, Hans Siemsen, aber das tut doch nichts zur Sache.«

»Glauben Sie?«

»Weil meine Frau, ich meine meine Verlobte, Manny Hunter...«

»Ach!« – Der Schwester ging ein Licht auf. Diese Manny hatte sie nur noch allzugut in schlechter Erinnerung.

»Und Sie möchten?«

»Meinen Jungen sehn – natürlich.«

»Hm. Würden Sie so freundlich sein, diesen Besuchsfragebogen auszufüllen, damit ich Sie dem Stationsarzt melden kann. Die Jungen liegen auf der Sonderstation.«

»Ich weiß. Gibt es viele solche Fälle?«

»Außer Ihren Jungen nur ein paar harmlose Frühgeburten.«

Hans legte den Kugelschreiber aus der Hand. Er war noch zu erregt und verwirrt, um ganz zu begreifen, was ihm da so zwischen den Zeilen verpaßt worden war.

»Mein Junge ist hoffentlich nicht verkrüppelt!«

»Nein; beide Jungen sind nur außerordentlich schwach.«

Hans wurde nervös.

»Verzeihen Sie Schwester Eva, Sie verwechseln hier was. Ich meine den Jungen von Manny –«

»Fräulein Hunter hat hier Zwillinge entbunden.«

»Schwester Eva«, sagte er gereizt, »ich spreche nicht von den Zwillingen einer Frau X, mit der Sie meine Manny offenbar verwechseln, sondern von meinem Jungen.«

Die Schwester sagte nichts mehr. Sie wies auf den Fragebogen und wartete, bis er ausgefüllt war. Dann nahm sie ihn an sich und entschwebte damit.

Verdammter Sauladen! Wer in diese Klinik geriet, der mußte wohl froh sein, wenn man ihm nicht wahllos irgendein falsches Kind lieferte.

Es dauerte eine ganze Weile, bis die Schwester wiederkam.

»Der Stationsarzt ist gerade bei einer Entbindung. Wenn sie draußen solange warten wollen?«

»Natürlich. Wie lange dauert denn das?«

»Nehmen Sie bitte auf dem Korridor Platz. Ich werde Sie dann rufen, damit Sie mit dem Doktor selber sprechen können.«

»Sprechen, Schwester? Ich will den Doktor nicht lange aufhalten. Ich bin vor ein paar Tagen aus Las Vegas zurückgekommen und will den Jungen nur mal sehn. In fünf Minuten bin ich wieder draußen.«

Schweigen. Drückendes Schweigen.

»Herr...«, die Schwester sah auf den Fragebogen, »ja, Herr Siemsen, Sie sprechen immer von Ihrem Jungen. Ihre angebliche Verlobte hat hier Zwillinge entbunden. Das dürften Sie doch wissen.«

»Nein, das weiß ich nicht, weil das nicht stimmt. Zeigen Sie mir nun endlich den Jungen oder nicht? Aber meinen bitte, und nicht die Kinder irgendeiner anderen Frau, die meinetwegen hier Drillinge gekriegt haben mag!«

Die Schwester lief rot an. Dieser Flegel, der überhaupt kein Recht hatte, die Zwillinge zu sehen, wurde auch noch frech!

Sie winkte eine schwarze Lernschwester heran und sagte: »Führen Sie den Herrn zum Inkubator.«

Erst in diesem Augenblick überkam Hans ein Gefühl der Unsicherheit. Zwillinge...? So ein Unsinn! Das hätte Manny ihm doch schon stolz verkündet. Dieser Laden war das reinste Irrenhaus.

Die junge Schwester ging vor. Sie führte ihn durch den großen Saal auf die Sonderstation.

Kindergeschrei und zwei Schwestern, die den jungen Mann mit sichtbarer Spannung beobachteten.

Die junge Schwester führte ihn zu den Brutkästen mit den Plexiglashauben und den vielen Instrumenten und Schläuchen. Dann wies sie mit einem freundlichen Lächeln auf die beiden Jungen. Hans sah ein zappelndes farbiges Kind und ein weißes, das zu schlafen schien. Er schüttelte verwirrt den Kopf.

»Aber das sind doch...«

»Das sind Ihre Zwillinge.«

»Blödsinn!« fauchte er. »Mein Junge könnte allenfalls der weiße sein, den Sie da an hundert Drähte und Schläuche gehängt haben. So was! Verdammt und zugenäht!«

»Mein Herr, die Jungen sind Zwillinge. Am selben Tag und zur selben Zeit von derselben Mutter geboren. Ich selber bin zufällig bei der Entbindung zugegen gewesen. Damals waren die Unterschiede der Hautfarbe noch sehr gering, aber jetzt vertiefen sie sich. Die Ärzte sagen, das macht das Licht.«

Hans riß sich mit aller Gewalt zusammen.

»Also, nun hören Sie mal, Schwesterchen: Ich habe keine Zwillinge und schon gar nicht so einen Mischmasch. Ich habe einen weißen Jungen, und den möchte ich endlich sehn!«

Die junge Schwester lächelte gutmütig. Der Mann tat ihr leid. Als hätte sie den Einwand nicht gehört und weil sie dieser Situation völlig hilflos gegenüberstand, fuhr sie ruhig fort: »Die zwei Jungen sind inzwischen die Sorgenkinder der Klinik geworden. Unsere Ärzte tun alles Menschenmögliche, um sie zu retten.«

Hans wandte sich brüsk ab und ging zurück.

»Ich möchte den Stationsarzt sprechen«, sagte er wütend. »Ich komme mir hier ja allmählich vor wie in einem Horrorfilm!«

Schwester Eva behielt die Ruhe. Etwas Ähnliches hatte sie erwartet.

»Ich sagte Ihnen doch schon, daß der Stationsarzt...«

»Verflucht noch mal, gibt es hier nur einen Arzt?«

»Moment bitte!«

Schwester Eva nahm das Telefon.

»Schwester Eusebia, hier ist der Vater – der weiße Vater von dem einen Zwilling. Sie wissen schon. Er ist sehr aufgebracht. Vielleicht ist Herr Professor Garry bereit, ihn zu empfangen... Gut, ich schicke eine Schwester mit.«

Sie wandte sich wieder an Hans.

»Ich glaube, Sie sollten jetzt mit dem Chef des Hauses sprechen. Die kleine Schwester wird Sie zu ihm führen.«

Sie lächelte schon wieder. Auch ihr tat der junge, blonde, gutaussehende Mann im Grunde leid. Daß der an ein solches Biest von Frauenzimmer geraten mußte!

»Darf ich bitten?« sagte die junge Lernschwester und ging voraus.

Jungdetektiv Alex hatte für Rechtsanwalt Laudy eine Sensationsmeldung.

»Dieser Nick ist bis über beide Ohren verliebt«, sagte er bedeutungsvoll.

»Was Sie nicht sagen! Stört uns das?«

»Ja – und nein. Er liebt ein Mädchen, dem er nur einmal flüchtig begegnet ist und von dem er nicht das geringste weiß.«

»Na, dann wird's auch mit der Liebe nicht so weit her sein. Aber weshalb erzählen Sie mir das?«

»Wenn das Mädchen etwa Ihre Maria wäre...«

Der Rechtsanwalt fuhr hoch, als wollte man einem seiner sechsfachen Mörder an den Kragen.

»Jetzt spinnen Sie aber, junger Mann. Soll das etwa der sein, der ihr vor ihrem Besuch bei Dr. Sherrer in den Weg gelaufen ist? So was gibt es nur in Romanen.«

»Und wenn ich Ihnen den Beweis bringe?«

»Den bringen Sie erst mal, dann reden wir weiter.«

Daß Alex und Samy sich rein zufällig trafen, war natürlich kein Zufall. Alex hatte ihm regelrecht aufgelauert. Er lud ihn zu einem

Kaffee ins nächste Drugstore und erklärte ihm unverblümt, er halte Nick für ein Rindvieh. Doch Samy meinte gutmütig, er sei genau entgegengesetzter Meinung.

»So! Dann sag mir: Stimmt es, daß er sich halsüberkopf in irgendein vorbeilaufendes Girl verliebt hat oder nicht?«

»Das habe *ich* dir doch erzählt. Aber so was passiert auch Eierköpfen.«

»Kennst du denn seinen Schwarm?«

»Den kennt er doch selber nicht.«

»Aber ich! Und sogar sehr gut. Ich habe erst vor ein paar Tagen im G + W Hochhaus hochnobel mit ihr zu Abend gegessen.«

»Und anschließend hast du sie nach Hause gebracht. Ist das ein neuer Krimi?«

»Das ist die nackte Wahrheit, und die kann ich beschwören.«

Samy sah ihn mißtrauisch von der Seite an.

»Das Märchen solltest du Nick auftischen.«

»Bring mich zu ihm, und du wirst sehn, was für Augen er macht.«

Samy kratzte sich hinterm Ohr.

»Wenn das kein Schwindel ist, muß ich ja wohl. Nur solltest du gerade in diesen Tagen keinen faulen Zauber mit ihm anstellen, denn zur Zeit hat er reichlich Sorgen mit seiner Schwester.«

»Er wird dir und mir dankbar sein.«

»Also gut.« Samy ließ sich breitschlagen. »Wir fangen ihn heute abend ab, und dann werden wir ja sehn, ob er dir die Geschichte von dem Abendessen abkauft.«

Kurz nach sechs standen sich Alex und Nick zum erstenmal gegenüber.

»Das ist mein Freund Alex. Er hat eine interessante Story für dich.«

»Aha! Speziell für mich?« Nick hob das Kinn. »Erzähl sie!«

»Das möchte ich mir für morgen abend aufheben. Bei einem piekfeinen Essen schmeckt sie noch besser.«

»Läßt sich hören. Und wer bezahlt das Essen?«

»Ich.«

»Du scheinst im Geld zu schwimmen.«

»Im Gegenteil. Mir fehlen noch ein paar hundert Dollar zu einem Videorecorder.«

»Und dazu soll ich dir bei einem Abendessen verhelfen? Was muß ich dafür tun?«

»Du brauchst es dir nur gut schmecken zu lassen.«

»Gemacht! – Und für welche Firma steigt die Reklame? Ich bin nicht mehr der preisgekrönte Rollschuhtänzer.«

»Aber du könntest vielleicht bald schon auf deiner eigenen Hochzeit tanzen – wenn die Sache klappt.«

Nick wandte sich an Samy.

»Spinnt dein Neuer immer so?«

»Bisher noch nie. Er hat nur gesagt, daß du ein Rindvieh wärst.«

»Und das hat dir so imponiert, daß du ihn mir an den Hals hängst?«

Alex sah seine Felle wegschwimmen.

»Wetten, daß du von dem Erfolg dieses Abendessens begeistert sein wirst?«

»Was gilt die Wette?«

Alex zog einen der neuen Hundertdollarscheine und hielt ihn ihm hin.

»Ich bestelle den Tisch für morgen abend acht Uhr auf den Namen Alex. Wenn du mit dem Verlauf des Abends nicht voll und ganz zufrieden bist, kannst du die hundert Dollar behalten.«

»Daß mir der ganze Abend daraufhin nicht gefallen wird, ist dir doch wohl klar?«

»Du wirst so begeistert sein, daß du mir die hundert Dollar mit Freuden zurückgibst!«

Nick nahm den Schein und steckte ihn lächelnd ein.

»Ich werde pünktlich sein; Hand drauf!«

Anschließend rief Alex Maria an.

»Dieser Anruf erfolgt hinter dem Rücken Ihres Vaters.«

Maria lachte.

»Was gibt's denn?«

»Sie haben mich kürzlich zu einem Abendessen eingeladen. Heute möchte ich mich revanchieren. Ich habe eine besonders hübsche Neuigkeit für Sie.«

»Ist das Ihr Enrst?«

»Ich habe bei G + W wieder einen Tisch bestellt. Für morgen abend acht Uhr auf den Namen Alex. Natürlich ohne Norman.«

»Sie machen mich neugierig.«

»Werden Sie kommen? – Wenn Sie mich versetzen, verliere ich eine Wette von hundert Dollar.«

»Schon deshalb werde ich mich wohl nicht drücken dürfen. Sie können auf mich rechnen.«

»Und der Papa?«

»Erfährt von nichts.«

Alex hatte das Restaurant schon kurz vor acht betreten. Gleich würde sein großer Coup über die Bühne gehn. Noch nie war er einer Sache so sicher gewesen wie diesmal. Herr Sonnenberg würde ihm einen Lorbeerkranz überreichen.

Und das dicke Sonderhonorar!

Nick erschien kurz nach acht. Nett angezogen und offenbar recht gut gelaunt.

»Alex, hier gefällt's mir. Wenn das Essen auch so ist, kriegst du deine hundert Dollar zurück.«

»Vielleicht legst du am Ende sogar noch was drauf.«

»Mach's nicht so spannend!«

»Nehmen die Herren schon einen Aperitif?« fragte der Kellner.

Sie bestellten zwei leichte Drinks.

Nick fand Alex durchaus sympathisch und Alex wiederum fand Nick ungewöhnlich attraktiv. Kein Wunder, daß seine Klientin sich in ihn verguckt hatte.

»Ich habe hier erst vor ein paar Tagen gegessen«, sagte Alex leichthin, »und zwar mit einem ganz bezaubernden Girl. Ah, da kommt...«

Das nächste Wort kam nicht; es blieb ihm im Halse stecken, denn es kam nicht nur Maria, sondern hinter ihr kam breitschultrig auch ein gewisser Rechtsanwalt.

Alex wurde blaß.

Nick riß vor Staunen die Augen auf.

Maria wechselte mehrmals die Farbe und blieb schließlich bei Rot.

Der Herr Rechtsanwalt reichte Alex ironisch lächelnd die Hand.

»Alex, Alex, hatten Sie mir nicht versprochen...«

Alex überhörte den Vorwurf und stellte ihm Nick vor:

»Er ist mein Freund.«

»Aha!« machte der Rechtsanwalt, indem er die erstarrte Maria nach vorn schob. »Und das ist Maria, meine Tochter.«

Nick und Maria standen sich fassungslos gegenüber.

»Darf ich noch ein Gedeck auflegen?« fragte der Kellner in die Verlegenheitspause.

Nick fing sich als erster.

»Haben Sie damals das Büro von Doktor Sherrer gefunden?«

Maria nickte.

»Möchten die jungen Herrschaften einander gegenüber sitzen oder nebeneinander?« fragte der Doktor mokant.

Die jungen Herrschaften trauten ihren Augen nicht und gaben keine Antwort.

»Gegenüber ist wohl netter«, meinte Alex schließlich.

»Sie Satansbraten haben hinter meinem Rücken mit meiner Tochter Ränke geschmiedet!« stellte der Anwalt fest. »Was haben Sie sich bloß dabei gedacht?«

»Ich hatte nur das Glück Ihrer Tochter im Auge.«

»Was Sie nicht sagen! Ist dieses Glück Ihrer Meinung nach der junge Herr?«

»Daran gibt es nichts zu zweifeln.«

»Das sieht aber gar nicht danach aus. Kennen sich die beiden denn überhaupt schon?«

»Ich glaube, Ihr Fräulein Tochter und ich sind uns schon einmal begegnet«, sagte Nick.

»Und du, Maria, glaubst du das auch?«

»Bestimmt; er ist es.«

»Demnach wäre ja alles im Lot. Jetzt braucht ihr zwei euch nur noch gegenseitig ewige Liebe zu schwören, falls ihr wirklich schon soweit seid. Das wäre allerdings eine Art Weltrekord«, sagte Dr. Laudy trocken.

Nick und Maria sahen sich wortlos an. Was sollten sie auch dazu sagen?

Alex zwinkerte ihnen lächelnd zu.

»Na, hoffentlich ist mir die Überraschung gelungen«, meinte er.

»Ich wollte wirklich klammheimlich erscheinen«, sagte Maria, »aber Paps ist mir dahinter gekommen, als ich den Fahrer bat, mich in die Stadt zu bringen.«

»Ich wollte nämlich auch in die Stadt«, ergänzte der Anwalt. Er wandte sich direkt an Maria: »Wo habt ihr zwei euch denn kennengelernt?«

»Kennengelernt? Eigentlich nirgends«, antwortete Maria. »Wir haben uns nur ein paar Sekunden gesehn ...«

»Ach – und die haben genügt!«

»Ich glaube, schon«, sagte Nick. Er sah Maria dabei fragend an. Maria nickte glückstrahlend.

»Ich kann es nicht leugnen. Übrigens habe ich ihn schon Wochen vorher als Rollschuhtänzer –«

»Bewundert«, ergänzte Alex frech.

»In der ›New York Times‹ gesehn«, sagte Maria.

»Sie sind Rollschuhtänzer?« fragte der Anwalt ziemlich konsterniert.

»Nur nebenbei. Ich bewege mich mehr auf dem Parkett der Universität.«

Dr. Laudy atmete sichtbar auf. Alex grinste.

»Was haben Sie verdammter Schnüffler sich bei diesem Arrangement eigentlich gedacht?« fragte ihn der Anwalt.

»Nachdem der eine durchgefallen war, was blieb mir da anderes übrig?«

»Der Weg zu mir. Zugegeben«, er senkte seine Stimme, »der Bursche macht einen guten Eindruck.«

»Den machte der richtige Va ..., den machte der andere auch.«

»Dann muß ich mir den wohl auch noch ansehn.«

»Herr Rechtsanwalt, das sollten Sie wirklich. Nur schade, daß er morgen schon abreist.«

»Dann sorgen Sie dafür, daß er vorher noch in mein Büro kommt.«

»Ich werde es versuchen.«

Dr. Laudy wandte sich an Nick.

»Sie studieren also.«

»Halb und halb. Zwischendurch arbeite ich in einem Labor als Assistent.«

»Darf ich fragen, wo?«

»In der SPONLAB. Ich weiß allerdings nicht, ob Sie sich darunter etwas vorstellen können.«

»Und ob ich das kann! – Als Assistent?« Das war sogar Alex neu. »Seit wann denn?«

»Erst seit ein paar Wochen.«

»Und vorher?«

»Habe ich mir beispielsweise durch Rollschuhtanzen etwas nebenbei verdient. Bis dahin wußte ich nicht einmal, daß so eine Firma überhaupt existiert.«

Eine eindeutigere Antwort hätte Nick nicht geben können. Der Anwalt sah Maria an. Maria wurde rot. Das Thema war anscheinend schneller vom Tisch, als sie gedacht hatte.

»Über die SPONLAB müssen Sie mir gelegentlich mehr erzählen. Wir haben nämlich so einen Fall in der Familie.«

Maria erschrak fast zu Tode.

»Einen ... Fall?« fragte Nick etwas peinlich berührt.

»Einigen wir uns auf Glücksfall! Kommen Sie doch an einem der nächsten Sonntage zu uns heraus. Das Thema interessiert mich brennend.«

»Wenn ich darf – ich würde mich freuen.«

Für Alex lief offenbar alles wie am Schnürchen. Jetzt mußte er nur noch dafür sorgen, daß Norman nicht vor der geplanten Unterredung abreiste.

Nick wandte sich an Maria.

»Wäre es Ihnen recht, wenn ich Sie schon am kommenden Sonntag besuchte?«

»Ja«, sagte Maria. Und zu seiner größten Überraschung hängte sie an: »Der Fall bin nämlich ich.«

»Ach – Sie haben ein Kind von der SPONLAB?«

»Einen bezaubernden kleinen Jungen.«

»Wie alt?«

»Achtzehn Monate.«

»Wer der Vater ist, wissen Sie also nicht?«

Alex hielt den Atem an. Um himmelswillen, sie wird doch wohl jetzt nicht sagen, daß sie Nick für den Vater hält!

»Nein – und das hat mich lange Zeit gequält, aber jetzt ...«

»Jetzt?«

»Ich glaube, jetzt ist das nicht mehr so wichtig.«

»Ach!« machte Alex überrascht.

Und »Ach!« machte auch ihr Vater nicht weniger überrascht.

Nick sah sich fragend um. Was sollte das bedeuten? Sollten sie ihn für den Spender halten?

Maria fühlte, daß sie sich verplappert hatte, und versuchte abzulenken.

»Man gewöhnt sich mit der Zeit an den Gedanken und findet sich schließlich damit ab.«

»Ist man sich darüber denn nicht von Anfang an im klaren?« fragte Nick.

»Wahrscheinlich. Ich war es. Ich wollte ein Kind von einem völlig Unbekannten.«

»Auch eine Art von Perversität!« brummte der Anwalt.

»Und jetzt?« fragte Nick.

»Jetzt sucht Maria einen Adoptivpapa für ihren Jungen. Dabei ist sie auf Sie gefallen.«

»Aber Paps!« Maria legte ihr Eßbesteck nieder.

Nick lachte.

»Das wäre ja endlich mal ein vernünftiger Grund für eine sogenannte Liebesheirat. Ich suche zwar keine Adoptivmutter für eine unehelich geborene Tochter, aber so ein eigenwilliges Girl wie Ihre Tochter...«

»Jetzt reicht's mir aber!« sagte Maria halb lachend, halb schokkiert. »Die Männer sind eben doch so, wie ich immer befürchtet habe. Das zeigt ihr drei mir ja deutlich genug!«

Nick sah sie mit gesenktem Kopf von unten her an.

»Auf Ihre himmelblauen Augen falle ich auch nicht herein«, sagte sie, indem sie das Eßbesteck wieder aufnahm.

Der Anwalt schmunzelte. Nick wurde ihm immer sympathischer.

»Nach der Zankerei zu schließen, scheint ihr zwei euch ja schon ziemlich einig zu sein.«

»Einig?« fragte Maria. »Einig über was?«

»Über den Punkt, den wir am Sonntag in aller Ruhe besprechen wollen.« Der Anwalt wandte sich an Alex. »Und Sie kommen als Hauptangeklagter mit!«

»Nur, wenn Sie mich verteidigen.«

»Wieviel Morde wirft man Ihnen denn vor?«

»Zunächst noch keinen.«

»Dann sind Sie kein Fall für mich.«

»Ich könnte inzwischen ja einen umbringen. Zum Beispiel den richtigen Va...« Ein Blick des Anwalts ließ ihn verstummen.

»Was ist das eigentlich für ein Punkt, über den Paps am Sonntag mit uns sprechen will?« fragte Maria.

»Keine Ahnung!« log Nick.

Während der Heimfahrt sah der Anwalt lange Zeit schweigend vor sich hin. Dieser Abend hatte ihn nachdenklich gemacht. War das, was Maria mit diesem jungen Mann verband, stark genug, um ein ganzes Leben lang zu halten?

Er legte den Arm um ihre Schulter und zog sie zärtlich an sich, eine seltene Geste.

»Ich finde diesen Nick recht sympathisch«, sagte er. »Und ich kann verstehen, daß die Mädchen auf ihn fliegen.«

Maria schmiegte sich in einem völlig ungewohnten Gefühl der Zusammengehörigkeit an ihn. Aber sie schwieg.

»Kennengelernt habt ihr euch erst heute, und das heißt, daß ihr euch noch nicht kennt. Ich meine, genug kennt, um zu wissen, was ihr voneinander zu halten habt. Ihr habt also noch einiges nachzuholen, bevor es ernst wird. Dazu braucht ihr Zeit. Wenn du nach reiflicher Überlegung wirklich glaubst, daß er der Richtige ist ...«

»Er ist es bestimmt. Das weiß ich schon jetzt.«

»Dann bleibt immer noch die heikle Frage, ob und wie er sich mit der Tatsache abfindet, daß du schon einen Jungen hast.«

»Das ist auch meine Sorge – meine einzige Sorge –, aber sie bedrückt mich ein wenig«, sagte Maria.

»Hoffentlich stört es euch nicht, daß ich, vielleicht etwas zu spontan, auch Alex eingeladen habe.«

»Nicht im geringsten. Er hat das Ganze doch mit ebensoviel List wie Tücke eingefädelt. Vielleicht braucht er dich eines Tages wirklich einmal als Verteidiger. Dieser Beruf ...«

»Ich glaube, ich werde ihn wohl eher brauchen. So einen gerissenen Burschen kann ich bestimmt dann und wann für meine Praxis einsetzen.«

Der alte Anwalt sah schweigend hinaus in die sternenklare Nacht.

Ich habe in meinem Leben Erfolg um Erfolg erkämpft; das ist mir zuweilen bitter schwergefallen, sagte er sich. Und nun jage ich schon wieder neuen Erfolgen nach.

Weshalb eigentlich?

Ich brauche sie doch nicht mehr. Was ich an Reichtum aufgehäuft habe, reicht für Generationen. Weshalb also?

Weshalb kümmere ich mich um andere – von denen die meisten es nicht einmal wert sind –, statt um mein eigenes Kind?

Er spürte, wie Maria sich an ihn lehnte, als suche sie Schutz bei ihm. Einen Schutz, den er ihr bisher verweigert hatte. Vielleicht, weil sie immer schon zu eigenwillig war, ihn um Schutz zu bitten.

Die breiten Ausfallstraßen waren fast leer. Der schwere Wagen glitt ruhig dahin. Maria hatte die Augen geschlossen und schien zu schlafen.

Ich werde vieles ändern. Ich werde vor allem mich selber ändern. Und mein Verhältnis zu dir und deinem Kind. Von morgen an soll alles ganz anders werden: sonniger, leichter, heller als bisher. Heller, sehr viel heller!

Sagte er es – oder dachte er es nur?

Die junge Frau an seiner Seite lächelte, wie in einem beglückenden Traum...

Nick und Alex kamen mit demselben Wagen.

Nick sah sich überrascht um. »Dieser Besitz! Mein Gott, muß so ein Anwalt Geld verdienen«, sagte er zu Alex.

»Wenn er sich die richtigen Klienten aussucht.«

»Das müssen alles Millionäre sein.«

»Selbst wenn ihr Geld aus den dunkelsten Quellen stammt.«

Nick verstummte. Auf dem breiten, sauber gepflegten Kiesweg kam ihnen Maria entgegen. Genau wie damals im Hochhaus, dachte er, ein Traum aus Tüll und Licht.

»Tag ihr beiden!« rief sie schon von weitem. Sie drückte erst Alex, dann Nick die Hand.

»Alex, mein Paps hat Sie zwar einen Satansbraten genannt...«

»Hat er das? Dann war das doch nur als Lob gemeint.«

»Gut, daß Sie das so verstanden haben. Er will Sie später auch weiterhin um Ihre Hilfe bitten.«

»Die Sache ist doch abgeschlossen (er sah im Geiste schon den Videorecorder in seiner kargen Bude stehn), Norman ist inzwischen abgereist. Aber eines steht für mich fest: Er war und ist Michaels Papa. Mir wollte es bloß keiner glauben.«

»So ein Beweis ist ja auch schwerlich zu erbringen«, sagte Nick.

»Bei der strengen Geheimhaltung, die die Banken schon zu ihrem eigenen Schutz wahren.«

»Es gibt auch Indizienbeweise. Damit hat man schon manchen Mörder an den Galgen gebracht.«

»Und manchen Unschuldigen!«

»Wen soll ich denn jetzt aufstöbern?« fragte Alex mit dem Gesichtsausdruck eines Jagdhundes.

»Besprechen Sie das mit Papa. Er hat sicher noch einiges mit Ihnen vor.«

»Willst du mir vorher nicht einmal den jungen Herrn SPONLAB zeigen?« fragte Nick.

»Hoffentlich kriegt er keine Angst, wenn er dich sieht!«

»Er wird – im Gegensatz zu dir – vor Freude strahlen und würde mir sogar um den Hals fallen, wenn er könnte.«

Maria sah ihn skeptisch von der Seite an.

»Heißt das, daß du ähnliches von mir erwartet hast?«

»Offen gestanden, ja. Ich bin enttäuscht. Aber was du nicht kannst, kann ich!«

Er riß sie in seine Arme, drückte einen Kuß auf ihre Stirn und ließ sie eine Weile nicht mehr los.

Maria atmete tief durch und führte beide in eine schattige Ecke des Parks. Michael lag strampelnd in seinem Bettchen und lachte beim Anblick seiner Besucher übers ganze Gesicht.

»Aha«, sagte Nick, »so sehen also unsere Fabrikate aus – und so begrüßen sie mich.«

»Wie findest du ihn?« fragte Maria. In ihrer Stimme lag ein Unterton von Angst. »Ist er nicht nett?«

»Einfach fantastisch … Wie alle unsere Kinder.«

Maria war ein wenig enttäuscht. Nick sah es ihr an.

»Nick – bitte! Kannst du nicht einen Augenblick ernst sein?«

Nick hielt dem Jungen einen Zeigefinger hin. Michael griff sofort danach und hielt ihn fest. Maria lachte.

»Ist das nicht ein gutes Omen?« fragte Nick.

Maria strahlte. Nick umfaßte ihre Hand, die auf dem Rand des Bettchens lag, und drückte sie fest.

In der Tiefe des Parks tauchte der Anwalt auf. Alex räusperte sich. Dann sagte er trocken: »Ihr könnt so bleiben. Beim Anblick dieser Familienszene gibt euch der Anwalt gleich seinen Segen.«

Maria zupfte rasch etwas an ihrem Kleid zurecht. Nick ging ihm mit ausgestreckter Hand entgegen.

»Na, was sagen Sie zu unserem Jungen? Im Gegensatz zu seiner Mutter hat er sogar schon Freundschaft mit mir geschlossen.«

»Das ist die Stimme des Blutes!« ulkte Alex.

Der Rechtsanwalt neigte sich kurz über das Bettchen, streichelte über den dünnen blonden Schopf des Jungen und sagte dann mit einem Augenzwinkern: »Man sollte es nicht glauben, aber er ist Ihnen tatsächlich wie aus dem Gesicht geschnitten!«

Der Tag verlief und endete so unbeschwert, wie er begonnen hatte. Man saß zusammen, als könnte es nicht anders sein. Sogar Alex wurde in den Freundschaftskreis wie selbstverständlich aufgenommen.

Erst gegen Abend zeigte Maria Nick ihr eigenes Reich.

»Fall aber nicht gleich um«, warnte sie, als sie die Tür zu ihrem Wohnzimmer öffnete.

Nick blieb überrascht stehen: alle 16 Farbfotos von ihm hingen hinter Glasscheiben an den Wänden.

»Maria – das ist entschieden zuviel. Eines wäre mehr als genug.«

»Wenn du erst hier wohnst, werden sie alle in ein Album geklebt. Einverstanden?«

Wenn du erst hier wohnst – das klang so nebenbei, fast wie eine ganz selbstverständliche Feststellung. Aber es war tausendmal mehr. Und Nick verstand.

»Verstanden und einverstanden!« Er nahm Maria in seine Arme und ließ sie erst wieder los, als der Diener zu Tisch bat.

Sie fuhren erst gegen elf zurück.

Nick schwärmte von Maria.

Alex von seinem Videorecorder, der nun gesichert war.

Schwester Eusebia stürmte in das Sprechzimmer des Professors und rang nach Atem.

»Herr Professor, jetzt haben wir den Salat!«

»Schwester Eusebia, Ihre Ausdrücke – ich muß doch bitten!«

»Ihre, Herr Professor, sind manchmal auch nicht gerade zahm. Ich erinnere nur an Herrn Blumenberg.«

»Ach, der Schnellstarter. Was will denn der schon wieder?«

»Herr Professor...«
Pause.
»Schwester Eusebia...«
Pause.
»Ahnen Sie denn wirklich nicht, was Ihnen blüht?«
»Verdammt noch mal, Sie alte Hexe, was ist los?«
»Der weiße Vater von den schwarz-weißen Zwillingen steht draußen.«
»Ach so! Führen Sie ihn rein. Der arme Mann braucht Zuspruch.«
»Na, da kommt er bei Ihnen ja an die richtige Adresse«, sagte Schwester Eusebia in salbungsvoller Häme.
Ein sympathischer, aber offenbar verärgerter junger Mann trat schüchtern über die Schwelle.
»Sie sind doch Herr...«
»Siemsen, Herr Professor. Ich war eben –«
»Nehmen Sie doch Platz, junger Freund. Sie sind Deutscher, wie mir Ihr Akzent verrät.«
»Ja, Herr Professor.«
»Na, dann können wir ja Deutsch miteinander reden. Verstehn Sie das aber nicht wörtlich, ich habe zwar etwas Deutsch gelernt, aber...«
»Herr Professor, ich habe verstanden. Dann darf ich also Deutsch reden: Was Ihre Leute hier mit mir anstellen, ist einfach unglaublich. Ich habe hier einen Jungen, und statt ihn mir zu zeigen, will man mir partout ein mehr als seltsames Zwillingspärchen andrehen.«
Der Professor schmunzelte.
»Das war frisch von der Leber weg. Und nun hören Sie mir mal gut zu. Ihr Fall ist mir seit Wochen bekannt –«
»Na also!«
»Bekannt als ein Sonderfall, der uns allen viel Sorgen macht.«
»Eine Verwechslung!«
»Keineswegs. Der weiße Junge, den Sie im Brutkasten gesehen haben –«
»Das erbärmliche Würmchen lag da wie tot.«
»Ja, dieser Junge ist einer der Zwillinge.«
»Und dieser Negerknabe?«

»Ist sein Zwillingsbruder.«

Hans wurde blaß.

»Herr Professor, das ist doch verrückt!«

»So sieht es tatsächlich aus. Und ich will Ihnen eingehend erklären, wie so was möglich ist. Aber dann müssen Sie einem alten Professor mal ein bißchen zuhören, selbst wenn Ihnen das im Augenblick schwerfällt.«

»Herr Professor, es geschehen also noch Wunder?«

»So könnte es scheinen, aber ähnliche Fälle ereignen sich auf der Welt fast täglich.«

«Ohne daß man was davon erfährt?«

»Ja, so ist es, weil's nämlich keiner merkt. Das merkt man nur, wenn zwei Väter verschiedener Hautfarbe oder sehr unterschiedlicher Rassen am Werk waren. Aber nun hören sie zu – und hinterher können Sie mich dann soviel fragen, wie Sie wollen.«

Hans machte sich aufs Schlimmste gefaßt. Er lehnte sich zurück und sagte: »Gut, ich höre zu!«

Der Vortrag des Professors war auch Hans verständlich. Als er zu Ende war, war Hans völlig verstört:

»Herr Professor, das bedeutet doch, daß meine..., daß diese Person womöglich in derselben Stunde mit mir und diesem Neger verkehrt hat!«

»Nicht unbedingt. Die Befruchtung kann bei zweieiigen Zwillingen bis zu drei, vier Tagen auseinanderliegen.«

»Unglaubliche Schweinerei!«

»Ich bedaure, Ihnen keine andere Erklärung geben zu können. Außerdem möchte ich Ihnen nicht verschweigen, daß das Leben des weißen Jungen nur noch an einem seidenen Faden hängt. Wir fürchten, daß er den nächsten Tag nicht mehr erlebt.«

In Hans zerbrach etwas. »Aber der Negerboy...«, stieß er erbittert hervor.

»Wir haben in beiden Fällen unser Bestes getan. Das andere Kind hat eine etwas kräftigere Konstitution.«

Hans erhob sich. Ruhe zu bewahren, nicht voll loszubrüllen, fiel ihm schwer. Er riß sich mit letzter Kraft zusammen.

»Herr Professor, ich habe mich Ihnen und Ihren Leuten gegenüber unmöglich benommen.«

»Sagen wir unfreundlich; aber eine solche Reaktion ist doch

normal. Wir haben dafür volles Verständnis. Sie brauchen sich dafür nicht zu entschuldigen.«

»Ich habe trotzdem das Bedürfnis, Ihnen nicht nur zu danken, sondern Sie auch um Entschuldigung zu bitten.«

Hans trat aus dem HAUS DER HOFFNUNG hinaus auf die breite Straße. Er ging gleich hinüber in den Central Park und setzte sich dort auf eine Bank.

War das alles denn möglich? War so viel geheuchelte Liebe und Treue überhaupt denkbar?

Alles, an was er bisher geglaubt, für das er monatelang wie ein Tier geschuftet hatte, eine Chimäre?

Wenn ich den Nigger erwische, diesen Hund bringe ich um! Er hielt es auf der Bank nicht lange aus.

Jetzt die Wohnung kurz und klein schlagen, dieses Weib erwürgen, das ihn so schamlos hintergangen hatte!

Er lief quer durch den Park am Zoo vorbei zur East Side.

Sein Kopf glühte. Er lief die ganze 66. Straße hinunter bis auf die andere Wasserseite von Manhattan.

Dort ging er in eine Kneipe und bestellte sich einen Whisky. Doch das Zeug schmeckte ihm nicht. Er zündete sich eine Zigarette an, tat einen Zug und warf sie angeekelt weg.

Plötzlich überkam ihn eine seltsame Ruhe. Auf einmal sah er alles ganz klar: Er hatte verloren. Alles, was er eingesetzt hatte, hatte er verloren. Sollte er noch mehr einsetzen? Am Ende sich selber durch einen sinnlosen Tod?

Er ging ganz langsam am Ufer entlang und bog dann ab in die Straße, wo er sein Glück gesucht und nicht gefunden hatte.

Alle Farbe war aus seinem Gesicht gewichen. Automatisch stieg er die Treppe hinauf, automatisch öffnete er die Tür, automatisch griff er seine Koffer und warf seine Sachen hinein.

War jemand in der Wohnung? Er wußte es nicht.

Einem plötzlichen Impuls folgend, riß er das weiße Kleid in Fetzen und ging.

Ganz langsam, ganz ruhig, ganz kalt.

Für ihn war eine Welt zerstört.

Ihn fröstelte. Er fühlte sich plötzlich allein, allein in einer fremden harten Stadt mit fremden harten Menschen.

Über und über mit Paketchen und Plastiktüten behängt, kam Manny erst eine Stunde später nach Hause. Hans hatte Nick und Tom zu einem kleinen Festessen eingeladen und sie hatte in einem der feinsten Delikatessenläden der Gegend eingekauft.

Sie ging in die Küche, legte die Sachen ab und begann langsam, den Tisch für das Abendessen vorzubereiten.

Während sie die Tischdecke entfaltete, um das Sonntagsporzellan und das Eßbesteck aufzulegen, sah sie den kleinen braunen Brandfleck. Eine Zigarette hatte in einem unbewachten Augenblick das Gleichgewicht verloren.

Wie dieser Augenblick plötzlich vor ihr stand! Sie schüttelte energisch den Kopf, als könnte sie damit die Erinnerung verscheuchen. Das war passiert, als Samy sich eines Abends ungestüm über den Tisch gebeugt und sie leidenschaftlich an sich gerissen hatte.

Samy. – Daß sie in diesem Augenblick an ihn erinnert wurde. Samy, die erste und einzige große Liebe ihres Lebens und zugleich die Quelle alles immer noch drohenden Unheils.

Sie sah ihn vor sich, den schlanken braunen Jungen, aus dessen samtschwarzen Augen ihr soviel Liebe und Anbetung entgegenströmte. Eine heimliche und dennoch himmlische Liebe.

Wie mußte ihm in diesem Augenblick zumute sein! Vergessen würde sie ihn nie, aber ob er ihr je verzeihen könnte?

Am letzten Abend mit ihm, als sie schon schwer die Frucht des in ihr wachsenden Lebens trug, hatte er zum erstenmal die Fassung verloren, sie beschimpft und bedroht.

Wie sie ihn auch noch in diesem dramatischen Augenblick geliebt und bewundert hatte!

Ich werde heute abend zum erstenmal das neue Voilekleid anziehn, das Hans mir aus Las Vegas mitgebracht hat. Hans hat Geschmack. Feine, sorgfältig aufeinander abgestimmte Farben. Ton in Ton, nicht die wilden Farbensprünge, wie die Neger sie liebten. Leider auch Samy.

Wie hatte er sich gesträubt, als sie ihm geraten hatte, den dunkelbraunen Pulli mit den wenigen zartgelben Streifen zu nehmen.

»Ich bin selber schon braun genug«, hatte er unwillig hervorgestoßen.

»Der dunkelbraune wird dich heller erscheinen lassen.«

Er hatte sich schließlich gefügt, doch es hatte lange Zeit gedauert, bis er begriff. Und das auch wohl nur, weil er merkte, wieviel sauberer er in seinem braunen Pulli aussah und damit mehr als je zuvor die Augen der Mädchen auf sich zog.

Das neue Voilekleid hing nebenan im Schrank. Und dazu würde sie einen von den neuen Seidenschals tragen.

Welchen von beiden? – Das würde sie gleich feststellen.

Sie öffnete die Tür zum Nebenzimmer – und erstarrte.

Das weiße Hochzeitskleid lag zerfetzt am Boden, alle Schranktüren standen offen, es war, als sei eine Horde Vandalen eingebrochen.

Aus ihrer Kehle kam nur ein kurzer, stumpfer Schrei.

Samy! – Das war sein Werk. Nur er hatte einen Schlüssel zur Wohnung.

Samy, warum hast du das getan?

Sie bückte sich, raffte die weißen Fetzen zusammen und trat damit vor den Spiegel.

Aus! – Das war nicht mehr zu retten.

Und schon in ein paar Tagen sollte die Hochzeit sein!

Sie brach über der Bettkante zusammen.

Was sollte sie sagen, wenn die Männer kamen? Wie sollte sie das Unerklärbare erklären?

Sollte sie sagen, daß sie selber – in einem jähen Anfall von Angst oder ... ja, von was ...?«

Sie rollte die weißen Fetzen zusammen und stopfte sie in einen der offenen Schränke.

Erst dabei erkannte sie in panischem Erschrecken, daß die neuen Koffer fehlten, mit denen Hans gekommen war. Daß alle seine Sachen fehlten.

Sollte Samy tatsächlich ..., nein, das war undenkbar.

Erst in diesem Augenblick begann es ihr zu dämmern.

Hans!

Er hatte alles erfahren und war fortgegangen. Ohne ein Wort. Er hatte sie nicht einmal mehr sehen wollen.

Sie sank ohnmächtig zusammen.

So fanden sie Nick und Tom.

Ein kurzer Blickwechsel zwischen ihnen – die Situation wurde ihnen schlagartig klar. Sie hoben Manny auf und legten sie aufs Bett.

Dann setzten sie sich schweren Herzens vor den halb gedeckten Tisch.

»Aus«, sagte Nick, »er muß in der Klinik gewesen sein.«

Er ging ans Telefon und verlangte die Station, in der die Säuglinge lagen. Erst nach langem Hin und Her und ausweichenden Antworten erfuhr er, was geschehen war.

»Kannst du das verstehn?« fragte er völlig sinnlos den neben ihm stehenden Tom.

Was sollte Tom verstehen? Das alles war nicht zu verstehn.

»Hans ist fort«, sagte Nick. »Dabei war er so ein feiner Kerl.«

Tom schüttelte verständnislos den Kopf.

Manny fand erst am anderen Morgen wieder ganz in die Wirklichkeit zurück.

Blaß und mit schmerzverzerrten Lippen räumte sie mechanisch den Tisch ab. Als sie dabei den Brandfleck zum zweitenmal sah, zitterte sie.

Was würde nun kommen?

Sie hielt die Ungewißheit nicht aus und rief die Säuglingsstation der Klinik an.

»Wir bedauern, Ihnen sagen zu müssen, daß der weiße Junge in der vergangenen Nacht gestorben ist. Bitte seien Sie überzeugt, daß unsere Ärzte bis zum letzten Augenblick alles getan haben, was –«

Ihrer Hand entfiel der Hörer.

Später rief sie Nick in der SPONLAB an. Er sagte nur: »Das war doch zu erwarten. Reiß dich zusammen!«

Eine zerstörte Hoffnung – und ein neues Problem. Ihn würde es zwar nicht umbringen, denn täglich wuchs er mehr und mehr in sein neues Tätigkeitsfeld hinein.

Zwei Tage nach Mannys Zusammenbruch rief Samy Nick in der SPONLAB an.

»Nick, ich muß dich sprechen. Es ist alles so schrecklich und trostlos.«

Er weinte.

»Hol mich heute abend um sechs hier ab.«

Samy stand schon eine Viertelstunde früher vor dem Haus. Nick begrüßte ihn mit verhaltener Herzlichkeit. Dann gingen sie nebeneinander her, die ganze Park Avenue entlang bis hinauf nach Harlem in Samys Wohnung.

»Tom und Rita wollen schon in den nächsten Wochen heiraten«, begann Samy.

»Ich weiß. Tom bekommt wahrscheinlich sogar einen sehr guten Job bei uns als Packer und Fahrer des Lieferwagens. Er ist überglücklich.«

»Und – und Manny?«

»Sie hängt haltlos herum, heult den ganzen Tag und läßt die Wohnung verkommen. Sie sollte sich schleunigst nach einer Arbeit umsehn, damit sie auf andere Gedanken kommt.«

Samy schwieg lange Zeit betreten. Die nächste Frage kam ihm nur schwer über die Lippen. »Darf ich dich und Manny an einem der nächsten Abende einmal besuchen? Ich meine ...« Er stockte. »Nick, du mußt mir helfen. Ich komme sonst mit mir und meinem schlechten Gewissen nicht mehr klar.«

»Meinen Segen hast du, aber fang es behutsam an!«

»Darf ich schon morgen kommen?«

»Ich werde Manny schonend darauf vorbereiten.«

»Und du, Nick? Tom sagt, du hättest eine Prinzessin kennengelernt. Ein steinreiches phantastisches Mädchen. Er ist vor Begeisterung ganz weg.«

»Da geht's ihm genau wie mir. Aber laß uns später darüber sprechen. Ganz problemlos ist das auch nicht ...«

Das Wiedersehen zwischen Manny und Samy war vor allem von der Sorge um ihren Jungen überschattet.

»Wie geht es ihm denn?« fragte Samy.

Manny schütelte traurig den Kopf und schwieg.

Nick sagte: »Aus der Klinik hören wir täglich, daß es ihm besser ginge. Sie sagen immer, es geht ihm besser, sie sagen niemals, es geht ihm gut. Es ist, als ließen sie ein tröstendes Tonband ablaufen.«

»Hast du ihn noch mal gesehn?«

»Nein. Aber wenn du willst, gehen wir Samstag oder Sonntag zusammen in die Klinik und sehn ihn uns an.«

»Wenn er herauskommt«, sagte Manny fest und bestimmt, »nehme ich ihn selbstverständlich zu mir. – Und wenn auch er stirbt, bringe ich mich um.«

Sie sagte es mit heiserer Stimme und ganz undramatisch.

Samy erschrak und starrte sie mit angstgeweiteten Augen an. Er wollte etwas sagen, doch Nick machte eine beruhigende Geste.

»Der Junge kommt durch«, sagte er fest.

»Und dann, Manny – es ist doch unser gemeinsames Kind. Wir haben uns doch wirklich geliebt, und ich liebe dich heute, nach all dem Kummer noch mehr als je zuvor.«

In Mannys Augen traten Tränen.

»Laß uns darüber sprechen, wenn der Junge erst mal gesund und bei seiner Mutter ist«, antwortete sie. »Mir tut das alles noch viel zu weh.«

Samy streichelte schweigend ihre Hand.

»Ich gehe jetzt in die Stadt«, sagte Nick kurz darauf. »Ich bin mit Tom verabredet.«

Samy verstand die Geste und streckte ihm die Hand entgegen.

»Dann nimm bitte Samy mit«, sagte Manny. Ich kann jetzt nicht mit ihm allein sein. Ich hoffe, daß ihr beide das versteht.«

Sie gingen.

Unten fragte Samy: »Meinst du, daß ich mich jetzt wieder öfters bei euch sehn lassen kann?«

»Bestimmt. Aber komm zunächst nur, wenn ich da bin. Du hast Mannys Reaktion ja gehört.«

Am nächsten Morgen gingen Nick und Samy in die Klinik.

»Ich bete täglich, daß der Junge durchkommt«, sagte Samy. »Dann geht alles klar. Dann heiraten wir so schnell wie möglich. Aber ich habe Angst. Nicht nur um den Jungen, viel mehr noch um Manny. Sie hat kürzlich gesagt, das alles sei die Strafe Gottes für unsere Sünden. Und mir gibt sie ein gut Teil Schuld. Ich hätte sie nach der Verlobung mit Hans nicht mehr besuchen dürfen. Aber sag doch selbst...«

»Samy, ich verstehe dich und ich verstehe auch Manny, obwohl sie uns mehr als genug Sorgen gemacht hat.«

»In ihrer Verzweiflung!« sagte Samy.

»Zugegeben.«

»Sie wird sich was antun.«

Nick schwieg besorgt.

Beide schwiegen noch besorgter, als sie den Jungen, an Dutzenden von Kabeln und Schläuchen hängend, in seinem Brutkasten sahen.

Er lag wie tot.

»Glauben Sie, daß wir den Jungen in ein paar Wochen abholen können?« fragte Nick den Stationsarzt.

»Das hoffen wir«, antwortete er. Aber es klang ziemlich hoffnungslos.

Samy faßte Nicks Hand. Nick krampfte es das Herz zusammen.

So gingen sie schweigend hinaus.

Für Manny waren die nächsten Tage erfüllt von Angst und Sorge. Was sollte nun werden?

Die sensationelle Wendung in Nicks Leben hatte zwar eine gewisse Klärung gebracht. Er würde nun schon in Kürze ausziehen und dann... Ihre Angst wurde zu einer Angst vor dem Leben schlechthin.

Dann würde sie die kleine Wohnung nicht mehr zahlen können und sich so schnell wie möglich eine Arbeit suchen müssen.

Samy ließ sich nur selten sehen, und sie war ihm dankbar dafür, denn wenn er in ihrer Nähe war, wurde sie unsicher.

Sie liebte den schlanken Negerjungen. Vielleicht würden sie eines Tages sogar heiraten. Eines Tages ... aber jetzt noch nicht.

Wenn Samy kam, kam er immer nur mit Nick. Offenbar hatten sie das so verabredet.

Nicks einzigartige Karriere hatte nicht nur sie, sondern auch Samy, Rita und Tom in erhebliche Aufregung versetzt. Sie freuten sich über seinen Erfolg, fürchteten zugleich aber auch das Ende ihrer bisherigen Freundschaft.

Tom und Rita kamen fast täglich. Nick blieb oft bis kurz vor Mitternacht weg. Es war zu verstehen.

Tom und Rita sprachen von Heirat. Das war beschlossene Sache. Nur eines wollte den beiden nicht schmecken: daß sie diesen gewagten Sprung aus der Freiheit ins Joch der Ehe allein wagen sollten.

»Ihr zwei müßt am selben Tage heiraten«, sagten sie. Ihr zwei, das hieß Manny und Samy.

Als Nick von diesem Vorschlag hörte, sagte er lachend: »Warum denn nicht gleich eine Dreierhochzeit?!«

»Seid ihr denn schon soweit?« fragte Manny.

»Im Prinzip, ja, aber das ist für mich ein Sprung in eine ganz andere Welt. Ach Manny, was sind wir doch bisher für arme Leute gewesen! Kannst du dir nicht denken, daß mir manchmal bange wird vor so viel Glück?«

»Aber ihr liebt euch doch!«

»Und das täglich mehr. Maria kommt fast jeden Abend in die Stadt. Wir gehen zusammen essen, oder in die Oper, ins Theater. Wir würden lieber heute als morgen heiraten, wenn da nicht allerlei gesellschaftliche Rücksichten zu nehmen wären. Das ist alles nicht so einfach wie bei Tom und Rita und Samy und dir.«

»Samy hat mir gestern einen langen Brief geschrieben. Einen richtigen Heiratsantrag auf ganz feinem, teurem Papier. Auch er möchte, daß wir mit Tom und Rita zusammen heiraten.«

»Stoß ihn nicht zurück. Denk auch an euren Jungen!«

Manny traten die Tränen in die Augen.

»Das ist es doch! Wenn der Junge durchkommt, nehme ich Samy sofort.«

»Er wird durchkommen!«

»Leider bist du der einzige, der das glaubt.«

»Du glaubst es nicht?«

»Ich hoffe es. Aber ich habe Angst vor einem neuen Unglück. Wenn er stirbt...«

»Manny, dann müssen und werden wir uns auch damit abfinden.«

Manny barg ihr Gesicht schluchzend in den Händen.

Nick ging still hinaus. Auch er hatte Angst vor dem, was noch passieren konnte.

»Samy und ich waren eben in der Klinik«, sagte Nick zu Manny, nachdem er Samy an der Haustür verabschiedet hatte.

»Und?« Mannys Stimme zitterte.

»Wir haben den Jungen gesehn...«

»Und!« bohrte Manny.

»Er schlief. Er lag ganz ruhig da.«

»Wie tot!« schrie Manny. »Ich fühle es! Ich sehe es dir an. Weshalb belügst du mich?«

»Ich lüge nicht. Aber ich kann dir wenig Hoffnung machen.«

»Aus!« Manny brach schluchzend zusammen. »Das ist das Ende. Und alles durch meine Schuld.«

»Es kann immer noch ein Wunder geschehn.«

»Glaubst du an Wunder?«

Nick schwieg. Erst nach einer langen Pause sagte er: »Manny, du und Samy, ihr solltet so bald wie möglich heiraten. Tom und Rita warten nur auf den Tag, an dem ihr zusammen heiratet.«

»Ich heirate nicht.«

»Und Samy?«

Manny antwortete nicht.

»Er liebt dich doch. Er könnte dich vergessen lassen, was geschehen ist.«

»Er tut mir leid, aber er ist mit schuld an dem Unglück.«

»Manny, in ein paar Wochen werde ich ausziehn. Dann bist du allein in der Wohnung.«

»Du irrst dich. Dann hält mich nichts mehr in dieser Unglückswohnung. Wenn der zweite Junge auch noch stirbt...«

So drehte sich ihr Gespräch stundenlang im Kreise. In seiner Not griff Nick zu dem letzten Mittel: Er rief Samy an und bat ihn, sofort zu kommen.

»Manny, du mußt jetzt allein mit ihm sprechen. Mach, was du willst, aber reiße nicht auch noch andere mit ins Unglück!«

Als Samy kam, sagte er nur: »Jetzt lasse ich euch allein. Ihr liebt euch doch. Oder soll das alles auf einmal nicht mehr wahr sein?«

»Bleib!« schrie Manny.

Nick ging und ließ die Tür mit einem harten Knall hinter sich ins Schloß fallen.

Sam sagte: »Manny, ich allein bin an allem schuld. Alle sagen es, und unser Reverend hat es mir unverblümt gesagt: Ich hätte nicht in diese Ehe einbrechen dürfen.«

Manny sah ihn starr an.

»Es war keine Ehe«, sagte sie. »Es war nicht einmal eine richtige Verlobung.«

»Nenn es, wie du willst. Hans war ein feiner anständiger Bursche. Auch er hat dich aufrichtig geliebt; das wissen wir alle. Und mit ihm hättest du sicher eine glückliche Ehe führen können.«

Manny sagte: »Ja, nicht ich bin das Opfer und nicht du. Er ist es.

Ich hätte ihn nie kennenlernen dürfen. Er wirkte auf mich wie ein Zufluchtsort, und dieses Gefühl beherrschte alles. Ich brauchte doch einen Halt, ich brauchte Geborgenheit.«

»Die ich dir nicht geben konnte und vielleicht auch heute noch nicht geben kann.«

War das nun Ernst oder Bitterkeit? Manny wußte es nicht. Sie wußte nur und hatte es immer gewußt, und sie sah es auch jetzt so: Eine Weiße heiratet keinen Neger! Das war in sie unauslöschlich eingebrannt. Ich hätte ihn nie geheiratet, sagte sie sich. Sie sah das ganz klar und machte sich nichts vor.

Auch Samy hatte es von Anfang an gewußt. Er hatte es nicht nur geahnt, gefürchtet, er hatte es aus ihrem eigenen Munde erfahren. Nicht plump und kränkend – dazu liebten sie einander viel zu sehr –, sondern aus kleinen Andeutungen, Gesten, wenn er schüchtern den Gedanken an eine Heirat ausgesprochen – nein, das hätte er niemals gewagt! – wenn er ihn nur zart und verhalten in der Glut ihrer Umarmungen angedeutet hatte.

»Wir waren beide zu schwach und vielleicht auch zu feige, unsere Liebe vor aller Welt zu bekennen.«

»Du kamst nachts wie ein Dieb.«

»Und nachher schlich ich mich immer wieder davon wie ein Dieb.«

»Als es dann passierte – das Unglück mit den Zwillingen –, da verlor ich den Kopf. Ich wollte nicht wahrhaben, was dieses Unglück offenbart hatte. Ich habe mich völlig verzweifelt wie wahnsinnig dagegen gewehrt.«

»Hans ist gegangen«, sagte Samy«, ich könnte ihm nicht in die Augen sehen, wenn er wiederkäme.«

»Er kommt nicht wieder. Wir werden uns nie mehr sehen – das weiß ich.«

»Sein Kind ist tot.«

»Und unser Kind?« Manny schluchzte. Samy legte den Arm um sie und küßte sie zart, ganz zaghaft auf die Stirn.

Zwei Tage später wußten sie es.

Als Manny morgens in der Klinik anrief, sagten sie nicht, es geht ihm besser, sie sagten: »Es tut uns allen sehr leid. Nicht nur Sie, auch wir haben ein Kind verloren. Selten, ganz selten, haben wir alle so verzweifelt um das Leben eines Kindes gekämpft, wie um diesen Jungen.«

Manny schrie nicht. Sie sagte nur: »Danke, ich weiß.«

Dann legte sie auf.

Der Schmerz hatte sie stumm gemacht.

Mit dem Tod des Jungen war auch die letzte Brücke zerbrochen. Auch diese Brücke zu einem Mann, der sie liebte. Es gab keine Bindungen mehr. Nun konnte jeder – sie erschrak bei dem Gedanken – nun konnte jeder von ihnen seinen eigenen Weg gehen.

Sie nahm das Telefon und sagte es Nick.

»Sag du es ihm«, bat sie. »Ihn wird es vielleicht noch härter treffen als mich.«

»Hol mich um fünf ab. Ich habe auch etwas Wichtiges, was du wissen mußt.«

Das stimmte gar nicht. Er sagte es nur, weil er Angst um sie hatte.

Manny antwortete nicht.

»Hast du gehört?«

Sie schwieg noch immer. Seine Angst wuchs. Er war blaß geworden. Manny hatte aufgelegt.

»Ist etwas passiert?« fragte Dr. Wörber besorgt.

Nick spürte die Welle von Sympathie, die ihm dieser Wissenschaftler entgegenbrachte, und fühlte sich nicht so allein.

»Ja«, sagte er. »Es ist etwas passiert.«

»Mit Maria?«

»Nein – mit meiner Schwester.«

Der Doktor setzte sich zu ihm.

»Nick, jetzt denken Sie mal ganz ernsthaft, sie wären mein Sohn – Sie könnten es doch sein –, und sagen Sie mir, was Sie quält.«

Nick begann. Zögernd und verhalten.

Als er geendet hatte, sagte Dr. Wörber: »Fahren Sie gleich zu ihr und lassen Sie sich nicht aus den Augen.«

Wie viele von uns haben schon einmal am Rand eines Abgrundes gestanden, wie viele von uns haben nicht schon einmal den Mut verloren, weiterzumachen!

Ein Sprung in den Abgrund – sekundenlanges, schwereloses und schmerzloses Schweben – und aus.

Wie viele sind schon diesen Weg gegangen: den Weg aus der

Einsamkeit in den Tod, weil niemand da war, der sie bei der Hand genommen und festgehalten hätte, weil sie das Gefühl hatten, daß keiner sie brauche.

Manny sank am Telefon zusammen und blickte mit trockenen, brennenden Augen ins Leere.

Sie sah keinen Himmel der Zuflucht mehr.

So fand sie Nick.

Er war nicht allein gekommen. Er hatte Samy gesucht und mitgebracht.

Als Manny und Samy sich gegenüberstanden, sah Manny durch ihn hindurch. Samy weinte wie ein verlassenes Kind.

Erst in diesem Augenblick wußten sie, was sie einander waren.

Die Doppelhochzeit fand zwei Wochen später statt. Es wurde eine Hochzeit ohne viel Aufwand und Lärm. Sie hatten alle ihr Bündel zu tragen.

Samy räumte für Tom das Feld. Nick holte seine letzten Sachen aus der Wohnung, in der er und Manny zur Welt gekommen waren.

Samy zog ein. Er war glücklich. Es war eine stille, verhaltene Art von Glücklichsein, die nur zuweilen überschattet wurde von der Angst Mannys vor einer neuen Schwangerschaft. Die Angst, daß es wieder Zwillinge werden könnten. Einer so schweren körperlichen Belastung fühlte sie sich nicht gewachsen.

Diese ständige Angst steigerte sich zu einem wahren Trauma, das ihre Beziehung zueinander auf die Dauer schwer belasten mußte.

Sie sprachen miteinander nur zögernd darüber, und wußten doch beide, daß sie einen Weg finden mußten ...

Schließlich sprach Samy mit Nick darüber.

»Halte mich meinetwegen für verrückt, aber so, wie das jetzt ist, geht es nicht weiter. Was soll ich nur tun?«

»Pack Manny am Arm und spaziere mit ihr zu Professor Garry. Er wird euch sicher genau sagen können, ob eine derartige Gefahr besteht und was dagegen zu tun ist.«

Es war für Manny ein schwerer Entschluß, noch einmal die Klinik zu betreten, in der das Schicksal sie auf eine so harte Probe gestellt hatte.

Schließlich gab ein energisches Wort Nicks den Ausschlag.

Schwester Eusebia empfing sie mit überraschender Besorgnis.

Das Schicksal der beiden war mit der Klinik eng verknüpft. Sie taten ihr leid.

Nun kamen sie offensichtlich mit Fragen und Sorgen.

Ich muß sie dem Professor besonders ans Herz legen, dachte sie. Vor allem muß ich einen Augenblick wählen, der ihm genügend Zeit läßt, sich ihnen zu widmen.

Und das war nicht leicht, denn gerade an diesem Vormittag saßen im Wartezimmer fast bis zum Schluß sogenannte schwere Fälle.

»Ich kann Sie erst ganz zum Schluß vorlassen«, tröstete sie die beiden immer wieder, »der Professor möchte sich mit Ihnen in aller Ruhe unterhalten.«

Das war zwar eine fromme Lüge, denn der Professor ahnte nichts von diesem Besuch, aber in diesem Fall heiligte der Zweck die Lüge.

Kurz vor eins war es dann soweit.

»Herr Professor, draußen sitzen noch zwei Eheleute, die ich nicht vorgezogen, sondern bis zuletzt zurückgestellt habe...«

»Also eine ärgerliche Geschichte«, vermutete der Professor.

»Nein, aber zwei arme... Ach, Sie kennen sie ja: die Frau hat hier die zwei verschiedenfarbigen Zwillinge–«

»Bringen Sie sie rein! Gibt's da etwa neuen Kummer?«

»Das weniger, aber wohl Angst.«

Manny und Samy traten nur zögernd über die Schwelle.

»Na, das Schlimmste haben Sie beide inzwischen wohl überstanden«, sagte der Professor. Er wies auf die Stühle vor seinem mächtigen Schreibtisch. »Und nun, was haben Sie für Sorgen?«

Das war zwar ein bißchen genierlich, es mußte aber gesagt werden. Der Professor half ihnen dabei nach besten Kräften.

»Ihre Sorgen kann ich verstehen. Und nun hören Sie gut zu: Zwillingsgeburten sind zwar selten, aber nicht so selten, wie man allgemein glaubt. Daß es in letzter Zeit mehr Mehrlingsgeburten gibt, hängt mit der Pille zusammen.«

»Ich denke, die Pille verhindert doch–«

»Moment, dieser Effekt tritt erst dann in Erscheinung, wenn die Pille abgesetzt wird. Dann werden unter Umständen gleichzeitig zwei oder gar drei Eier reif. Das hängt mit dem Hormon zusammen, das die Pillen enthalten. – Wenn Sie ein Kind haben wollen, sollten Sie die Pille schon etwa drei bis vier Wochen vorher absetzen und keinen Verkehr haben. Inzwischen normalisieren sich die

Verhältnisse im Körper der Frau und die Aussicht, daß sie Zwillinge bekommt, ist dann nicht größer als sonst auch.«

»Aber ich habe davor trotzdem eine Heidenangst! Nach dem, was ich durchgemacht habe...«

»Sie sollten sich da nicht unnötig mit Problemen belasten. Nehmen Sie regelmäßig die Pille, bis Sie sich darüber im klaren sind, ob Sie ein Kind wollen; dann sehen wir weiter.«

Manny und Samy atmeten auf.

Draußen fragte Samy: »Möchtest du denn schon ein Kind?«

»Es würde mich vielleicht schneller vergessen machen, was geschehen ist.«

Sie liefen an diesem Nachmittag Hand in Hand wie Kinder durch die Stadt, die sie trotz der Härte und trotz ihrer Kälte liebten, weil sie ihre Heimatstadt war.

Schwester Eusebia begann die Sprechstunde diesmal mit einer Kritik an ihrem Chef. Sie mußte ihm das einmal sagen:

»Herr Professor, darf ich mir erlauben...« Sie stotterte.

»Seit wann fragen Sie erst?«

»Weil es im Grunde nicht dienstlich, sondern sozusagen privat ist. Sozusagen.«

»Und was haben Sie gegen mich?«

»Ihre Krawatte, Herr Professor.«

Der Professor zog die Krawatte aus der Jacke und sah stirnrunzelnd darauf nieder.

»Ist was nicht in Ordnung?»

»Sozusagen.«

»Also, was ist nun: ja oder nein? Dieses Sozusagen sagt überhaupt nichts.«

»Ich habe mir nur erlaubt... Ich meine, Sie sollten einmal eine andere Krawatte nehmen. Diese grüne tragen Sie nun schon zwei Wochen zu allen Anzügen. Grün ist eine gefährliche Farbe. Die paßt nur zu Braun und Beige.«

»Hm. Ist das alles?«

»Wenn Sie gestatten.«

»Gut, daß Sie mich – sozusagen – darauf aufmerksam machen. Du lieber Himmel, muß ich jetzt auch noch über die Farbe meiner Krawatten nachdenken?«

»Es genügt schon, wenn Sie morgen mal eine andere wählen. Eine blau-grau gestreifte zum Beispiel.«

»Danke!« – Er schüttelte den Kopf. »Daß Sie so was überhaupt sehen! Haben Sie vielleicht auch sonst noch was gegen mich?«

»Nein. Aber *für* Sie: Draußen ist Frau Gloria Olgie. Hier ist ihre Karte.«

Der Professor erinnerte sich. Das war die kleine verwachsene Frau mit dem bildschönen Kopf und den besonders ausdrucksvollen Augen, die ihn vor drei Jahren in ihrer Vereinsamung um Hilfe gebeten und dann – sie konnte es damals nicht fassen – einem gesunden hübschen Mädchen das Leben geschenkt hatte.

Vor einem Jahr war sie dann wiedergekommen. Sie hatte sich ein zweites Kind gewünscht. Aber ehe dieser Versuch gewagt werden konnte, mußten noch etliche Voruntersuchungen stattfinden und anschließend ein kleiner Eingriff vorgenommen werden.

Das alles war inzwischen geschehen.

Der Arzt las die vielen Eintragungen auf der Karteikarte und sagte: »Das sieht alles ganz gut aus. Wir können jetzt eine zweite Besamung mit großer Aussicht auf Erfolg wagen.«

Die Augen der Frau leuchteten auf.

»Danke schön, Herr Professor. Sie machen mich glücklich. Ist es unbescheiden, wenn ich die Bitte äußere, daß man diesmal denselben Spender wählt, damit die Kinder Vollgeschwister und nicht nur Halbgeschwister sind?«

»Ihr Wunsch ist verständlich. Wir werden durch eine Rückfrage beim Institut feststellen, ob er sich erfüllen läßt. Wenn nicht –.«

»Dann wäre ich sehr dankbar, wenn man einen Spender heraussucht, der dieselben Merkmale mitbringt wie der erste.«

»Das geht auf jeden Fall.« Der Professor sah auf die Karteikarte. »Ja, hier ist alles genau notiert, was Sie damals gewünscht haben. – Und wann möchten Sie nun zu uns kommen?«

»Sobald wie möglich.«

»Dann geben Sie Schwester Eusebia draußen Ihre Daten und sagen Sie ihr, wann Sie Ihre nächste Regel erwarten, damit Sie nicht zu früh, aber auch nicht zu spät kommen.«

Die Frau bedankte sich und ging.

Kaum hatte sich die Tür hinter ihr geschlossen, ging schon wieder das Telefon.

»Hier ist eine Frau Hunter am Apparat. Sie will Sie unbedingt persönlich sprechen. Ich habe den Eindruck, daß sie Sie kennt.«

»Eusebia, Eusebia, das ist doch meine Maria! Ich nehme das Gespräch. – Na, Maria, was verschafft mir die Freude?«

»Meine eigene Freude. – Wann kann man feststellen, ob es ein Junge oder ein Mädchen wird?«

»Wollen Sie damit etwa sagen...«

»Ja, daß mein Mann und ich uns schon auf ein Schwesterchen für Michael freuen.«

»Gratuliere. Aber feststellen können wir das normalerweise erst bei der Geburt oder in Einzelfällen kurz vorher mit dem Ultraschallgerät.«

»Ach!« Das klang sehr enttäuscht.

»Wenn es sehr darauf ankommt, können wir das Geschlecht des Kindes sogar schon im dritten Schwangerschaftsmonat durch Entnahme von etwas Fruchtwasser ermitteln. Doch diesen Eingriff machen wir nur ungern. – Und was sagt der Herr Rechtsverdreher dazu?«

»Er ahnt noch nichts von seinem neuen Glück. Außerdem arbeitet er gerade wieder an einem besonders interessanten Fall: Der Mann hat eine ganze Familie kaltblütig umgebracht.«

»Hatte er nicht gesagt, er wollte sich allmählich zur Ruhe setzen?«

»Wenn ein solcher Sensationsprozeß droht, wird er wahrscheinlich sogar aus dem Grabe auferstehn.«

»Das traue ich ihm zu.«

»Und wann kommen Sie mal wieder zu uns raus?«

»Sobald Sie mich einladen. Ich freue mich schon, Sie, Nick und Ihren Jungen wiederzusehn.«

»Haben Sie in Ihrer Aufzählung Papa absichtlich vergessen?«

Der Professor lachte.

»Habe ich das?«

Schwester Eusebia meldete die nächste Patientin mit gehobener Stimme wie ein Chef des Protokolls bei einem feierlichen Empfang alten Stils:

»Frau Sibylla Trempler aus Deutschland.«

»Täterätä!« machte der Professor. »Was ist los?«

»Sie ist gestern angekommen. Dr. Brans hat sie bereits untersucht. Die Insemination sollte zweckmäßigerweise morgen vorgenommen werden.«

»Na, das nenne ich pünktlich!«

»Soll ich die SPONLAB schon verständigen?«

»Ja. Sie soll morgen gegen acht liefern. Aufgetaut natürlich.«

»Darf ich Frau Trempler jetzt hereinbringen?«

»Nur, wenn Sie auch schon die zugehörige Karteikarte angelegt haben.«

Schwester Eusebia reagierte auf diese Bemerkung mit einem Hochziehen ihrer dünnen Augenbrauen.

»Hat Dr. Brans schon seinen Befund eingetragen?«

»Hat er. Keine Besonderheiten.«

»Tüchtig, Eusebia. Schade, daß es keinem Mann gelungen ist, Sie einzufangen. Sie hätten eine ideale Hausfrau und Mutter abgegeben.«

»Herr Professor, das glauben Sie doch selber nicht.«

Der Professor lachte.

»Eusebia am heimischen Herd!«

»Da stehe ich noch lieber am Operationstisch und lasse mich von Ihnen anschnauzen.«

»Sie können Frau Trempler ja morgen bei der Insemination Händchen halten.«

»Während im Wartezimmer die Frauen meutern. Ich werde Ihnen Frau Trempler jetzt hereinbringen – wir haben noch sechs Patientinnen im Wartezimmer.«

Wenn Professor Garry eine verängstigte junge Frau erwartet hatte, sah er sich getäuscht. Frau Trempler war voller Zuversicht und brachte ihm ihr uneingeschränktes Vertrauen entgegen.

»Wenn es das erstemal nicht klappt«, sagte sie schlicht, »dann müssen wir's eben ein zweites- oder drittesmal versuchen.«

»Ich vermag nicht einzusehen, weshalb wir nicht gleich beim ersten Versuch Erfolg haben sollten, weil vielleicht einige Spermatozoen nach einer so ungewöhnlich langen Wartezeit etwas an Beweglichkeit eingebüßt haben. Die, die die Zeit gut überstanden haben, sind jedenfalls die kräftigsten und widerstandsfähigsten. – Ich denke, wir werden es gleich mit dem Inhalt zweier Röhrchen versuchen. Vielleicht setzen wir sogar etwas Coffein zu. Es hat auf die Spermatozoen eine aufmunternde Wirkung.«

Sibylla lachte.

»Ist das nicht ein Witz, Herr Professor?«

»Nein, wenn es auch so klingt. Wir haben damit schon überraschende Ergebnisse erzielt.«

Sibylla sah den Professor ungläubig an. Jetzt will er mich zum besten halten, dachte sie.

»Bitte bedenken Sie«, fuhr der Professor unbeirrt fort, »daß der Weg, den die Samenzelle zurückzulegen hat, normalerweise etwa 10 Zentimeter beträgt. Das ist mehr als das Tausendfache ihrer eigenen Länge, und dazu brauchen sie ganze drei Stunden. Sie muß also ganz schön munter sein. Das hat die Natur so eingerichtet.«

Sibylla schloß die Augen. Die Vorstellung von dem, was sich morgen nach all den Jahren des Hoffens und verzweiflungsvollen Wartens in ihr vollziehen sollte, machte sie stumm.

Nur voll banger Sorge und bitterer Selbstvorwürfe hatte sie sich zum Flug über den Ozean entschlossen.

Morgen würde sie wieder eins sein mit ihm!

William! Sie sah ihn wieder vor sich: jung und froh und frech mit seinem hinreißenden Jungenlachen, strahlend vor Mut und Lebenskraft.

Sie hätte weinen mögen vor Glück...

In dem eleganten Café-Restaurant, das wie ein Nest windgeschützt in der Schlucht vor dem Rockefeller Center liegt, umgeben von himmelragenden Wolkenkratzern, sitzen unter goldgelben Sonnenschirmen eine junge Frau und zwei noch etwas jüngere Männer. Die Männer sehen einander so ähnlich, als wären es Zwillinge.

Die Frau sagt: »Norman, ich freue mich, daß du endlich den Weg zu uns gefunden hast, denn irgendwie gehörst du nun ja doch zur Familie.«

Der junge Mann, dessen Bewegungen immer noch etwas von der bezaubernden Schlaksigkeit der Halbstarken an sich haben, strahlt sie mit seinen himmelblauen Augen begeistert an.

»Mich hat es wieder einmal nach New York gezogen, denn New York war schon immer die Stadt meiner Träume. Ich liebe New York. Und dabei hat diese persönliche Bekanntschaft so entmutigend angefangen. Ich war mit vielen überspannten Erwartungen gekommen und hatte geglaubt, der Broadway würde mich wie einen Asphaltcowboy gleich liebevoll ans Herz drücken. Das konnte nur schiefgehn. Ich fühlte mich zurückgestoßen und war verletzt. Das zweitemal ließ es sich schon besser an, zumal mir die SPONLAB meine Mitarbeit besonders gut honorierte und ich die ersten menschlichen Kontakte schließen konnte.

Und jetzt, wo ich endlich ein paar gute Freunde habe –«

»Zu denen du vor allem uns zählen kannst«, schob Nick dazwischen.

»Jetzt ist endlich das Eis gebrochen.«

»Wie lange kannst du diesmal bleiben?« fragte Maria.

»Vier Wochen.«

»Du wohnst selbstverständlich bei uns!«

Norman spielte verlegen mit seinem Feuerzeug, ehe er fragte: »Wie geht es den beiden Jungen?«

»Ausgezeichnet. Und Michael will dich sehn. Er kann das zwar noch nicht sagen, aber wenn ich ihm eines von den schönen Farbfotos zeige, die Alex damals hat machen lassen, kräht er jedesmal vor Begeisterung.«

»Das macht bloß die Farbe«, entgegnete Norman. »Und was macht Tom?«

»Er ist jetzt schon sechs Wochen alt und quietschvergnügt«, sagte Nick.

»Eigentlich sollte es ja ein Mädchen werden«, ergänzte Maria.

»Ich denke, ihr habt jetzt in der SPONLAB schon eine recht einfache Methode, das Geschlecht vorherzubestimmen.«

»Ja, aber mit nur 70 Prozent Trefferwahrscheinlichkeit. – Ich wollte es dem Zufall überlassen, und es war mir auch ganz gleich, ob's nun ein Mädchen oder ein Junge wurde. Nur Maria, wie Frauen nun einmal sind, brannte vor Neugier.«

»Du wohnst also bei uns«, sagte Maria.

»Mit Freuden, da mich der Herr Rechtsanwalt damals ohnehin noch vor meiner Weiterreise nach Boston kennenlernen wollte. Ich erfuhr es von Alex leider erst, als ich schon im Zug saß.«

»Alex war ja auch nicht von der Behauptung abzubringen, daß du Michaels Vater bist.«

»Was sich als richtig erwiesen hat«, ergänzte Nick, »denn inzwischen konnte ich mit Doktor Wörbers Hilfe einen Blick in die Geheimkartei tun. Es gibt keine Zweifel: Du bist es!«

»Dann will mich der Herr Rechtsanwalt wohl auf Zahlung von Alimenten verklagen.«

Maria lachte.

»Androhen wird er dir das im ersten Augenblick bestimmt.«

»Wenn ich so etwas befürchten müßte, gäbe ich die Spenderei sofort auf!«

»Du kommst doch morgen früh gleich mit ins Labor«, sagte Nick, als wäre das schon abgemacht.

»Muß ich wohl; wovon sollte ich sonst leben?«

»Nick«, fuhr Maria dazwischen, »du mißbrauchst fürs Geschäft sogar unsern besten Freund.«

»Ach, der kommt doch gerne – wie alle unsere Mithelfer gerne kommen. Warum auch nicht? Sein Typ ist doch zur Zeit am stärksten gefragt. So, wie ich den Erfolg seiner Bemühungen sehe, ist er heute schon Vater von mindestens...«

»Nick, jetzt hör aber auf! Ihr Männer seid doch alle so was von taktlos. Soll ich mir vorstellen, daß ich nächstens an jeder New Yorker Straßenecke einen kleinen Norman sehe?«

»Das würde doch nicht wenig zur Verschönerung des Stadtbildes beitragen«, gab ihr Nick heraus. Dabei zwinkerten er und Norman sich lachend zu. »Sieh es, wie du willst, Schatz, ich und Tausende unserer Abnehmer sehen in unserer Arbeit einen Segen für die Menschheit. Das kann ich dir durch eine neue Zahl belegen: In den letzten 12 Monaten sind rund 50000 kleine Amerikaner auf diese Weise zur Welt gekommen.«

Maria lenkte ab.

»Und du, Norman, willst du nicht auch eines Tages heiraten?«

Norman spielte wieder mit seinem Feuerzeug.

»Ich glaube nicht«, sagte er nach einer langen Pause »obwohl meine Eltern schon langsam anfangen zu drängen. Ich...«

Er unterbrach sich jäh.

Nick und Maria sahen ihn fragend an.

»Es gibt Männer und Frauen, die nicht heiraten sollten«, sagte Norman mehr zu sich selber, als zu den anderen.

»Möchtest du denn keine Kinder haben? Ich meine, Kinder von einer Frau, die du kennst und die du liebst?«

Norman sah sie schweigend an. Es war, als sei plötzlich etwas zwischen sie getreten, dunkel und geheimnisvoll.

Wie schön er ist, dachte Maria. Schon bald werden sich die Frauen um ihn reißen.

Nick sah Norman lange forschend in die Augen und schwieg.

Ahnte er, was in dem Freunde vorging?

Norman atmete jäh auf, als fühle er sich von einer Last befreit. Dann sagte er hart und entschieden: »Diese Frau gibt es nicht.«

Maria wollte mit einer neuen Frage nachfassen, doch Nick winkte mit einem Blick ab.

Norman brachte das Gespräch rasch auf ein anderes Gleis.

»Wie fühlst du dich denn in deinem neuen Beruf?« fragte er Nick.

»Überglücklich. Das war und ist die größte Chance meines Lebens, zumal ich weiterstudieren und eines Tages meinen Doktor machen kann. Ich habe auf Biologie umgesattelt. Sie fesselt mich mehr von Tag zu Tag.«

»Und du? Was machst du?« fragte Maria.

»Ich müßte mich eines Tages in Jonesboro fest verankern, und das wäre für mich auf die Dauer tödlich. Ich muß in die Großstadt. Nur hier kann ich mein Leben leben. – Eines Tages werde ich kommen und für immer bleiben.«

An diesem Oktoberabend wehte eine kühlende Meeresbrise vom Südzipfel Manhattans her durch das verträumte Greenwich Village, die gigantischen Fronten der Wolkenkratzer entlang bis zum Central Park und über seine herbstbraunen Baumkronen hinweg bis nach Bronx, um sich dort in den Hausruinen des verlassenen Stadtteils zu verlieren.

Das war die Zeit, in der die flimmernden Lichtreklamen des Broadway ihr stummes, dafür aber um so aufdringlicheres Jahrmarktsgeschrei erhoben.

Professor Garry verließ die Klinik an diesem Abend nach einem überlangen Arbeitstag.

Er war müde und abgekämpft. Sechs Sprechstunden, fast zwei Stunden vor seinen Studenten, dann eine lange, schwierige Konferenz mit der Verwaltung und vier risikobehaftete Entbindungen.

Eine davon machte ihm auch jetzt noch Sorgen. Wahrscheinlich mußte das kranke Blut des Neugeborenen noch in der Nacht, spätestens aber morgen in aller Frühe gegen gesundes Blut ausgetauscht werden. Eine Austauschtransfusion, die er gern persönlich vorgenommen hätte, doch heute fühlte er sich dieser schwierigen und mühsamen Aufgabe nicht mehr gewachsen. Zuviel war an diesem Tage auf ihn zugekommen.

Wenn es zu verantworten war, würden seine Ärzte diese Operation ohnehin auf den nächsten Morgen verschieben. Er hatte veranlaßt, daß man ihn dann um sechs Uhr telefonisch rufen ließ.

Einen allzu forschen, rücksichtslosen Fahrer des Sanitätswagens hatte er zum letztenmal in scharfer Form verwarnen und einen seiner besten Pfleger fristlos entlassen müssen, weil man ihn schon zum drittenmal im Keller mit einer Lernschwester erwischt hatte.

Nachmittags waren dann überraschend die Drogenfahnder der Polizei in der Klinik erschienen und hatten seinen Praktikanten Hardy Bulder abgeführt. Heroinsucht.

Wie eine nochmalige, diesmal von der Polizei in aller Härte durchgeführte Untersuchung ergeben hatte, stammte ein Teil des Heroins zweifellos aus den Beständen der Klinik.

Garry hatte das Unglück seit einem Jahr wie ein unabwendbares Naturereignis kommen sehen, aber praktisch ebensowenig dagegen tun können wie der Vater des Jungen. Eine große, eine ganz große Hoffnung war vernichtet... Er sah es mit Schaudern.

In letzter Stunde hatte Schwester Eusebia ihm auch noch eine Unterschriftsmappe mit Dutzenden von Briefen vorgelegt. Dabei hatte sie ihn dann mit der Nachricht überrascht, daß sie wegen einer ansteckenden Grippe mindestens für eine Woche ausfallen würde.

Manchmal dachte sie auch daran, daß sie den Beruf aufgeben und in Pension gehen sollte. Anspruch darauf hatte sie schon seit Jahren. Doch dann quälte sie immer wieder die Sorge, wie der Professor wohl ohne sie zurechtkäme.

Der Professor trat durch das große, hellerleuchtete Portal seiner Klinik hinaus in den kühlen Abend und verharrte eine Weile vor dem Strom der vorbeirauschenden Autos.

Ein Tagespensum war geschafft. Und morgen?

Heute war eine Frau eingeliefert worden, die ihr Kind weder auf natürliche Weise noch mit Hilfe eines Spenders empfangen hatte.

Die ewige Frage Mädchen oder Junge gab es diesmal nicht. Es würde ein Junge sein und bis in alle Einzelheiten ein haargenaues Ebenbild seines Vaters: ein Klonkind. Das erste Klonkind, das in seiner Klinik das Licht dieser Welt erblicken sollte.

Ein biologisches Experiment, das die unablässig forschenden Wissenschaftler gewagt hatten, nachdem Hunderte von Tierversuchen die Voraussetzungen für diesen sensationellen Eingriff in den natürlichen Ablauf der Dinge geschaffen hatten.

Einer reifen Eizelle hatte man den Kern entnommen und statt dessen den Kern einer fremden Körperzelle eingesetzt. In diesem Fall den Kern aus einer der Billionen Zellen vom Körper ihres Mannes.

Geschlechtslose Fortpflanzung also.

Geschlechtslose Fortpflanzung, wie sie der Landmann übt, der seine Pflanzkartoffeln in so viele Stücke schneidet, wie sie »Augen«, das heißt Keime hat. Geschlechtslose Fortpflanzung, mit der die Hausfrau ihre Geranien durch »Ableger« vermehrt. Geschlechtslose Fortpflanzung, die jeden Teil eines beispielsweise in drei Stücke zerschnittenen Wurms zu einem vollwertigen Wurm ersetzt.

Der Name des Biologen, der das Experiment mit Hilfe eines Gynäkologen gewagt hatte, war streng geheim, denn allzu viele vorschnelle Kritik und allzu viele Bedenken hatten Unsicherheit erzeugt.

Genau wie vor zwanzig Jahren, als er gegen die Widerstände aus allen Lagern die ersten Übertragungen von Spendersamen durchgeführt hatte. Gegen sie und gegen das Gezeter all derer, die sich auf einen imaginären Gott beriefen, an dessen Existenz er ebensowenig glauben konnte wie an Wunder.

Trotzdem: Was morgen auf ihn zukommen würde, war eine Aufgabe, die ihn mit Besorgnis erfüllte. Nicht, weil er den guten Ausgang dieses Versuchs bezweifelte, sondern das Gezeter der ewig Gestrigen voraussah.

Er hatte in zahllosen wissenschaftlichen Veröffentlichungen und Fachvorträgen weltberühmter Biologen die Methoden kennengelernt. Und wenn er auch keineswegs in der Klontechnik einen generellen Gewinn für die Weiterentwicklung des Menschen sehen konnte, in einigen Sonderfällen war sie gewiß von Wert.

Was diese Technik für die Tier- und Pflanzenzüchter bedeutete, war dagegen unübersehbar. Neue Tiere und neue Pflanzen würden möglich sein ...

Vor ihm lag dunkel und gefährlich der Central Park, den man nach Einbruch der Dunkelheit nur noch mit Todesverachtung betreten konnte.

Eben bog zwitschernd ein Rettungswagen in die Toreinfahrt. Eine neue verantwortungsvolle Aufgabe für seine Ärzte.

Um acht würde er sich mit seinem Freunde Laudy zum Abendessen im neuen Hyats Regency treffen.

»Ich habe eine gute Botschaft für dich«, hatte ihm der alte Halunke versprochen. »Aber die kostet dich außer dem Festessen eine Flasche Dom Pérignon.«

Die scheußliche Sache mit dem Pariser Anwalt war also wohl endlich ausgestanden.

Als der Strom der Wagen für ein paar Sekunden versiegte, ging er schnell hinüber auf die andere Straßenseite zu seinem Wagen und warf beim Öffnen der Tür noch einen zufriedenen Blick hinüber zu dem Haus, dem er erst vor wenigen Jahren den Namen gegeben hatte, der seitdem Zuversicht und Vertrauen bedeutete.

HAUS DER HOFFNUNG riefen ihm die großen goldgelben Leuchtbuchstaben noch bis zum Columbus Circle nach.

Ein Tag voll schwerer und dennoch beglückender Arbeit war zu Ende.

Was würde der kommende Tag ihm an neuen menschlichen Problemen bringen?

An diesem Abend flog Sibylla Trempler zwei Wochen nach ihrer Ankunft zurück. Stark und sicher in der Gewißheit, daß sie in neun Monaten ihr Kind erwarten durfte.

Ihr Kind, das ihr William vierzehn Jahre vorher in schmerzlicher Vorsorge hinterlassen hatte, ohne sie mit dem Wissen um seine Überlebensangst zu belasten.

Sie hätte jubeln mögen bei dem Gedanken, daß sie schon jetzt – in dieser Stunde – nicht mehr allein war.

Als sei es ein zartes Geheimnis, so öffnete sie verstohlen ein wenig ihre Handtasche, in der ganz obenauf ihr Hochzeitsfoto lag.

Ihr Leben hatte wieder Sinn und Inhalt bekommen.